그레이
2

그레이 2

E L 제임스 지음 | 박은서 옮김

Fifty Shades of Grey
as told by Christian

시공사

GREY

보낸 사람: 크리스천 그레이

제목: 너야말로 조심해

날짜: 2011년 5월 27일 00 : 03

받는 사람: 아나스타샤 스틸

어째서 내가 마음에 안 드는데?

크리스천 그레이

CEO, 그레이 엔터프라이즈 홀딩스, Inc.

나는 일어나서 탄산수 한 병을 더 땄다.

그리고 기다렸다.

보낸 사람: 아나스타샤 스틸

제목: 당신이나 조심해요

날짜: 2011년 5월 27일 00 : 09

받는 사람: 크리스천 그레이

당신은 내 옆에 있으려 하지 않으니까요.

여섯 단어.
그 여섯 단어에 머리가 쭈뼛했다.
나는 그녀에게 아무와도 같이 자지 않는다고 말했다.
하지만 오늘은 중요한 날이었다.
그녀가 대학을 졸업한 날.
그녀가 허락한 날.
우리는 그녀가 전에는 전혀 몰랐던 온갖 운동 한계를 함께 점검했다. 우리는 섹스했다. 나는 그녀의 엉덩이를 때렸다. 우리는 다시 섹스했다.
젠장.
그리고 나는 미처 자제하기도 전에, 주차증과 재킷을 집어 들고 문밖으로 나섰다.

길이 한산해서 나는 23분 만에 그녀의 집에 도착했다.
조용히 노크하니 캐버너가 문을 열었다.
"대체 당신이 뭔데 여기서 이러고 있어요?"
그녀는 분노로 이글거리는 눈으로 소리쳤다.
와. 내가 기대했던 환영은 아닌데.
"아나를 보러 왔는데."
"아니, 안 된다니까!"
캐버너는 팔짱을 끼고 다리를 벌리고 서서 문지기 석상처럼 나를 막았다.
나는 그녀를 설득하려 했다.
"하지만 아나를 만나야 해요. 나한테 이메일을 보냈어."

내 앞에서 비켜!

"이 자식, 걔한테 어떻게 한 거야?"

"나도 그걸 알아내고 싶다고."

나는 이를 악물고 말했다.

"걔가 당신 만나고 나서부터는 매일 울어!"

"뭐?"

나는 더는 캐버너의 허튼소리를 참을 수가 없어서 밀고 들어가버렸다.

"여기 들어오면 안 돼!"

캐버너가 마치 하피처럼 소리치며 나를 따라왔지만, 나는 아파트 안으로 저벅저벅 걸어들어가 아나의 방으로 갔다.

나는 아나의 방문을 열고 큰 불을 켰다. 그녀는 이불을 둘둘 말고 침대에 웅크리고 앉아 있었다. 그녀는 빨갛게 부어오른 눈을 가늘게 뜨고 머리 위 전등을 쳐다보았다. 코도 부어 불그스름했다.

이런 상태의 여자를 본 적은 많았다. 특히 내가 처벌을 내리고 난 후에. 하지만 창자를 쥐어짜는 불편한 감각에 놀라고 말았다.

"세상에, 아나."

그녀가 실눈을 뜰 필요가 없도록 전등을 끄고 침대 위 그녀 옆에 앉았다.

"여기서 뭐 하는 거예요?"

그녀가 코를 훌쩍였다. 나는 간접조명을 켰다.

"이 개자식 내쫓아버릴까?"

케이트가 문간에 서서 호통쳤다.

꺼져, 캐버너. 나는 한쪽 눈썹을 치켜뜨며 그녀를 무시하는 척했다.

아나는 고개를 저었지만, 물기 어린 눈은 나를 향해 있었다.

"내가 필요하면 소리 질러."

케이트는 아나가 아이라도 되는 양 말했다.

"그레이."

케이트가 딱딱거렸다. 그래서 나도 그녀를 바라볼 수밖에 없었다.

"당신은 내 쓰레기 목록에 있어. 내가 당신을 지켜볼 거야."

그녀는 거세게 소리를 질러댔고 눈은 분노로 번득였지만, 나는 눈곱만큼도 신경 쓰지 않았다.

다행스럽게도 케이트는 나갔지만, 문을 완전히 꽉 닫지는 않았다. 나는 안주머니를 확인했고, 다시 한 번 존스 부인은 모든 기대를 능가한다는 걸 알았다. 나는 손수건을 찾아내서 아나에게 주었다.

"무슨 일이야?"

"여긴 웬일이에요?"

그녀의 목소리가 흔들렸다.

나도 몰라.

당신이 날 좋아하지 않는다고 말했기 때문에.

"내 역할의 일부분은 네 필요를 돌보는 거야. 내가 여기 있었으면 한다고 해서 여기 온 거지."

잘 살렸어, 그레이.

"그런데 와보니 네가 이러고 있잖아."

내가 떠날 때는 이러지 않았잖아.

"내가 책임이 있는 건 분명한데, 이유를 모르겠어. 내가 때려서 그래?"

그녀는 일어나 앉을 때 움찔했다.

"애드빌 좀 먹었어? 지시대로?"

그녀는 고개를 저었다.

대체 언제 시키는 대로 할래?

나는 캐버너를 찾으러 나갔다. 그녀는 부글부글 끓은 상태로 소파에 앉아 있었다.

"아나가 두통이 있답니다. 애드빌 있어요?"

그녀는 눈썹을 치켰다. 내가 자기 친구를 걱정한다는 데 놀란 듯했다. 그녀는 나를 쏘아보며 일어서더니 쿵쿵 부엌으로 들어갔다. 잠시 상자들을 부스럭부스럭 뒤진 후에, 그녀는 알약 두 개와 물 한 잔을 주었다.

나는 침실로 돌아와 침대에 앉아 있는 아나에게 그 약을 주었다.

"이거 받아."

그녀는 시키는 대로 했다. 눈에는 불안감이 드리워져 있었다.

"말해봐. 나한테 괜찮다고 했잖아. 네가 이럴 줄 알았다면 널 놔두고 가지 않았을 거야."

그녀는 건성으로 자기 이불에서 풀려 나온 실을 가지고 장난했다.

"네가 괜찮다고 한 말을 그대로 받아들였는데 그렇지 않았군."

"난 괜찮은 줄 알았어요."

그녀는 인정했다.

"아나스타샤, 넌 내가 듣고 싶어 하는 말을 해서는 안 돼. 그건 솔직하지 않은 거야. 그러면 네 말을 어떻게 신뢰할 수 있겠어?"

그녀가 내게 솔직하게 말하지 않는 한 이런 관계는 결코 성공할 수 없었다.

그 생각을 하니 의기소침했다.

내게 말해, 아나.

"내가 너를 때렸을 때와 그 후에 어떤 기분이었지?"

"좋지 않았어요. 다시는 그러지 않았으면 좋겠어요."

"좋으라고 한 게 아니었어."

"어째서 당신은 그걸 좋아하는 거예요?"

그녀의 목소리가 더 강해졌다.

젠장, 이유를 말할 순 없었다.

"정말로 알고 싶어?"

"아, 나를 신뢰해봐요. 나는 정말 흥미가 있으니까."

이제 그녀가 냉소적으로 굴었다.

"조심해."

나는 경고했다.

내 표현에 그녀의 얼굴이 창백해졌다.

"나를 다시 때릴 건가요?"

"아니, 오늘 밤은 아냐."

오늘은 충분히 당한 것 같으니까.

"그럼요."

그녀는 여전히 대답을 원했다.

"나는 그 행위가 내게 주는 통제의 느낌을 좋아해, 아나스타샤. 난 네가 특정한 방식으로 행동했으면 좋겠고, 그렇지 않으면 널 벌줄 거야. 그러면 넌 내가 원하는 방식대로 행동하는 법을 배우게 되겠지. 나는 너에게 벌을 주는 게 즐거워. 네가 동성애자냐고 물었을 때부터 네 엉덩이를 때려주고 싶었지."

그리고 네가 내게 눈을 흘기거나 냉소적으로 구는 것도 원치 않아.

"그럼 당신은 현재 내 모습을 좋아하지 않네요."

그녀의 목소리는 작았다.

"나는 네가 있는 그대로 사랑스럽다고 생각해."

"그런데 어째서 나를 바꾸려고 하는 거예요?"

"난 바꾸려는 게 아냐. 네가 좀 더 정중해졌으면 좋겠고 네게 준 규칙을 따르며 나를 거역하지 않았으면 좋겠어. 단순해."

그리고 네가 안전하길 바라지.

"하지만 날 벌주고 싶다면서요."

"그래, 그렇지."

"그게 바로 이해가 안 돼요."

나는 한숨을 내쉬었다.

"난 그렇게 만들어졌어, 아나스타샤. 난 너를 통제할 필요가 있어. 네가 일정한 방식으로 행동할 필요가 있고, 그렇지 않을 때는……."

내 마음이 떠돌았다. 나는 그걸 보면 흥분돼, 아나. 너도 그렇지. 그걸 받아들일 수 있겠어? 너를 내 무릎 위에 눕히고…… 내 손바닥 아래 네 엉덩이를 느끼고…….

"너의 아름다운 도자기 피부가 내 손 아래서 분홍색으로 뜨뜻하게 달아오르는 걸 보고 싶어. 그걸 보면 흥분되니까."

그 생각이 내 몸을 휘젓는 것만 같았다.

"그럼 내게 주고 싶은 건 고통이 아니라는 건가요?"

제길.

"약간은. 네가 고통을 참을 수 있는지 봐야지."

실제로 약간 정도가 아니었지만, 지금 거기까지 하고 싶진 않았다. 지금 말하면, 당장 나를 쫓아버릴 테니까.

"하지만 그게 전체적 이유는 아니야. 내가 적절하다고 여기는 대로 움직이는 네가 내 것이라는 사실이 중요하지. 누군가에게 전적인 통제를 행사한다는 것. 그게 나를 흥분시켜. 크게."

그녀에게 서브미시브가 된다는 것을 설명한 책 한두 권을 빌려주었어야 했다.

"봐. 나 자신을 잘 설명할 수는 없어……. 이전에는 이런 설명을 해야 할 필요가 없었으니까. 나는 이런 문제에 대해 심오하게 생각해본 적이 한 번도 없었어. 난 항상 비슷한 사고방식의 사람들과 해왔으니까."

나는 말을 멈추고 그녀가 내 말을 알아듣는지 확인했다.

"그런데 아직도 내 질문에 대답을 안 했군. 그 이후에는 어떤 기분이었어?"

그녀는 눈을 깜박였다.

"혼란스러웠어요."

"그 때문에 성적으로 흥분하기도 했잖아, 아나스타샤."

네게도 내면의 변태는 있어, 아나. 나도 안다고.

나는 눈을 감고 내가 그녀를 때린 후에 그녀가 내 손가락 아래서 젖어 갈망하던 모습을 떠올렸다. 다시 눈을 떴을 때, 그녀는 눈을 크게 뜬 채 나를 바라보고 있었다. 입술이 벌어졌다. 혀가 윗입술을 적셨다. 그녀도 그것을 원했다.

젠장, 다시는 안 돼, 그레이. 그녀가 이런 상태일 때는.

"나를 그런 식으로 바라보지 마."

나는 퉁명스러운 말투로 경고했다.

그녀가 놀라 눈썹을 치켜떴다.

넌 내 말뜻 알잖아, 아나.

"난 지금 콘돔을 가지고 있지 않아, 아나스타샤. 알겠지만 넌 화가 나 있고. 네 룸메이트의 생각과는 반대로 난 남근숭배의 괴물은 아니야. 그래, 혼란스러웠다고?"

그녀는 아무 말도 하지 않았다.

맙소사.

"글로는 나한테 솔직해지는 데 아무런 문제가 없던데. 이메일로는 항상 정확히 너의 느낌을 말하잖아. 어째서 대화로는 못 하는 거야. 내가 그렇게 겁이 나나?"

그녀의 손가락이 퀼트 이불만 만지작거렸다.

"당신은 나를 매혹시켜요, 크리스천. 너무나 벅차요. 나는 태양에 가까이 날아가는 이카로스가 된 기분이에요."

그녀의 목소리는 조용했지만, 감정이 넘쳐흘렀다.

그녀의 고백에 나는 머리를 잽싸게 한 대 얻어맞은 양 나가떨어졌다.

"음, 넌 완전히 반대로 알고 있는 것 같군."

나는 속삭였다.

"뭐라고요?"

"오, 아나스타샤. 넌 나를 마녀처럼 홀렸어. 그건 너무 뻔하지 않아?"

그래서 내가 여기 있는 거잖아.

그녀는 확신하지 못했다.

아냐, 나를 믿어.

"넌 아직도 내 질문에 대답하지 않았어. 그럼 이메일을 써. 하지만 지금은 정말로 자고 싶군. 내가 여기 있어도 되나?"

"여기 있고 싶어요?"

"내가 여기 있기를 바랐잖아."

"내 질문에 대답하지 않았잖아요."

그녀가 버텼다.

구제불능 여자라니까. 너의 망할 메일을 받고 미치광이처럼 여기까지 달려왔어. 그게 너의 대답인가.

나는 이메일로 쓰겠다고 퉁명스럽게 답했다. 이에 대해서는 말하지 않을 생각이었다. 이 대화는 끝났다.

마음이 바뀌어 히스먼으로 돌아가기 전에, 나는 일어서서 주머니를 비우고 신발과 양말을 벗은 후 바지까지 벗었다. 나는 재킷을 그녀의 의자에 걸치고 침대 안으로 기어들어갔다.

"누워."

나는 으르렁거렸다.

그녀는 그 말에 따랐고, 나는 한쪽 팔꿈치로 몸을 괴고 그녀를 보았다.

"만약 울고 싶으면 내 앞에서 울어. 나도 알아야 하니까."

"내가 울길 바라요?"

"딱히 그렇진 않아. 그냥 네 기분이 어떤지 알고 싶을 뿐이야. 네가 내 손가락 사이로 빠져나가는 걸 원하지 않아. 저 불 꺼. 시간이 늦었다. 우리 둘 다 내일 일해야 하잖아."

그녀는 그렇게 했다.

"옆으로 누워서 내게 등을 돌려봐."

네가 날 만지는 걸 바라진 않아.

그녀가 움직이자 침대가 가라앉았다. 나는 한 팔을 그녀에게 두르고 그녀를 내게로 부드럽게 끌어당겼다.

"자, 자기."

나는 웅얼거리면서 그녀의 머리카락을 들이마셨다.

제길, 그녀의 냄새는 좋았다.

렐리엇이 풀밭을 달리고 있다.

그 애는 웃고 있다. 큰 소리로.

나는 그 뒤를 따라 달린다. 나도 웃고 있다.

나는 그 애를 잡으려고 한다.

우리 주위에는 작은 나무들이 있다.

사과로 뒤덮인 아기 나무들.

엄마가 나한테 사과를 따게 한다.

엄마가 나한테 사과를 먹게 한다.

나는 사과를 주머니에 넣는다. 주머니마다.

사과를 스웨터에 숨긴다.

사과는 맛있어.

사과는 냄새가 좋아.

엄마는 사과 파이를 만든다.

사과 파이와 아이스크림.

그걸 먹으면 배에서 웃음이 나와.

나는 사과를 신발에 숨긴다.

베개 밑에 숨긴다.

남자가 있다. 트레브-트레브얀 할아버지.

이름이 어렵다. 내 머릿속으로 말하기 어려워.

할아버지에겐 다른 이름도 있다. 시-어-도어.

시어도어는 재미있는 이름이다.

아기 나무는 할아버지 나무.

할아버지 집. 할아버지가 사는 곳.

할아버지는 엄마의 아빠.

할아버지는 큰 소리로 웃는다. 어깨도 넓다.

눈이 기분 좋다.

할아버지가 렐리엇과 나를 잡으러 뛰어온다.

날 잡을 수 없어.

렐리엇이 뛰어간다. 웃는다.

나는 뛰어간다. 렐리엇을 잡는다.

우리는 풀밭 위에 쓰러진다.

렐리엇이 웃고 있다.

사과가 햇빛 속에 빛난다.

그리고 너무 맛있다.

맛있어.

사과가 떨어진다.

내 위로 떨어진다.

나는 몸을 비틀지만 내 등에 맞는다. 나를 찌른다.

아야.

하지만 냄새는 아직도 거기 있어. 달콤하고 아삭아삭해.

아나.

눈을 떴을 때 나는 그녀를 감싸고 있었고 우리 팔다리는 얽혀 있었다. 그녀는 정다운 미소를 띠고 나를 보고 있었다. 얼굴은 이제 벌겋게 얼룩져 있거나 부어올라 있지 않았다. 환히 빛이 났다. 내 물건도 그에 동의하며 인사 대신 딱딱해졌다.

"좋은 아침."

나는 어디 있는지 알 수가 없었다.

"세상에, 잠을 자면서도 당신에게 끌려왔군."

나는 기지개를 켜며 그녀에게서 떨어져 나와 주변을 살폈다. 물론 우리는 그녀의 침실에 있었다. 내 물건이 그녀에게 닿자,

그녀의 눈은 열렬한 호기심으로 반짝였다.

"흠…… 가능성도 여럿 있지만, 일요일까지는 기다려야 할 것 같아."

나는 그녀의 귀 아래를 코로 비비며, 팔꿈치를 괴어 몸을 일으켰다.

그녀는 얼굴을 붉혔다. 따뜻했다.

"당신 매우 화끈하네요."

그녀는 꾸짖었다.

"당신도 그렇게 나쁘지 않아."

나는 씩 웃으며 엉덩이를 움직여 그녀를 내가 가장 좋아하는 신체 부위로 약 올렸다. 그녀는 실망스러운 표정을 지으려 했으나 처참하게 실패하고 말았다. 그녀는 무척 즐거워하고 있었다. 몸을 숙여 그녀에게 키스했다.

"잘 잤어?"

내가 물었다.

그녀는 고개를 끄덕였다.

"나도 그랬어."

나는 놀랐다. 정말로 푹 잤다. 그녀에게 그렇게 말했다. 악몽도 꾸지 않았다. 오로지 꿈만…….

"몇 시나 됐지?"

내가 물었다.

"7시 30분이에요."

"7시 30분이라…… 망할!"

나는 침대에서 뛰어나와 청바지를 주섬주섬 입었다. 그녀는 웃음을 참으며 내가 옷을 입는 광경을 구경했다.

"당신이 내게 무척이나 나쁜 영향을 끼쳤어. 조찬 모임이 있는데. 가야겠군. 포틀랜드에 8시까지 도착해야 해. 지금 날 보고 웃는 거야?"

"그래요."

그녀가 인정했다.

"나 지각이야. 평소에 지각하는 법이 없는데. 또 한 번 처음 있는 일이군, 스틸 양."

나는 재킷을 걸치고 몸을 숙여 두 손으로 그녀의 머리를 잡았다.

"일요일에."

나는 속삭이며 그녀에게 키스했다. 침대 옆 탁자에서 시계와 지갑, 돈을 챙겨 들고 신발을 손에 든 후 문으로 향했다.

"테일러가 와서 네 비틀을 처리해줄 거야. 진심이야. 그 차 운전하지 마. 일요일에 보자. 가끔 이메일 할게."

그녀를 약간 아찔한 상태로 남겨두고 나는 아파트 밖으로 뛰어나가 내 차로 갔다.

나는 운전하는 동안 신발을 신었다. 일단 신발을 신자 액셀을 밟으면서 차 사이를 이리저리 헤치고 포틀랜드로 향했다. 청바지를 입은 채 에이먼 캐버너의 동업자들을 만나게 생겼다. 화상 회의인 것이 그나마 다행이었다.

히스먼 호텔 방으로 뛰어들어 노트북 스위치를 켰다. 8시 2분. 젠장. 면도도 하지 않았지만, 머리카락을 정리하고 재킷의 주름을 폈다. 그 안에 티셔츠만 입고 있다는 것을 그들이 눈치채지 않길 바랐다.

어쨌든 누가 신경이나 쓸까?

나는 웹엑스를 켰고, 안드레아는 벌써 들어와 나를 기다렸다.

"안녕하십니까, 그레이 사장님. 캐버너 씨는 늦으신답니다만, 뉴욕과 여기 시애틀에서는 다들 준비가 되었습니다."

"프레디와 바니는?"

나의 플린트스톤 식구들. 그 생각에 히죽 웃었다.

"네, 사장님. 로스도요."

"좋아, 고마워."

숨이 찼다. 안드레아의 얼굴에 영문을 모르겠다는 표정이 스친 것을 알아챘지만 무시하기로 했다.

"크림치즈와 훈제 연어를 넣은 베이글 토스트 주문해줄 수 있겠나? 커피는 블랙으로. 내 방으로 가능한 한 빨리 보내줘."

"네, 사장님."

안드레아는 윈도우 창에 회의 링크를 띄웠다.

"여깁니다."

링크를 클릭해서 회의장 안으로 들어갔다.

"안녕하십니까."

뉴욕의 회의 탁자에는 간부 둘이 앉아 있었다. 둘 다 기대에 찬 눈으로 카메라를 바라보고 있었다. 로스, 바니, 프레드도 각각 별개의 창에 모습을 드러냈다.

업무 시작. 캐버너는 초고속 섬유 광학 연결로 미디어 네트워크를 업그레이드하고 싶다고 했다. 그레이 엔터프라이즈 홀딩스가 해줄 수 있었지만, 매수에 진지하게 관심이 있나? 외관으로 볼 때는 큰 투자지만, 일을 진행하다보면 큰 수익을 올릴 수 있었다.

이야기하는 와중에, 아나가 보낸 이메일 알람이 시선을 끌면서 내 스크린 맨 위 오른쪽에 떴다. 나는 될 수 있는 한 조용히 그것을 클릭했다.

보낸 사람: 아나스타샤 스틸
제목: 폭력 행위-여파
날짜: 2011년 5월 27일 08:05
받는 사람: 크리스천 그레이

그레이 씨,

당신이 나의—어떤 말로 돌려 말할 수 있을지 모르겠네요—엉덩이를 치고 벌을 주고 때리고 공격한 후에 내가 혼란스러웠다고 하니까 왜 그런지 알고 싶다고 했었죠.

약간 극적인 거 아니야, 스틸 양. 싫다고 말할 수도 있었잖아.

뭐, 그 당혹스러운 과정 내내 나는 품위를 잃어버리고 타락했으며 추행당하는 기분이 들었어요.

그런 식으로 느꼈다면, 왜 나를 말리지 않았지? 안전신호를 사용할 수 있었는데.

무엇보다도 굴욕적이었던 건 당신 말이 맞았다는 거죠. 난 흥분했고 그건 예상하지 못했던 일이었죠.

알아. 좋아. 마침내 인정하는군.

당신도 잘 알겠지만 모든 성적인 것들이 내게는 새로워요. 내가 좀 더 경험이 있고 그래서 좀 더 준비가 되었으면 얼마나 좋았을까요. 나는 흥분했다는 데 충격을 받았어요.

정말로 걱정되었던 건 그 후에 느꼈던 감정이었죠. 그건 말로 표현하기가 더 어렵네요. 당신이 행복하다면 나도 행복해요. 생각만큼 고통스럽진 않다는 것을 알고 안심했어요. 그리고 당신 팔 안에 누웠을 때는…… 충족된 기분이었어요.

나도 그랬어, 아나, 나도…….

하지만 나는 그런 기분이 드는 게 아주 불편하고 심지어 죄스럽기까지 했어요. 이건 나와는 잘 맞지 않았고 결과적으로 나는 혼란스러웠죠. 이러면 질문에 대답이 되었나요?

인수합병의 세계가 무척 자극적이길 바라요……. 그리고 너무 늦지 않았기를.
같이 있어줘서 고마워요.

아나

캐버너가 지각에 대해 사과하며 대화에 참여했다. 소개가 오고 간 후에 프레드가 그레이 엔터프라이즈 홀딩스가 제공할 수 있는 것에 이야기하는 동안, 나는 아나에게 답장을 썼다. 컴퓨터 화면 다른 쪽에서는 내가 필기를 하는 것으로 보이길 바랐다.

보낸 사람: 크리스천 그레이
제목: 마음을 자유롭게

날짜: 2011년 5월 27일 08:24
받는 사람: 아나스타샤 스틸

흥미롭군. 제목은 약간 과장되긴 했지만, 스틸 양.

네가 지적한 부분에 대해 대답하자면:
• 나는 엉덩이 치기는 계속 가지고 갈 거고—말 그대로.
• 그래서 네가 품위를 잃어버리고 타락하고 추행당하고 공격당한 기분이었다는 거지. 당신도 참 테스 더비필드 같군. 내 기억이 맞다면 타락을 결정한 쪽은 너였을 텐데. 진정으로 그렇게 느끼는 거야, 아니면 그렇게 느껴야 한다고 생각하는 거야? 두 가지는 아주 달라. 정말로 그렇게 느낀다면 나를 위해 이런 감정을 포용하고 처리할 수 있겠어? 그게 바로 서브미시브가 할 일이지.
• 네가 경험이 없다는 게 나는 고마워. 그걸 가치 있게 여기고. 나는 이제야 그게 무슨 의미인지를 이해하게 됐어. 간단하게 말해서…… 너는 모든 면에서 내 것이라는 의미지.
• 그래, 넌 흥분했어. 반대로 그건 굉장히 흥분시키는 면이기도 하지. 거기 잘못된 건 아무것도 없어.
• 행복하다는 말로는 내가 느끼는 감정을 다 표현 못 해. 열락의 기쁨이 그나마 비슷하다고나 할까.
• 체벌로 엉덩이를 때리는 건 관능적인 목적으로 때리는 것보다 훨씬 아파. 따라서 그게 아마 최대치로 세게 때린 걸 거야. 물론 네가 심각한 위반 행위를 저지르지 않는다면 말이지. 그럴 경우에는 너를 벌주기 위해 기구를 사용하겠지. 내 손도 아주 쓰렸거든. 하지만 그 기분도 좋았어.
• 나도 충족된 느낌이었어. 네가 짐작할 수 있는 것 이상으로.

22

• 죄스러움이나 잘못된 행동을 했다는 기분을 느끼면서 에너지를 낭비하지 마. 우리는 결정권이 있는 성인이고 방 안에서 우리가 하는 일은 우리끼리의 일일 뿐이야. 마음을 자유롭게 풀어놓고 네 몸에 귀를 기울여봐.

• 인수합병의 세계는 너만큼 자극적이지 않아, 스틸 양.

크리스천 그레이
CEO, 그레이 엔터프라이즈 홀딩스, Inc.

그녀의 답변이 거의 즉시 도착했다.

보낸 사람: 아나스타샤 스틸
제목: 결정권이 있는 성인!
날짜: 2011년 5월 27일 08:26
받는 사람: 크리스천 그레이

지금 회의 중이에요?
손이 쓰렸다니 기쁘네요.
내 몸의 소리를 듣는다면, 나는 지금 알래스카에 가 있어야 해요.

아나

추신: 이 감정들을 포용할 수 있는지 생각해보겠어요.

알래스카! 정말, 스틸 양. 나는 쿡쿡 웃으면서 화상 채팅에 몰두한 적했다. 문을 두드리는 소리가 나서, 나는 회의 중인 사람들에게 잠시 방해해서 미안하다고 사과한 후 아침식사를 가지고 온 룸서비스를 들여보냈다. 내가 수표에 사인할 때 검디검은 눈의 아가씨는 애교 떠는 미소를 지으며 보답해주었다.

다시 웹엑스로 돌아가보니 프레드가 캐버너와 그의 동업자들에게 기술 브리핑을 하고 있었다. 선물을 다루는 다른 고객 회사의 경우에는 이 기술이 꽤 성공적이었다는 말이었다.

"그 기술이 우리의 선물시장 개척에 도움이 되겠소?"

캐버너가 냉소를 지으며 물었다. 지금 바니가 가격을 예측할 수 있는 수정구슬 개발에 열을 올리고 있다고 내가 말하자, 모두 예의 바르게 웃어주었다.

프레드가 실행과 기술 통합에 대해 극적인 일정을 내놓는 동안, 나는 아나에게 이메일을 보냈다.

보낸 사람: 크리스천 그레이
제목: 경찰에 신고한 것도 아니면서
날짜: 2011년 5월 27일 08:35
받는 사람: 아나스타샤 스틸

스틸 양,
정말 관심 있어서 묻는진 모르지만 그래, 난 선물시장에 관한 회의 중이지.

기록차 말하자면, 그때 너도 내가 무엇을 하려는지 알고서 내 옆에 서 있었잖아.

내게 멈추라고 부탁하지도 않았어. 안전신호를 쓰지도 않았고.

넌 성인이야. 선택권이 있다고.

아주 솔직히 말하면 내 손바닥이 아파서 찡할 기회를 고대하고 있지.

네가 귀를 기울일 부분은 아마 다른 곳일 거야. 제대로 찾아.

알래스카는 아주 춥고 도망갈 곳이 못 돼. 내가 너를 찾아낼 거야.

난 너의 휴대전화도 추적할 수 있는데. 기억 안 나?

일하러 가라.

크리스천 그레이

CEO, 그레이 엔터프라이즈 홀딩스, Inc.

프레드가 한참 말하고 있는 중에 아나의 답변이 왔다.

보낸 사람: 아나스타샤 스틸

제목: 스토커

날짜: 2011년 5월 27일 08:36

받는 사람: 크리스천 그레이

스토커 성향에 대해 치료받아본 적 있어요?

아나

나는 웃음을 참았다. 재미있는 여자다.

보낸 사람: 크리스천 그레이

제목: 스토커? 내가?

날짜: 2011년 5월 27일 08:38

받는 사람: 아나스타샤 스틸

저명한 플린 박사에게 내 스토커 및 다른 성향을 상담하느라 큰
돈을 지불하고 있지.
일하러 가라니까.

크리스천 그레이
CEO, 그레이 엔터프라이즈 홀딩스, Inc.

어째서 일하러 가지 않는 건가?
지각할 텐데.

보낸 사람: 아나스타샤 스틸
제목: 치료비 비싼 돌팔이
날짜: 2011년 5월 27일 08:40
받는 사람: 크리스천 그레이

송구스럽지만 다른 의사도 찾아보시라고 말씀드려도 될까요? 플
린 박사님이 아주 유능하신지 잘 모르겠네요.

스틸 양

젠장, 이 여자는 재미있는 걸 넘어서…… 직관적이기까지 하
군. 플린은 내게 상담료로 쏠쏠하게 챙겨가고 있지. 비밀리에
나는 답장을 쳤다.

보낸 사람: 크리스천 그레이
제목: 다른 의사들

날짜: 2011년 5월 27일 08:43
받는 사람: 아나스타샤 스틸

송구스럽든 아니든 네가 상관할 바는 아니지만 플린 박사님이 다른 의사야.
새 차를 타고 속도 좀 내야겠네. 그러자면 불필요하게 위험한 상황에 처할 거고. 그것도 규칙에 어긋나는 것 같은데.
일하러 가라고 했지.

크리스천 그레이
CEO, 그레이 엔터프라이즈 홀딩스, Inc.

캐버너는 내게 미래 경쟁력에 관한 질문을 던졌다. 나는 우리가 최근에 섬유 광학 분야에서 혁신적이고 역동적인 역할을 하는 회사를 인수했다는 사실을 알렸다. 그렇지만 그 회사의 CEO인 루카스 우즈에게 의심을 품고 있다는 말은 하지 않았다. 어쨌든 그를 처리할 거니까. 로스가 뭐라 말하든 그 얼간이는 꼭 해고할 작정이었다.

보낸 사람: 아나스타샤 스틸
제목: 강조 표시
날짜: 2011년 5월 27일 08:47
받는 사람: 크리스천 그레이

당신의 스토커 성향의 대상으로 그건 내가 상관할 일 같은데요, 사실.

아직 난 계약서에 서명 안 했어요. 그러니 규칙은 협칙이랄까. 그리고 내 업무는 9시 30분에 시작해요.

스틸 양

강조 표시라니. 마음에 드는데.
나는 대답했다.

보낸 사람: 크리스천 그레이
제목: 기술 언어학
날짜: 2011년 5월 27일 08:49
받는 사람: 아나스타샤 스틸

'협칙'이라고? 그런 단어가 사전에 나오는진 모르겠는데.

크리스천 그레이
CEO, 그레이 엔터프라이즈 홀딩스, Inc.

"이 대화는 오프라인으로 하죠."
로스가 캐버너에게 말했다.
"이제 무엇이 필요하고 어떤 기대를 하고 계신지 알았으니까, 자세한 제안을 준비해서 논의할 수 있도록 다음 주에 회의를 재개하죠."
"좋네요."
나는 집중하는 표정을 지으려고 애썼다.
모두 동의의 뜻으로 고개를 끄덕이고 헤어졌다.

"저희가 견적을 낼 기회를 주어서 감사합니다. 에이먼."

나는 캐버너에게 인사했다.

"당신네들이 우리가 필요한 걸 갖고 있는 것 같으니 말이죠."

그가 말했다. "어제는 만나서 반가웠소. 잘 있어요."

로스를 빼고 모두 전화를 끊었다. 그녀는 내가 마치 머리가 두 개 달린 것처럼 쳐다보고 있었다.

아나의 이메일이 핑 소리와 함께 받은 편지함으로 들어왔다.

"끊지 말고 기다려, 로스. 시간이 1, 2분 필요하니까."

나는 그녀의 화면을 묵음으로 바꾸었다.

그리고 읽었다.

그리고 큰 소리로 웃음을 터뜨렸다.

보낸 사람: 아나스타샤 스틸

제목: 기술 언어학

날짜: 2011년 5월 27일 08 : 52

받는 사람: 크리스천 그레이

스토커와 통제광 앞에 나와요.

그리고 기술 언어학은 내 고정 한계로 하겠어요.

이제 나를 그만 좀 방해하면 안 돼요?

나는 새 차를 타고 일하러 가고 싶거든요.

아나

나는 재빨리 답장을 쳤다.

보낸 사람: 크리스천 그레이

제목: 도전적이지만 재미있는 아가씨

날짜: 2011년 5월 27일 08:56

받는 사람: 아나스타샤 스틸

손바닥이 근질거리는데.

안전하게 운전해, 스틸 양.

크리스천 그레이

CEO, 그레이 엔터프라이즈 홀딩스, Inc.

내가 묶음을 풀자 로스가 나를 쏘아보고 있었다.

"대체 무슨 일이에요, 크리스천?"

"뭐가?"

나는 짐짓 모르는 척했다.

"뭔지 알잖아요. 그렇게 대놓고 관심 없는 티를 낼 거면, 이따 위 회의는 하지 말아요."

"그렇게 티 났어?"

"네."

"망할."

"그래요, 망했죠. 이건 우리에게 큰 계약 건이라고요."

"알아, 안다고. 미안해."

나는 씩 웃었다.

"최근에 대체 어떻게 된 건지 모르겠네요."

로스는 고개를 절레절레 저었지만, 그녀가 짜증을 내며 흥미를 감추려 한다는 걸 알 수 있었다.

"포틀랜드 공기가 그런가봐."

"뭐, 그럼 여기로 빨리 돌아올수록 더 좋겠네요."

"점심시간쯤 갈 거야. 그동안에 마르코에게 말해서 시애틀에 있는 모든 출판사를 조사하고 인수할 만한 곳이 있는지 알아봐."

"출판 사업도 진출하시게요?" 로스가 침이 튀도록 말했다. "그렇게 성장 잠재력이 큰 분야가 아니에요."

그 말이 맞겠지.

"그냥 조사할 뿐이야. 그게 다야."

그녀는 한숨지었다.

"굳이 우기신다면. 오늘 오후 늦게는 오는 거죠? 그동안 밀린 안건 제대로 처리해야 해요."

"교통 사정에 달렸지."

"그럼 안드레아와 함께 보고회의를 예비 일정으로 잡아놓을게요."

"좋아. 그럼 일단은 끊지."

웹엑스를 종료하고 안드레아에게 전화를 걸었다.

"네, 사장님."

"백스터 박사에게 전화해서 일요일에 내 아파트로 오라고 해줘. 정오쯤. 시간이 안 된다면, 좋은 산부인과 의사를 찾아줘. 최고로."

"네, 알겠습니다. 다른 건 없으십니까?"

"있어. 브레이번 센터의 니만 마커스 백화점에서 나를 담당하는 퍼스널 쇼퍼 이름이 뭐지?"

"캐럴라인 액턴입니다."

"전화번호를 문자로 찍어줘."

"알겠습니다."

"오늘 오후에 봐."

"네, 사장님."

나는 전화를 끊었다.

이제까지는 흥미로운 아침이었다. 그렇게 재미있는 이메일을 주고받은 기억이 없었다. 나는 노트북을 힐끔 보았지만 새로운 메일은 없었다. 아나는 일하는 모양이었다.

나는 두 손으로 머리를 훑었다.

로스는 내가 대화 도중에 정신을 딴 데 팔았다는 것을 눈치챘다.

젠장, 그레이. 행동 조심하라고.

아침식사를 먹어치우고 차가운 커피를 마신 후 침실로 가서 샤워하고 옷을 갈아입었다. 머리를 감을 때조차도 그 여자를 내 머리에서 떨쳐낼 수가 없었다. 아나.

놀라운 아나.

그녀가 내 위에서 위아래로 몸을 들썩이던 이미지가 마음속에 떠올랐다. 내 무릎 위에 분홍색 엉덩이를 하고 누워 있던 모습. 침대에 묶여 절정을 맞을 때 입을 벌리고 있던 모습. 제길, 그 여자는 섹시했다. 그리고 오늘 아침, 그녀 옆에서 깨어났을 때 그렇게 나쁘지 않았다. 나는 잘 잤다…… 정말로 푹 잤다.

그녀의 이메일이 나를 웃겼다. 즐거웠다. 재미있는 여자다. 여자의 그런 점을 좋아하리라는 것은 미처 몰랐다. 일요일 내 오락실에서 무엇을 할지 생각해볼 필요가 있을 것 같았다. 뭔가 재미있는 것, 그녀에게 뭔가 새로운 것.

면도를 하면서 무슨 생각이 떠올라, 옷을 입자마자 노트북 앞에 앉아 내가 제일 좋아하는 장난감 가게에서 검색했다. 승마 채찍이 필요했다. 땋은 매듭 모양의 갈색 가죽 채찍. 나는 히죽 웃었다. 아나의 꿈을 현실로 이뤄줄 작정이었다.

주문을 한 후, 업무 이메일을 살펴며 정력적이고 생산적으로 일하고 있을 때 테일러가 방해했다.

"좋은 아침, 테일러."

"그레이 사장님."

그는 목례를 하며 어리벙벙한 표정으로 나를 보았다. 그녀의 이메일을 다시 생각하면서 나도 모르게 웃고 있었던 것 같았다.

'기술 언어학은 내 고정 한계로 하겠어요.'

"오늘 아침은 잘 보냈지."

나는 괜히 설명했다.

"그러셨다니 기쁩니다. 지난주에 맡기신 스틸 양의 세탁물을 가지고 왔습니다."

"내 물건이랑 같이 싸줘."

"그러겠습니다."

"고마워."

나는 그가 내 침실로 들어가는 것을 보았다. 테일러조차도 아나스타샤 스틸 효과를 눈치챈 것 같았다. 휴대전화가 진동했다. 엘리엇이 보낸 문자였다.

아직도 포틀랜드에 있어?

그래, 하지만 곧 떠나.

나도 나중에 거기 갈 거야. 여자들 이사 도와야 해서.
네가 없다니 아쉽네.

아나가 네 딱지 떼준 후에 처음 더블데이트인데.

꺼져. 나 미아 데리러 가.

얘기 좀 까봐, 동생. 케이트가 아무 말 안 하던데.

잘됐네. 그러니까 꺼져.

"그레이 사장님?"
테일러가 내 짐을 손에 들고 다시 한 번 방해했다.
"블랙베리 배달을 보냈답니다."
"고마워."
그가 목례하고 나가자 나는 스틸 양에게 이메일을 보냈다.

보낸 사람: 크리스천 그레이
제목: 블랙베리 **대여**
날짜: 2011년 5월 27일 11:15
받는 사람: 아나스타샤 스틸

난 언제든 너하고 연락할 수 있어야 하고, 게다가 너는 이메일로
소통할 때 가장 솔직하니까 블랙베리가 필요하겠다고 생각했지.

크리스천 그레이
CEO, 그레이 엔터프라이즈 홀딩스, Inc.

그리고 내가 전화하면 이 전화로는 대답하겠지.

11시 30분에 나는 또 한 번 화상회의를 했다. 상대는 우리 재정 담당 이사로, 다음 분기 그레이 엔터프라이즈 홀딩스의 자선 기부금을 논의했다. 이 회의가 한 시간은 족히 걸렸고, 회의가 끝나자 나는 가벼운 점심을 먹고《포브스》잡지를 마저 읽었다.

샐러드의 마지막 한 입을 삼키자 호텔에 남아 있을 이유가 없다는 것을 깨달았다. 이젠 가야 할 때였지만, 왠지 내키지 않았다. 그리고 마음 깊은 곳에는 그녀가 마음을 바꾸지 않는 한 일요일까지 아나를 볼 수 없기 때문임을 인정해야만 했다.

망할. 볼 수 있으면 좋겠는데.

이 불쾌한 생각은 한편으로 제쳐놓고 서류를 싸서 메신저 백에 넣었다. 노트북도 치우려고 손을 뻗은 순간, 아나에게서 온 이메일이 보였다.

> 보낸 사람: 아나스타샤 스틸
> 제목: 걷잡을 수 없는 과소비
> 날짜: 2011년 5월 27일 13:22
> 받는 사람: 크리스천 그레이
>
> 당신, 플린 박사에게 당장 연락해봐야겠어요.
> 스토커 성향이 점점 날뛰네요.
> 나 직장이에요. 집에 가서 이메일 할게요.
> 최신 기계 하나 더 사줘서 고맙네요.
> 당신이 최종소비자라고 했던 말 틀린 표현이 아니었군요.
> 어째서 이러는 거예요?
>
> 아나

나를 꾸짖고 있어! 나는 재빨리 대답했다.

보낸 사람: 크리스천 그레이
제목: 참 어린 사람 치고는 현명하기도 하지
날짜: 2011년 5월 27일 13:24
받는 사람: 아나스타샤 스틸

정곡을 정확히 찔렀어. 평소처럼, 스틸 양.
플린 박사는 휴가 중이야.
내가 이러는 건 그럴 능력이 있기 때문이지.

크리스천 그레이
CEO, 그레이 엔터프라이즈 홀딩스, Inc.

그녀가 곧장 답장을 안 하길래 노트북을 껐다. 나는 가방을
들고 접수대로 나가 체크아웃했다. 차를 기다리는 동안에 안드
레아가 전화를 해서 일요일에 에스칼라로 와줄 산부인과 의사
를 찾았다고 알렸다.
"여자분인데, 이름은 그린 박사님이고 사장님 주치의가 아주
적극 추천하셨어요."
"좋군."
"노스웨스트 병원에서 일하신다는군요."
"좋아."
안드레아가 이 이야기를 하는 의도가 뭘까?
"한 가지만 더요. 아주 비싼 분이세요."
나는 그녀의 걱정을 일축했다.

"안드레아, 그 여자가 얼마를 원하든 상관없어."

"그러시다면, 일요일 1시 30분에 아파트로 가시도록 조치하
겠습니다."

"좋아. 그렇게 해."

"알겠습니다. 사장님."

전화를 끊고, 어머니에게 전화를 해서 그린 박사의 신원을 확
인해볼까 하는 충동이 잠깐 들었다. 같은 병원에서 일하시니까.
하지만 그랬다가는 어머니에게 질문 세례를 받을 위험이 있었
다.

일단 차에 올라타자, 나는 일요일 세부 계획을 적은 이메일을
아나에게 보냈다.

> 보낸 사람: 크리스천 그레이
>
> 제목: 일요일
>
> 날짜: 2011년 5월 27일 13:40
>
> 받는 사람: 아나스타샤 스틸
>
> 일요일 오후 1시에 만날 수 있겠어?
>
> 의사가 너를 보러 1:30까지 에스칼라로 올 거야.
>
> 나 지금 시애틀로 떠난다.
>
> 이사 무사히 잘하고, 일요일 기다리지.
>
> 크리스천 그레이
>
> CEO, 그레이 엔터프라이즈 홀딩스, Inc.

좋아. 다 됐군. R8을 타고 길로 나가 5번 주간 고속도로를 향

해 달려 나갔다. 밴쿠버로 나가는 출구를 지나칠 때, 어떤 생각
이 떠올랐다. 나는 핸즈프리로 안드레아에게 전화를 걸어서 아
나와 케이트의 집들이 선물을 준비해달라고 부탁했다.

"뭘 보내고 싶으십니까?"

"볼랭저 그랑데 안네 로제 1999년산."

"네, 사장님. 다른 건요?"

"무슨 말이야, 다른 거라니?"

"꽃은요? 초콜릿이나 풍선은 어떠십니까?"

"풍선?"

"네."

"무슨 풍선?"

"음…… 종류가 다양합니다."

"좋아. 좋은 생각이야. 헬리콥터 풍선이 있는지 알아봐."

"네, 사장님. 카드에는 뭐라고 쓸까요?"

"'숙녀들께, 새집에서 행운이 가득하길. 크리스천 그레이' 됐
나?"

"알겠습니다. 주소는요?"

젠장, 이건 모르는데.

"오늘이나 내일 문자로 알려주지. 그러면 되겠어?"

"네, 알겠습니다. 내일 배달하도록 하겠습니다."

"고마워, 안드레아."

"천만의 말씀이십니다."

그녀는 놀란 목소리였다.

나는 전화를 끊고 R8의 속도를 높였다.

6시 30분, 집에 도착하자 아까 명랑했던 기분이 시큰하게 바

꿰었다. 아직도 아나에게서는 소식이 없었다. 벽장 서랍에서 커프스를 골라놓고 오늘 저녁 행사를 위해 나비넥타이를 매면서 그녀가 괜찮은지 생각했다. 그녀 말로는 집에 오면 연락하겠다고 했다. 나는 두 번이나 전화를 걸었지만, 연결이 되지 않아 열받았다. 나는 한 번 더 시도해보았고, 이번에는 메시지를 남겼다.

"내 기대를 감당하는 법을 배워야 할 것 같은데. 나는 참을성이 많은 남자가 아냐. 일 끝나고 연락할 거라고 했으면 적어도 그렇게 하는 정도의 예의는 있어야 하지 않나. 그렇지 않으면 사람이 걱정하잖아. 난 이런 감정에 익숙하지 않고 너그럽게 참을 수도 없어. 전화해."

그녀가 곧 전화하지 않는다면, 난 폭발할 것만 같았다.

내 테이블에는 담당 은행가인 웰랜이 함께 앉아 있었다. 나는 오늘 그의 손님으로 세계 기아에 대한 인식을 넓히는 비영리단체의 자선 행사에 참석한 것이었다.

"와줘서 고맙습니다."

웰랜이 말했다.

"취지가 좋으니까요."

"후한 기부금도 감사드려요, 그레이 씨."

그의 아내는 넌덜머리 나는 여자로, 성형수술로 완벽해진 가슴을 내 쪽으로 들이밀었다.

"말씀드렸지만, 취지가 좋으니까요."

나는 생색을 내며 미소를 지어 보였다.

어째서 아나는 전화를 안 하는 거지?

나는 휴대전화를 다시 확인했다.

걸려온 전화는 없었다.

나는 중년 남자들이 그들의 두 번째, 혹은 세 번째의 젊고 예쁜 아내들과 함께 앉아 있는 탁자를 둘러보았다. 신이시여, 저 꼴만은 면하게 해주십시오.

지루했다. 심각하게 지루하고 심각하게 열 받았다.

그녀는 뭘 하고 있지?

여기 같이 올걸 그랬나? 그랬다면 그녀도 역시 나와 마찬가지로 지루해 죽으려 하지 않았을까 싶었다. 테이블 주위에서 나누는 대화는 경제 상황으로 옮겨갔고, 나는 신물이 났다. 양해를 구하고 연회장을 떠나 호텔을 나섰다. 주차요원이 내 차를 찾아오는 동안, 아나에게 다시 전화를 걸었다.

여전히 대답이 없었다.

어쩌면 이제 내가 떠났으니, 그녀는 나와 관계를 끊고 싶어 하는지도 몰랐다.

집에 돌아오자 곧장 서재로 가서 아이맥을 켰다.

보낸 사람: 크리스천 그레이
제목: 어디야?
날짜: 2011년 5월 27일 22:14
받는 사람: 아나스타샤 스틸

"나 직장이에요. 집에 가서 이메일 할게요."

아직 직장인 거야, 아니면 전화, 블랙베리, 맥북까지도 다 싸버린 거야?

전화해. 아니면 엘리엇에게 전화해버릴지도 모르니까.

크리스천 그레이

CEO, 그레이 엔터프라이즈 홀딩스, Inc.

창문 너머로 어두운 푸젯 사운드의 물을 응시했다. 어째서 미아를 데리러 가겠다고 자청했을까? 그렇지 않았다면 아나의 쓰레기 같은 이삿집을 싸는 걸 도우면서 함께 있을 수 있었을 텐데. 그녀와 케이트, 엘리엇과 함께 피자도 먹으러 가고. 뭐가 되었든 보통 사람들이 하는 일을 할 수 있었겠지.

맙소사, 그레이.

그건 네게 어울리지 않아. 정신 차려.

나는 아파트 안을 서성거렸다. 발소리가 거실에 울렸다. 마지막으로 여기 왔던 이후로 고통스러울 만큼 텅 빈 것처럼 느껴졌다. 나비넥타이를 풀었다. 어쩌면 텅 빈 것은 나인지도 몰랐다. 아르마냑 브랜디 한 잔을 따르고 시애틀의 도시 전경 너머 푸젯 사운드를 내려다보았다.

내 생각을 하고 있나, 아나스타샤 스틸? 시애틀의 깜박이는 불빛은 대답이 없었다.

전화가 진동했다.

젠장, 고맙군. 마침내. 그녀였다.

"안녕."

나는 그녀가 전화했다는 사실에 안심했다.

"안녕."

"걱정했잖아."

"알아요. 답장 안 해서 미안해요. 하지만 저는 괜찮아요."

괜찮다고? 내가 바라는 건…….

"즐거운 저녁 보냈나?"

나는 성질을 억눌렀다.

"네, 짐을 다 쌌고 케이트와 나는 호세가 가지고 온 중국 음식을 먹었어요."

오호라, 이거 점입가경이군. 또 그 망할 사진사라 이거지. 그래서 전화를 하지 않은 건가.

"당신은요?"

내가 대답하지 않자 그녀가 물었다. 목소리에서 필사적인 기운이 묻어났다.

왜? 나한테 말 안 하는 게 뭐지?

아, 넘겨짚지 마, 그레이!

나는 한숨을 내쉬었다.

"기금 마련 만찬에 갔었어. 죽을 만큼 지루했어. 되는대로 빨리 빠져나왔지."

"당신이 여기 있었으면 좋겠어요."

그녀가 속삭였다.

"그래?"

"그래요."

그녀가 열렬히 말했다.

아, 내가 보고 싶었군.

"일요일에 만날 거지?"

나는 목소리에 기대감을 드러내지 않도록 하며 확인했다.

"네, 일요일."

그녀가 미소 짓는 것 같았다.

"잘 자."

"안녕히 주무세요, 주인님."

그녀의 목소리는 허스키했고, 나는 숨을 죽였다.

"내일 이사 잘해, 아나스타샤."

그녀는 그대로 전화를 붙들고 있었다. 숨소리가 부드러웠다. 왜 끊지 않는 거지? 끊고 싶지 않은 건가?

"먼저 끊어요."

그녀가 속삭였다.

그녀가 끊고 싶어 하지 않는다는 것을 깨닫자 금방 기분이 밝아졌다. 나는 시애틀의 경관을 바라보며 씩 웃었다.

"아니, 먼저 끊어."

"끊고 싶지 않아요."

"나도 그래."

"나한테 많이 화났었어요?"

그녀가 물었다.

"그래."

"아직도?"

"아니."

이젠 네가 안전하다는 것을 아니까.

"그럼 날 벌주지 않을 거죠?"

"안 할게. 난 순간을 소중히 하는 남자니까."

"그럴 줄 알았어요."

그녀의 놀림에 나는 미소를 짓고 말았다.

"이제 끊어도 돼, 스틸 양."

"정말로 내가 그러길 바라시나요, 그레이 님?"

"잠자리에 들어, 아나스타샤."

"네, 그레이 님."

그녀는 끊지 않았고, 나는 그녀가 웃고 있다는 것을 알았다. 내 기분이 한층 높이 솟았다.

"시키면 시키는 대로 순순히 할 수도 있다는 생각은 안 해봤어?"

내가 물었다.

"어쩌면요. 일요일 이후에 알아봐요."

그녀는 유혹을 담아 말했고 전화는 끊어졌다.

아나스타샤 스틸, 널 어떻게 해야 할까?

사실 좋은 생각이 있었다. 승마 채찍이 제시간에 배송만 된다면. 그리고 그 끌림과 함께, 남은 아르마냐크를 다 마셔버리고 침대로 갔다.

"크리스천!"

미아는 기쁨에 젖어 새된 소리를 지르더니 카트 한가득 실려
있는 짐은 내팽개치고 내게로 달려왔다. 미아는 두 팔로 내 목
을 감으며 꼭 껴안았다.

"보고 싶었어."

동생이 말했다.

"나도 너 보고 싶었다."

나도 답례로 한 번 안아주었다. 미아는 몸을 뒤로 빼더니 강
렬한 검은 눈으로 나를 찬찬히 살폈다.

"오빠 좋아 보이네." 미아가 말을 쏟아냈다. "그 여자 얘기 좀
해봐."

"너랑 짐을 집에 먼저 실어다놓자."

나는 1톤은 나갈 것 같은 카트를 잡고, 미아와 함께 공항 터
미널을 빠져나가 주차장으로 갔다.

"그래, 파리는 어땠어? 파리 물건 대부분을 집에 들고 온 것
같긴 하지만."

"C'est incroyable(믿을 수 없을걸)!" 미아가 소리쳤다. "하지만
플로베르는 개자식이었어. 맙소사. 끔찍한 인간이더라고. 거지

같은 선생이지만 좋은 요리사였지."

"그건 네가 오늘 저녁 요리하겠다는 뜻이냐?"

"아, 난 엄마 요리 먹을 수 있을 줄 알았는데."

미아는 멈추지 않고 파리 얘기를 쏟아놓았다. 작은 방, 배관, 사크레쾨르 대성당, 몽마르트르 언덕, 파리 사람들, 커피, 레드와인, 치즈, 패션, 쇼핑. 하지만 주된 화제는 패션과 쇼핑이었다. 파리에는 요리 배우러 간 줄 알았었는데.

나는 이 아이의 수다가 그리웠다. 위로가 되고 항상 반가웠다. 미아는 유일하게 내가 다른 사람과 다르다고 느끼게 하지 않는 사람이었다.

"얘가 네 여동생이야, 크리스천. 이름은 미아지."

엄마는 내가 아기를 안아보게 한다. 아기는 아주 작다. 머리카락은 까맣고 까맣다.

아기가 웃는다. 이가 없다. 나는 혀를 내민다. 아기가 까르르 웃는다.

엄마가 나한테 아기를 다시 안아보라고 한다. 아기의 이름은 미아.

나는 아기를 웃긴다. 아기를 안고 또 안는다. 아기는 내가 안고 있을 때 안전하다.

엘리엇은 아기에겐 관심이 없다. 아기는 침을 질질 흘리고 울어댄다.

그리고 아기가 똥을 싸면 엘리엇은 코를 찡그린다.

미아가 울 때, 엘리엇은 무시해버린다. 내가 아기를 안아주고 안아주면 아기는 울음을 그친다.

미아는 내 품 안에서 잠이 든다.

"미이아."

나는 속삭인다.

"뭐라고 말했니?"

엄마가 묻는다. 엄마의 얼굴은 분필처럼 하얗다.

"미이아."

"그래. 그래. 우리 귀여운 아들. 미아야. 그 애 이름이 미아야."

그리고 엄마는 행복하고 행복한 눈물을 흘리기 시작한다.

나는 차로로 올라가 부모님 댁 대문 바깥에 차를 대고 미아의 짐을 내려 현관으로 날랐다.

"다들 어디 있어?"

미아는 잔뜩 뿔이 났다. 집 안에 있는 사람이라고는 부모님을 모시는 가정부뿐이다. 그녀는 교환학생으로, 나는 그녀의 이름을 기억하지 못한다.

"집에 오신 것을 환영합니다."

가정부는 외국 억양이 있는 영어로 미아에게 인사하면서 커다란 소 같은 눈으로 나를 바라본다.

아, 그래. 그냥 잘생긴 얼굴일 뿐이야, 아가씨.

가정부는 무시해버리고 나는 미아의 질문에 대답했다.

"어머니는 근무시고, 아버지는 회의에 참석하러 가셨어. 네가 집에 일주일 일찍 왔잖아."

"플로베르를 1분도 더 참을 수가 없었어. 할 수 있을 때 빠져나와야 했다고. 아, 오빠에게 줄 선물 사 왔는데."

그녀는 가방 하나를 집더니 복도에서 열어 그 속을 막 뒤지기 시작했다.

"짜잔!"

미아는 무겁고 네모난 상자를 건넸다.

"열어봐."

미아는 나를 향해 환히 웃으며 졸랐다. 도무지 말릴 수 없는 힘이었다.

조심스레 상자를 열자 안에는 스노우볼이 들어 있었다. 그 속에는 검은 그랜드 피아노가 반짝이에 덮여 있었다. 내가 이제까지 본 중에서 가장 키치스러운 물건이었다.

"이건 음악상자야, 여기."

미아가 내게서 스노우볼을 빼앗아 한 번 휙 흔들며 바닥의 작은 열쇠를 돌렸다. 쩽쩽거리는 소리로 〈라 마르세예즈〉가 색깔 반짝이 구름 속에서 울려 퍼지기 시작했다.

날더러 이걸로 뭘 하라고? 나는 웃음을 터뜨렸다. 너무나도 미아다웠으니까.

"근사한데, 미아. 고맙다."

나는 그녀를 안아주었고, 그녀도 나를 안아주었다.

"이거 보면 오빠가 웃을 줄 알았지."

미아의 말이 맞았다. 미아는 나를 잘 안다.

"그러니까 그 여자에 대해서 말해보라고."

그녀가 말했다. 그때 어머니가 허둥지둥 문으로 들어오는 바람에 우리 둘 다 정신이 흐트러졌다. 모녀가 껴안는 사이에 나는 약간 여유가 생겼다.

"엄마가 마중 나가지 못해서 미안하구나, 딸." 어머니가 말했다. "네가 훌쩍 커버린 것 같아서. 크리스천, 미아의 짐 좀 2층에 올려다주겠니? 그레첸이 널 도와줄 거야."

정말? 이제 나보고 짐꾼 노릇까지 하라는 건가?

"네, 어머니."

나는 눈을 흘겼다. 나를 보고 넋을 잃기나 하는 그레첸은 필요 없었다.

일단 일을 마치자, 나는 트레이너와 약속이 있다고 말했다.

"오늘 저녁에 다시 올게요."

재빨리 두 사람에게 키스하고는, 나는 아나에 대한 질문 세례로 더 괴롭힘을 당하기 전에 집을 나섰다.

트레이너인 바스티유는 훈련을 힘들게 시켰다. 오늘은 그의 체육관에서 킥복싱을 했다.

"포틀랜드에서 아주 말랑해져서 왔네, 이 친구."

그의 돌려차기를 맞아 매트로 나가떨어지자 그가 비웃었다. 바스티유는 실전에서 고생하며 신체 훈련을 해온 사람이므로 내게 잘 맞았다.

나는 비틀비틀 일어섰다. 그를 쓰러뜨리고 싶었다.

하지만 그가 옳았다. 오늘은 그가 나를 깔아뭉갰고, 나는 이길 수가 없었다.

훈련을 마치자 그가 물었다.

"무슨 일이야? 오늘 정신이 딴 데 가 있는데."

"사는 게 그렇지, 뭐."

나는 무관심한 태도로 대답했다.

"물론이지. 이번 주에 시애틀로 돌아오나?"

"그래."

"잘됐군. 그럼 망가진 몸 좀 고쳐야겠어."

아파트까지 뛰어가다가, 아나에게 보낼 깜짝 선물이 떠올랐다. 엘리엇에게 문자를 보냈다.

아나와 케이트네 집 주소 뭐야?
깜짝 선물 보내고 싶어서.

나는 형이 문자로 보내준 주소를 안드레아에게 전달했다. 펜트하우스로 올라가는 엘리베이터를 탔을 때, 안드레아가 답장을 보냈다.

샴페인과 풍선을 보냈습니다. A.

아파트에 도착했을 때 테일러가 꾸러미를 하나 건넸다.
"사장님 앞으로 이게 왔습니다."
아, 그래. 나는 그 발신인 불명의 꾸러미를 알아보았다. 승마 채찍이었다.
"고맙네."
"존스 부인은 내일 돌아온다고 합니다. 오후 늦게요."
"알겠어. 오늘은 이만하면 됐어, 테일러."
"잘 알았습니다."
그는 정중한 미소를 띠더니 자기 사무실로 돌아갔다. 나는 채찍을 들고 천천히 침실로 갔다. 이건 내 세계를 소개하기엔 완벽한 입문서가 될 것이었다. 그녀가 스스로 인정했듯이 그녀에겐 체벌에 관해선 참고할 만한 과거가 전혀 없었다. 내가 그 밤에 엉덩이를 때렸던 경험 말고는. 그리고 그로써 그녀는 흥분했다. 이 채찍이라면 천천히 휘두르며 쾌락을 느낄 수 있을 것이다.

정말로 쾌락을 느낄 수 있게. 승마 채찍은 완벽했다. 나는 그녀에게 공포는 머릿속에만 있는 것임을 증명할 것이다. 일단 이에 편안해지면, 우리는 다른 단계로 옮겨갈 수 있었다.

나는 다른 단계로도 옮겨가길 바랐다…….

우린 천천히 시간을 들여서 하겠지. 그리고 그녀가 감당할 수 있는 것만 할 거고. 이 관계가 잘 되려면, 그녀의 속도에 맞춰야만 할 것이었다. 내 속도가 아니라.

나는 다시 한 번 채찍을 쳐다보고는 내일을 위해 벽장에 넣어두었다.

노트북 뚜껑을 열고 업무를 시작하려 할 때 전화가 울렸다. 아나이길 바랐지만 실망스럽게도 엘레나였다.

내가 전화를 했어야 했나?

"안녕, 크리스천. 어떻게 지내?"

"잘 지내요."

"포틀랜드 갔다 왔어?"

"네."

"오늘 밤 근사한 저녁 어때?"

"오늘은 안 돼요. 미아가 파리에서 막 와서 집으로 호출당했어요."

"아, 마마 그레이가 부르셨군. 요새 어때?"

"마마 그레이요? 잘 지내시는 것 같아요. 왜요? 내가 뭐 모르는 일이라도 있어요?"

"그냥 물어본 거야, 크리스천. 그렇게 호들갑 떨지 마."

"다음 주에 전화하죠. 어쩌면 그때 저녁식사를 할 수도 있고."

"좋아. 너 한동안 내 레이더를 벗어나 있었는데. 그리고 네 욕구를 충족해줄지도 모르는 여자를 하나 만났어."

나도 그래요.

나는 그녀의 말을 무시했다.

"다음 주에 봐요. 안녕히."

샤워를 하면서, 아나가 내 맘대로 되지 않아서 그녀가 더 흥미로운 건가 궁금했다……. 아니면 아나 본인이 흥미로운 건가?

저녁식사는 즐거웠다. 여동생이 돌아왔으니까. 그 애는 언제나처럼 집안의 공주였고, 가족들은 그 애가 손가락 하나만 까닥하면 움직일 수 있는 시종이었다. 자식들이 다 집에 있을 때면 어머니는 실력을 발휘했다. 어머니는 미아가 가장 좋아하는 요리를 만들었다. 버터밀크 프라이드치킨에 매시드 포테이토와 그레이비소스.

굳이 말하자면, 내가 제일 좋아하는 음식이기도 했다.

"아나스타샤 얘기 좀 해봐."

식구들이 부엌 탁자에 둘러앉았을 때 미아가 캐물었다. 엘리엇은 의자에 기대면서 두 손으로 머리 뒤를 받쳤다.

"이거 나도 들어야 할 얘긴데. 그 여자가 재 딱지 떼준 거 알아?"

"엘리엇!"

어머니가 엘리엇을 꾸짖으며 행주로 찰싹 쳤다.

"아야!"

엘리엇은 어머니의 매를 막았다.

나는 그들 모두에게 눈을 흘겼다.

"여자를 하나 만나긴 했어." 나는 어깨를 으쓱했다. "얘기 끝."

"그렇게만 말하면 안 되지!"

미아가 입술을 내밀며 항의했다.

"미아, 크리스천이 안 할 수도 있는 거 아니냐. 지금 막 그렇게 했고."

아버지 캐릭은 안경 너머로 미아에게 나무라는 눈길을 보냈다.

"내일 우리 모두 그 애를 저녁식사에서 만날 수 있지 않겠니? 그렇지, 크리스천?"

어머니는 날카로운 미소를 지으며 말했다.

아, 망할.

"케이트도 오는데."

엘리엇이 도발했다.

망할 난봉꾼. 나는 형을 쏘아보았다.

"빨리 만나보고 싶어. 듣기로는 정말 멋진 사람 같던데!"

미아는 의자에 앉은 채로 몸을 들썩였다.

"그래, 그래."

나는 어떻게 하면 내일 밤 저녁식사에서 빠져나갈 수 있을지 궁리했다.

"참, 엘레나가 네 안부 묻더라, 얘."

어머니가 말했다.

"그랬어요?"

나는 짐짓 관심 없는 태도를 취했다. 몇 년간의 연습으로 쌓아온 것이었다.

"그래, 널 한동안 못 봤다면서."

"사업차 포틀랜드에 갔으니까요. 말이 나왔으니 말인데, 전 가봐야 할 것 같아요. 내일 중요한 전화 통화가 있어서 준비를 해야 해서."

"하지만 아직 디저트도 안 먹었잖니. 사과 케이크인데."

흠, 구미 당기는데. 하지만 계속 있다간 식구들이 아나에 대해 캐물을 게 뻔했다.

"가야겠어요. 할 일이 있으니까."

"얘, 넌 일을 너무 많이 해."

어머니가 의자에서 일어나며 말했다.

"일어나지 마세요, 어머니. 엘리엇이 저녁 끝나고 설거지는 도와줄 거예요."

"뭐?"

엘리엇이 험악한 표정을 지었다. 나는 형에게 윙크하며 작별 인사를 한 후 돌아섰다.

"하지만 내일 보는 거지?"

어머니의 목소리에는 희망이 너무 많이 어려 있었다.

"두고 보죠."

젠장. 아나스타샤 스틸이 내 가족을 만나게 될 것만 같았다. 나는 내 기분이 어떤지 알 수가 없었다.

롤링스톤스의 〈셰이크 유어 힙스〉가 귓가에 울려 퍼지는 가운데, 나는 포스 애비뉴를 뛰어내려가 바인 스트리트로 돌았다. 아침 6시 45분이었고, 거기서부터는 내리막길이었다……. 그녀의 아파트까지. 혹하는 마음이 들었다. 그녀가 어디 사는지 그저 보고 싶었다.

통제광과 스토커를 왔다 갔다 하는군.

혼자 쿡쿡 웃었다. 달리기를 할 뿐이니까. 여기는 자유국가고.

아파트 블록은 특징 없는 빨간 벽돌 건물로, 창틀은 그 지역 특유의 진녹색이었다. 바인 스트리트와 웨스턴 애비뉴가 교차하는 근처라서 입지가 좋았다. 나는 아나가 담요와, 크림색과 파란색이 섞인 퀼트 이불 아래 웅크려 누워 있는 모습을 상상했다.

몇 블록을 달리다가 시장 쪽으로 내려갔다. 가두 판매 상인들이 판매대를 차리는 중이었다. 나는 과일과 채소 트럭들과 그날의 어획물을 판매하는 냉장차들 사이를 달렸다. 여기가 도시의 심장이었다. 회색빛이 서늘한 이른 아침에도 생기가 넘치는 곳. 사운드의 물은 하늘과 어울리는 유리 같은 납빛이었다. 하지만 그렇다고 해도 내 기분은 축 처지지 않았다.

오늘이 바로 그 날이었다.

샤워를 한 후에 청바지와 리넨 셔츠를 입고 서랍장에서 머리
끈을 꺼냈다. 머리끈을 주머니에 넣고 서재로 가서 아나에게 이
메일을 보냈다.

보낸 사람: 크리스천 그레이
제목: 숫자로 표현한 나의 생활
날짜: 2011년 5월 29일 08:04
받는 사람: 아나스타샤 스틸

차를 몰고 온다면 에스칼라 지하 주차장 출입 번호가 필요하겠지.
146963.
5번 격납고에 주차해. 그게 내 것 중 하나니까.
엘리베이터 비밀번호는 1880이야.

크리스천 그레이
CEO, 그레이 엔터프라이즈 홀딩스, Inc.

잠시 후, 답장이 왔다.

보낸 사람: 아나스타샤 스틸
제목: 훌륭한 빈티지
날짜: 2011년 5월 29일 08:08
받는 사람: 크리스천 그레이

알겠습니다, 그레이 님. 잘 알았어요.

샴페인과 찰리 탱고 풍선 고마워요. 풍선은 내 침대에 묶어놓았어요.

아나

아나가 내 넥타이로 침대에 묶여 있는 이미지가 머릿속에 떠올랐다. 의자에서 자세를 바꾸었다. 그녀가 그 침대를 시애틀까지 가지고 왔기를 바랐다.

보낸 사람: 크리스천 그레이
제목: 부러움
날짜: 2011년 5월 29일 08:11
받는 사람: 아나스타샤 스틸

천만의 말씀. 늦지 마.
찰리 탱고는 운도 좋군.

크리스천 그레이
CEO, 그레이 엔터프라이즈 홀딩스, Inc.

그녀는 대답이 없었고, 나는 냉장고를 뒤져 아침식사 거리를 찾았다. 존스 부인이 크루아상을 남겨놓고 점심으로는 두 사람이 먹어도 충분할 치킨 시저 샐러드를 만들어놓았다. 아나가 이걸 먹었으면 했다. 나는 이틀 연속 똑같은 걸 먹어도 개의치 않았다.

아침을 먹는데 테일러가 나타났다.

"좋은 아침입니다, 사장님. 여기 일요일 자 신문입니다."

"고맙네. 아나스타샤가 오늘 1시에 올 거야. 그린 박사라는 사람이 1시 30분에 올 거고."

"잘 알았습니다. 오늘 그 건에 대해서 다른 일은 없으십니까?"

"있어. 아나와 나는 오늘 저녁 부모님 댁으로 저녁식사를 하러 갈 것 같아."

순간 테일러는 놀란 듯 고개를 갸우뚱했지만, 곧 자기 본분을 생각하고 방을 나섰다. 나는 다시 크루아상과 살구잼을 먹었다.

그래, 부모님을 만나는 데 데리고 갈 작정이지. 그게 큰일인가?

가만히 있을 수가 없었다. 안정이 되지 않았다. 오후 12시 15분이었다. 오늘따라 시간은 기어가고 있었다. 나는 일을 포기하고 일요일 신문을 집은 후 거실로 도로 들어가서 음악을 틀고 읽기 시작했다.

놀랍게도 아나와 내 사진이 지역 신문란에 실렸다. 워싱턴 주립 대학 졸업식에서 찍은 사진이었다. 그녀는 약간 놀라긴 했어도 사랑스러워 보였다.

여닫이문이 열리더니 그녀가 나타났다……. 머리카락은 풀어내려 약간 야성적이고 섹시했고, 히스먼에서 했던 저녁식사에 입었던 그 자주색 드레스를 입고 있었다. 무척 멋졌다.

브라보, 스틸 양.

"흠…… 그 원피스."

그녀를 향해 천천히 걸어갈 때 내 목소리엔 찬탄이 가득 어려 있었다.

"다시 온 것을 환영해, 스틸 양."

나는 속삭이며 그녀의 턱을 잡아 입술에 부드럽게 키스했다.

"안녕."

그녀의 뺨이 약간 장밋빛으로 달아올랐다.

"정각에 왔군. 나는 시간을 잘 맞추는 것을 좋아하지. 이리 와."

그녀의 손을 잡고 소파로 이끌었다.

"보여줄 게 있어."

둘 다 자리에 앉자 나는 〈시애틀 타임스〉를 건넸다. 사진을 보고 그녀는 웃음을 터뜨렸다. 내가 기대했던 반응은 아니었다.

"그럼 이제 난 당신의 '친구'가 되었네요."

그녀가 놀림조로 말했다.

"그렇게 보이는데. 신문에 난 거니까 그게 사실이겠지."

그녀가 여기 있는 지금은 더 침착해졌다. 어쩌면 그녀가 여기 있기 때문인지도. 그녀는 도망가지 않았다. 나는 그녀의 부드럽고 비단결 같은 머리카락을 잡아당겼다. 그 머리를 땋고 싶어서 손가락이 근질거렸다.

"그래, 아나스타샤. 지난번에 여기 온 후에는 내가 어떤 일을 하고 있는지 훨씬 더 잘 알게 되었겠지."

"그래요."

그녀의 눈빛은…… 속사정을 안다는 듯 강렬했다.

"그런데도 다시 왔고."

그녀는 고개를 끄덕이며 수줍은 미소를 지었다.

내 행운을 믿을 수가 없었다.

네가 변태인 줄 알았다니까, 아나.

"밥은 먹었어?"

"아니요."

전혀? 좋아. 이 문제를 바로잡아야겠어. 나는 한 손으로 머리카락을 훑으며 될 수 있는 한 평온한 어조로 물었다.

"배고파?"

"음식이 고프진 않아요."

그녀가 나를 건드렸다.

이런. 내 다리 사이를 꼭 집어 말한 거나 다름없었다.

나는 몸을 앞으로 숙이면서 그녀의 귀에 입술을 대고 취할 듯한 향기를 맡았다.

"오늘 아주 열렬한데, 스틸 양. 작은 비밀 하나 털어놓자면, 나도 그래. 하지만 그린 박사가 곧 여기 오기로 되어 있어."

나는 소파에 기댔다.

"뭐라도 먹고 오지."

이건 간청이었다.

"그린 박사는 어떤 사람이에요?"

그녀는 요령 있게 화제를 바꾸었다.

"박사는 시애틀에서 제일가는 산부인과의야. 더 이상 뭘 말해?"

내 주치의가 내 비서에게 그렇게 말했다는 거지, 어쨌든.

"난 당신 주치의를 만나는 줄 알았는데. 자기가 사실은 여자였다는 말 하지 마요. 난 안 믿을 테니까."

나는 코웃음을 억눌렀다.

"넌 전문가에게 진찰받는 게 더 적합할 거라 생각했어. 그렇지 않아?"

그녀는 어리둥절해하는 표정을 지었지만 이내 고개를 끄덕였다.

처리해야 할 화제가 하나 더 있었다.

"아나스타샤. 어머니가 오늘 저녁식사에 초대하셨어. 엘리엇이 케이트도 초대했을 거야. 네가 어떻게 생각할지 모르겠군. 널 가족에게 소개하면 내가 좀 이상할 테지만."

그녀는 잠깐 시간을 들여 이 정보를 받아들이더니 싸움 전에 흔히 하는 식으로 머리카락을 어깨너머로 넘겼다. 하지만 따지려는 게 아니라 상처받은 표정이었다.

"내가 부끄러워요?"

목멘 소리였다.

아, 세상에 맙소사.

"물론 아니지."

그렇게 얼토당토않은 말을! 나는 분개하며 그녀를 쏘아보았다. 어떻게 자기 자신을 그렇게 말할 수 있을까?

"그럼 뭐가 이상해요?"

그녀가 물었다.

"이전에는 한 번도 그런 적이 없었으니까."

나는 언짢은 어투로 말했다.

"나한테는 눈 흘기지 말라면서 당신은 왜 그래요?"

"내가 그런지 몰랐는데."

싸움을 거는 건가. 또.

"나도 내가 그러는지 몰라요. 보통은요."

그녀가 톡 쏘아붙였다.

젠장, 지금 말다툼하는 거야?

그때 테일러가 헛기침을 했다.

"그린 박사님이 오셨습니다."

"스틸 양 방으로 안내해드려."

아나는 돌아서 나를 보았고, 나는 한 손을 그녀에게 내밀었다.

"피임할 준비는 됐어?"

"당신도 따라올 건 아니죠?"

그녀는 겁에 질린 것 같기도 하고 재미있어하는 것 같기도 했다.

웃음을 터뜨렸지만 내 몸은 동요했다.

"구경할 수 있다면 비싼 관람료도 낼 용의가 있지. 하지만 좋은 의사라면 허락하지 않을걸."

그녀가 자기 손을 내 손 위에 얹자, 나는 그녀를 품으로 끌어당겨 키스했다. 그녀의 입은 부드럽고 따뜻했으며 나를 부르고 있었다. 내 손이 그녀의 머리카락으로 미끄러져 들어갔고, 나는 더 깊게 키스했다. 내가 떨어져 나왔을 때, 그녀는 아찔한 표정을 짓고 있었다. 나는 내 이마를 그녀에게 댔다.

"네가 여기 와줘서 기뻐. 네 옷을 벗겨버리고 싶어서 죽겠군."

내가 얼마나 널 그리워했는지 믿을 수 없을 정도야.

"가자, 나도 그린 박사를 만나보고 싶어."

"당신도 모르는 사람이에요?"

"몰라."

나는 아나의 손을 잡고 그녀의 침실이 될 위층 방으로 갔다.

그린 박사는 근시 특유의 시선으로 보는 그런 사람이었다. 그 시선은 상대를 꿰뚫어 보는 듯해서 약간 불편해졌다.

"그레이 씨."

박사는 내가 뻗은 손을 굳게, 헛소리는 허락하지 않겠다는 투로 잡았다.

"급하게 연락드렸는데도 와주셔서 감사합니다."

나는 가장 선량한 미소를 지어 보였다.

"불러주셔서 제가 고맙지요, 그레이 씨. 스틸 양."

박사는 아나에게 예의 바르게 말했지만, 나는 그녀가 우리 관계를 재보고 있다는 것을 알았다. 박사는 아마 내가 무성 영화의 악인처럼 턱수염을 배배 꼬는 그런 자라고 생각했을 것이 분명했다. 그녀는 내게로 돌아서더니 '이제 그만 나가요'라는 뜻의 날카로운 눈길을 보냈다.

알았다고.

"나는 아래층에 가 있지요."

나는 마지못해 받아들였다. 비록 보고 싶긴 했지만. 내가 그런 요청을 했다가는 그 좋은 의사가 어떤 반응을 보일지, 엄청날 게 분명했다. 나는 그 생각에 히죽 웃으며 아래층 거실로 내려갔다.

이제 아나가 함께 있지 않으므로, 나는 다시 안절부절못했다. 정신을 다른 데 쏟고자 일자형 식탁 위에 식탁 매트 두 장을 깔았다. 이렇게 한 게 이번이 두 번째였고, 첫 번째도 아나를 위한 것이었다.

너, 너무 물렁해지고 있어, 그레이.

점심 반주로 샤블리를 골랐다. 내가 좋아하는 몇 안 되는 샤도네이였다. 다 마친 후 소파에 앉아서 신문의 스포츠란을 훑었다. 리모컨으로 아이팟의 음악 볼륨을 높이면서, 음악의 도움으로 위층에서 아나와 그린 박사 사이에 일어나는 일보다 지난밤 마리너스가 양키스를 맞아 승리한 경기의 통계에 집중할 수 있기를 바랐다.

마침내, 그들의 발소리가 복도에 울렸고 그들이 들어오자 나는 고개를 들었다.

"다 끝났나?"

나는 아이팟 리모컨을 눌러 아리아의 소리를 줄이면서 물었다.

"네, 그레이 씨. 스틸 양을 잘 보살펴주세요. 아름답고 영민한 아가씨로군요."

아나가 뭐라고 말했길래?

"물론 그럴 작정입니다."

나는 대체 무슨 소리냐는 뜻의 눈길을 재빨리 아나에게 보냈다.

아나는 영문을 모르겠다는 듯 속눈썹만 깜박였다. 좋아. 그렇다면 별말 한 건 아니군.

"그럼 청구서를 보내드리지요." 박사가 말했다. "좋은 하루 보내요. 행운을 빌어요, 아나."

박사는 눈가에 주름이 잡히도록 미소를 지으며 나와 악수를 나누었다.

테일러가 박사를 엘리베이터까지 배웅하면서 현명하게도 현관의 여닫이문을 닫았다.

"어땠어?"

나는 그런 박사의 말을 잠깐 생각해보며 물었다.

"괜찮았어요. 박사님 말로는 앞으로 4주 동안은 어떤 성행위도 절제해야 한다네요."

무슨 소리야? 나는 충격을 받아 입을 떡 벌렸다.

아나의 진지한 표정은 얄밉게 의기양양한 표정으로 바뀌었다.

"속았죠!"

대단한 솜씨야, 스틸 양.

내가 눈살을 찌푸리자 그녀의 웃음은 사라졌다.

"속았지!"

나도 웃음을 억누를 수가 없었다. 그녀의 허리에 손을 감으며 나는 그녀를 내게로 끌어당겼다. 내 몸은 그녀의 몸에 굶주려 있었다.

"참 다루기 힘든 사람이군, 스틸 양."

나는 두 손을 그녀의 머리카락에 감으며 거칠게 키스했다. 훈육 삼아 부엌 식탁 위에서 이 여자를 가지면 어떨까 생각했다.

머지않았어, 그레이.

"여기서 당장 갖고 싶은 만큼이나 일단 널 먹여야겠고 나도 마찬가지야. 네가 나중에 내 위에 쓰러지면 안 되니까."

나는 속삭였다.

"나한테 원하는 게 그뿐이에요? 내 몸?"

그녀가 물었다.

"그것과 말대꾸 잘하는 똑똑한 입과."

앞으로 올 일을 생각하며 한 번 더 키스했다……. 내 키스는 깊어졌고 욕망 때문에 몸이 단단해졌다. 이 여자를 원했다. 그녀를 바닥에 눕히고 섹스하기 전에 놓아주었다. 둘 다 숨이 막혔다.

"저 음악은 뭐예요?"

그녀는 쉰 목소리로 물었다.

"빌라 로보스야. 〈브라질풍의 바흐〉에 나오는 아리아지. 좋은 곡이지?"

"네."

그녀는 아침식사가 차려진 식탁을 보면서 물었다. 나는 치킨 시저 샐러드를 냉장고에서 꺼내 식탁 매트 사이의 탁자 위에 놓으며, 샐러드 괜찮냐고 물었다.

"네, 좋아요. 고마워요."

그녀가 미소 지었다.

와인 냉장고에서 샤블리를 꺼낼 때 그녀의 눈이 내게 박혀 있는 것을 느꼈다. 내가 이처럼 가정적일 수 있다는 것을 이전엔 몰랐었다.

"무슨 생각해?"

나는 물었다.

"그저 당신이 움직이는 모습을 보고 있었어요."

"그래서?"

나는 순간 놀랐다.

"아주 우아하네요."

그녀는 분홍빛이 된 뺨을 한 채 조용히 답했다.

"어이, 고마운데, 스틸 양."

나는 그녀의 다정한 칭찬에 뭐라고 대답할지 모른 채 그녀 옆에 앉았다. 이전에는 나보고 우아하다고 말한 사람이 없었다.

"샤블리?"

"주세요."

"샐러드 맘껏 들어. 말해봐. 어떤 방법을 쓰기로 했어?"

"알약요."

그녀가 말했다.

"그러면 잊지 말고 매일 같은 시간에 먹을 거지?"

홍조가 그녀의 놀란 얼굴을 스쳐 갔다.

"당신이 잊지 못하게 일깨워주겠죠."

그녀는 냉소를 섞어 말했지만, 나는 무시하기로 했다.

주사가 나을 뻔했어.

"일정표에 알람을 입력해놓도록 하지. 먹어."

그녀가 한 입 먹더니, 또 한 입……. 그리고 한 입 더 먹었다. 먹고 있다!

"그럼 존스 부인에게 치킨 시저 샐러드는 목록에 올려놓으라고 해도 되겠지?"

나는 물었다.

"요리는 내가 하는 거라고 생각했는데요."

"그래, 그래도 돼."

그녀는 나보다 먼저 식사를 끝냈다. 배고팠던 게 분명했다.

"언제나 열렬한 스틸 양?"

"그래요."

그녀는 속눈썹을 내리깔고 얌전한 표정을 지으며 말했다.

망할, 저거야.

저 끌림.

그녀의 주문에 걸린 양, 나는 일어서서 그녀를 내 품 안으로 끌어당겼다.

"이거 하길 원해?"

마음속으로는 그녀가 허락해주기를 빌며 속삭였다.

"아직 서명을 안 했어요."

"알아. 하지만 요샌 매일같이 규칙을 깨고 있으니까."

"날 때릴 거예요?"

"그래, 하지만 아프진 않을 거야. 지금 네게 벌을 주고 싶진 않아. 하지만 어젯밤에 만났다면 이야기는 달랐겠지."

그녀의 얼굴이 충격받아 변했다.

아, 아가씨.

"다른 사람들이 다른 말로 설득하려 해도 믿지 마, 아나스타샤. 사람들이 내가 이렇게 해주길 원하는 건 우리 모두 고통을 주거나 받기를 좋아하기 때문이지. 아주 간단해. 넌 그렇지 않지. 그래서 난 어제 그에 대해 한참을 생각했어."

나는 한 팔을 그녀에게 두르고 나의 단단해진 부분으로 그녀를 끌어당겼다.

"어떤 결론에 도달했어요?"

그녀가 속삭였다.

"아니, 지금 당장은 그저 너를 묶고 아무 생각 없이 너를 갖고 싶어. 준비됐어?

그녀의 표정은 더 어두워지고 관능적이며 육욕적 호기심으로 가득 찼다.

"네."

한숨처럼 부드러운 말이었다.

망할, 다행이군.

"좋아, 가자."

나는 그녀의 손을 이끌고 오락실로 갔다. 나의 피난처. 그녀와 함께 원하는 무엇이든 할 수 있는 곳. 나는 눈을 감고 그 희열을 잠깐 음미했다.

이렇게 흥분한 적이 있었나?

문을 밀어 닫고, 나는 그녀의 손을 놓은 후 찬찬히 관찰했다. 숨을 들이마실 때 그녀의 입술이 벌어졌다. 숨은 빠르고 얕았다. 눈은 휘둥그레졌다. 준비가 되었다. 기다리고 있었다.

"여기 들어오면 넌 완전히 내 거야. 내가 적절하다고 생각하는 행동을 하는 거지. 알겠나?"

그녀의 혀가 재빨리 윗입술을 핥았다. 그녀는 고개를 끄덕였다.

"신발 벗어."

그녀는 침을 꿀꺽 삼키고 하이힐 샌들을 벗었다. 나는 신발을 집어 문 옆에 가지런히 정리해놓았다.

"좋아, 명령하면 지체하지 말고 하길. 이제 너에게서 그 원피스를 벗길 거야. 돌이켜보면 며칠 동안 하고 싶었던 일이지."

그녀가 여전히 내 말을 듣고 있는지 확인하기 위해 잠깐 멈췄다.

"네가 자신의 몸에 편안해졌으면 좋겠어, 아나스타샤. 너의 몸은 아름다워. 난 그 몸을 보고 싶고. 눈의 즐거움이지. 사실, 너를 종일 바라봐도 질리지 않을 것 같아. 그러니 알몸을 창피해하거나 부끄러워하지 마. 알겠나?"

"네."

"네, 다음에 뭐라고?"

내 말투는 더 날카로워졌다.

"네, 주인님."

"진심이야?"

부끄러워하지 않았으면 좋겠어, 아나.

"네, 주인님."

"좋아. 두 팔을 머리 위로 들어."

그녀는 천천히 두 팔을 허공에 쳐들었다. 나는 치맛자락을 잡고 오직 내 눈의 즐거움을 위해 조심스레 그녀의 몸 위로 드레스를 조금씩 벗겨냈다. 옷을 다 벗기자, 나는 뒤로 물러서서 그녀를 한껏 감상했다.

다리, 허벅지, 배, 엉덩이, 가슴, 어깨, 얼굴, 입······. 그녀는 완벽했다. 그녀의 옷을 개켜 장난감 서랍장 위에 두었다. 나는 손을 뻗어 그녀의 턱을 잡아당겼다.

"입술을 깨물고 있네. 그러면 내가 어떻게 되는지 알잖아."

나는 꾸짖었다.

"돌아봐."

그녀는 순순히 따랐고 몸을 돌려 문을 바라보았다. 나는 그녀의 브라를 풀고 끈을 팔 아래로 내리면서 손가락 끝으로 그녀의 피부를 가볍게 훑었다. 나는 그녀의 브라를 벗겨 원피스 위로 던졌다. 그녀에게 제대로 손은 대지 않은 채 가까이 서서, 그녀의 빨라진 숨소리에 귀를 기울이고 피부에서 발산하는 온기를 감지했다. 그녀는 흥분했고, 그런 사람은 그녀뿐만이 아니었다. 나는 두 손으로 그녀의 머리카락을 모아 등 뒤로 떨어뜨렸다. 아, 무척 비단 같은 감촉이었다. 나는 머리카락을 한 손에 감아 휙 잡아당겨서 그녀의 머리를 한쪽으로 젖혀 내 입 쪽으로 목이 드러나게 했다.

나는 귀부터 어깨까지 코로 스쳤다 다시 제자리로 돌아오며 천상의 향기를 들이마셨다.

망할, 냄새가 너무 좋잖아.

"천상의 향기가 나는군, 아나스타샤."

나는 그녀의 맥박이 뛰는 곳 바로 위, 귀 아래에 키스했다.

그녀는 신음했다.

"조용히 해. 아무 소리 내지 마."

나는 청바지 주머니에서 머리끈을 꺼내 그녀의 머리카락을 한 손에 잡고 천천히 땋으며, 그녀의 아름답고 흠 하나 없는 등에 닿았을 때의 당기고 뒤틀리는 감각을 즐겼다. 땋은 머리끝을 머리끈으로 능수능란하게 묶은 후 휙 잡아당기자 그녀가 한 발 뒤로 물러나며 몸으로 나를 눌렀다.

"네 머리를 여기서 이렇게 땋으니 좋은데."

내가 속삭였다.

"돌아봐."

그녀는 즉시 명령대로 했다.

"내가 여기 오라고 했을 땐 넌 이런 차림으로 있어야 해. 팬티만 입고. 알겠나?"

"네."

"네, 뭐라고?"

"네, 주인님."

"착하군."

그녀는 빨리 배웠다. 두 팔은 옆으로 내리고 눈은 내게 고정했다. 기다리고 있었다.

"내가 여기 오라고 할 때는 저기 무릎 꿇고 있으라는 뜻이야."

나는 방문 옆 구석을 가리켰다.

"지금 당장 해봐."

그녀는 두어 번 눈을 깜박였지만, 내가 다시 말하기 전에 몸을 돌려 나와 방 안쪽을 향해 무릎을 꿇었다.

나는 그녀에게 주저앉아도 된다고 허락했고 그녀는 그대로 따랐다.

"두 손과 팔뚝을 허벅지에 올려놔. 좋아. 이제 무릎을 벌려. 더 넓게."

난 널 보고 싶거든.

"더 넓게. 완벽하군. 바닥을 봐."

나나 방을 보지 마. 거기 앉아서 앞으로 내가 널 어떻게 할지 상상하는 동안 네 생각이 미친 듯 질주하게 될걸.

나는 그녀에게 걸어갔고, 그녀가 머리를 수그리고 있다는 게 기뻤다. 나는 그녀의 땋은 머리를 잡아당겨 고개를 들어 올려 내 눈을 보게 했다.

"이 자세를 기억하겠나, 아나스타샤?"

"네, 주인님."

"좋아, 여기 있어. 움직이지 마."

그녀를 지나 문을 열고 나가다 잠깐 돌아보았다. 그녀는 고개를 숙여 눈을 바닥에 고정하고 있었다.

참 반가운 광경이군. 착해.

뛰고 싶었지만, 한시라도 빨리 하고 싶은 마음을 억제하고 어떤 목적을 위해 아래층 내 침실로 갔다.

망할 위엄을 유지하라고, 그레이.

옷 방으로 들어가 나는 옷을 다 벗고 서랍장에서 내가 가장 좋아하는 청바지를 꺼냈다. 내 DJ. 돔용 청바지.

나는 바지를 꿰입은 후 맨 위 단추만 빼고 모든 단추를 잠갔다. 같은 서랍장에서 새 승마 채찍과 회색 와플 무늬 가운도 꺼냈다. 나가면서 콘돔 몇 개를 주머니 속에 집어넣었다.

자, 간다.

쇼타임이야, 그레이.

다시 돌아갔을 때도 그녀는 같은 자세로 앉아 있었다. 머리는 수그리고, 땋은 머리가 등까지 내려오며, 두 손은 무릎에 놓여 있었다. 나는 문을 닫고 가운을 옷걸이에 걸었다. 나는 그녀를 지나쳤다.

"착하군, 아나스타샤. 그렇게 있으니 사랑스러워. 잘했어. 일어서."

그녀는 고개를 숙인 채로 일어섰다.

"나를 봐도 돼."

열렬한 푸른 눈이 나를 올려다보았다.

"널 이제 묶으려고 해, 아나스타샤. 오른손을 내밀어."

내가 내민 손 위로 그녀는 자신의 손을 올렸다. 나는 그녀의 눈에서 시선을 떼지 않은 채로 손바닥을 뒤집었고 등 뒤에서 승마 채찍을 꺼냈다. 나는 재빨리 그 끝으로 그녀의 손바닥을 찰싹 내리쳤다. 그녀는 화들짝 놀라 손을 오므렸고 놀라움에 차서 눈만 깜박였다.

"느낌이 어때?"

내가 물었다.

그녀의 숨소리가 빨라졌다. 그녀는 나를 힐끔 보고 다시 손바닥을 보았다.

"대답해."

"괜찮아요."

그녀의 눈살이 찌푸려졌다.

"얼굴 찡그리지 마." 난 경고했다. "아팠어?"

"아니요."

"이렇게 아프지 않을 거야. 알겠어?"

"네."

그녀의 목소리는 약간 흔들렸다.

"진담이야."

나는 강조하면서 그녀에게 채찍을 보여주었다. 갈색 매듭 채찍, 봤어? 난 네 말을 잘 듣는다고. 그녀가 놀라 내 눈을 바라보았다. 즐거운 마음에 입술이 실룩였다.

"우리의 목적은 서로를 기쁘게 해주는 거야, 스틸 양. 따라와."

나는 그녀를 데리고 방 한가운데, 속박틀로 갔다.

"이 격자판은 족쇄가 가로로 움직일 수 있도록 디자인된 거야."

그녀는 복잡한 틀을 올려다보다가 다시 나를 보았다.

"여기서 시작이야. 난 너를 세워놓고 섹스하겠어. 그런 후에는 저기 벽에서 끝나는 거지."

나는 성 앤드류의 십자가(대각선 모양의 십자가를 의미함-옮긴이)를 가리켰다.

"머리 위로 손을 들어."

그녀는 즉시 그대로 했다. 격자판에 걸린 가죽 수갑을 잡아 하나씩 그녀의 손목에 채웠다. 나는 꼼꼼했지만, 그녀의 정신은 다른 데 팔려 있었다. 이처럼 가까이 그녀 앞에 서서, 그녀의 흥분과 걱정을 감지하며, 그녀를 만지는 기분이라니. 집중하기가 힘들었다. 일단 수갑을 다 채우자 나는 한 발짝 물러서 안도하며 깊은숨을 들이마셨다.

마침내 너를 내가 원하는 곳까지 데려왔구나, 아나 스틸.

나는 천천히 그녀의 주위를 돌며 그 광경을 감상했다. 이보다 더 섹시할 수 있을까?

"이렇게 묶여 있는 모습이 정말 근사해, 스틸 양. 말대꾸 잘하는 똑똑한 입도 이제 잠잠해졌군. 그것도 마음에 들고."

나는 멈춰 서서 그녀를 마주하며 손가락을 그녀의 팬티 속으로 넣었다. 그리고 너무나 느리게 긴 다리 아래로 팬티를 끌어내리면서 그녀의 발 앞에 무릎을 꿇었다.

그녀를 숭배하라. 그녀는 눈부셨다.

나는 눈을 그녀에게서 떼지 않으면서 팬티를 구겨 코에 갖다대고 깊이 들이마셨다. 그녀의 입이 떡 벌어졌고 즐거운 충격으로 눈이 휘둥그레졌다.

그래. 난 히죽 웃었다. 완벽한 반응이지.

팬티는 청바지 주머니에 넣고 일어서서 다음 행동을 고민했다. 나는 채찍을 들고 그녀의 배를 쓸다가, 채찍의 혀로 부드럽게 배꼽 위에 원을 그렸다. 그녀는 숨을 삼키며 그 감촉에 전율했다.

이건 좋을 거야, 아나. 날 믿어.

나는 천천히 그녀 주위를 돌며 채찍으로 그녀 피부 위에 그렸다. 배, 옆구리, 등. 두 번째 돌 때, 나는 재빨리 채찍의 혀를 그녀의 엉덩이 아래에 내리쳤다. 날카로운 채찍이 음문에 닿았다.

"아!"

그녀는 비명을 지르며 묶인 손을 잡아당겼다.

"조용히 해."

나는 경고하면서 다시 한 번 그녀 주위를 돌았다. 나는 채찍을 같은 그 자리에 내리쳤다. 그녀는 그 접촉에 칭얼거렸다. 그녀는 눈을 꼭 감으며 그 감각을 흡수했다. 다시 한 번 손목을 젖히자, 채찍은 그녀의 젖꼭지를 내리쳤다. 그녀는 머리를 뒤로 젖히며 신음했다. 나는 다시 노렸고, 채찍은 이번에는 다른 쪽 젖꼭지를 핥았다. 나는 가죽 채찍의 날카로운 이빨 아래서 젖꼭지가 굳어지고 길어지는 것을 보았다.

"기분이 좋아?"

"네."

그녀는 눈을 감으며 고개를 뒤로 젖힌 채로 쌕쌕거렸다.

이번에는 더 세게 그녀의 엉덩이를 내리쳤다.

"네, 뭐라고?"

"네, 주인님."

그녀가 외쳤다.

나는 천천히 조심스럽게 채찍을 내리쳐 그녀의 배를 핥게 하고 찰싹 감기게 하다 목적지까지 점점 내려왔다. 한 번 까딱하자, 가죽 채찍의 혀는 그녀의 클리토리스를 내려쳤고, 그녀는 거품 끓는 비명을 내질렀다.

"아…… 제발!"

"조용히 하라니까."

나는 명령하며, 그녀의 엉덩이를 더 세게 내리치는 것으로 벌을 주었다.

가죽 혀로 그녀의 체모를 헤치고 들어가 음문과 질까지 훑었다. 다시 뺐을 때 갈색 가죽은 그녀의 흥분이 남긴 흔적으로 번들거렸다.

"네가 얼마나 젖었는지 봐, 아나스타샤. 눈을 뜨고 입을 벌려."

그녀는 거칠게 숨을 몰아쉬며 입술을 벌려 나를 보았다. 눈은 이 순간의 아득한 육욕에 잠겨 길을 잃었다. 나는 채찍 끝을 그녀의 입속으로 쓱 집어넣었다.

"네 자신이 어떤 맛인지 봐. 빨아, 세게 빨아봐."

그녀의 입술이 가죽 끝을 감쌌다. 내 물건을 감쌀 때처럼.

망할.

그녀는 너무도 섹시했고, 나는 그녀를 거부할 수 없었다.

그녀의 입에서 채찍을 뺀 후, 나는 두 팔로 그녀를 감았다. 내가 키스하자 그녀는 나를 위해 입을 벌렸다. 나는 그녀를 탐색하며, 그녀의 정욕의 맛을 한껏 누렸다.

"오, 아나스타샤, 당신 정말 맛이 근사하군." 나는 속삭였다. "느끼게 해줄까?"

"부탁해요."

그녀가 애원했다.

손목을 한 번 휘두르자 채찍이 그녀의 엉덩이를 내려쳤다.

"부탁해요라니, 그다음엔?"

"부탁드립니다, 주인님."

그녀는 끙끙 신음했다

착하군. 나는 한발 물러섰다.

"이걸로?"

나는 그녀가 볼 수 있도록 채찍을 들었다.

"네, 주인님."

그녀의 대답에 나는 놀라고 말았다.

"진짜야?"

내 행운을 믿을 수 없었다.

"네, 부탁드립니다, 주인님."

아, 아냐, 너는 정말 끝내주는 여신이야.

"눈을 감아."

그녀는 시키는 대로 했다. 무한한 배려와 적지 않은 감사를 담아, 나는 다시 빠르게, 찌르는 듯한 채찍질을 그녀의 배에 퍼부었다. 곧 그녀는 숨을 헐떡였고 흥분은 높아졌다. 남쪽으로 내려가며, 나는 가죽 채찍의 혀로 그녀의 클리토리스를 부드럽게 쳤다. 다시. 또다시. 또다시.

그녀는 묶인 손을 잡아당기면서 신음하고 신음했다. 그러다 그녀가 조용해졌고, 나는 이제 거의 가까워졌음을 알았다.

갑자기 그녀는 고개를 뒤로 젖히면서 입을 벌렸고 오르가즘이 그녀의 온몸을 흔들며 지나갈 때 비명을 질렀다. 즉시 나는 채찍을 떨어뜨리고 쓰러지는 그녀를 잡아 지탱했다. 그녀는 내게 기대어 축 늘어졌다.

아, 아직 안 끝났어, 아나.

두 손을 그녀의 허벅지 밑에 대고 그녀의 떨리는 몸을 들어 올려 격자판에 묶인 채로 성 앤드류의 십자가로 이동했다. 거기서 나는 그녀를 내려놓고 똑바로 세워서 십자가와 내 어깨로 고정했다. 나는 청바지를 끌어당겨서 모든 단추를 푼 후 페니스를 풀어놓았다. 주머니에서 콘돔을 꺼내서 포일 포장을 이로 찢고 한 손으로 내 일어선 물건에 씌웠다.

나는 부드럽게 그녀를 다시 일으켜 세우고 속삭였다.

"두 다리를 들어. 나를 감싸."

그녀를 나무에 기대 세우고, 나는 그녀가 다리로 내 엉덩이를 감싸고 팔꿈치를 어깨에 얹을 수 있도록 도왔다.

넌 내 거야.

한 번 만에 나는 그녀 안으로 밀고 들어갔다.

망할. 그녀는 정말 강렬했다.

나는 잠시 시간을 들여 그녀를 음미했다. 그런 후에 매 동작을 즐기면서 움직이기 시작했다. 그녀를 계속해서 느끼는 동안 숨이 점점 가빠져 공기를 들이마시면서 나는 이 아름다운 여인 안에서 나 자신을 잃었다. 나는 그녀의 목에 댄 입을 벌려 그녀를 맛보았다. 그녀의 향기가 내 코를, 내 몸을 채웠다. 아나. 아나. 아나. 멈추고 싶지 않았다.

갑자기 그녀가 굳어지더니 나를 감싼 그녀의 몸이 경련했다.

그래. 또다시. 그런 후에 나는 놓아버렸다. 그녀를 채운 채로. 그녀를 안은 채로. 그녀를 숭배한 채로.

그래. 그래. 그래.

그녀는 무척 아름다웠다. 그리고 끝내주게 달콤했다. 정신이 날아갈 만큼.

나는 그녀에게서 빠져나왔다. 그녀가 내게 기댄 채로 쓰러지자 나는 재빨리 격자판에 묶인 손목을 풀어주고 그녀를 지탱한 채로 함께 바닥에 주저앉았다. 나는 그녀를 다리로 감아 안으며 두 팔로 감쌌고, 그녀는 눈을 감고 숨을 거세게 몰아쉬며 내게 기대어 축 늘어졌다.

"잘했어. 아팠나?"

"아니요."

그녀의 목소리는 거의 들리지 않았다.

"아플 줄 알았어?"

나는 그녀의 얼굴을 더 잘 볼 수 있도록 흘러나온 머리카락을 얼굴에서 치우면서 물었다.

"네."

"이제 알겠지만 네 두려움은 그저 머릿속에만 있는 거야, 아나스타샤."

나는 그녀의 얼굴을 어루만지면서 물었다.

"다시 할 수 있겠어?"

그녀는 즉시 대답하지 않았다. 나는 그녀가 잠이 들었나 생각했다.

"네."

잠시 후 그녀가 속삭였다.

고마워, 정말.

나는 두 팔로 그녀를 감싸 안았다.

"좋았어. 나도 그럴 것 같군."

다시 또다시. 나는 그녀의 정수리에 부드럽게 키스하며 숨을 들이마셨다. 아나와 땀과 섹스의 냄새.

"게다가 난 너랑 아직 안 끝났어."

내가 강조하자 그녀가 무척 자랑스러웠다. 해냈다. 그녀는 내가 원하는 모든 것을 해냈다.

그녀는 내가 원하는 모든 것이었다.

그리고 갑자기 나를 뒤흔드는 익숙지 않은 감정에 압도당했다. 힘줄과 뼈를 가르고, 그 지나간 길에 불편함과 공포를 남겨놓은 이 감정.

그녀는 고개를 돌리고 내 가슴에 코를 비볐다.

깜짝 놀랄 정도로 익숙한 어둠이 부풀어 오르며, 불편한 감정이 공포의 감각으로 대치됐다. 온몸의 근육이 굳어졌다. 내가 공포와 싸우는 동안 아나는 맑고 흔들림 없는 눈으로 나를 올려다보았다.

"하지 마."

나는 속삭였다. 제발.

그녀는 몸을 떼며 내 가슴을 보았다.

통제해, 그레이.

"문 옆으로 가서 무릎 꿇어."

나는 그녀를 놓으며 명령했다.

가. 만지지 마.

그녀는 부들부들 떨면서 일어나 비틀비틀 문으로 갔다. 거기서 다시 무릎 꿇는 자세를 취했다.

나는 심호흡을 하며 중심을 잡았다.

너 내게 무슨 짓을 하는 거야, 아나 스틸?

나는 일어서서 두 팔을 뻗었고, 이제는 더 침착해졌다.

문 옆에 무릎 꿇고 앉은 그녀는 어느 모로 보나 이상적 서브미시브였다. 그녀의 눈이 게슴츠레해졌다. 피곤해 보였다. 휙 치솟았던 아드레날린 수치가 이제 떨어지고 있었다.

오, 이걸로는 충분치 않아. 너는 그녀가 서브미시브가 되길 바라잖아, 그레이. 그녀에게 그게 무슨 뜻인지 보여줘.

장난감 서랍을 뒤져 클레이튼 공구점에서 샀던 케이블 타이와 가위를 꺼냈다.

"지루한가, 내가? 스틸 양?"

나는 동정심을 감추고 물었다. 퍼뜩 잠에서 깬 그녀는 죄책감 어린 눈으로 나를 보았다.

"일어서."

나는 명령했다.

"완전히 진이 다 빠져버렸군?"

그녀는 수줍은 미소를 띠며 고개를 끄덕였다.

아, 너 정말 잘 해냈어.

"체력 부족이야, 스틸 양. 나는 아직 너를 완전히 맘껏 들이마시지 못했어. 기도하듯 두 손을 내밀어."

잠시 예쁜 이마를 해치는 주름이 잡혔지만, 그녀는 손바닥을 맞대어 내밀었다. 나는 케이블 타이로 그녀의 손목을 조였다. 그녀는 그게 뭔지 알아본 듯 내 눈을 휙 쳐다보았다.

"어디서 본 것 같지?"

나는 그녀에게 미소를 보내며 한 손가락으로 플라스틱을 쓸며 적당히 여유가 있고 너무 조이지 않는지 확인했다.

"여기 가위가 있어." 나는 그녀가 볼 수 있도록 들어 올렸다. "곧 끊어줄 수도 있지."

그녀는 안심하는 표정을 지었다.

"따라와."

그녀의 묶인 손을 잡고 나는 그녀를 맨 끝 모퉁이에 있는 기둥 네 개짜리 침대로 데려갔다.

"난 좀 더 원해. 훨씬, 훨씬 더."

내가 그녀의 귀에 대고 속삭이는 동안 그녀는 고개를 숙이고 침대를 보았다.

"하지만 이건 빨리 할 거야. 넌 피곤하니까. 기둥을 잡아."

그녀는 머뭇거리며 나무 기둥을 잡았다.

"더 낮게."

나는 명령했다. 그녀는 손을 기둥 바닥으로 내리면서 몸을 구부렸다.

"좋아. 놓지 마. 놓았다간 네 엉덩이를 때려줄 테니. 알겠어?"

"네, 주인님."

"좋아."

나는 그녀의 엉덩이를 붙들고 내 쪽으로 당겨서 제대로 위치를 잡았다. 그녀의 아름다운 엉덩이가 허공에 들리면서 내 마음대로 할 수 있게 되었다.

"놓지 마, 아나스타샤." 나는 그녀에게 경고했다. "뒤에서부터 세게 들어갈 테니까. 무게를 지탱하기 위해 기둥을 잡아. 알겠어?"

"네."

나는 그녀의 엉덩이를 세게 내리쳤다.

"네, 주인님."

그녀는 즉시 대답했다.

"다리를 벌려."

나는 오른쪽 다리를 그녀 다리에 밀어 넣어 사이를 더 벌렸다.

"이러니 더 낫군. 이런 후에는 너를 재워주지."

그녀의 등은 완벽한 커브를 이루었다. 목덜미부터 예쁘고 예쁜 엉덩이까지 모든 등뼈의 윤곽이 드러났다. 나는 손가락으로 그 선을 따라 그렸다.

"네 피부는 정말 고와, 아나스타샤."

나는 혼잣말했다. 그녀 위로 몸을 숙이면서 손가락이 지났던 길을 따라 등을 내려가며 부드럽게 키스했다. 그러면서 나는 손바닥을 그녀의 가슴에 대고 손가락 사이에 젖꼭지를 껴서 잡아당겼다. 그녀는 내 몸 아래서 몸을 뒤틀었다. 나는 젖꼭지를 애무하면서 그녀의 허리에 부드럽게 키스를 한 후, 피부를 살짝 물었다.

그녀는 칭얼거렸다. 나는 멈추고 물러서서 그 광경을 감탄하며 보았다. 그녀를 보는 것만으로도 더 단단해졌다. 주머니에서 두 번째 콘돔을 꺼내면서, 청바지를 재빨리 발로 차서 벗고 포장을 벗겼다. 두 손을 사용해서 콘돔을 씌웠다.

나는 그녀의 엉덩이를 갖고 싶었다. 지금. 하지만 그러기엔 너무 일렀다.

"네 엉덩이는 정말 매혹적이고 섹시해, 아나스타샤 스틸. 내가 그 엉덩이에 하고 싶은 건 이거지."

나는 두 손으로 양쪽 엉덩이를 쓸며 그녀를 희롱하다가 두 손가락을 몸 안으로 넣어 늘렸다.

그녀는 다시 칭얼댔다.

그녀는 준비가 되었다.

"아주 촉촉하군. 날 실망시키는 법이 없단 말이야, 스틸 양. 꼭 잡아……. 이건 빨리 끝날 테니까."

나는 그녀의 엉덩이를 잡고 그녀의 질 입구에 몸을 맞추면서 손을 뻗어 그녀의 땋은 머리를 손목에 감아 잡고 세게 당겼다.

한 손으로는 내 페니스를 잡으며 다른 손은 그녀의 머리를 감은 채 나는 그녀 안으로 미끄러져 들어갔다.

그녀는. 정말. 죽이게. 달콤했다.

천천히 나는 그녀에게서 빠져나왔다. 그리고 빈손으로 엉덩이를 잡으면서 머리카락을 잡은 손에 더 힘을 주었다.

서브미시브.

나는 그녀 안으로 밀고 들어갔고, 그 힘에 그녀는 외마디 비명을 지르며 몸이 앞으로 쏠렸다.

"꼭 붙잡아, 아나스타샤!"

나는 다시 지시했다. 그러지 않았다가는 다칠 우려가 있었다.

그녀는 숨도 쉬지 못하고 다리로 버티면서 나를 향해 뒤로 몸을 밀었다.

착하군.

그런 후 나는 그녀에게로 쿵쿵 들어가기 시작했고 그녀는 기둥을 잡은 채로 작게 목 막힌 비명을 질렀다. 하지만 밀려나지는 않았다. 그녀는 도로 밀고 들어왔다.

대단한데, 아나.

그리고 그때 나는 느꼈다. 천천히. 그녀의 안쪽이 나를 감아들기 시작했다. 통제력을 잃으며 나는 그녀 안으로 쿵쿵 들어갔다가 잠잠해졌다.

"자, 아나, 내게 줘."

나는 신음하면서 거세게 사정했다. 내가 붙들고 있는 동안 그녀가 쾌락을 분출하자 내 쾌락도 늘어났다.

그녀를 내 품 안에 안아 내 몸 위에 올린 채로 바닥으로 내려왔다. 우리 둘 다 천장만 보고 있었다. 그녀는 긴장을 완전히 풀었고 확실히 진이 다 빠졌다. 그녀의 무게가 반가웠고 안심이 되었다. 나는 카라비너를 올려다보며, 언제 그녀가 매달기를 허락해줄까 생각했다.

아마도 아니겠지.

그래도 상관없었다.

우리가 여기서 처음으로 함께한 시간이었다. 그동안 그녀는 그저 꿈이었다. 나는 그녀의 귀에 키스했다.

"손을 들어."

내 목소리는 허스키했다. 그녀는 콘크리트가 매달려 있기라도 한 양 천천히 두 손을 들었고, 나는 가위를 꺼내 케이블 타이 아래로 넣었다.

"이로써 아나가 열렸음을 선언하노라."

나는 중얼거리며 케이블 타이를 싹둑 잘라 그녀를 풀어주었다. 그녀가 키득키득 웃자 내 몸에 닿은 그녀의 몸이 흔들렸다. 낯설었지만, 그렇게 달갑지 않은 것만은 아니어서 나도 웃고 말았다.

"이거 참 귀여운 소리인데."

그녀가 손목을 문지를 때 나는 속삭였다. 나는 일어나 앉으며 그녀를 내 무릎에 앉혔다.

그녀를 웃기는 게 좋아. 그녀는 충분할 만큼 자주 웃지 않으니까.

"그건 내 잘못이야."

나는 그녀의 어깨와 팔에 다시 감각이 돌아오도록 주무르면서 인정했다. 그녀는 얼굴을 내게 돌리며 지친 표정으로 탐색했다.

"네가 좀 더 자주 웃지 않는 것."

나는 더 자세히 설명했다.

"난 원래 잘 웃는 편이 아니에요."

그녀는 말하면서 하품했다.

"아, 그렇지만 웃을 땐 눈이 참 즐거워지지, 스틸 양."

"아주 화사한 미사여구인데요, 그레이 씨."

그녀는 놀림조로 말했다.

나는 미소를 지었다.

"속속들이 섹스를 당했으니 잠이 필요하겠지."

"그 말은 전혀 화사하지 않고요."

그녀는 나를 나무라면서 코웃음 쳤다.

나는 일어날 수 있게 그녀를 내 무릎에서 들어 올린 후, 청바지를 찾아 입었다.

이건 처음은 아니겠지만.

"저런 문제로 테일러나 존스 부인을 놀라게 하고 싶지 않아."

아나는 졸음에 겨워 바닥에 앉아 있었다. 나는 그녀의 팔뚝을 잡아 일으킨 후 문으로 데려갔다. 문 뒤 옷걸이에서 회색 가운을 집어 그녀에게 입혔다. 어쨌든 그녀는 아무런 도움이 되지 않았다. 완전히 진이 빠져버렸다.

"침대."

나는 그녀에게 재빨리 키스하며 선언했다.

놀란 표정이 그녀의 졸린 얼굴을 스쳤다.

"자려고 하는 거야."

나는 그녀를 안심시켰다.

그런 후에 몸을 숙여 그녀를 내 가슴에 안고 서브의 방으로 데려갔다. 이불을 젖히고 그녀를 눕힌 후 순간 약해진 마음에 나도 침대에 올라가 그녀 옆에 누웠다. 이불로 우리 둘을 덮으며 나는 그녀를 포옹했다.

그녀가 잘 때까지만 안고 있을 거야.

"이제 자, 예쁜 아가씨."

나는 완전히 충족된 기분을 느끼며…… 감사하며 그녀의 머리카락에 키스했다. 우리는 해냈다. 이 달콤하고 순진한 여자가 내가 자기를 마음대로 다루게 허락해주었다. 그리고 그녀도 즐긴 것 같았다. 나도 그랬다……. 이전 어느 때보다.

엄마는 앉아서 금이 크게 간 거울 속에서 나를 보고 있다.

나는 엄마의 머리카락을 빗긴다. 부드럽게 엄마 냄새, 꽃 냄새가 난다.

엄마는 빗을 집어 자기 머리카락을 감고 또 감는다.

그래서 머리카락은 엄마 등을 타고 내려오는 꾸불꾸불한 뱀 같다.

자. 엄마가 말한다.

엄마는 나를 돌아보고 웃는다.

오늘, 엄마는 행복하다.

엄마가 행복하면 나도 좋아.

엄마가 나를 보고 웃으면 좋아.

엄마는 웃을 때 예쁘다.

파이를 구울까, 애벌레야.

사과 파이.

난 엄마가 파이를 구울 때가 좋아.

달콤한 향기가 마음속을 침범해오자 퍼뜩 깨어났다. 아나였다. 그녀는 내 옆에서 깊이 잠들어 있었다. 나는 누워서 천장을 응시했다.

이 방에서 잔 게 언제였더라?

한 번도 없다.

그 생각을 하니 불안해졌고, 근원을 알 수 없는 탓에 불편해졌다.

무슨 일이야, 그레이?

아나를 깨우고 싶지 않았기에 조심스레 일어나 앉으며 그녀의 자는 모습을 내려다보았다. 그게 뭔지 알았다. 그녀와 여기함께 있어서 불안했다. 나는 그녀가 자게 내버려두고 침대에서 나와 오락실로 향했다. 거기서 다 쓴 케이블 타이와 콘돔을 모아 주머니에 넣으려는데, 그 안에 아나의 팬티가 있었다. 채찍과 그녀의 옷, 신발을 손에 들고 그 방을 나와 문을 잠갔다. 그녀의 방으로 돌아와서 옷은 벽장 문에 걸고 신발은 의자 밑에 놓아두고 브라는 의자 위에 올려두었다. 그녀의 팬티를 주머니에서 꺼냈다. 사악한 생각이 떠올랐다.

나는 욕실로 향했다. 부모님 댁에 식사하러 가기 전에 샤워를 해야 했다. 아나는 좀 더 자게 내버려두기로 했다.

데일 듯 뜨거운 물이 내 위로 폭포수처럼 떨어지며 아까 들었던 걱정과 불편함을 씻어버렸다. 첫 번째 경험들이 우리 둘 다에게 나쁘지 않았다. 이전에는 아나와의 관계가 불가능할 거라고 생각했지만, 이제 미래는 가능성으로 가득 차 보였다. 아침에 캐럴라인 액턴에게 전화해서 내 여자에게 옷을 사줘야겠다고 마음속으로 적어두었다.

서재에서 밀린 업무용 독서를 하며 한 시간을 생산적으로 보낸 후, 아나가 이 정도면 충분히 잤으리라고 생각했다. 바깥이 어둑어둑해졌고, 부모님 댁 저녁식사에 늦지 않게 가려면 45분 안에는 떠나야 했다. 그녀가 위층 침실에 있다는 것을 알고 있으니 일에 집중하기가 더 쉬웠다.

이상하군.

뭐, 그녀가 저기 위에서는 안전하다는 것을 아니까.

냉장고에서 크랜베리 주스 한 통과 탄산수 한 병을 꺼냈다. 이 둘을 잔에 섞어 들고 위층으로 향했다.

그녀는 내가 침대에서 빠져나왔던 때처럼 웅크리고 누워 여전히 깊은 잠에 빠져 있었다. 전혀 움직인 것 같지가 않았다. 부드럽게 숨을 쉴 때마다 입술이 벌어졌다. 머리카락은 헝클어졌고 많은 머리채에서 꼬불꼬불한 머리카락이 흘러나왔다. 나는 침대 가장자리에 앉아 허리를 숙여 그녀의 관자놀이에 키스했다. 그녀가 잠꼬대처럼 칭얼댔다.

"아나스타샤, 일어나."

그녀를 얼러 깨울 때 내 목소리는 부드러웠다.

"싫어요."

그녀는 툴툴거리며 베개를 껴안았다.

"30분 안에 준비하고 부모님 댁에 식사하러 가야 해."

그녀가 눈을 깜박 뜨더니 내게 초점을 맞췄다.

"자, 잠꾸러기. 일어나."

나는 다시 그녀의 관자놀이에 키스했다.

"마실 걸 가져왔어. 아래층에 있지. 다시 잠들지 마. 그랬다간 곤란해질 테니."

내가 경고하는 동안 그녀가 두 팔을 뻗었다. 나는 다시 한 번 키스하고 의자를 획 한 번 쳐다보았다. 거기서 팬티를 찾을 수는 없을 텐데. 나는 웃음을 억누르지 못하고 아래층으로 느릿느릿 내려갔다.

놀 시간이야, 그레이.

스틸 양을 기다리는 동안 아이팟의 리모컨 버튼을 누르자 음악이 무작위로 튀어나왔다. 안절부절못하고 발코니 문으로 가서 이른 저녁 하늘의 바라보며 토킹 헤즈의 〈앤드 쉬 워즈〉를 들었다.

테일러가 들어왔다.

"사장님, 차를 준비할까요?"

"5분만 여유 있게."

"알겠습니다."

테일러는 대답하고 고용인 엘리베이터를 향해 사라져버렸다.

몇 분 후 아나가 거실로 향하는 출입구에 나타났다. 그녀는 빛이 났고 눈부셨으며…… 심지어 즐거워하고 있었다. 잃어버린 팬티에 대해서 뭐라고 할까?

"안녕."

"안녕. 기분이 어때?"

그녀가 더 활짝 웃었다. "좋아요, 당신은요?" 그녀는 태연한 척하고 있었다.

"내 기분은 몹시도 좋지, 스틸 양."

서스펜스가 감질났고, 기대감이 내 얼굴에 고스란히 드러나지 않길 바랐다.

"프랭크 시내트라네요. 당신이 그 사람 팬인지는 전혀 짐작도 못 했는데."

〈위치크래프트〉의 풍부한 음성이 방을 채우는 동안 그녀는 머리를 한쪽으로 갸우뚱하며 이상하다는 표정을 지었다.

"전방위적 취향이지, 스틸 양."

나는 그녀에게로 다가가 바로 그 앞에 섰다. 그녀가 틈을 보일까? 나는 그녀의 반짝이는 푸른 눈 속에서 대답을 찾으려 했다.

팬티 달라고 말해봐, 아가씨.

나는 손가락 끝으로 그녀의 뺨을 어루만졌다. 그녀는 얼굴을 기울여 내 손에 맡겼다. 나는 이 다정한 동작에, 그녀의 애태우는 표정에, 그 음악에 완전히 매혹당했다. 그녀를 내 품에 안고 싶었다.

"같이 춤출까."

나는 주머니에서 리모컨을 꺼내 프랭크 시내트라의 목소리가 우리를 에워쌀 때까지 볼륨을 높였다. 그녀는 내게 손을 내밀었다. 나는 그녀의 허리를 감아 아름다운 몸을 내 쪽으로 끌어당겼고 우리는 천천히 단순한 폭스트롯을 추기 시작했다. 그녀가 나의 어깨를 잡았지만 이번에는 그녀의 손길에 대비하고 있었고, 우리는 함께 빙글빙글 돌며 바닥 위를 미끄러져 갔다. 빛나는 얼굴이 방과…… 나를 환하게 밝혔다. 그녀는 나의 리드에 따라 스텝을 밟았고, 곡이 끝났을 때는 어지러워하며 숨도 못 쉬고 있었다.

그건 나도 마찬가지였다.

"너보다 더 멋진 마녀는 없어."

나는 그녀의 입술 위에 얌전히 키스했다.

"춤을 췄더니 얼굴에 혈색이 도는군, 스틸 양. 고마웠어. 이제 부모님을 만나러 갈까?"

"네, 그럴까요. 이제 그분들을 무척이나 만나고 싶네요."

그녀는 홍조 띤 사랑스러운 얼굴로 대답했다.

"필요한 건 다 갖췄나?"

"아, 네."

그녀는 편안하고 자신 있게 말했다.

"분명해?"

그녀는 고개를 끄덕였다. 입술이 휘어져 웃음을 지었다.

맙소사, 배짱 한번 두둑한데.

나는 씩 웃었다. "좋아." 기쁨을 감출 수 없었다. "그런 게임을 하고 싶다면 그렇게 하지, 스틸 양."

그녀는 언제나 나를 놀라게 하고 깊은 인상을 주며 무장을 내려놓게 했다. 이제 나는 내 여자가 속옷을 입지 않은 것을 알면서도 부모님과 함께 저녁 식탁에 앉아 있어야만 했다. 사실 지금 이 엘리베이터를 내려가는 동안에도 그녀가 스커트 아래에 아무것도 입지 않았다는 것을 알고 있다.

그녀가 형세를 뒤집었어, 그레이.

테일러가 우리를 데리고 5번 주간 고속도로를 달리는 동안 그녀는 조용했다. 나는 유니언 호수를 슬쩍 보았다. 달은 구름 뒤로 사라지고 물은 내 기분처럼 어두웠다. 어째서 그녀를 데리고 부모님 댁에 가는 걸까? 부모님이 그녀를 만나면 어떤 기대를 하실 텐데. 그건 아나도 마찬가지였다. 그렇지만 내가 원하는 아나와의 관계가 부모님의 기대를 맞출지는 알 수 없었다. 설상가상으로 이 모든 걸 추진한 사람은 바로 나, 아나가 어머니를 만나야 한다는 내 주장에서 시작된 것이었다. 비난받을 사람이 있다면 그건 바로 나였다. 그리고 엘리엇이 그녀의 룸메이트와 자는 사이라는 사실.

나를 속이려 해서 무엇하나? 내가 그녀와 식구들이 만나길 바라지 않는다면, 그녀가 여기 있을 일도 없었다. 그저 이렇게까지 불안하지 않기만을 바랄 뿐이었다.

그래. 그게 문제지.

"춤은 어디서 배웠어요?"

연달아 이어지는 생각의 고리를 그녀의 질문이 끊었다.

아, 아니. 내가 그 얘기를 하면 좋아하지 않을 텐데.

"크리스천, 날 잡아. 거기. 제대로. 좋아. 원 스텝, 투. 좋아. 음악에 맞춰. 폭스트롯을 추기에 시내트라는 완벽하지."

엘레나는 물 만난 고기 같았다.

"네, 주인님."

"정말로 알고 싶어?"

난 대답했다.

"네."

그녀는 대답했지만, 어조는 다른 말을 하고 있었다.

네가 물어봤으니까. 나는 어둠 속 그녀의 옆에서 한숨을 지었다.

"로빈슨 부인이 춤을 좋아하지."

"좋은 선생님이셨나봐요."

그녀의 속삭임엔 후회와 내키지 않는 찬탄이 어려 있었다.

"그랬지."

"맞아. 다시. 원, 투, 스리, 포. 자기, 잘하네."

엘레나와 나는 그녀의 지하실 안에서 쓱쓱 나아갔다.

"다시."

그녀가 머리를 뒤로 젖히며 웃었다. 자기 나이의 반 정도로밖에 안 보였다.

아나는 고개를 끄덕이며 풍경을 관찰했다. 분명히 엘레나에 대한 이런저런 이론을 만들어내고 있으리라. 아니면 우리 부모님을 만날 생각을 하고 있는지도. 그녀의 마음을 알 수 있다면. 어쩌면 그저 초조한지도 모른다. 나처럼. 여자를 집에 데려간 적은 한 번도 없었다.

아나가 다시 손을 꼼지락거리자 나는 무언가 걱정거리가 있다는 것을 감지했다. 오늘 한 일에 대해 근심하는 걸까?

"하지 마."

목소리가 의도보다 더 부드러웠다.

그녀가 고개를 돌려 나를 보았다. 어둠 속이라 표정은 읽을 수가 없었다.

"뭘 하지 마요?"

"너무 많이 생각하지 마, 아나스타샤."

뭘 생각하든지 간에. 나는 손을 뻗어 그녀의 손을 잡고 주먹에 입을 맞췄다.

"오늘 오후 너무 멋졌어. 고마워."

그녀는 답례로 하얀 이를 빛내며 수줍게 미소 지었다.

"어째서 케이블 타이를 썼던 거예요?"

그녀가 물었다.

오늘 오후에 대한 질문이군. 이건 좋은데.

"네가 느끼고 경험하기엔 빠르고 쉽고 색다르기 때문이지. 아주 야만적이라고 생각하지만 구속 도구로서는 좋아해."

나는 건조한 목소리로 대화에 유머를 약간 집어넣으려 했다.

"너를 고정해놓기에는 아주 효과적이지."

그녀의 눈길이 앞 좌석의 테일러에게로 슬쩍 날아갔다.

귀여운 아가씨, 테일러는 걱정하지 마. 그는 무슨 일이 일어나는지 정확히 알고 있어. 이 일을 4년이나 해왔으니까.

"다 내 세계의 한 부분이야, 아나스타샤."

나는 안심시키듯 그녀의 손을 잡았다 놓아주었다. 아나는 다시 창밖만 바라보았다. 520번 다리를 통해 워싱턴 호수를 지나가고 있어 사방이 물이었다. 이 길에서 내가 제일 좋아하는 곳이었다. 그녀는 다리를 끌어올려 좌석 위에 웅크리고는 두 팔로 다리를 감쌌다.

무슨 일이 있군.

그녀가 나를 힐끔 쳐다보자 내가 물었다.

"무슨 생각하는지 맞혀볼까?"

그녀가 한숨지었다.

젠장.

"그렇게 나쁜 생각이야, 허?"

"당신이 무슨 생각하는지 알았으면 좋겠다고 생각했어요."

그녀가 웃었다.

나는 이 말에 안심이 되어 씩 웃었고, 그녀가 내 진짜 속마음을 모른다는 것이 기뻤다.

"동감이야."

나는 대답했다.

테일러는 부모님 댁 정문 밖에 차를 세웠다.

"준비됐어?"

내가 물었다.

아나가 고개를 끄덕이자 나는 그녀의 손을 꽉 쥐었다.

"내게도 처음이야."

나는 속삭였다.

테일러가 문밖으로 나가자 나는 사악하고 음란한 웃음을 지어 보였다.

"하지만 넌 지금 속옷을 제대로 입고 오지 않은 걸 후회하겠지."

그녀는 숨이 가빠지면서 얼굴을 찌푸렸다. 하지만 나는 차 밖으로 나가 벌써 문 앞에서 기다리고 있는 어머니와 아버지에게 인사했다. 차를 돌아 걸어올 때 아나는 냉정하고 침착해 보였다.

"아나스타샤, 어머니는 만나 봤지. 이쪽은 아버지, 캐릭."

"그레이 씨. 만나 뵙게 되어 반갑습니다."

아나는 미소를 지으며 아버지가 내민 손을 잡았다.

"나야말로 반가워요, 아나스타샤."

"부디, 아나라고 불러주세요."

"아나, 다시 만나서 반가워요." 어머니는 아나를 포옹했다. "들어와요."

어머니는 아나의 팔을 잡고 안으로 안내했고, 나는 팬티도 안 입은 채 걸어가는 그녀의 뒤를 따라갔다.

"누구 왔어요?"

미아가 집 안 어딘가에서 소리를 질렀다. 아나는 화들짝 놀란 표정을 지었다.

"저건 미아일 거야, 여동생."

우리는 하이힐 소리가 요란하게 울리는 방향으로 고개를 돌렸다. 바로 거기 미아가 있었다.

"아나스타샤! 얘기 많이 들었어요."

미아는 그녀를 꼭 껴안았다. 미아가 아나보다 더 키가 크긴 했으나, 두 사람이 얼추 또래라는 것이 새삼 떠올랐다.

미아는 아나의 손을 잡고 커다란 현관 안으로 끌고 들어갔고 부모님과 나는 뒤를 따랐다.

"오빠는 한 번도 여자 친구를 집에 데려온 적이 없었어요."

미아는 새된 목소리로 아나에게 말했다.

"미아, 흥분 좀 가라앉히렴."

어머니가 꾸짖었다.

그래, 제발 좀 그래라, 미아. 수선 좀 떨지 마.

아나는 흘긴 눈으로 나를 쳐다보며 보는 사람을 기죽이게 하는 표정을 지어 보였다.

어머니는 양쪽 뺨에 키스하며 나를 맞았다.

"안녕, 아들."

어머니는 자식들 모두가 한집에 모였다는 것만으로도 행복해서 표정이 환했다. 아버지가 손을 내밀었다.

"우리 아들, 오랜만이구나."

우리는 악수를 나누고 여자들을 따라 거실로 들어갔다.

"아버지, 어제도 봤잖아요."

나는 중얼거렸다. 아버지는 아저씨 농담의 대가였다.

캐버너와 엘리엇은 한데 붙어 소파에 앉아 있었다. 우리가 들어서자 캐버너가 일어서서 아나를 포옹했다.

"크리스천."

그녀는 내게 정중히 고개만 끄덕였다.

"케이트."

그리고 지금 엘리엇이 커다란 손을 아나에게 뻗치고 있었다.

망할, 내 가족들이 어쩌다 이렇게 갑자기 더듬는 걸 좋아하게 됐지? 그녀를 내려놔. 엘리엇을 쏘아보자 그는 씩 웃었다. 어떻게 하는지 내가 시범을 보여주지, 하는 듯한 표정이 형의 얼굴에 떠올랐다. 나는 한 팔로 아나의 허리에 팔을 두르고 그녀를 내 쪽으로 끌어당겼다. 모든 눈이 우리에게 쏠렸다.

젠장. 이건 무슨 괴물 쇼처럼 느껴졌다.

"술 좀 마실까?" 아버지가 제안했다 "프로세코로 할까?"

"주세요."

아나와 나는 동시에 대답했다.

미아는 그 자리에서 폴짝 뛰면서 박수를 쳤다.

"두 사람 말도 똑같이 하네. 내가 가서 가져올게."

미아가 방에서 뛰어나갔다.

대체 우리 가족은 왜 이 모양이지?

아나가 얼굴을 찡그렸다. 아마 그녀도 우리 가족이 이상하다고 생각하겠지.

"저녁이 거의 다 준비가 되었단다."

어머니는 이렇게 말하고 미아를 따라 방을 나갔다.

"앉아."

나는 아나에게 말하며 그녀를 소파 중 하나로 이끌었다. 그녀는 시키는 대로 했고, 나는 그녀에게 손대지 않으려고 조심하며 그 옆에 앉았다. 과하게 애정을 과시하는 가족들 앞에서 모범을 보일 필요가 있었다.

어쩌면 이 사람들은 항상 이런 식일까.

아버지의 말이 내 관심을 끌었다.

"우린 막 휴가 얘기를 하고 있었지요, 아나. 엘리엇은 일주일 동안 케이트와 식구들을 따라 바베이도스로 가기로 했다는군."

형이! 나는 엘리엇을 응시했다. '나를 사랑하든가 떠나든가' 라는 주의의 남자에게 대체 무슨 일이 일어난 거지? 캐버너는 분명 잠자리 기술이 뛰어난가보군. 확실히 의기양양해 보였다.

"아나도 학위를 끝냈으니 이제 휴가를 즐길 건가요?"

아버지가 아나에게 물었다.

"전 며칠 동안 조지아에 다녀올 생각이에요."

아나가 대답했다.

"조지아?"

나는 놀라움을 감추지 못하고 소리쳤다.

"어머니가 거기 사세요." 아나가 흔들리는 목소리로 말했다. "어머니 못 뵌 지도 꽤 됐고."

"언제 갈 생각이었는데?"

나는 퉁명스레 물었다.

"내일, 오후 늦게요."

내일이라고! 이게 무슨 말이지? 그걸 지금에서야 알려준단 말인가?

미아가 분홍빛 프로세코를 들고 돌아와 아나와 내게 건넸다.

"건강을 위해!"

아버지가 잔을 들었다.

"얼마나 오래?"

나는 목소리에 평정을 유지하며 계속 물었다.

"아직 모르겠어요. 내일 면접 결과에 따라 달라요."

면접? 내일?

"아나도 휴가를 즐길 자격이 있어요."

캐버너가 적개심을 제대로 감추지 못하고 끼어들었다. 나는 그 여자에게 네 일이나 신경 쓰라고 쏘아붙이고 싶었지만, 아나를 위해서 혀끝에 걸린 말을 참았다.

"면접이 있어요?"

아버지가 물었다.

"네. 출판사 두 군데에 인턴 면접을 보기로 했어요."

이 이야기를 언제 하려고 했단 말인가? 그녀와 여기 온 지 2분 만에 내가 알아야 할 그녀 삶의 상세한 부분들을 알게 되었군.

"행운을 빌어요."

아버지가 친절한 미소를 지으며 말했다.

"저녁 준비 다 됐어요."

어머니가 복도 저편에서 소리쳤다.

나는 다른 사람들이 방에서 나갈 때까지 기다렸다가 아나가 따라나서기 전에 팔꿈치를 잡았다.

"여행 간다는 말을 나한테는 언제 할 작정이었나?"

분노가 급속히 퍼져갔다.

"여행 가는 게 아니에요. 엄마를 보러 가는 거지. 그냥 생각만 했어요."

"우리 협의는 어쩌고?"

"아직 아무런 협의도 하지 않았어요."

하지만…….

나는 거실 문으로 그녀를 끌고 나와 복도로 갔다.

"대화 아직 안 끝났어."

식당으로 들어갈 때 나는 경고했다.

어머니는 아나와 캐버너를 대접하려고 모든 걸 다 꺼내놓았다. 가장 좋은 은식기, 가장 좋은 크리스털 잔. 나는 아나를 위해 의자를 빼주었다. 아나가 자리에 앉자 나는 그 옆자리에 앉았다. 미아가 식탁 건너편에서 우리를 보고 환히 웃었다.

"두 사람 어디에서 만났어, 아나?"

미아가 물었다.

"아나가 워싱턴 주립 대학 학교신문에 실을 인터뷰를 하러 와서."

"케이트가 학교 신문사에 있었거든요."

아나가 말을 가로챘다.

"제가 기자가 되고 싶거든요."

케이트가 미아에게 말했다.

아버지는 아나에게 와인을 좀 더 건넸고, 미아와 케이트는 언론에 대한 토론을 시작했다. 캐버너는 〈시애틀 타임스〉에서 인턴으로 일할 기회를 얻었다. 분명히 아버지가 넣어준 거겠지.

나는 곁눈질로 아나가 나를 관찰하고 있는 것을 눈치챘다.

"뭐?"

내가 물었다.

"나한테 화내지 마요."

그녀는 나만 들을 수 있는 나지막한 목소리로 말했다.

"화나지 않았어."

나는 거짓말을 했다.

그녀가 눈을 가늘게 떴다. 내 말을 믿지 않는 것이 명백했다.

"그래, 화났어."

나는 고백했다. 이제 과잉반응하고 있다는 느낌이 들었다. 나는 눈을 감았다.

진정해, 그레이.

"손바닥이 근질거릴 정도로 화났어요?"

그녀가 속삭였다.

"두 사람 뭘 그렇게 소곤대?"

캐버너가 끼어들었다.

맙소사! 이 여자 언제나 이래? 이렇게 오지랖이 넓나? 대체 엘리엇은 어떻게 이 여자를 참아주는 거지? 나는 그녀를 험악하게 쏘아보았고, 이 여자도 물러설 만큼은 눈치가 있었다.

"조지아 가는 이야기 하고 있었어."

아나는 다정하고 매력적으로 말했다.

케이트가 헤죽거렸다. "금요일에 호세랑 술 마시러 갔던 건 어땠어?" 그녀가 내 쪽을 건방지게 바라보면서 물었다.

이건. 또. 무슨. 짓거리야?

아나가 내 옆에서 굳어졌다.

"괜찮았어."

그녀는 조용히 말했다.

"손바닥이 근질거릴 정도로 화났어." 나는 그녀에게 속삭였다. "특히 지금은."

그래, 마지막으로 봤을 때만 해도 그 자식은 그녀 목에 자기 혀를 들이대려 했는데, 그놈이랑 술을 마시러 갔단 말이지. 그리고 그때만 해도 이미 내 것이 되겠다고 동의한 상태가 아니었나. 그런데 몰래 딴 놈이랑 술집엘 가? 내 허락도 없이?

벌을 받아 마땅하다.

내 주위로 저녁식사가 나왔다.

나는 그녀에게 너무 가혹하게 하지 않기로 동의했다. 어쩌면 플로거를 써야 할지도 몰랐다. 아니면 단도직입적으로 엉덩이를 쳐야 할지도. 지난번보다 더 세게. 여기, 오늘 밤.

그래, 그것도 가능성이 있었다.

아나는 손가락을 내려다보고 있었다. 케이트, 엘리엇, 미아는 프랑스 요리에 대해 대화를 나누는 중이었다. 아버지가 식탁으로 들어왔다. 어디 가 계셨던 거지?

"당신 전화인데. 병원이야."

아버지가 어머니에게 말했다.

"먼저들 먹어요."

어머니가 음식 접시를 아나에게 건넸다.

냄새가 좋았다.

아나는 입술을 핥았고, 그 행동이 내 다리 사이에서 울려 퍼졌다. 배가 고팠나보군. 좋아. 그건 대단한 건데.

어머니는 실력을 한껏 발휘했다. 초리조(스페인 소시지-옮긴이)와 관자, 피망. 근사했다. 나 또한 배가 고팠었다는 것을 이제야 깨달았다. 그렇게 해서 기분이 나아질 리가 없지만 아나가 먹는 것을 보니 마음이 밝아졌다.

어머니가 걱정스러운 얼굴을 하고 돌아왔다.

"괜찮아?"

아버지가 물었고, 우리는 모두 어머니를 올려다보았다.

"홍역 환자가 또 있어서."

어머니는 한숨을 크게 내쉬었다.

"저런, 안됐군."

아버지가 말했다.

"그래요, 아이인데. 이달만 해도 네 번째예요. 애들에게 예방접종을 해야 한다는 것 정도도 모르는 부모가 많아."

어머니는 머리를 저었다.

"우리 애들은 그런 걸 겪지 않아서 다행이야. 수두 이상의 심한 병은 안 걸렸으니까. 불쌍한 엘리엇."

우리는 모두 엘리엇을 보았다. 엘리엇은 음식을 씹다 말고 입에 가득 문 채로 우리를 소처럼 쳐다보았다. 자기가 관심의 중심이 된 게 불편한 듯했다.

캐버너가 어머니에게 묻는 듯한 눈길을 보냈다.

"크리스천과 미아는 운이 좋았어." 어머니가 설명했다. "약하게만 걸려서 자국도 별로 남지 않았고."

아, 그만 좀 하세요, 어머니.

"그래, 마리너스 경기는 보셨어요, 아버지?"

엘리엇도 분명 화제를 다른 데로 옮기고 싶은 마음이 간절한 듯했다. 나처럼.

"그래, 양키스를 이겼다니 믿기지가 않는다."

아버지가 말했다.

"너도 그 경기 봤냐, 거물 나리?"

엘리엇이 물었다.

"아니, 하지만 스포츠 칼럼은 봤지."

"마리너스가 상승세를 탔지. 지난 열한 경기 중 아홉 경기에서 이겼으니. 희망이 있는걸."

아버지는 들떠 보였다.

"구티에레스가 중견수로 정말 훌륭하지! 그 수비 봤냐! 와우."

"새 아파트 이사는 어떻게 됐나요?"

어머니가 아나에게 물었다.

"아직 하룻밤만 보냈을 뿐이라서요. 그리고 아직 짐도 다 풀지 않았고요. 하지만 시내에 있다는 점이 마음에 들어요. 파이크 플레이스 마켓까지 걸어갈 수도 있고, 물가 근처고요."

"그러면 크리스천이 사는 데서 아주 가깝겠네."

어머니가 한마디 했다.

가정부가 상을 치우기 시작했다. 아직도 그녀의 이름을 기억하지 못한다. 스위스인이라고 했던가, 오스트리아인이었던가. 그녀는 나만 보면 애교를 부리듯이 웃고 속눈썹을 깜박거린다.

"파리에 가봤어요, 아나?"

미아가 물었다.

"아니요. 하지만 가고 싶네요."

"우리는 신혼여행으로 파리에 갔었지."

어머니가 말했다. 어머니와 아버지는 식탁 너머로 눈빛을 교환했고, 솔직히 나는 그 광경은 보고 싶지 않았다. 두 사람은 거기서 즐거운 시간을 보낸 게 분명했다.

"아름다운 도시예요. 파리 사람들이 좀 그렇긴 해도. 크리스천 오빠, 꼭 아나를 파리에 데려가야 해."

미아가 큰 소리로 말했다.

"내 생각에 아나는 런던을 더 좋아할 거야."

나는 여동생의 우스꽝스러운 제안에 대꾸했다. 한 손을 아나의 무릎 위에 놓으며 느긋한 속도로 그녀의 허벅지를 탐색했다. 내 손가락이 지나는 길을 따라 원피스가 위로 올라갔다. 나는 그녀를 만지고 싶었다. 그녀의 팬티가 있어야 할 곳을 쓰다듬고 싶었다. 기대감으로 서서히 물건이 부풀어 오르자, 나는 신음을 억누르며 몸을 뒤틀었다.

그녀는 다리를 꼬려는 듯 내게서 떨어져 나갔지만, 나는 한 손으로 그녀의 허벅지를 꽉 움켜쥐었다.

감히 어딜!

아나는 와인을 한 모금 마시면서 요리를 가지고 오는 어머니의 가정부에게서 눈을 떼지 않았다.

"그래, 파리 사람들이 뭐가 어때서? 파리 사람들이 네 매력에 무릎 꿇지 않던?"

엘리엇이 미아를 놀렸다.

"웩, 안 그러더라. 게다가 무슈 플로베르 있잖아, 도깨비 같은 우리 보스. 그 사람 얼마나 위압적인 독재자인데."

아나는 와인이 목에 걸렸는지 켁켁거렸다.

"아나스타샤, 괜찮아?"

나는 아나의 허벅지를 놓아주며 물었다.

그녀는 빨개진 뺨으로 고개를 끄덕였다. 나는 그녀의 등을 두드리며 목을 슬쩍 어루만졌다. 위압적인 독재자? 내가? 그 생각을 하니 흥미로웠다. 미아는 내가 공공연하게 애정을 표시하는 것이 흐뭇한지 찬성의 눈길을 보냈다.

어머니는 당신의 대표 요리인 비프 웰링턴을 요리했다. 런던에서 배워온 요리법이라고 했다. 어제의 버터밀크 프라이드치킨에 버금가는 요리라고 인정할 수밖에 없었다. 아나는 목이 막힐 뻔하긴 했어도 음식을 잘 삼켰고, 그녀가 먹고 있는 모습을 보니 좋았다. 우리는 정력적인 오후 이후로 아마 배가 고팠던 듯했다. 나는 와인을 마시면서 그녀를 배고프게 할 다른 방법을 강구했다.

미아와 캐버너는 생바르텔레미 섬과 캐버너 가족들이 가게될 바베이도스의 상대적 장점을 논의하는 중이었다.

"엘리엇 오빠와 해파리 기억나?"

미아는 엘리엇과 나를 번갈아 보며 명랑하게 눈을 빛냈다.

나는 킬킬 웃었다.

"계집애처럼 소리 지른 것? 그럼."

"어이. 그거 독 있는 고깔해파리일 수도 있었다고! 난 해파리가 싫어. 그것들 때문에 다 망했어."

엘리엇이 힘주어 말했다.

미아와 케이트는 동의하듯 고개를 끄덕이며 킥킥 웃음을 터뜨렸다.

아나는 열심히 먹으면서 그 농담에 귀를 기울이고 있었다. 다른 이들은 모두 마음을 가라앉혔고, 이제 내 가족은 덜 이상하게 굴고 있었다. 그런데 왜 이렇게 긴장이 되지? 이런 일들은 매일 전국에서 일어나는 것 아닌가? 가족들이 함께 모여 맛있는 음식을 먹고 단란한 시간을 즐기는 것이란. 아나가 여기 있어서 긴장되는 걸까? 식구들이 아나를 좋아하지 않을까봐, 아나가 식구들을 좋아하지 않을까봐 걱정하는 건가? 아니면 그녀가 내일 망할 조지아로 간다는 걸 내가 몰랐기 때문인가?

혼란스러웠다.

미아가 평소처럼 무대의 주인공이었다. 프랑스 생활과 프랑스 요리 이야기는 재미있었다.

"아, 엄마. Les pâtisseries sont tout simplement fabuleuses. La tarte aux pommes de M. Floubert est incroyable(거기 제과는 정말 근사해요. 플로베르 씨가 만든 사과 파이는 믿을 수가 없을 정도예요)." 미아가 말했다.

"Mia, chérie, tu parles français(미아, 너 지금 프랑스어로 말하고 있어)." 내가 끼어들었다. "Nous parlons anglais ici. Eh bien, à l'exception bien sûr d'Elliot. Il parle idiote, couramment(여기선 영어로 말해. 아, 엘리엇만 빼놓고. 형은 바보 말을 아주 유창하게 하지)."

미아가 고개를 뒤로 젖히고 배가 터져라 웃어대자, 같이 웃지 않고는 못 배겼다.

하지만 저녁식사가 끝날 때쯤 긴장감 때문에 나는 정말로 피곤해졌다. 내 여자와 단둘만 있고 싶었다. 실없는 수다를 너무 오래 참아왔다. 아무리 내 가족과 함께하는 자리라고 해도 나는 한계에 다다랐다. 나는 아나를 내려다보고 한 손을 들어 그녀의 턱을 잡아당겼다.

"입술 깨물지 마. 나도 그러고 싶으니까."

나는 또한 몇 가지 기초 규칙을 세워야 했다. 즉흥적으로 결정한 조지아 여행과 자기에게 반한 남자와 술을 마시러 가는 것을 논의할 필요가 있었다. 나는 다시 한 손을 아나의 무릎에 놓았다. 그녀를 만져야 할 필요가 있었다. 게다가 그녀는 내가 만지고 싶을 때면 언제든 나의 손길을 받아들여야만 했다. 나는 그녀의 반응을 측정하며, 손가락으로 그녀의 피부를 간질이면서 허벅지를 따라 올라가 노팬티 지역까지 향했다. 그녀의 숨이 가빠졌고, 허벅지를 오므려 내 손가락을 막으려 했다.

바로 그거야.

저녁 식탁에서 빠져나와야만 했다.

"집 구경시켜줄까?"

나는 아나에게 물었지만 대답할 기회는 주지 않았다. 내 손을 잡는 그녀의 눈은 빛을 발했고 진지했다.

"실례하겠습니다."

그녀가 아버지에게 말했고, 나는 그녀를 이끌고 식당을 나갔다.

부엌에서는 미아와 어머니가 설거지를 하고 있었다.

"아나스타샤에게 뒤 정원 구경시켜주려고요."

바깥에 나가자 기분이 급강하하며 분노가 표면 위로 떠올랐다.

팬티. 사진사. 조지아.

우리는 테라스를 가로질러 잔디밭으로 올라가는 계단을 올랐다. 아나는 잠시 멈춰 서서 풍경을 감상했다.

그래, 그래. 시애틀이야. 조명. 달. 물.

나는 너른 잔디밭을 가로질러 부모님의 보트하우스로 갔다.

"제발, 멈춰요."

아나가 애원했다.

나는 멈추고 그녀를 쏘아보았다.

"구두요. 신발을 벗어야겠어요."

"신경 쓰지 마."

나는 으르렁대며 재빨리 그녀를 어깨에 둘러멨다. 그녀는 놀라 빽 소리를 질렀다.

젠장. 나는 그녀의 엉덩이를 세게 쳤다.

"목소리 낮춰."

나는 딱딱거리며 잔디밭을 건너갔다.

"어디로 가는 거예요?"

그녀는 내 어깨 위에서 통통 튀며 우는소리를 했다.

"보트하우스."

"어째서요?"

"너랑 단둘이 있고 싶어서."

"뭐 하게요?"

"네 엉덩이를 때린 후 너랑 섹스하려고."

"왜요?"

그녀는 작게 우는소리를 냈다.

"왠지 알잖아."

난 퉁명스럽게 대답했다.

"순간을 소중히 생각하는 남자인 줄 알았는데."

"아나스타샤, 난 순간을 소중히 생각해. 내 말 믿으라고."

빌어먹을.

보트하우스 문을 벌컥 열고 들어가 조명 스위치를 켰다. 형광등이 핑, 지직 소리와 함께 살아났고 나는 위층 작은 방으로 향했다. 거기서 또 다른 스위치를 켜자, 할로겐램프가 방 안을 비추었다.

아나의 느낌을 누리면서 내 몸에서 스르르 내려놓아 제 발로 서게 했다. 그녀의 머리카락은 검고 다듬어지지 않았고, 눈은 불빛 속에서 빛을 발했다. 그리고 나는 그녀가 팬티를 입고 있지 않다는 것을 알고 있다. 그녀를 원했다. 지금.

"나 때리지 마요."

그녀가 속삭였다.

이해할 수가 없었다. 나는 그녀를 멍하니 내려다보았다.

"내 엉덩이를 때리지 않았으면 좋겠어요. 여기선 안 돼요. 지금은요. 제발요."

하지만…… 나는 마비가 된 채로 입을 떡 벌렸다. 그래서 여기 온 거잖아. 그녀는 한 손을 들었고, 순간 나는 그녀가 무엇을 하려는지 몰랐다. 어둠이 내 목 주위에서 휘돌아가면서 비틀리고 그녀가 나를 만지면 목 졸라버리겠다고 위협했다. 하지만 그녀는 두 손가락을 내 뺨에 대더니 부드럽게 턱까지 쓸어내렸다. 어둠은 녹아 망각 속으로 사라지고 나는 눈을 감으며 그녀의 부드러운 손가락을 느꼈다. 그녀는 다른 손으로 내 머리카락을 헝클면서 손가락으로 훑었다.

"아."

나는 신음했다. 공포 때문인지 갈망 때문인지 알 수가 없었다. 벼랑 위에 서 있는 것처럼 숨이 막혔다. 눈을 뜨자 그녀가 한 발 앞으로 다가왔다. 그녀의 몸이 내 몸을 스쳤다. 그녀는 두 손으로 내 머리카락을 움켜쥐어 부드럽게 잡아당기면서 입술을 내게로 댔다. 나는 내 몸에서 빠져나와 구경꾼이 된 양 그녀가 이렇게 하는 것을 쳐다만 보았다. 나는 관중이었다. 우리의 입술이 닿았고, 그녀의 혀가 내 입속으로 밀고 들어올 때 나는 눈을 감았다. 그녀가 건 주문을 깬 것은 내 신음이었다.

아나.

나는 두 팔을 그녀에게 감으며 키스했다. 우리가 나누고 있는 키스에 지난 두 시간 동안의 걱정과 긴장을 다 풀어넣었다. 내 혀가 그녀를 소유하고 다시 연결했다. 두 손으로 그녀의 머리카락을 잡으며 그녀의 맛을, 혀를, 내 몸에 닿은 그녀의 몸을 음미하자 몸에 휘발유를 부은 것처럼 불이 붙었다.

망할.

그녀에게서 몸을 떼었을 때, 둘 다 숨을 허파 속으로 빨아들였다. 그녀는 두 손으로 내 팔을 붙들고 있었다. 나는 혼란스러웠다. 그녀의 엉덩이를 때리고 싶었다. 하지만 그녀는 싫다고 말했다. 저녁 식탁에서 그랬던 것처럼.

"대체 나한테 뭘 하는 거야?"

나는 물었다.

"키스한 거예요."

"싫다면서."

"뭐가요?"

그녀는 황당해하는 듯했다. 어쩌면 무슨 일이 있었는지 잊어버렸는지도 모른다.

"식탁에서 다리로 싫다는 표현을 했잖아."

"하지만 당신 부모님 식탁에 앉아 있었잖아요."

"지금까지 아무도 내게 싫다고 한 적 없었어. 그런데 그게 어찌나…… 섹시한지."

그리고 달랐는지. 나는 통제력을 회복하려고 하며, 한 손으로 그녀의 엉덩이를 감싸 내게로 휙 잡아당겼다.

"내가 싫다고 해서 화가 나기도 하고 흥분도 된 거예요?"

그녀는 목 막힌 소리로 물었다.

"네가 조지아 이야기를 하지 않아서 화난 거야. 술 취한 너를 유혹하려 했고 아픈 너를 완전히 낯선 사람에게 맡겨두고 가버린 남자랑 술을 마셔서 화났고. 대체 그게 무슨 친구야? 게다가 네가 내 손길에 다리를 오므려서 화나고 흥분됐어."

그리고 넌 팬티를 안 입었잖아.

내 손가락이 그녀의 다리를 따라가며 원피스를 걷어 올렸다.

"난 널 원해. 지금 원해. 그런데 네 엉덩이를 치지 못하게 한다면—맞아도 싼데 말이야—이 순간 이 소파에서 너를 갖겠어. 재빨리. 너의 즐거움이 아니라 나의 즐거움을 위해서."

내 몸으로 바짝 끌어안자 그녀가 헐떡이는 것을 볼 수 있었다. 나는 한 손으로 그녀의 체모를 헤치고 가운뎃손가락을 몸 안으로 넣었다. 이제 그녀에게서 낮고 섹시하게 웅얼대는 탄성을 들을 수 있었다. 그녀는 완전히 준비가 되어 있었다.

"이건 내 거야. 모두 내 거라고. 알겠어?"

나는 그녀를 안은 채로 한 손가락을 그녀의 몸 안에 넣었다 뺐다. 그녀의 입술이 충격과 욕망으로 벌어졌다.

"네, 당신 거예요."

그녀가 속삭였다.

그래, 내 거야. 그리고 그 사실을 잊지 못하게 해주지, 아나.

나는 그녀를 소파에 밀어 눕히고 바지 지퍼를 내리면서 그녀의 몸 위에 누워 꼼짝 못 하게 했다.

"두 손을 머리에 대."

나는 꽉 다문 잇새로 으르렁댔다. 나는 무릎을 꿇은 채로 그녀의 다리를 더 넓게 벌렸다. 안주머니에서 콘돔을 꺼내고 재킷은 바닥에 떨어뜨렸다. 그녀에게서 눈을 떼지 않으면서 포장을 뜯고 지금 하고 싶어 안달이 난 물건 위에 뒤집어씌웠다. 아나는 두 손을 머리에 대고 나를 바라보았다. 그녀의 눈은 욕구로 반짝였다. 내가 그녀의 몸 위로 기어올라가자, 그녀는 내 몸 아래서 몸을 뒤틀었고 엉덩이를 들어 애태워하며 나를 맞았다.

"시간이 별로 없어. 빨리 끝낼 거야. 게다가 너를 위해서가 아니라 나를 위한 거라고. 알겠어? 느끼지 마. 그랬다간 네 엉덩이를 때려주겠어."

나는 황홀경에 빠져 휘둥그레진 눈에 초점을 맞추며 명령했다. 그리고 재빨리 거센 동작 한 번 만에 그녀의 안에 나를 묻었다. 그녀는 반갑고 익숙한 쾌락의 소리를 질러댔다. 나는 그녀가 움직일 수 없도록 내리눌렀고, 그녀를 갖고 소진했다. 하지만 탐욕스럽게도 그녀는 골반을 기울여 내가 찔러 들어갈 때마다 나를 맞으며 박차를 가했다.

아, 아나. 그래.

그녀도 나의 열렬한 페이스에 맞추며 내게 다시 주고 또 주었다.

아, 그녀의 느낌.

그리고 나 자신을 잃어버렸다. 그녀 안에서. 이 안에서. 그녀의 향기 안에서. 내가 미쳤기 때문인지, 긴장했기 때문인지, 아니면…… 알 수 없었다.

그래. 나는 그녀 안에서 폭발하며 모든 이성을 잃고 빨리 사정해버렸다. 내 몸이 잠잠해졌다. 그녀를 채웠다. 그녀를 소유했다. 그녀가 내 것임을 다시 알렸다.

망할.

그건…….

나는 그녀에게서 빠져나오며 무릎을 세웠다.

"자기 몸 만지지 마." 내 목소리는 거칠었고 숨이 가빴다. "네가 좌절하길 바라. 오늘 내게 말을 안 하고 내 것임을 부인해서 내게 한 짓도 그런 거니까."

그녀는 내 밑에 뻗은 채로 고개를 끄덕였다. 허리까지 뭉쳐 올라간 원피스 아래로 넓게 벌어져 촉촉이 젖은 채로 갈망하고 있는 그녀를 볼 수 있었다. 그녀는 모든 면에서 여신이었다. 나는 일어서며 다 쓴 콘돔을 빼서 묶고 옷을 정리한 후 바닥에 떨어진 재킷을 주웠다.

나는 깊이 심호흡했다. 이제 더 침착해졌다. 훨씬 더 침착해졌다.

망할, 너무 좋았다.

"이제 집으로 돌아가는 게 좋겠군."

그녀는 속을 가늠할 수 없는 검은 눈으로 나를 응시하며 일어나 앉았다.

맙소사, 그녀는 사랑스러웠다.

"자, 이거 입어."

안주머니에서 그녀의 레이스 팬티를 꺼내서 그녀에게 건넸다. 그녀가 웃지 않으려고 애쓰는 것 같았다.

그래, 그래. 너의 압승이야, 스틸 양.

"크리스천!"

미아가 아래층에서 불렀다.

젠장.

"딱 맞춰 왔네. 제길, 쟨 가끔 정말 성가시다니까."

하지만 그게 내 여동생이었다. 나는 경계하며 속옷을 입는 아나를 힐끔 보았다. 아나는 일어서서 원피스의 주름을 펴고 손가락으로 머리카락을 매만지면서 나를 보고 얼굴을 찌푸렸다.

"여기 위야, 미아."

내가 대답했다.

"뭐, 스틸 양, 이제 훨씬 기분이 좋아지긴 했지만 아직도 네 엉덩이를 때려주고 싶은 건 변함없어."

"내가 벌을 받아야 한다고 생각진 않네요, 그레이 씨. 도발도 안 했는데 기습 공격을 당하고도 참아낸 후에는요."

"도발하지 않았다고? 내게 키스했잖아."

"최선의 방어를 위한 공격이었어요."

"무엇에 대한 방어?"

"당신과 지금 근질거리는 당신 손바닥."

그녀는 미소를 억누르려 애썼다.

미아의 하이힐 소리가 계단에 울렸다.

"하지만 참을 만했다며?"

아나는 슬쩍 웃었다.

"별로 그렇지도 않았어요."

"아, 여기들 있네."

미아가 우리를 보고 환히 웃으며 탄성을 질렀다. 2분만 먼저 왔어도 무척 어색해질 뻔했다.

"아나스타샤에게 여기저기 구경시켜주는 중이었어."

나는 아나에게 한 손을 내밀었고 그녀는 그 손을 잡았다. 나는 그녀의 주먹에 키스하고 싶었지만, 부드럽게 쥐는 것으로 만족했다.

"케이트와 엘리엇이 간대. 두 사람 정말 어이없지 않아? 서로에게 손을 뗄 줄 모른다니까." 미아는 역겹다는 듯 코를 찡그렸다. "두 사람 여기서 뭘 하고 있었어?"

"아나스타샤에게 내 조정 트로피를 구경시켜줬지."

아나를 붙잡고 있지 않은 다른 손으로 방 한구석 선반에 쭉 늘어서 있는 인조 귀금속 조각상들을 가리켰다. 하버드에서 조정하던 시절에 받은 것들이었다.

"케이트와 엘리엇에게 작별 인사하러 가지."

미아가 돌아서자 나는 아나를 앞세웠지만, 계단에 이르기 전 난 그녀의 엉덩이를 찰싹 쳤다.

그녀는 터져 나오는 소리를 죽였다.

"다시 할 거야, 아나스타샤. 그것도 곧."

나는 그녀의 귀에 대고 속삭이면서 그녀를 품 안에 안고 머리카락에 키스했다.

우리는 손에 손을 잡고 잔디밭을 가로질러 집으로 돌아갔다. 그동안 미아는 우리 옆에서 떠들어댔다. 아름다운 저녁이었다. 아름다운 날이었다. 아나가 가족을 만나줘서 기뻤다.

어째서 이전에는 그렇게 하지 않았을까?

원한 적이 없었으니까.

나는 아나의 손을 꽉 쥐었다. 그녀는 수줍은 눈길과 함께 너무나 달콤한 미소를 지었다. 나는 다른 손으로 그녀의 신발을 들고 있다가 돌계단 앞에 이르자 몸을 숙여 샌들을 한 짝씩 신겨주었다.

"자."

다 마치자 내가 말했다.

"어머, 고마워요, 그레이 씨."

그녀가 말했다.

"오히려 내가 즐겁지. 즐거웠고."

"잘 알고 있답니다."

그녀가 약 올렸다.

"어머, 두 사람 너어어무 다정하다!"

우리가 부엌을 향하는 동안 미아가 재잘댔다. 아나가 나를 곁눈질로 보았다.

복도로 다시 돌아가자, 캐버너와 엘리엇은 떠날 채비를 하고 있었다. 아나는 케이트를 꼭 껴안은 후 그녀를 옆으로 끌고 가 은밀한 대화를 열띠게 나누었다. 대체 뭐지? 엘리엇이 캐버너의 팔을 잡았고, 우리 부모님은 그들이 엘리엇의 픽업트럭에 올라탈 때까지 손을 흔들었다.

"우리도 가야겠군. 넌 내일 면접 봐야 한다며."

그녀를 새 아파트까지 데려다주어야 했고, 거의 11시가 다 된 시각이었다.

"크리스천이 누굴 사귀게 될지 정말 몰랐다니까요!"

미아가 아나를 꼭 껴안아주면서 말을 쏟아냈다.

아, 그만 좀 해, 망할……

"몸조심해요, 아나."

어머니가 내 여자에게 따뜻하게 미소 지었다. 나는 아나를 내 옆으로 끌어당겼다.

"겁주지도 말고 지나치게 애정을 쏟아서 버릇을 망치지도 마세요."

"크리스천, 놀리지 마라."

어머니는 평소처럼 예사롭게 나를 꾸짖었다.

"어머니."

나는 어머니에게 가볍게 입 맞췄다. 아나를 초대해줘서 감사해요. 이건 일종의 새로운 깨달음이었어요.

아나가 아버지에게 인사한 후 우리는 아우디로 향했다. 테일러가 뒷좌석 문을 열어놓은 채 기다리고 있었다.

"뭐, 우리 가족도 널 좋아하는 것 같네."

나는 아나를 따라 옆에 타면서 한마디 했다. 그녀의 눈에 부모님 댁 현관의 불빛이 반사됐지만, 무슨 생각을 하는지 알 수 없었다. 테일러가 매끄럽게 도로 위로 운전하는 동안 그녀의 얼굴에 그림자가 드리웠다.

문득 깜박이는 가로등 불빛 아래 그녀가 나를 바라보고 있다는 것을 알 수가 있었다. 그녀는 걱정스러워하고 있었다. 뭔가 이상했다.

"왜 그래?"

내가 물었다.

그녀는 처음엔 조용히 있었다. 마침내 입을 열었을 땐 목소리에 공허가 느껴졌다.

"당신이 어쩔 수가 없어서 나를 식구들에게 인사시킨 줄 알았어요. 엘리엇이 케이트를 초대하지 않았더라면 나를 오라고도 하지 않았겠죠."

제길. 그녀는 이해하지 못한다. 내게는 처음 있는 일이었다. 나는 초조했다. 내가 그녀가 같이 가주기를 바라지 않았다면, 그녀가 그곳에 있을 수 없다는 것 정도는 그녀도 이제는 알 만하지 않은가. 가로등 아래 빛에서 그림자로 들어간 순간, 그녀는 아득하고 언짢아 보였다.

그레이, 이래서는 안 돼.

"아나스타샤, 난 네가 우리 부모님을 만나줘서 기뻐. 어째서 그렇게 자격지심이 심한 거야? 정말 그 때문에 언제나 놀란다니까. 너처럼 강하고 자신감 있는 젊은 여자가 자기에 대해서는 부정적인 생각뿐이라니. 내가 널 인사시키기 싫었다면 네가 여기 있을 이유도 없겠지. 그 집에 있으면서 내내 그렇게 생각했던 거야?"

나는 고개를 저으면서 그녀의 손을 잡고 안심할 수 있도록 다시 한 번 꼭 쥐었다.

그녀는 초조하게 테일러를 힐끔 쳐다보았다.

"테일러 걱정은 하지 마. 날 보고 말해."

"그래요, 그런 생각을 했어요." 그녀는 조용히 말했다. "또 하나 조지아 얘기를 했던 건 케이트가 바베이도스에 간다는 말을 꺼냈기 때문이에요. 난 아직 마음을 정하지 못했어요."

"가서 어머니를 만나고 싶어?"

"네."

걱정이 밀려왔다. 빠져나가고 싶은 건가? 조지아에 간다면, 그녀 어머니가 다른 사람을 찾으라고 설득할지도 모르지. 더…… 적합한 사람. 그녀의 어머니처럼 로맨스를 믿는 사람.

어떤 생각이 하나 떠올랐다. 그녀는 내 식구들을 만났다. 나는 레이를 만났다. 어쩌면 그녀 어머니를 만나야 할지도 몰랐다. 구제불능의 낭만주의자. 그녀를 매혹하자.

"나도 같이 갈까?"

그녀가 거절하리라는 것을 알았지만 물었다.

"음…… 그건 좋은 생각 같지 않아요."

그녀는 내 질문에 놀라 대답했다.

"어째서?"

"이 모든…… 강렬한 일들로부터 잠깐 휴식을 갖고 싶거든요. 곰곰이 생각해볼 수 있도록."

젠장. 나를 떠나고 싶은 거군.

"내가 너무 강렬한가?"

그녀가 웃음을 터뜨렸다.

"그나마 가볍게 말해 그런 거예요!"

제길, 나는 그녀를 웃기는 게 좋았다. 그것을 위해 나 자신을 희생해야 한다고 할지라도. 그녀가 유머감각을 유지하고 있다니 마음이 놓였다.

어쩌면 나를 떠나고 싶어 하지 않는지도 모른다.

"날 지금 비웃는 건가, 스틸 양?"

나는 장난 투로 말했다.

"제가 감히 그럴 리가요, 그레이 씨."

"감히 그럴 수도 있다고 생각하는데. 게다가 날 자주 비웃더라고. 자주."

"당신 엄청 웃긴걸요."

"웃기다고?"

"아, 그럼요."

그녀는 나를 놀리고 있었다. 이건 새로웠다.

"이상해서 웃기다는 거야, 아니면 하하하 웃기다는 거야."

"아…… 많은 경우는 한 가지지만 다른 경우도 좀 있어요."

"어느 쪽이 더 많아?"

"그건 짐작에 맡길게요."

나는 한숨지었다.

"널 옆에 두고 짐작을 할 수 있을지 모르겠는데, 아나스타샤." 내 어조는 건조했다. "조지아에서 무슨 생각할 건데?"

"우리에 대해서요."

망할.

"해보겠다고 했잖아."

나는 부드러운 말투로 상기시켜주었다.

"알아요."

"다시 생각해보겠다는 거야?"

"어쩌면요."

두려워했던 일보다 상황이 더 나빴다.

"어째서?"

그녀는 말없이 나를 응시했다.

"어째서, 아나스타샤?"

나는 끈질기게 물었다. 그녀는 어깨를 으쓱하며 샐쭉했다. 나는 그녀가 내 손을 잡고 확신을 받길 바랐다.

"내게 말해, 아나스타샤. 난 너를 잃고 싶지 않아. 지난 한 주는……."

내 인생에서 최고였다.

"난 아직도 좀 더 원해요."

그녀가 나직이 말했다.

아니 안 돼. 다시 이럴 수는 없어. 내가 무슨 말을 해주길 바라는 거지?

"알아. 노력해볼게."

나는 그녀의 턱을 잡았다.

"너를 위해서라면, 아나스타샤. 노력할게."

난 방금 너를 데리고 부모님을 만났어. 세상에.

갑자기 그녀가 안전띠를 풀더니 미처 깨닫기도 전에 내 무릎으로 올라왔다.

뭐지?

내가 꼼짝 못 하고 앉아 있을 때, 그녀가 두 팔로 내 머리를 감싸고 자기 입술로 내 입술을 찾았다. 어둠이 미처 일기도 전에 그녀는 내 입술을 가져갔다. 나는 두 손으로 그녀의 등을 쓸어올라가며 머리를 받치고 그녀의 정열을 되돌려주었다. 그녀의 달콤하고 달콤한 입을 탐색하면서 대답을 찾으려 했다. 예

기치 않았던 그녀의 애정은 나를 무장해제시켰다. 그리고 새로
웠다. 혼란스러웠다. 나는 그녀가 떠나고 싶어 한다고 생각했지
만, 이제 그녀는 내 무릎 위에서 나를 흥분시키고 있었다. 다시.

이제까지 나는 결코……. 결코……. 가지 마, 아나.

"나랑 같이 있자, 오늘 밤. 네가 가면 일주일은 못 만나잖아,
부탁이야."

나는 속삭였다.

"그래요." 그녀가 웅얼거렸다. "나도 노력할게요. 당신 계약
서에 서명할게요."

아, 아나.

"조지아 갔다 와서 서명해. 생각해봐. 열심히 생각해."

나는 그녀가 이 일을 자발적으로 하길 바랐다. 강요하고 싶지
않았다. 뭐, 내 한 부분은 그러고 싶지 않았다. 이성적인 부분
은.

"그럴게요."

그녀는 그렇게 말하고는 내게 안겨 기댔다.

이 여자가 나를 꽁꽁 묶어버렸어.

역설적이군, 그레이.

나는 안심하고 행복했기에 웃고 싶었다. 하지만 그녀의 짙고
편안한 향기를 들이마시며 안고만 있었다.

"너 안전띠 매야 해."

나는 꾸짖었지만 그녀가 내려가기를 원하지는 않았다. 그녀
는 내 품에 안긴 채로 가만히 있었다. 그녀의 몸이 내게 기댄 채
나는 천천히 긴장을 풀었다. 내 안의 어둠은 조용했고 억제되었
다. 나는 서로 싸우는 감정들로 혼란스러웠다. 나는 이 여자에
게 무엇을 원하나? 내가 이 여자에게 필요한 것은 무엇인가?

이건 우리가 나아가야 할 방향이 아니었다. 하지만 나는 내 품에 안긴 그녀가 좋았다. 그녀를 이렇게 안고 있는 게 좋았다. 나는 그녀의 머리카락에 키스하고 의자에 기대 시애틀로 돌아가는 드라이브를 즐겼다.

테일러가 에스칼라 현관 바깥에 차를 세웠다.

"집에 다 왔어."

나는 아나에게 속삭였다. 놔주기는 싫었지만 그녀를 의자에 내려놓았다. 테일러가 아나를 위해 문을 열어주었다. 그녀는 건물로 들어가는 현관 앞에 선 내 옆으로 왔다.

떨림이 그녀의 몸을 훑고 지나갔다.

"어째서 재킷을 입지 않은 거야?"

나는 재킷을 벗어 그녀의 어깨에 걸쳐주었다.

"새 차 안에 있어요."

그녀가 하품하며 말했다.

"피곤한가, 스틸 양?"

"네, 그레이 씨. 오늘, 이제까지는 가능하다고 생각해본 적도 없는 일들을 설득당해서 했으니까요."

"뭐, 네가 더 불운하다면 너를 좀 더 설득할지도 모르지."

내가 더 운이 좋다면.

펜트하우스로 올라가는 동안 그녀는 엘리베이터 벽에 기댔다. 내 재킷 아래서 그녀는 가냘프고 작고 섹시해 보였다. 속옷을 입지 않고 있었더라면, 여기서 당장 가질 수 있었을 텐데……. 나는 손을 들어 치아로 깨물린 그녀의 입술을 풀어주었다.

"언젠간 너를 이 엘리베이터 안에서 갖겠어, 아나스타샤. 하지만 지금은 너무 피곤해하는 것 같으니 그저 침대로 참아야겠지."

나는 몸을 숙이며 그녀의 아랫입술을 내 치아로 부드럽게 잡아당겼다. 그녀의 숨결이 가빠지더니 그녀도 보답하듯 자신의 치아로 내 윗입술을 물었다.

다리 사이에서 그 감각이 느껴졌다.

나는 그녀를 침대로 끌고 가 그녀 안에서 나 자신을 잊고 싶었다. 차 안에서 나눈 대화 후, 그저 그녀가 내 것임을 확인하고 싶었다. 엘리베이터에서 내려 나는 그녀에게 술을 권했지만 그녀는 거절했다.

"잘됐군, 침대로 가자."

그녀는 놀란 표정이었다.

"평범하고 구식인 바닐라로도 만족할 건가요?"

"바닐라는 평범하거나 구식이지 않은데. 아주 구미 돋는 맛이지."

"언제부터요?"

"지난 토요일부터. 왜? 좀 더 이국적인 걸 원하나?"

"아, 아니에요. 오늘은 하루 몫의 이국적인 걸 실컷 했으니까."

"확실해? 여기 다양한 맛을 다 갖추고 있는데. 적어도 서른한 가지는 있어."

나는 그녀를 향해 외설적인 웃음을 지었다.

"나도 봤어요."

그녀는 예쁜 한쪽 눈썹을 치켰다.

"자, 스틸 양. 내일 중요한 날이잖아. 빨리 침대에 들면 더 빨리 섹스할 수 있겠지. 그러면 더 빨리 잠들 수 있을 거고."

"그레이 씨, 참 천부적인 낭만주의자네요."

"스틸 양, 네 입은 참 말이 많지. 어떤 식으로든 그 입을 막아야겠는데."

그래, 방법 하나가 생각날 것 같아.

내 침실 문을 닫자 차에서 느낀 것보다 더 가벼운 기분이 들었다. 그녀는 여전히 여기 있었다.

"두 손을 머리 위로 들어."

나는 명령했다.

그녀는 그 명령에 순순히 응했다. 나는 치맛단을 잡고 단 한 번의 매끄러운 동작으로 그걸 머리 위로 끌어올려서 아름다운 여자가 드러나도록 했다.

"짠!"

나는 마술사였다.

아나는 키득키득 웃으며 박수를 보냈다. 나는 이 게임을 즐기며 절을 한 후 그녀의 원피스를 의자 위에 놓았다.

"다음 마술은 뭔가요?"

그녀가 눈을 빛내며 웃었다.

"오, 친애하는 스틸 양, 내 침대로 오시지. 그러면 보여줄 테니."

"한 번 정도는 내가 좀 빼야 한다고 생각하지 않아요?"

그녀는 애를 태우며 머리를 한쪽으로 기울였고 그 바람에 머리카락이 어깨 위로 떨어졌다.

새로운 게임이로군. 이것 재미있는데.

"뭐…… 문은 닫혔고 네가 날 피할 수 있을지 모르겠는데. 이제 다 끝난 승부잖아."

"하지만 난 협상을 잘하는걸요."

그녀의 목소리는 부드럽지만 결연했다.

"나도 그래."

좋아, 이게 무슨 일이지? 내키지 않는 건가? 너무 피곤해? 뭐야?

"너 섹스하기 싫어?"

나는 혼란스러워서 물었다.

"네."

그녀는 속삭였다.

"아."

음, 그건 좀 실망스러운데.

그녀는 침을 삼키고 작은 목소리로 말했다.

"난 당신이랑 사랑을 나누고 싶어요."

나는 어안이 벙벙해서 그녀를 응시했다.

그게 정확히 무슨 뜻이지?

사랑을 나눈다고? 우리는 그렇게 하잖아. 했잖아. 이건 섹스의 다른 말 아닌가?

그녀는 엄숙한 표정으로 나를 관찰했다. 젠장. 이게 그녀가 말한 '좀 더'인가? 심장과 꽃을 주는 그런 허접한 짓, 그런 걸 의미한 건가? 하지만 우리는 의미를 따지고 있는 거잖아, 분명히? 이건 의미의 문제지.

"아냐, 난⋯⋯." 그녀는 내게 뭘 원하는 거지? "이전에 그랬다고 생각했는데?"

"나 당신을 만지고 싶어요."

망할. 안 돼. 어둠이 내 갈빗대 주위를 조여와 한 발짝 물러났다.

"부탁이에요."

그녀가 속삭였다.

안 돼, 안 돼. 이 점은 명백히 밝히지 않았나?

나를 만지는 것은 참을 수가 없었다. 할 수가 없었다.

절대로.

"아, 안 돼, 스틸 양. 오늘 저녁 네게 충분히 양보를 했지. 이제 나는 안 된다고 하겠어."

"안 돼요?"

그녀가 물었다.

"안 돼."

그리고 순간 나는 그녀를 집에 보내버리고 싶었다. 아니면 위층이라도. 어디든 내게서 떨어진 곳으로. 여기가 아니라.

나를 만지지 마.

그녀는 조심스레 나를 바라보았고 나는 내일 그녀가 떠나면 한동안 볼 수 없다는 사실을 생각했다. 한숨을 내쉬었다. 이럴 에너지가 없었다.

"봐, 넌 피곤하고 나도 피곤해. 그냥 침대로 가자."

"만지는 건 당신에게는 고정 한계예요?"

"그래, 별로 새로운 얘기도 아니잖아."

목소리에 묻어나오는 짜증을 억누를 수가 없었다.

"왜 그런지 말해줘요."

그 얘기까지는 하고 싶지 않았다. 내가 하고 싶은 대화가 아니었다. 전혀.

"아, 아나스타샤, 제발. 지금은 그만두자."

그녀의 얼굴이 어두워졌다.

"내겐 중요해요."

그녀의 목소리에는 망설임과 애원이 담겨 있었다.

"망할."

나는 혼잣말로 중얼거렸다. 서랍장에서 티셔츠를 꺼내 그녀에게 던졌다.

"그거 입고 침대로 들어가."

어째서 나는 함께 자는 걸 허락했을까? 하지만 이건 수사적인 질문이었다. 마음 깊은 곳에선 그 대답을 알았다. 나는 그녀와 함께 있으면 더 푹 잘 수 있었다.

그녀가 내 드림캐처였다.

악몽을 저 멀리 쫓아주었다.

그녀는 내게서 등을 돌리고 브라를 벗은 후 티셔츠를 걸쳤다.

오늘 오후 오락실에서 뭐라고 했더라? 내게서 몸을 숨기지 말라고 했는데.

"욕실을 좀 써야겠어요."

그녀가 말했다.

"이젠 내 허락을 받는 거야?"

"어…… 아니에요."

"아나스타샤, 욕실이 어딘지 알잖아. 오늘, 우리가 이제까지 협의한 시점에서는 욕실 쓰는 데 내 허락을 받을 필요 없어."

나는 셔츠 단추를 풀어 벗어버렸고, 그녀는 재빨리 나를 지나쳐 침실에서 나갔다. 그동안 나는 화를 억누르려 애썼다.

대체 왜 저러지?

내 부모님 집에서 하루 저녁 보냈다고, 세레나데와 석양, 빗속의 산책 같은 걸 기대했나? 나는 그런 인간이 아니다. 그녀에게 이 얘기는 똑똑히 했다. 나는 로맨스를 하지 않는다. 나는 바지를 벗으며 무거운 한숨을 내쉬었다.

하지만 그녀는 좀 더 원했다. 그 모든 낭만적인 짓거리들을 원했다.

망할.

옷 방에 들어가서 바지를 세탁물 바구니 속에 던져 넣고 파자 마 바지를 입은 후 다시 침실로 갔다.

이건 제대로 되지 않을 거야, 그레이.

하지만 난 제대로 이루고 싶어.

넌 그녀를 보내줘야 해.

아니. 난 이걸 성공시킬 거야. 어떻게든.

라디오 알람이 11시 46분을 가리키고 있었다. 잠자리에 들 시간이었다. 급한 이메일이 없나 휴대전화를 확인했다. 아무것 도 없었다. 나는 거칠게 욕실 문을 두드렸다.

"들어와요."

아나가 우물거렸다.

그녀는 양치질 중이라 말 그대로 입에 거품을 물고 있었다. 내 칫솔로. 그녀가 세면대에 치약을 뱉을 때 나는 그녀 옆에 가 서 섰다. 우리는 거울에 비친 서로의 모습을 바라보았다. 그녀 의 눈은 장난기와 유머로 빛났다. 그녀는 치약을 헹궈내고 아무 말 없이 그걸 내게 건넸다. 내가 칫솔을 입에 넣자 그녀는 흐뭇 해 보였다.

그리고 바로 그처럼, 이전 대화에서 나누었던 긴장감은 모두 증발해버렸다.

"마음대로 내 칫솔을 빌려 써도 돼."

나는 냉소적으로 말했다.

"참, 고맙습니다."

그녀는 환히 얼굴을 밝혔고, 순간 나는 그녀가 무릎을 굽혀 절이라도 하지 않을까 싶었지만, 내가 양치질을 하게 놔두고 나 가버렸다.

침실로 다시 들어가자 그녀는 이불 아래 몸을 뻗고 누워 있었다.

"오늘 밤 진행되리라고 내가 기대했던 방식과 다른 건 알지."
나는 뚱하게 말했다.
"나를 만질 수 없다고 내가 말했다면 어땠을지 생각해봐요."
언제나처럼 그녀는 따지듯 말했다.
그녀는 그냥 넘어갈 생각이 없었다. 나는 침대 위에 앉았다.
"아나스타샤, 말했잖아. 내겐 같아 보여도 다른 50가지 빛깔
이 있다고. 내 인생 초반은 힘들었어. 그런 쓰레기 같은 소리를
머릿속에 넣고 싶진 않을 거야. 굳이 왜 그러려고 해?"
그 누구도 그런 쓰레기 같은 소리를 머릿속에 넣을 필요는 없
어!
"당신을 더 잘 알고 싶으니까요."
"이미 알 만큼 알아."
"어떻게 그런 말을 할 수 있어요?"
그녀는 몸을 일으켜 무릎을 꿇고 나를 마주했다. 진지하고 열
심인 얼굴이었다.
아나. 아나. 아나. 그냥 넘어가. 젠장할.
"눈을 또 흘기네요." 그녀가 말했다. "지난번에 내가 그랬을
때는 나를 무릎에 올려놓고 때렸으면서."
"아, 또다시 그러고 싶긴 해."
지금 당장.
그녀의 얼굴이 환해졌다.
"내게 얘기해주면 그래도 돼요."
"뭐?"
"내 말 들었잖아요."
"나랑 거래하자는 거야?"
내 목소리에 믿을 수 없다는 기색이 드러났다.

그녀는 고개를 끄덕였다.

"협상하는 거예요."

나는 얼굴을 찡그렸다.

"그런 식으로는 안 돼, 아나스타샤."

"좋아요, 내게 말해요. 그러면 내가 당신을 보고 눈을 흘길게
요."

나는 웃었다. 내 티셔츠를 입고 있는 그녀는 우스꽝스러우면
서도 귀엽게 굴고 있었다. 그녀의 얼굴은 갈망으로 빛났다.

"항상 정보를 캐내려고 열심이란 말이지."

나는 감탄했다.

그때 어떤 생각이 하나 떠올랐다. 그녀의 엉덩이를 때릴 수
있다. 저녁식사 이후부터 원했던 것이지만, 재미있게 할 수 있
었다.

나는 침대에서 내려왔다.

"어디 가지 마."

나는 경고하고 방을 나갔다. 서재에 들어가서 오락실 열쇠를
챙겨서 위층으로 향했다. 오락실 서랍장에서 나는 원하는 장난
감을 꺼냈고 윤활제도 가져가야 하나 생각했지만 돌이켜보면,
그리고 최근 경험으로 보면 아나에게는 필요 없을 것 같았다.

내가 돌아갔을 때 아나는 앉아 있었다. 그녀의 표정은 호기심
으로 환했다.

"내일 첫 면접이 언제야?"

"2시예요."

훌륭하군. 이른 아침은 아니니.

"좋았어. 침대에서 내려와. 여기 서봐."

나는 내 앞자리를 가리켰다. 아나는 망설임 없이 침대에서 내

려왔다. 언제나처럼 열성적이었다. 그녀는 기다리고 있었다.

"나를 믿어?"

그녀는 고개를 끄덕였고 나는 손을 내밀어 은색 케겔 구슬 두 개를 보여주었다. 그녀는 얼굴을 찡그리더니 공에서 눈을 떼고 나를 보았다.

"이거 새 거야. 이걸 네 몸 안에 넣을 거야. 그런 후에 너의 엉덩이를 때려주지. 처벌의 의미가 아니라 너와 나의 쾌락을 위해서."

그녀가 날카롭게 숨을 들이마시는 소리는 내 물건에는 음악이었다.

"그다음에 섹스를 할 거야. 그런 후에도 네가 아직 깨어 있으면 내 성장기에 대한 정보를 좀 주지. 이 정도면 되겠어?"

그녀가 고개를 끄덕였다. 그녀의 호흡이 점점 빨라지고 동공은 정보에 대한 욕구와 갈증으로 더 커지고 더 진해졌다.

"착하군. 입을 벌려."

그녀는 어쩔 줄 몰라 하며 잠시 망설였다. 하지만 내가 꾸짖기 전에 그녀는 시키는 대로 했다.

"더 크게."

나는 구슬 두 개를 그녀의 입안에 넣었다. 약간 크고 무거웠지만, 그녀의 똑똑한 입을 잠깐이나마 막아줄 것이었다.

"윤활유가 좀 필요하거든. 빨아."

그녀는 눈을 깜박이며 빨아보려 했다. 그녀가 허벅지를 붙이고 꿈틀대자 자세가 미묘하게 바뀌었다.

아, 그래.

"가만히 있어, 아나스타샤."

나는 경고했지만 그 쇼를 즐기고 있었다.

이만하면 됐어.

"그만."

나는 명령하고 그녀의 입에서 공을 빼냈다. 침대에 가서 이불을 젖히고 앉았다.

"이리로 와."

그녀는 주춤주춤 걸어왔다. 음란하고 섹시하게.

오, 아나. 나의 귀여운 변태.

"자, 이제 돌아봐. 몸을 앞으로 숙여 발목을 잡아."

그녀의 표정으로 봐서는 자기가 기대한 말이 아니었음을 알 수 있었다.

"망설이지 마."

나는 꾸짖었다. 그런 후에 나는 구슬을 내 입속에 던져 넣었다. 돌아선 그녀는 쉽사리 허리를 굽히고 긴 다리와 예쁜 엉덩이를 보여주었다. 내 티셔츠가 등 위로 올라가서 그녀의 머리와 풍성한 머리카락 위로 떨어졌다.

음, 이 눈부신 광경을 잠시 동안 보면서 어떻게 하고 싶은지 상상할 수도 있었다. 하지만 지금은 그녀의 엉덩이를 때리고 섹스하고 싶었다. 나는 한 손을 그녀 엉덩이에 대고 손바닥 아래로 느껴지는 온기를 즐기면서 팬티 위로 어루만졌다.

아, 이 엉덩이는 내 거야. 완전히 내 거라고. 이제 점점 따뜻해지겠지.

나는 그녀의 팬티를 한쪽으로 밀면서 그녀의 음순을 드러내고 한 손으로는 팬티가 움직이지 않도록 붙들었다. 나는 혀로 그녀의 여성을 위아래로 훑고 싶은 충동을 억눌렀다. 게다가 내 입은 가득 차 있었다. 대신에 나는 회음부터 클리토리스까지 선을 따라 내려갔다 다시 올라오면서 한 손가락을 그녀 안으로 넣었다.

흡족한 마음에 목에서 낮은 소리를 내며, 천천히 손가락을 돌려 그녀를 늘렸다. 그녀는 신음했고 나는 단단해졌다. 즉시.

스틸 양도 인정하겠지. 그녀도 이걸 원한다.

나는 한 손가락으로 다시 한 번 그녀의 몸 안을 휘저으며 뺀 후, 입에 물고 있던 구슬을 빼냈다. 첫 번째 구슬을 살짝 그녀의 안에 넣었다. 그런 다음 연결선은 클리토리스에 둘러 밖에 빼둔 채 두 번째 구슬까지 넣었다. 나는 그녀의 엉덩이에 키스하고 팬티를 제자리로 돌려놓았다.

"일어서."

나는 명령하며 그녀가 혼자 일어설 수 있다고 확신할 때까지 엉덩이를 잡아주었다.

"괜찮아?"

"네."

그녀의 목소리는 거칠었다.

"돌아봐."

그녀는 즉시 순응했다.

"어떤 느낌이야?"

"이상해요."

"이상하게 좋아, 이상하게 나빠?"

"이상하게 좋아요."

"좋아."

이것에 익숙해질 필요가 있었다. 몸을 펴서 뭔가 집는 것보다 더 좋은 방법이 있을까?

"물 한 잔 마셔야겠어. 가서 물 한 잔 가져와. 돌아오면 내 무릎 위에 눕힐 테니, 각오하고 있어. 아나스타샤."

그녀는 당황했지만 돌아서서 아주 조심스럽게 머뭇머뭇 발을 디디며 방을 나갔다. 그녀가 다녀오는 동안 나는 서랍에서 콘돔을 꺼냈다. 이제 거의 떨어졌다. 그녀가 먹은 약이 효과가 있을 때까지는 이걸 채워놓아야 했다. 침대 위에 도로 앉으며 나는 초조하게 기다렸다.

그녀가 물을 들고 돌아왔을 때 걸음걸이에는 좀 더 자신감이 붙었다.

"고마워."

나는 물을 한 모금 휙 마시고 침대 옆 탁자 위에 잔을 내려놓았다. 고개를 들자 그녀는 눈에 띄게 욕망을 드러내며 나를 보고 있었다.

그녀에게 어울리는 모습이었다.

"이리 와. 내 옆에 서. 지난번처럼."

그녀는 그대로 했고, 호흡은 이제 제멋대로 무거웠다. 맙소사, 정말로 흥분해 있었다. 지난번에 엉덩이를 때렸을 때와는 사뭇 달랐다.

좀 더 괴롭혀줘, 그레이.

"내게 부탁해봐."

내 목소리는 확고했다.

어리둥절한 표정이 그녀의 얼굴을 스쳤다.

"내게 부탁하라니까."

자, 해봐, 아나.

그녀가 눈살을 찌푸렸다.

"부탁하라니까, 아나스타샤. 다시 말 안 해."

내 목소리는 더 날카로웠다.

마침내 그녀는 내가 뭘 부탁하라고 하는지 알고 얼굴을 붉혔다.

"제 엉덩이를 때려주세요, 제발…… 주인님."

그녀가 조용히 말했다.

그 말……. 나는 눈을 감고 그 말이 머릿속에 울리도록 했다. 그녀의 손을 잡고 내 무릎 위로 잡아당기자 그녀의 윗몸이 침대에 닿았다. 한 손으로 그녀의 엉덩이를 쓰다듬으며, 다른 손으로는 그녀의 얼굴에 떨어진 머리카락을 쓸어서 귀 뒤로 넘겼다. 그런 다음 나는 목덜미에 떨어진 그녀의 머리카락을 한 손으로 잡아서 고정했다.

"네 엉덩이를 때리는 동안 네 얼굴을 보고 싶어, 아나스타샤."

나는 그녀의 엉덩이를 문지르면서 음문을 눌렀다. 그렇게 하면 구슬이 그녀의 몸 안 더 깊은 곳까지 들어간다는 것을 알고 있었다.

그녀는 마음에 든다는 듯 흠 소리를 냈다.

"이건 쾌락을 위한 거야, 아나스타샤. 너와 내 쾌락."

나는 한 손을 들어 그녀의 바로 그곳을 내려쳤다.

"아!"

그녀는 얼굴을 찡그리고 소리 없이 외쳤다. 나는 그녀가 감각에 적응하는 동안 그녀의 달콤하고 달콤한 엉덩이를 어루만졌다. 그녀가 긴장을 풀자 다시 내리쳤다. 그녀는 신음했고 나는 반응을 억눌렀다. 나는 진지하게 오른쪽, 왼쪽부터 시작해서 허벅지와 엉덩이가 이어지는 곳으로 옮겨갔다. 매번 때리는 사이, 나는 그녀의 엉덩이를 어루만지고 주무르면서 그녀의 피부가 레이스 속옷 아래에서 섬세한 분홍색으로 물드는 것을 보았다.

그녀는 쾌락을 흡수하고 그 경험을 즐기면서 신음했다.

나는 멈췄다. 그녀의 엉덩이가 분홍빛으로 환히 빛나는 것을 보고 싶었다. 서두르지 않고, 그녀를 슬슬 애태우면서. 나는 그녀의 팬티를 끌어내리고는 손가락 끝으로 그녀의 허벅지, 무릎 뒤, 장딴지를 쓸었다. 그녀는 두 발을 들었고 나는 팬티를 바닥에 떨어뜨렸다. 그녀는 꿈틀거렸지만 내가 한 손을 그녀의 분홍빛으로 빛나는 피부에 대자 움직임을 멈췄다. 그녀의 머리카락을 잡고 나는 새롭게 시작했다. 처음에는 부드럽게, 그런 다음 다시 패턴을 재개했다.

　그녀는 젖어 있었다. 그녀의 흥분의 증거가 내 손바닥에 있었다.

　나는 그녀의 머리카락을 더 세게 잡았다. 그녀는 눈을 감고 입을 느슨하게 벌리며 신음했다.

　망할, 그녀는 섹시했다.

　"착하군, 아나스타샤."

　내 목소리는 거칠었고 숨은 일정치 않았다.

　나는 그녀를 두어 번 더 때리다가 더는 참을 수 없어졌다.

　나는 그녀를 원했다.

　지금.

　나는 손가락으로 연결선을 감아 구슬을 빼냈다.

　그녀는 쾌락으로 비명을 질렀다. 그녀를 뒤집으며 나는 잠깐 멈춰서 바지를 휙 내리고 콘돔을 씌운 후 그녀 옆에 누웠다. 나는 그녀의 두 손을 잡아 머리 위로 들어 올린 후 천천히 그녀 위로, 안으로 들어갔다. 그녀는 고양이처럼 갸르릉거렸다.

　"아, 자기."

　그녀는 믿을 수 없을 만큼 느낌이 좋았다.

　"당신과 사랑을 나누고 싶어요."

그녀의 말이 머릿속에 울렸다.

그리고 부드럽게, 아, 나는 너무도 부드럽게 움직이면서 내 아래에, 그리고 내 주위를 감싼 그녀의 소중한 부분 하나하나를 느꼈다. 나는 키스하며 그녀의 입과 몸을 한 번에 감상했다. 그녀는 자신의 다리로 내 다리를 감아서, 내가 부드럽게 찔러 들어갈 때마다 맞아주고 내 몸에 대고 흔들었다. 마침내 그녀는 위로 저 높이 위로 빙글빙글 올라가다 탁 풀려버렸다.

그녀의 오르가즘이 나를 벼랑에서 밀어버렸다.

"아나!"

나는 그녀의 이름을 부르며 나 자신을 그녀에게 쏟아부었다. 풀어냈다. 반가운 해방감이 들었지만 나는 여전히 더 원했다. 더 욕망했다.

평정심이 돌아오자 나는 몸속을 갉아먹으며 부풀어 오르는 기이한 감정을 밀어냈다. 그건 어둠과는 달랐고 공포에 가까운 것이었다. 내가 이해하지 못하는 것이었다.

그녀는 손가락을 내 손가락에 감았다. 나는 눈을 떠 졸려하면서도 만족해하는 그녀의 눈길을 내려다보았다.

"나는 즐겼어."

나는 속삭이며 그녀에게 오래 키스를 했다.

그녀는 졸음에 겨운 미소로 보답했다. 나는 일어나서 그녀에게 이불을 덮어주고 파자마 바지를 집어서 욕실로 갔다. 거기서 나는 콘돔을 빼서 버린 후, 바지를 입으며 아르니카 연고를 찾았다.

다시 침대로 돌아오자, 아나는 내게 만족한 웃음을 보였다.

"몸을 뒤집어."

나는 명령했다. 순간 그녀가 눈을 흘기지 않을까 했지만, 그녀는 내 말을 따라 움직였다.

"네 엉덩이가 아주 예쁘게 물들었는데."

결과에 기뻐하며 한마디 했다. 나는 손바닥 위에 연고를 짜서 천천히 그녀의 엉덩이를 마사지했다.

"솔직히 털어놓아요, 그레이."

그녀는 하품하며 말했다.

"스틸 양, 넌 김새게 하는 데 천재로군."

"거래했잖아요."

그녀가 웃겼다.

"기분이 어때?"

"속은 기분?"

무거운 한숨을 내쉬며 나는 아르니카 연고를 침대 옆 탁자에 놓은 후 침대로 스르르 들어가 아나를 내 팔 안으로 끌어당겼다. 나는 그녀의 귀에 키스했다.

"세상에 나를 데려온 여자는 약쟁이 매춘부였어. 아나스타샤, 이제 자."

그녀는 내 품 안에서 굳어졌다.

나는 가만히 있었다. 그녀의 동정도 연민도 바라지 않았다.

"옛날 일처럼 말하는데요……?"

그녀가 속삭였다.

"죽었어."

"얼마나 오래전에요?"

"내가 네 살 때 죽었어. 정말로 기억도 안 나. 아버지가 자세한 얘기를 조금 해줬지. 기억나는 건 몇 가지뿐. 자, 이제 자."

잠시 후 그녀가 내 몸에 기대 긴장을 풀었다.

"잘 자요, 크리스천."

그녀의 목소리엔 졸음이 실려 있었다.

"잘 자, 아나."

나는 그녀에게 한 번 더 키스하며 위안을 주는 향기를 들이마시면서 기억과 싸워 물리쳤다.

"사과를 그냥 따서 던져버리면 안 돼, 멍청이!"

"꺼져, 착한 척하는 범생아."

엘리엇은 사과를 따서 한 입 물더니 내게 던진다.

"애벌레."

그 애가 약을 올린다.

싫어! 날 그렇게 부르지 마.

나는 그 애에게로 덤벼든다. 주먹을 얼굴에 쿵쿵 내려친다.

"망할 돼지 새끼. 이건 먹을 거란 말이야. 넌 그걸 낭비하고 있어. 할아버지가 이걸 따다 파시는데. 돼지 새끼, 돼지 새끼. 돼지 새끼."

"엘리엇. 크리스천."

아버지가 나를 엘리엇에게서 질질 떼어놓는다. 이제 걔는 땅 위에 엎드려 있다.

"이게 뭐 하는 짓이냐?"

"얘 미쳤어요."

"엘리엇!"

"쟤가 사과를 망가뜨렸어요."

분노가 내 가슴에서, 목구멍에서 부풀어 오른다. 폭발할 것만 같다.

"한 입 먹고 던져버렸어요. 나한테 던졌어요."

"엘리엇, 이 말이 사실이냐?"

엘리엇은 아버지의 매서운 눈길에 얼굴이 빨갛게 된다.

"넌 나랑 같이 가는 게 좋겠구나. 크리스천, 사과를 집어라. 너는 엄마가 파이 굽는 걸 돕고."

꿈에서 깨어났을 때 아나는 깊이 잠들어 있었다. 그녀의 향기
나는 머리카락에 내 코를 묻고, 팔로 그녀를 고치처럼 감쌌다.
그녀 옆에서 깨어나는 기분은 기묘했다. 하지만 좋은 식으로 기
묘했다. 나는 아침 섹스로 그녀를 깨워볼까 진지하게 생각해보
았다. 내 몸은 기꺼운 것 이상이었지만, 그녀는 실질적으로 혼
수상태나 다름없었고 깨웠다간 뾰로통해질 것 같았다. 그녀를
더 자게 둬야만 했다. 나는 침대에서 나와 그녀가 잠에서 깨어
나지 않도록 조심하면서 티셔츠를 집고 바닥에 떨어진 그녀의
옷가지를 그러모아 거실로 갔다.
"안녕하세요, 그레이 씨."
존스 부인이 부엌에서 분주하게 움직였다.
"잘 잤어요, 존스 부인."
나는 선명한 새벽의 잔해가 남은 창문을 내다보며 기지개를
켰다.
"그거 세탁물이에요?"
그녀가 물었다.
"그래요. 이건 아나스타샤 거죠."
"제가 빨아서 다림질도 해놓을까요?"
"그럴 시간이 되겠어요?"
"급속 세탁하면 돼요."
"훌륭하군요, 고마워요."
나는 그녀에게 아나의 옷가지를 건넸다.
"여동생은 어떠세요?"
"아주 좋아요, 고맙습니다. 애들이 많이 컸더라고요. 사내애

142

들은 거칠어서."

"그렇겠죠."

그녀는 미소를 지으며 내게 커피를 약간 만들어주었다.

"부탁합니다. 저는 서재에 있을 겁니다."

존스 부인이 나를 바라보며 짓는 미소가 유쾌함에서 알겠다
는 표정으로 바뀌었다. 여성적이고 은밀한 방식으로. 그런 후
그녀는 서둘러 부엌에서 나가 어딘가, 아마도 세탁실로 간 듯했
다.

왜 저러지?

알았어. 존스 부인이 내 밑에서 일한 지 4년 만에, 내 침대에
여자가 잠들어 있는 첫 월요일, 첫날이었다. 하지만 그건 그렇
게 수선 떨 일은 아니었다. 두 사람을 위한 아침식사 부탁해요,
존스 부인. 부인이 하실 수 있으리라는 것 알아요.

나는 고개를 절레절레 저으며 천천히 서재로 들어가 일을 시
작했다. 샤워는 나중에 할 것이었다……. 어쩌면 아나와.

나는 이메일을 확인하고 안드레아와 로스에게 오늘은 아침이
아니라 오후에 출근할 거라는 메일을 한 통 보냈다. 그런 후에
바니가 가장 최근에 보고한 개요도를 살폈다.

존스 부인이 문을 두드리더니 두 번째 커피를 가져다주면서
벌써 8시 15분이라고 알려주었다.

시간이 그렇게나 됐어?

"오늘 아침엔 사무실에 출근 안 해요."

"테일러가 묻더라고요."

"오늘 오후에 갈 겁니다."

"그렇게 전할게요. 스틸 양의 옷은 옷 방에 가져다두었습니다."

"고마워요. 빠르네요. 아직도 자고 있어요?"

"그런 것 같습니다."

그리고 그 옅은 미소가 다시 떠올랐다. 나는 두 눈썹을 치켰지만 부인은 더 활짝 웃으며 서재를 나갔다. 나는 일을 옆으로 밀어놓고 커피를 마신 다음 샤워하고 면도를 하러 갔다.

내가 옷을 다 입었을 때도 아나는 여전히 나가떨어져 있었다.

네가 그녀의 기운을 다 뺐군, 그레이. 그 생각을 하니 유쾌했다. 유쾌한 것 이상이었다. 그녀는 마치 세상에 그 어떤 관심도 없다는 듯 평온해 보였다.

좋아.

서랍장에서 시계를 꺼내면서, 충동적으로 맨 위 서랍에서 마지막 남은 콘돔을 챙겼다.

넌 절대 모르겠지.

다시 천천히 거실을 지나 서재로 향했다.

"아침식사를 아직 안 드시겠어요?"

"아나와 함께 먹을 거예요. 고마워요."

나는 전화를 들고 안드레아에게 전화했다. 몇 마디를 나눈 후 안드레아는 나를 로스와 연결했다.

"그래, 몇 시에 출근하실 거예요?"

로스의 어조는 냉소적이었다.

"좋은 아침, 로스. 오늘 기분은 어때?"

나는 다정하게 말했다.

"열 받았어요."

"나에게?"

"네, 사장님에게. 그리고 불간섭주의의 노동 윤리 때문에."

"나중에 출근할 거야. 전화한 이유는 우즈의 회사를 청산하기로 결정했기 때문이야."

이 결정은 벌써 말했지만 그녀와 마르코는 너무 시간을 끌고 있었다. 나는 지금 처리하기를 바랐다. 나는 이 회사의 손익 수치가 개선되지 않으면 그렇게 하기로 하지 않았느냐고 재차 상기했다. 그리고 개선되지 않았고.

"루카스에겐 시간이 더 필요해요."

"회사의 손익이 향상되는 게 아니라면 관심 없어, 로스. 우리가 죽을 만큼 무거운 부담을 지고 있는 것도 아니잖아."

"확실하세요?"

"더 이상의 멍청한 변명은 필요 없어."

벌써 질렸다. 나는 마음을 정했다.

"크리스천……."

"마르코에게 나한테 전화하라고 해. 죽이 되든 밥이 되든 결정할 때야."

"알았어요. 알았습니다. 정말 그렇게 하고 싶으시면요. 다른 지시는요?"

"그래, 바니에게는 프로토타입이 보기에는 좋지만 그 인터페이스는 잘 모르겠다고 전하고."

"인터페이스는 잘 작동하는 것 같던데요. 제가 이해하기로는. 물론 제가 그쪽 전문가는 아니지만."

"아니지. 그저 뭔가 빠졌어."

"바니에게 말할게요."

"오늘 오후에 만나서 의논하고 싶다고."

"직접 얼굴 보고요?"

그녀의 냉소가 거슬렸다. 하지만 어조를 무시하고 바니의 팀

전체가 모여 머리를 맞대고 고민하자고 말했다.

"바니가 좋아하겠네요. 그럼 오늘 오후에 만나는 거죠?"

그녀의 말투가 희망적으로 바뀌었다.

"좋아." 나는 다시 확신을 주었다. "그럼 다시 안드레아 바꿔."

전화를 든 채 안드레아를 기다리며 나는 구름 한 점 없는 하늘을 내다보았다. 아나의 눈과 같은 빛깔이었다.

감상적이네, 그레이.

"안드레아……."

순간 나는 주의가 흩어졌다. 고개를 들다가 아나가 문간에 서 있는 것을 보자 기분이 좋았다. 그녀는 내 티셔츠 외에는 아무것도 입고 있지 않았다. 그녀의 길고 모양 좋은 다리가 오직 나만 볼 수 있게 드러났다. 그녀의 다리는 정말 훌륭했다.

"사장님."

안드레아가 대답했다.

나의 눈은 아나의 눈에서 떠나지 않았다. 여름 하늘 색깔이었고 그만큼 따뜻했다. 맙소사, 그녀의 온기를 종일 쬘 수도 있을 것 같았다. 매일이라도.

터무니없는 짓 하지 마, 그레이.

"오늘 아침 내 일정 다 비워둬. 하지만 빌에게는 내게 전화하라고 해. 2시까지는 들어간다고. 오후에 마르코와 얘기를 좀 해야겠는데, 30분 정도 필요하겠군. 마르코 이후에 바니와 팀 미팅할 계획을 잡아봐. 아니면 내일로 잡든가. 또 이번 주 매일 클로드한테 갈 시간을 잡아주고."

"샘이 오늘 아침 사장님을 뵙고 싶어 하는데요."

"그 친구에게는 기다리라고 해."

"다푸르 건입니다."

"아?"

"구호 선박을 보내는 게 개인 홍보에 무척 좋은 기회가 될 거라고 보고 있어요."

아, 맙소사. 그 친구라면 그렇겠지. 그렇지 않겠어?

"아니야. 다푸르는 홍보하고 싶지 않아."

목소리에 짜증이 묻어 퉁명스러워졌다.

"샘 말로는 《포브스》 기자가 그 건으로 사장님을 보고 싶어 한답니다."

대체 그들이 어떻게 눈치를 채고?

"샘에게 알아서 처리하라고 해."

나는 딱 잘라 말했다. 그러라고 월급을 주는 것 아닌가.

"직접 말씀하시겠어요?"

안드레아가 물었다.

"아니."

"알겠습니다. 또 토요일 행사에 참석 여부를 통보해야 하는데요."

"어떤 행사?"

"상공회의소 갈라요."

"그게 다음 토요일이었어?"

내가 물었다. 그때 무슨 생각 하나가 머릿속에 떠올랐다.

"네, 사장님."

"잠깐."

나는 아나에게로 눈을 돌렸다. 아나는 왼발을 흔들거리고 있었지만, 푸른 눈을 내게서 떼진 않았다.

"조지아에서 언제 돌아올 거야?"

"금요일요."

그녀가 말했다.

"표가 한 장 더 필요한데. 데이트 상대를 데리고 갈 테니까."

"데이트 상대요?"

안드레아는 못 믿겠다는 듯 목소리를 높였다.

나는 한숨지었다.

"그래, 안드레아. 바로 그렇게 말했어. 데이트라고. 아나스타
샤 스틸 양이 나랑 동행할 거야."

"네, 사장님."

안드레아는 내가 아주 기분 좋은 말이라도 한 듯한 어조로 대
답했다.

망할. 대체 내 직원들이 어떻게 된 거지?

"그게 다야."

나는 전화를 끊었다.

"안녕, 스틸 양."

"그레이 씨."

아나가 내게 인사했다.

나는 책상을 돌아가 그녀 앞에 서서 얼굴을 어루만졌다.

"널 깨우고 싶지 않았어. 아주 평화롭게 자던걸. 잘 잤어?"

"아주 푹 쉬었어요, 고마워요. 샤워하기 전에 아침 인사하러
들렀어요."

미소 짓는 그녀의 눈도 기쁨으로 빛났다. 그녀의 이런 모습을
보는 것은 즐거웠다. 다시 일로 돌아가기 전에, 나는 몸을 숙이
고 그녀에게 살짝 키스했다. 갑자기 그녀는 두 팔을 내 목에 감
고 손가락으로 내 머리카락을 움켜쥐며 자신의 몸을 내 그곳에
강하게 밀착했다.

워어.

그녀의 입술은 끈질겼고 나는 그녀에게 키스를 되갚아주며 반응했다. 그녀의 강렬한 열정에 놀랐다. 한 손으로 나는 그녀의 머리를 받치고 다른 손으로는 아무것도 입지 않은, 최근에 얻어맞은 엉덩이를 만졌다. 마른 검불처럼 내 몸에 불이 붙었다.

"뭐, 잠을 자고 났더니 아주 기분이 좋은가본데."

내 목소리에 갑작스런 욕정이 얽혔다.

"가서 샤워를 하기 바라. 아니면 지금 당장 너를 내 책상에 눕힐까?"

"책상 쪽이 좋겠어요."

그녀는 내 입가에 대고 속삭이면서 자신의 여성을 내 일어선 물건에 대고 돌렸다.

어, 이건 놀라운데.

그녀의 눈은 욕망으로 어둡고 탐욕스러웠다.

"정말 이런 데 취향이 있나본데, 스틸 양? 만족을 모르게 되었군."

"난 오직 당신에 대한 취향이 있을 뿐이에요."

"맞아, 오직 나뿐이지."

그녀의 말은 사이렌의 노랫소리처럼 내 리비도를 자극했다. 모든 자제력을 잃고 책상 위의 모든 것을 쓸어버렸다. 서류와 전화, 펜이 모두 우당탕탕 바닥으로 떨어져버렸지만 나는 조금도 개의하지 않았다. 나는 아나를 들어 내 책상 위에 가로로 눕혔고, 그녀의 머리카락은 가장자리를 지나 의자 좌석에 떨어졌다.

"원하는 건 가져야지."

나는 으르렁거리며 콘돔을 휙 꺼내고 바지 지퍼를 내렸다. 재빨리 내 물건 위에 뒤집어씌우면서, 나는 만족을 모르는 스틸 양을 내려다보았다.

"준비가 되었길 바라."

나는 경고를 하고 그녀의 손목을 잡아 꼼짝 못 하게 옆에 붙였다. 한 번의 민첩한 동작으로 나는 그녀의 안으로 들어갔다.

"젠장, 아나. 벌써 준비가 다 되었군."

나는 1나노 초 만에 그녀가 내 존재에 적응할 수 있도록 했다. 그런 후에 밀고 들어갔다. 앞뒤로. 다시 또다시. 세게 더 세게. 그녀는 머리를 뒤로 젖히고, 말없이 애원하듯 입을 벌렸다. 몸이 흔들릴 때마다 그녀의 가슴이 리듬에 따라 올랐다 내렸다. 그녀는 두 다리로 나를 감쌌고, 나는 서서 그녀 안으로 뚫고 들어갔다.

이게 네가 원하는 거야?

매번 찔러 들어갈 때마다 그녀가 나를 맞았고, 내가 그녀를 가질 때마다 그녀는 몸을 내게 대고 흔들며 신음했다. 나는 그녀를 더 높이 높이 높이 데려갔고, 마침내 나를 감싼 그녀가 굳어지는 것을 느꼈다.

"자. 나를 위해 소리를 질러."

나는 악다문 잇새로 말했고, 그녀는 정말 굉장하게 비명을 질러대며 나를 나 자신의 오르가즘으로 빨아들였다.

망할. 나 역시 그녀처럼 굉장하게 절정을 느꼈다. 나는 그녀의 몸 위로 풀썩 쓰러졌고 그녀는 오르가즘의 여파로 여전히 나를 조였다.

제길. 이건 기대하지 못했는데.

"대체 나한테 뭘 한 거야?"

나는 숨도 못 쉬고 입술로 그녀의 목을 훑었다.

"넌 완전히 나를 매혹했어, 아나. 무언가 강렬한 마법을 부린 거겠지."

그리고 네가 내게 덤벼들었잖아.

나는 그녀의 손목을 놔주고 일어서려 했지만, 그녀는 여전히 다리로 나를 꽉 죄고 손가락으로 내 머리카락을 감았다.

"매혹된 쪽은 나인걸요."

그녀가 속삭였다.

우리의 시선이 얽혔다. 나를 꿰뚫어 보는 듯 조사하는 눈길. 내 영혼의 어둠을 본 듯이.

젠장. 날 놔줘. 이건 너무 버거워.

나는 두 손으로 그녀의 얼굴을 감싸고 재빨리 키스했으나, 그렇게 하는 동안 그녀가 이런 자세로 다른 사람과 있는 반갑지 않은 생각이 내 마음속으로 휙 뛰어들었다. 아니, 그녀가 다른 사람과 이럴 리는 없어. 절대로.

"넌. 내. 거. 야." 우리 사이에서 내 말이 부서졌다. "알겠어?"

"그래요, 당신 거예요."

그녀의 표정은 진심이었으며, 말에는 확신이 가득했다. 나의 불합리한 시기심은 물러났다.

"조지아에 꼭 가야겠어?"

나는 그녀의 얼굴에 붙은 머리카락을 정리하며 물었다.

그녀는 고개를 끄덕였다.

제길.

내가 몸을 빼자 그녀가 움찔했다.

"쓰려?"

"약간요."

그녀는 수줍게 미소 지으며 대답했다.

"네가 쓰린 게 좋아. 내가 어디 있었는지 네가 기억할 테니까. 오직 나만."

나는 소유욕에 가득 차 거친 키스를 했다.

그녀가 조지아에 가는 게 싫었으니까.

그리고 내게 덤벼든 사람은 없었으니까. 한동안은…… . 엘레나 이후로.

그리고 그때는 언제나처럼 계산된, 짜놓은 장면의 일부였을 뿐이다.

나는 일어서서 한 손을 내밀어 그녀가 앉을 수 있도록 끌어올렸다. 내가 콘돔을 빼내자 그녀가 중얼거렸다.

"항상 준비가 되어 있네요."

나는 바지 지퍼를 올리면서 당혹스러운 얼굴로 그녀를 보았다. 나는 설명하듯 빈 포장을 들어 보였다.

"남자는 희망을 가질 수 있잖아, 아나스타샤. 심지어 꿈도 꿀 수 있지. 가끔은 그 꿈이 실현되기도 하고."

그렇게 금방 쓰게 될 줄은 몰랐지만. 그리고 그녀 방식대로였지, 내 방식은 아니었다고. 스틸 양, 그렇게 순진한 편인 것치고는 너는 정말 예상외야.

"그럼, 당신 책상에서 하는 게 꿈이었어요?"

그녀가 물었다.

아가씨. 나는 이 책상에서 섹스를 한두 번 한 게 아냐. 하지만 언제나 내가 먼저 개시했지, 서브미시브 쪽에서 그런 적은 없었지.

이건 보통 내가 하는 방식이 아냐.

그녀는 내 생각을 읽었는지 얼굴이 어두워졌다.

젠장. 내가 무슨 말을 하겠어? 아나, 너랑은 달리 난 과거가 있어.

나는 좌절감에 젖어 한 손으로 머리카락을 훑었다. 오늘 아침은 계획대로 이루어지지 않았다.

"가서 샤워를 해야겠어요."

그녀는 기분이 가라앉아서 말했다.

그녀는 일어서서 문 쪽으로 몇 발짝 떼었다.

"전화 두어 통 더 해야 해. 네가 샤워하고 나오면 같이 아침 먹도록 하지."

나는 그녀의 시선을 따라갔다. 어떻게 말해야 상황을 무마할지 생각했다.

"존스 부인이 네가 어제 입었던 옷을 다 세탁했을 거야. 옷장에 걸려 있겠지."

그녀는 놀라워했다. 깊은 인상을 받은 듯했다.

"고마워요."

"천만의 말씀."

그녀는 나를 관찰하며 영문을 모르겠다는 듯 이마를 찌푸렸다.

"왜?"

내가 물었다.

"뭐가 문제예요?"

"무슨 뜻이야?"

"음…… 평소보다 훨씬 더 이상하게 굴고 있잖아요."

"내가 이상해?"

아나, 자기. '이상하다'는 말은 나의 다른 이름이기도 해.

"가끔은요."

그녀에게 말해. 한동안 내게 덤벼든 사람은 없었다고.

"언제나 그렇지만 너한테 놀랐어, 스틸 양."

"뭐가 놀라워요?"

"그건 기대하지 못했던 대접이라고 해두지."

"우린 서로를 기쁘게 해줄 목적이 있잖아요, 그레이 씨."

그녀는 여전히 나를 찬찬히 살피며 놀렸다.

"그래, 넌 정말 내게 즐거움을 주었지."

난 인정했다.

하지만 넌 나의 무기도 빼앗았어.

"샤워하러 간다며."

그녀의 입이 아래로 샐쭉해졌다.

"그래요…… 음, 조금 있다 봐요."

그녀는 몸을 돌려 내 서재에서 조르르 나가버렸다. 나는 혼란의 미로에 빠진 채 서 있었다. 머리를 맑게 하려고 흔든 후 바닥에 떨어진 물건들을 주워서 책상을 정리했다.

어떻게 그냥 내 서재로 들어와서 나를 유혹할 수 있을까? 이 관계에서 통제권은 내게 있는 게 아니었나? 그게 지난밤 내가 생각했던 것이었다. 그녀의 제어할 수 없는 열정과 애정. 대체 어떻게 이런 걸 처리할 수 있단 말인가? 그건 내가 모르는 것이었다. 나는 전화를 들며 잠깐 머뭇거렸다.

하지만 그건 즐겁다.

그래.

즐거운 것 이상이지.

나는 그 생각에 쿡쿡 웃으며 그녀의 "알게 되어서 즐거웠어요"라는 이메일을 떠올렸다. 제길, 빌에게서 부재중 전화가 와 있었다. 내가 스틸 양과 밀회를 즐기는 동안 전화를 했던 모양이었다. 나는 책상 앞에 앉아 다시 한 번 내 우주의 주인이 되었다. 이제 그녀는 샤워 중이니까. 그리고 빌에게 다시 전화를 했다. 빌에게 디트로이트 관련 보고를 들어야 했다. 그리고 다시 내 게임으로 돌아갈 필요가 있었다.

빌이 받지 않자 나는 안드레아에게 전화를 걸었다.

"네, 사장님."

"오늘이나 내일 제트기 쓸 수 있어?"

"목요일까지는 사용 일정이 없습니다."

"잘됐군. 그럼 빌 좀 연결해주겠나?"

"알겠습니다."

빌과의 대화는 길었다. 루스가 디트로이트 내 활용 가능한 공장부지를 모두 조사하는 성과를 냈다. 두 곳이 우리가 짓고자하는 기술 공장부지에 적합했고, 빌은 디트로이트에는 우리가 요구하는 노동 인력이 있다고 자신했다.

심장이 쿵 내려앉았다.

굳이 디트로이트여야만 하나?

그곳에 대해서는 희미한 기억만 있을 뿐이었다. 술주정뱅이들, 떠돌이들, 거리에서 우리에게 고함치던 마약쟁이들. 우리가 집이라고 부르던 더러운 술집. 그리고 빈털터리 젊은 여자, 내가 엄마라고 부르던 약쟁이 매춘부. 썩은 공기와 먼지덩어리가 가득 찬 칙칙하고 지저분한 방 안에 앉아서 멍하니 허공을 보던 모습.

그리고 그자.

나는 몸을 떨었다. 그자에 대해선 생각하지 말자……. 그 여자도.

하지만 생각이 날 수밖에 없었다. 아나는 간밤 나의 고백에

155

대해선 아무 말도 하지 않았다. 나는 그 약쟁이 매춘부 얘기를 누구에게도 한 적이 없었다. 어쩌면 그래서 아나가 오늘 아침 나를 덮친 건지도 몰랐다. 내게 어떤 다정한 보살핌이 필요하다고 생각해서.

망할.

아가씨. 네가 굳이 바치겠다면 너의 몸을 받아줄게. 나는 잘 지내고 있다고. 하지만 그 생각이 머리에 훅 들어왔을 때도, 나는 내가 정말로 '잘 지내고 있는지' 궁금했다. 불편함을 무시해 버렸다. 플린이 돌아오면 같이 의논해볼 문제였다.

지금 당장은 배가 고팠다. 그녀가 그 달콤한 엉덩이를 들고 샤워실에서 빨리 나오길 바랐다. 나도 뭘 먹어야 하니까.

아나는 부엌 일자형 식탁 앞에 서서 아침을 차리는 존스 부인과 이야기하고 있었다.

"뭔가 먹을 걸 드릴까요?"

부인이 물었다.

"아니, 괜찮아요."

아나가 대답했다.

아, 아니지. 그러면 안 되지.

"물론 뭔가 먹어야지."

나는 두 사람을 향해 호통쳤다.

"아나는 팬케이크와 베이컨, 달걀을 좋아해요, 존스 부인."

"네. 그레이 씨는 뭘 해드릴까요?"

부인은 속눈썹을 깜박거리지 않고 대답했다.

"오믈렛을 줘요. 과일하고. 앉아."

나는 의자 하나를 가리키며 아나에게 명령했다. 그녀는 시키는 대로 했고, 존스 부인이 우리 아침을 차리는 동안 나는 그녀 곁에 앉아 있었다.

"비행기 표는 샀어?"

내가 물었다.

"아니요. 하지만 집에 가면 살 거예요. 인터넷으로."

"돈은 있고?"

"그럼요."

그녀는 마치 내가 다섯 살 아이인 양 말하며 머리카락을 어깨 뒤로 넘기고 입술을 꾹 다물었다. 삐쳤군, 나는 생각했다.

나는 못마땅해서 한쪽 눈썹을 치켰다. 난 언제든지 네 엉덩이를 또 때릴 수 있다고.

"네, 있어요. 고맙습니다."

그녀가 좀 더 가라앉은 어투로 재빨리 말했다.

그게 더 낫군.

"나 제트기도 있는데. 앞으로 사흘 동안 달리 잡혀 있는 일정이 없어. 네 마음대로 써."

물론 "싫어요"라고 하겠지. 하지만 적어도 제안을 할 수 있으니까.

그녀의 입술이 충격으로 떡 벌어졌다. 처음에는 기가 막힌다는 표정이더니 나중에는 '깊은 인상을 받았다'와 '화가 난다'가 같은 비율로 섞여 드러났다.

"우리는 벌써 당신네 회사의 항공 장비를 남용하지 않았나요. 다시 그런 짓 하고 싶진 않아요."

그녀가 태연하게 말했다.

"그건 내 회사고, 내 제트기야."

그녀가 고개를 저었다.

157

"말은 고마워요. 하지만 일정이 있는 항공기를 이용하는 게 더 기분 좋겠어요."

대부분의 여자들이 전용 제트기를 탈 기회가 있다면 당장 달려들 텐데. 하지만 물질적 부로는 이 여자를 감동시킬 수가 없었다. 아니면 내게 빚진다는 기분이 들고 싶지 않은 모양이었다. 어느 쪽인지 확인할 수가 없었다. 어느 쪽이든 그녀는 고집 센 인간이다.

"마음대로." 나는 한숨을 지었다. "면접 준비는 많이 했어?"

"아니요."

"잘됐군."

나는 어느 출판사인지 물었지만, 그녀는 말해주지 않았다. 대신에 스핑크스 같은 미소만 지었다. 이 비밀을 누설하게 할 길이 없었다.

"난 재산가야, 스틸 양."

"나도 아주 잘 알고 있어요, 그레이 씨. 내 전화를 추적할 건가요?"

그걸 기억하고 있다고 믿어주지.

"실제로 오늘 오후엔 무척 바빠. 그래서 다른 사람을 시켜야겠지."

"다른 사람에게 그걸 시킨다니 인원이 남아도나보네요."

아, 오늘은 건방진데.

"인사부장에게 당장 이메일을 보내서 인원수를 살펴보라고 하지."

이건 마음에 들었다. 우리 사이의 농담. 기분 전환도 되고 재미있었으며, 이전에 알았던 그 무엇과도 달랐다.

존스 부인이 아침식사를 내놓았고 아나가 음식을 즐기는 것을 보니 기분이 좋았다. 존스 부인이 부엌을 나가자 아나가 나를 올려다보았다.

"왜 그래, 아나스타샤?"

"알고 있겠지만 어째서 남이 손을 대는 걸 싫어하는지 그 이유를 말해주지 않았어요."

이걸 또 시작하진 마!

"이제까지 어떤 사람에게 한 얘기보다도 더 많은 이야기를 했어."

나는 좌절감을 감추려고 목소리를 낮췄다. 어째서 끈질기게 이런 질문을 하는 걸까? 그녀는 팬케이크를 두어 입 더 먹었다.

"가 있는 동안 우리 협의에 대해 생각할 거지?"

내가 물었다.

"네."

"날 보고 싶어 할 거야?"

그레이!

그녀는 나만큼이나 그 질문에 놀라 나를 바라보았다.

"네."

그녀는 잠시 후 꾸밈없고 정직한 표정으로 말했다. 나는 영리한 농담을 기대했으나 진실을 듣게 되었다. 이상하게도 그녀가 인정하니 마음이 안정되었다.

"나도 네가 보고 싶을 거야." 나는 중얼거렸다. "네 생각보다 더."

그녀가 없으면 내 아파트는 좀 더 조용해지겠지. 좀 더 허전하기도 하고. 나는 그녀의 뺨을 쓰다듬으며 키스했다. 그녀는 달콤한 미소를 짓더니 다시 아침을 먹기 시작했다.

"전 양치질을 하고 가봐야 해요."

일단 식사를 마치자 그녀가 알렸다.

"너무 이른데. 좀 더 머물다 갈 줄 알았어."

그녀는 움찔 물러섰다. 내가 그녀를 쫓아낼 거라고 생각했었나?

"이미 충분히 당신을 이용했고 시간을 빼앗은 것 같은데요, 그레이 씨. 게다가 운영해야 할 제국이 있지 않나요?"

"땡땡이칠 수 있어."

희망이 가슴과 목소리에서 부풀어 올랐다. 막 아침 일정을 비웠으니까.

"전 인터뷰 준비를 해야 해요. 옷도 갈아입어야 하고."

그녀는 경계하는 눈으로 나를 보았다.

"지금 모습도 괜찮은데."

"아, 참 고맙네요."

그녀가 우아하게 말했다. 하지만 뺨에는 어젯밤 그녀의 엉덩이에서처럼 익숙한 장밋빛이 돌았다. 그녀는 당황해하고 있었다. 언제 자연스레 칭찬을 받는 법을 배울 수 있을까?

그녀는 일어나더니 접시를 싱크대에 넣었다.

"놔둬. 존스 부인이 할 거야."

"좋아요. 그럼 양치질하러 갈게요."

"마음껏 내 칫솔 써도 돼."

나는 냉소적으로 제안했다.

"그러지 않아도 그럴 작정이었어요."

그렇게 말하며 그녀는 살랑살랑 방에서 나갔다. 어떤 말에든 말대꾸를 할 수 있는 여자였다.

몇 분 후 그녀는 가방을 가지고 돌아왔다.

"조지아 갈 때 네 블랙베리 잊지 말고 챙겨. 맥이랑, 충전기도."

"네, 주인님."

그녀는 순순히 대답했다.

착하군.

"가자."

나는 그녀를 데리고 엘리베이터를 탔다.

"당신은 내려올 필요 없어요. 나 혼자 차 정도는 찾을 수 있으니까."

"이것도 서비스의 일부분이야." 나도 비꼬듯 대꾸했다. "내려가는 내내 키스할 수 있으니까."

나는 그녀를 품 안에 안고 그렇게 했다. 그녀의 맛과 혀를 즐기고 적절한 작별인사를 했다.

차고 층에서 문이 열렸을 때 우리는 둘 다 흥분해서 숨이 막혔다. 하지만 그녀는 이제 떠날 것이다. 나는 그녀를 차까지 데려다주고 내 욕구는 무시한 채로 운전석의 문을 열었다.

"지금은 안녕, 주인님."

그녀가 속삭이며 한 번 더 내게 키스했다.

"안전 운전해, 아나스타샤. 안전 여행도."

문을 닫고 뒤로 물러서서 그녀가 떠나는 모습을 보았다. 그런 다음 위층으로 올라왔다.

나는 테일러의 서재 문을 두드린 후 10분 후에 사무실로 가고 싶다고 알렸다.

"차를 대기시키겠습니다, 사장님."

차에서 웰치에게 전화했다.

"그레이 사장님."

그가 쉿소리로 말했다.

"웰치. 아나스타샤 스틸은 오늘 항공권을 살 거야. 시애틀발, 서배너행. 어떤 항공편에 타는지 알고 싶어."

"선호하는 항공사가 있습니까?"

"모르겠는데."

"제가 한 번 알아보죠."

전화를 끊었다. 내 교활한 계획이 착착 맞아 들어가고 있었다.

"사장님!"

몇 시간 일찍 내가 나타나자 안드레아가 화들짝 놀랐다. 내 회사에 내가 오는데 뭐가 문제냐고 말하고 싶었지만, 점잖게 행동하기로 했다.

"놀라게 해주려고."

"커피 드릴까요?"

그녀가 가는 소리로 말했다.

"부탁할게."

"우유는 넣을까요, 말까요?"

유능하다니까.

"넣어서. 데운 우유로."

"네, 사장님."

"캐럴라인 액턴에게 연락해봐. 지금 당장 통화하고 싶으니까."

"알겠습니다."

"그리고 플린 박사 예약 좀 잡아줘. 다음 주에."

그녀는 고개를 끄덕이고 자리에 앉아 일을 시작했다. 나는 책상에 앉아 컴퓨터를 켰다.

받은 편지함에 처음 뜬 이메일은 엘레나에게서 온 것이었다.

보낸 사람: 엘레나 링컨
제목: 주말
날짜: 2011년 5월 30일 10:15
받는 사람: 크리스천 그레이

크리스천, 무슨 일이야?
네 어머니가 그러는데, 네가 어제 젊은 여자를 저녁식사 자리에
데려왔다고.
흥미가 돋네. 그건 네 스타일이 아니잖아.
새 서브미시브 찾은 거야?
전화해.
Ex

엘레나 링컨
에스클라바
당신이라는 아름다움을 위해™

내가 필요한 건 그뿐이었다. 나는 그녀가 보낸 이메일을 닫고
당분간은 무시하기로 했다. 올리비아가 노크를 하고 커피를 들
고 들어온 순간, 안드레아가 인터폰을 걸었다.
"웰치 씨 전화입니다. 그리고 액턴 씨에게는 메시지를 남겼
습니다."
안드레아가 알려주었다.
"잘했어. 연결해."

올리비아는 라테를 내 책상 위에 놓아두고 허둥지둥 나갔다.
나는 그녀를 무시하려 최선을 다했다.

"웰치."

"아직 구매한 항공권은 없습니다. 하지만 변동이 있을 경우
상황을 감시하면서 알려드리겠습니다."

"그렇게 해주게."

그는 전화를 끊었다. 나는 커피를 한 모금 마시고 로스에게
전화했다.

점심 직전에 안드레아가 캐럴라인 액턴을 연결했다.

"그레이 씨, 이렇게 연락 주셔서 참 반갑습니다. 무엇을 도와
드릴까요?"

"안녕하세요, 액턴 씨. 평소대로 부탁해요."

"필요 아이템을 전체 구매하시겠다는 거죠? 염두에 두신 색
상 배열은 있습니까?"

"파란색과 녹색. 어쩌면 정찬을 위한 은색도."

상공회의소 갈라가 문득 떠올랐다.

"보석 색깔들도."

"좋습니다."

액턴은 평소처럼 열정적으로 대답했다.

"그리고 새틴과 실크 속옷과 잠옷도. 근사한 걸로."

"네. 예산은 어느 정도로 생각하십니까?"

"예산 제한은 없어요. 전력을 다해줘요. 모든 걸 최고급으로
원하니까."

"신발도 준비할까요?"

"좋습니다."

"사이즈는요?"

"이메일로 보내죠. 지난번에 보냈던 주소로."

"배달은 언제까지 해드릴까요?"

"이번 주 금요일."

"해낼 수 있을 것 같습니다. 제가 고른 상품을 사진으로 먼저 보시겠습니까?"

"그렇게 해줘요."

"좋습니다. 처리하도록 하죠."

"고마워요."

내가 전화를 끊자 안드레아가 웰치를 연결했다.

"웰치."

"스틸 양은 애틀랜타까지 DL2610편으로 여행합니다. 오늘 오후 22시 25분 출발입니다."

나는 항공편의 상세 정보와 서배너까지의 연결편을 받아 적었다. 나는 안드레아를 호출했고, 안드레아는 수첩을 들고 잠시 후 들어왔다.

"안드레아, 아나스타샤 스틸 양이 이 항공편으로 여행한다는 군. 그녀의 좌석을 1등석으로 승급해서 예약하고 1등석 라운지를 이용할 수 있게 비용도 결제해줘. 그리고 모든 항공편의 옆자리까지 사놓도록. 갈 때 올 때 둘 다. 내 개인 신용카드를 써줘."

안드레아의 당황한 표정으로 보아 내가 정신이 나간 게 아닌가 생각하는 듯했지만, 곧 침착한 태도를 회복하고 내가 손으로 쓴 쪽지를 받아들었다.

"그렇게 하겠습니다, 그레이 사장님."

그녀는 사무적인 태도를 유지하려고 최선을 다했으나, 나는 그녀가 슬쩍 미소 짓는 것을 감지했다.

이건 그녀가 상관할 일이 아니었다.

오후는 연이은 회의를 하며 보냈다. 마르코가 시애틀에 있는 출판사 네 곳의 예비 조사서를 준비해 왔다. 그건 나중에 읽어 보려고 일단 제쳐두었다. 우즈와 그의 회사에 대한 마르코의 의견은 나와 일치했다. 사태가 추악해질 수도 있었지만, 시너지 효과를 살펴보면 앞으로 가야 할 길은 오직 우즈의 기술 분사를 흡수하고 나머지 회사는 청산하는 것뿐이었다. 비용이 많이 들겠지만, 그레이 엔터프라이즈 홀딩스로서는 최선이었다.

늦은 오후에는 바스티유와 함께 짧게나마 힘을 많이 쓰는 운동을 할 수 있었고, 그 덕에 집으로 향할 때는 마음이 차분하고 여유가 있었다.

가볍게 저녁식사를 한 후, 나는 책상에 앉아 이메일을 읽기 시작했다. 저녁에 처음 해야 할 일은 엘레나에게 답장하는 것이었다. 하지만 이메일을 열었을 때 아나에게서 메일이 와 있었다. 그녀는 종일 내 머릿속에서 멀리 떠나지 않았었다.

보낸 사람: 아나스타샤 스틸
제목: 면접
날짜: 2011년 5월 30일 18:49
받는 사람: 크리스천 그레이

친애하는 그레이 씨,
제 면접은 아주 잘 진행되었습니다.
관심이 있으실 것 같아서요.
오늘 하루 어떻게 지내셨나요?

아나

나는 즉시 답장을 보냈다.

보낸 사람: 크리스천 그레이
제목: 나의 하루
날짜: 2011년 5월 30일 19:03
받는 사람: 아나스타샤 스틸

친애하는 스틸 양,
당신이 하는 건 뭐든 관심이 있지. 넌 내가 아는 가장 흥미로운 여성이니까.
면접 잘했다니 다행이군.
아침은 기대 이상이었어.
오후는 상대적으로 지루했지.

크리스천 그레이
CEO, 그레이 엔터프라이즈 홀딩스, Inc.

나는 의자에 등을 기대고 앉아 턱을 문지르며 기다렸다.

보낸 사람: 아나스타샤 스틸
제목: 좋은 아침
날짜: 2011년 5월 30일 19:05
받는 사람: 크리스천 그레이

친애하는 그레이 씨,

오늘 아침은 제게도 하나의 모범이 되었습니다. 그 완전무결한 책상 섹스 후에 당신이 나를 그렇게 괴팍박대하긴 했지만요. 내가 눈치 못 챈 줄 알았죠.

아침식사는 고마웠습니다. 아니, 존스 부인에게 고마워해야 하나.

부인에 대한 질문을 몇 개 하고 싶습니다. 당신이 나를 다시 괴팍박대하지 않는다면요.

아나

'괴팍박대'라니? 대체 무슨 뜻으로 그런 말을 하는 건가? 내가 괴팍하다는 거야? 뭐, 그럴 수도 있지. 어쩌면. 자기가 나에게 덤벼들었을 때 내가 얼마나 놀랐는지 알아차렸나보군. 한동안 그렇게 한 사람은 없었으니까…….

"완전무결하다."

그 말은…… 받아들이지.

보낸 사람: 크리스천 그레이

제목: 출판일 하려는 사람 맞아?

날짜: 2011년 5월 30일 19:10

받는 사람: 아나스타샤 스틸

아나스타샤,

괴팍박대라는 말은 없고 출판업에 종사하려는 사람이라면 그런 말 쓰면 안 되지. 완전무결? 뭐랑 비교해서 그런지 말해줄래? 게다가 존스 부인에 대해서 뭘 물어보고 싶은데? 호기심 돋는데.

크리스천 그레이

CEO, 그레이 엔터프라이즈 홀딩스, Inc.

보낸 사람: 아나스타샤 스틸

제목: 당신과 존스 부인

날짜: 2011년 5월 30일 19:17

받는 사람: 크리스천 그레이

친애하는 그레이 씨,

언어는 진화하고 움직이죠. 유기적인 겁니다. 값비싼 예술작품이
걸리고 시애틀 전경이 내려다보이며 지붕 위에 헬리콥터 착륙장이
있는 상아탑에 갇혀 있는 게 아니에요.

완전무결하다는 건 우리가 했던 다른 때와 비교해서겠죠…….
당신 표현에 따르면, 아, 그래요, 우리가 섹스했을 때와 비교해서. 실
제로 그 섹스는 무척 완전무결했어요. 그렇게 끝. 내 미천한 의견에
의하면 그렇습니다. 하지만 아시다시피 제 경험은 제한적이라서요.

존스 부인은 당신의 이전 서브였나요?

아나

그녀의 답장에 나는 큰 소리로 웃음을 터뜨렸다가 충격을 받
았다.

존스 부인이라니! 서브미시브?

그럴 리가.

아나. 너 질투하는 거야? 그리고 언어라는 주제가 나왔으니

말인데, 너나 말조심하지!

보낸 사람: 크리스천 그레이
제목: 말. 입조심해!
날짜: 2011년 5월 30일 19:22
받는 사람: 아나스타샤 스틸

아나스타샤,

존스 부인은 아주 귀중한 고용인이야. 나는 사무적 관계 이상으로 부인과 어떤 관계도 가져본 적 없어. 이전에 성적 관계를 가졌던 사람은 직원으로 고용하지 않아. 네가 그런 생각을 했다니 충격이군. 이 규칙에 유일하게 예외를 두려고 했던 사람은 너뿐이지. 너는 훌륭한 협상 기술을 가진 똑똑한 젊은 여성이니까. 하지만 네가 그런 언어를 계속 쓴다면 너를 여기 데려오는 걸 다시 고려해봐야겠어. 네 경험이 제한적이라는 건 내게 기쁜 일이야. 너의 경험은 앞으로도 계속 제한적일 테지. 내게로만. 완전무결했다는 말은 칭찬으로 받아들이겠어. 하지만 네가 한 말이니까 그게 진심인 건지 비꼬는 감각을 억제하지 못하는 건지 알 수가 없지만. 여느 때처럼.

크리스천 그레이
CEO, 그레이 엔터프라이즈 홀딩스, Inc., 상아탑에서

그러나 아나가 내 밑에서 일한다는 건 좋은 생각은 아니었으리라.

보낸 사람: 아나스타샤 스틸

170

제목: '중국에 있는 모든 차를 준다고 해도'
날짜: 2011년 5월 30일 19:27
받는 사람: 크리스천 그레이

친애하는 그레이 씨,

귀사에 입사하는 문제에 대해서는 이미 사양하는 마음을 표현했을 텐데요. 이 문제에 대한 제 견해는 변하지 않았고 앞으로도 변할 일이 없을 겁니다. 이제 가야겠네요. 케이트가 저녁거리를 갖고 왔거든요. 제 비꼬는 감각과 제가 저녁 인사를 고합니다.

일단 조지아에 가면 연락하겠어요.

아나

어떠한 이유엔가 그녀가 내 밑에서 일을 하지 않겠다고 하니 살짝 언짢았다. 학점도 좋던데. 영리하고 매력적이고 재미있다. 내 회사의 자산이 될 것이다. 하지만 싫다고 하는 게 현명한 행동이었다.

보낸 사람: 크리스천 그레이
제목: 트와이닝 잉글리시 브렉퍼스트 티라도?
날짜: 2011년 5월 30일 19:29
받는 사람: 아나스타샤 스틸

잘 자, 아나스타샤.
너와 네 비꼬는 감각이 안전히 여행하길 바라지.

크리스천 그레이

CEO, 그레이 엔터프라이즈 홀딩스, Inc.

나는 스틸 양은 한쪽으로 제쳐놓고 엘레나에게 답을 보냈다.

보낸 사람: 크리스천 그레이

제목: 주말

날짜: 2011년 5월 30일 19:47

받는 사람: 엘레나 링컨

안녕, 엘레나.

어머니는 입이 가벼우시네. 내가 무슨 말을 할 수 있을까요?

한 여자를 만났어요. 그 여자를 저녁식사에 데리고 갔고.

별일 아니에요.

어떻게 지내요?

크리스천 그레이

CEO, 그레이 엔터프라이즈 홀딩스, Inc.

보낸 사람: 엘레나 링컨

제목: 주말

날짜: 2011년 5월 30일 19:50

받는 사람: 크리스천 그레이

크리스천, 헛소리 마.

저녁 하자.

내일?

Ex

엘레나 링컨

에스클라바

당신이라는 아름다움을 위해™

망할.

보낸 사람: 크리스천 그레이

제목: 주말

날짜: 2011년 5월 30일 20:01

받는 사람: 엘레나 링컨

좋아요.

잘 지내요.

크리스천

크리스천 그레이

CEO, 그레이 엔터프라이즈 홀딩스, Inc.

보낸 사람: 엘레나 링컨

제목: 주말

날짜: 2011년 5월 30일 20:05
받는 사람: 크리스천 그레이

내가 말한 여자 만나볼래?
Ex

엘레나 링컨
에스클라바
당신이라는 아름다움을 위해™

지금은 아니지.

보낸 사람: 크리스천 그레이
제목: 주말
날짜: 2011년 5월 30일 20:11
받는 사람: 엘레나 링컨

지금 만들어놓은 배치를 그대로 운영해야 할 것 같아요.
내일 봐요.

C.

크리스천 그레이
CEO, 그레이 엔터프라이즈 홀딩스, Inc.

자리에 앉아 에이먼 캐버너에 대한 프레드의 제안서를 읽다가 마르코가 작성한 시애틀 출판사 요약 보고서로 관심을 돌렸다.

10시 직전에 컴퓨터에서 들리는 핑 소리에 집중력이 흩어졌다. 늦은 시각이었다. 아나가 보낸 메시지일 것이라 생각했다.

보낸 사람: 아나스타샤 스틸
제목: 과소비 행위
날짜: 2011년 5월 30일 21:53
받는 사람: 크리스천 그레이

친애하는 그레이 씨,
정말로 놀란 건 내가 탈 항공편을 어떻게 알아냈느냐는 거예요.
당신의 스토킹 기술은 정말 선을 그을 줄 모르네요. 플린 박사가 휴가에서 돌아오기를 바라겠어요.
난 손톱 손질과 등 마사지도 받았고 샴페인 두 잔도 마셨어요. 휴가 시작치고는 아주 좋네요.
고마워요.

아나

승급을 받았군. 잘했어, 안드레아.

보낸 사람: 크리스천 그레이
제목: 천만의 말씀
날짜: 2011년 5월 30일 21:59
받는 사람: 아나스타샤 스틸

친애하는 스틸 양,

플린 박사는 돌아왔어. 이번 주에 약속을 잡았지.

누가 네 등을 마사지했지?

크리스천 그레이

적재적소에 친구를 둔 CEO, 그레이 엔터프라이즈 홀딩스, Inc.

나는 이메일을 보낸 시각을 확인했다. 비행기가 정시 운영하고 있다면 지금은 보딩을 했을 시각이었다. 나는 재빨리 구글을 켜서 시애틀 공항의 출발 시각을 확인했다. 그녀의 항공편은 제시간에 맞춰 운행 중이었다.

보낸 사람: 아나스타샤 스틸

제목: 강하고 유능한 직원들

날짜: 2011년 5월 30일 22:22

받는 사람: 크리스천 그레이

선생님께,

아주 유쾌한 젊은이가 등을 마사지해주었답니다. 네. 정말 즐거웠어요. 평범한 출발 라운지에서는 장-폴을 만나지 못했을 거예요. 다시 한 번 그런 대접에 감사드려요.

뭐라고?

일단 이륙하면 이메일을 쓸 수 있을지 모르겠네요. 게다가 미용을 위해서 잠을 청해야겠어요. 최근에는 그렇게 잠을 잘 자지 못했으니까요.

즐거운 꿈꿀게요, 그레이 씨…… 당신 꿈요.

아나

나에게 질투심을 유발하려고 하는 건가? 내가 얼마나 미칠지 생각이나 하고 있는 거야? 몇 시간 동안은 연락이 안 될 테니 고의로 내 부아를 돋우는군. 어째서 내게 이런 짓을 하는 거지?

보낸 사람: 크리스천 그레이
제목: 즐길 수 있을 때 즐겨
날짜: 2011년 5월 30일 22:25
받는 사람: 아나스타샤 스틸

친애하는 스틸 양,
네가 뭘 하려는지 알지. 내 말 믿어. 넌 성공했으니까. 다음번엔 결박하고 재갈 물려서 상자 안에 넣어 화물칸으로 보내주지. 그런 상태에 있는 너를 보살펴주는 건 그저 네 비행기 표를 승급시켜주는 것보다 훨씬 더 즐거울 것 같은데. 진심이야.

돌아오길 기다리지.

크리스천 그레이
손바닥이 근질거리는 CEO,
그레이 엔터프라이즈 홀딩스 Inc.

답장이 거의 즉시 도착했다.

보낸 사람: 아나스타샤 스틸
제목: 농담?
날짜: 2011년 5월 30일 22:30
받는 사람: 크리스천 그레이

당신도 알겠지만—농담인지는 모르겠지만요—농담이 아니라면, 앞으로도 계속 조지아에 있죠. 상자는 내겐 고정 한계예요. 화나게 해서 미안해요. 용서한다고 말해요.

A

물론 농담이지…… 일종의. 적어도 내가 화가 났다는 건 아는군. 비행기는 이제 이륙했겠지. 어떻게 이메일을 보낸 거지?

보낸 사람: 크리스천 그레이
제목: 농담
날짜: 2011년 5월 30일 22:31
받는 사람: 아나스타샤 스틸

어떻게 이메일을 보내고 있는 거야? 블랙베리 쓰느라 너를 포함, 같이 승선한 사람들 모두의 생명을 위험에 빠뜨리고 있는 거야? 그 건 규칙 위반인데.

크리스천 그레이

두 손바닥이 근질거리는 CEO,

그레이 엔터프라이즈 홀딩스, Inc.

네가 규칙을 위반하면 무슨 일이 일어날지 우린 알잖아. 나는 시애틀 공항의 웹사이트에서 비행기 출발 시각을 확인했다. 그녀의 비행기는 이미 떠났다. 한동안은 그녀에게서 아무 연락이 없을 것이었다. 그녀의 귀여운 이메일 묘기와 더불어 그 생각 자체가 나를 불쾌한 기분에 빠뜨렸다. 나는 일을 포기하고 부엌으로 가서 술을 따라 마시기로 했다. 오늘 밤은 아르마냐크였다.

현관 근처에 있던 테일러가 거실로 갑자기 머리를 들이밀었다.

"지금은 아냐."

나는 호통쳤다.

"알았습니다, 사장님."

어디에서 나타났는지 모르지만 그는 자리로 돌아갔다.

직원들에게 화풀이하지 마, 그레이.

나 자신에게 화가 났다. 나는 창문으로 걸어가 시애틀 도시 전경을 내다보았다. 그녀가 어떻게 내 깊은 곳까지 건드렸는지, 왜 우리의 관계는 내가 원하는 방향으로 진행되지 않는지 생각했다. 그녀가 일단 조지아에서 심사숙고할 시간을 갖고, 올바른 결정을 내리길 바랐다. 그러지 않겠나?

걱정이 가슴속에서 피어났다. 나는 술을 한 잔 더 마시고 연주를 하기 위해 피아노에 앉았다.

2011년 5월 31일 화요일

엄마는 가버렸다. 어디 갔는지 모르겠다.

그 사람은 여기 있다. 그 사람 장화 소리가 들린다. 시끄러운 장화다.

장화엔 은색 쇳덩어리가 달려 있다. 쿵쿵 울린다. 시끄럽게.

그 사람이 발을 구른다. 그 사람이 소리 지른다.

나는 엄마의 옷장에 있다.

숨어 있다.

그 사람은 내 소리를 듣지 못한다.

난 조용히 할 수 있어. 아주 조용히.

나는 여기 없으니까 조용히.

"정신 나간 년이!"

그 사람이 소리 지른다. 그 사람은 소리를 많이 지른다.

"정신 나간 년아!"

그 사람은 엄마한테 소리를 지른다.

그 사람은 나한테 소리를 지른다.

그 사람은 엄마를 때린다.

그 사람은 나를 때린다.

문이 닫히는 소리가 들린다. 그 사람은 여기 없다.

그리고 엄마도 없다.

나는 벽장 안에 가만히 있다. 어둠 속에. 난 아주 조용하다.

오랫동안 앉아 있었다. 오래오래 오랫동안.

엄마는 어디 있지?

눈을 떴을 때 하늘에는 새벽의 휘파람 소리가 들렸다. 라디오 알람이 5시 23분을 알렸다. 불쾌한 꿈에 시달리면서 자다 깨다 하는 바람에 진이 다 빠졌지만, 잠을 깨기 위해 달리기를 하러 가기로 결심했다. 일단 운동복을 입은 후 휴대전화를 들었다. 아나에게서 온 문자가 보였다.

서배너에 무사히 도착. A :)

잘됐군. 도착했어, 안전히. 그 생각을 하니 기뻤다. 나는 재빨리 이메일을 살폈다. 아나가 보낸 최근 메일 제목이 튀어나왔다. "나를 겁주고 싶어요?"

망할, 그럴 리가 있나.

두피가 쭈뼛거렸다. 나는 침대에 앉아 그녀의 글을 스크롤했다. 이메일은 문자를 보내기 전 애틀랜타에서 환승할 때 보낸 듯했다.

보낸 사람: 아나스타샤 스틸

제목: 날 겁주고 싶어요?

날짜: 2011년 5월 31일 06:52 EST

받는 사람: 크리스천 그레이

당신이 내게 돈 쓰는 걸 얼마나 싫어하는지 잘 알잖아요. 그래요, 당신 아주 부자죠. 하지만 그 때문에 난 아주 불편해요. 마치 섹스의 대가로 내게 돈을 주는 것처럼. 그렇지만 일등석으로 여행하니 좋았고 이코노미보다는 훨씬 더 품위 있게 올 수 있었어요. 그러니 고마워요. 진심이에요. 게다가 장-폴이 해준 마사지도 좋았어요. 동성애자임에 확실한 사람이었어요. 당신 화를 돋우려고 이전 이메일엔 그 점을 뺐어요. 당신에게 화가 났었거든요. 그 점은 미안해요.

하지만 평소처럼 당신 반응은 과했어요. 편지에 그런 말을 쓰다니요. 나를 결박하고 재갈을 물려서 상자에 넣어요? 진심이에요, 아니면 농담이에요? 얼마나 겁이 났는데요. 당신은 날 겁주죠. 난 완전히 당신의 마술에 사로잡혀버렸어요. 지난주까지만 해도 당신같이 사는 사람이 세상에 있는지도 몰랐는데요. 그런데도 그런 얘기를 써서 보내다니 정말 저 멀리 도망가고 싶었어요. 물론 그렇게 하진 않아요. 난 당신이 그리울 테니까요. 정말로 그리울 거예요. 난 우리 둘이 잘해나갔으면 좋겠어요. 물론 내가 당신에게 가진 감정의 깊이와 당신이 나를 이끈 어두운 오솔길에 겁이 나지만요. 당신이 내게 주는 에로틱하고 섹시한 것에 나는 정말 호기심을 느껴요. 하지만 당신이 나를 상처 입힐까 또한 두려워요. 신체적으로나 감정적으로나. 세 달 후에 당신은 내게 작별을 고할 수도 있겠죠. 그러면 나는 어디로 가나요? 하지만 그런 위험은 어느 관계에나 있을 거라고 생각해요. 하지만 이건 내가 처음으로 맺으리라고 생각했던 그런 관계와는 아주 달라요. 내겐 완전한 발상의 전환이죠.

내가 서브미시브적인 기질이 없다고 했던 당신 말은 다 맞았어요……. 이젠 동의할 수 있어요. 그런 말을 함으로써 당신과 함께 있고 싶고, 그게 내가 해야 하는 일이라면 노력해보고 있어요. 하지만 결국엔 난 다 망쳐버리고 멍만 든 채로 끝나버릴 것 같아요. 그런 생각이 즐겁지가 않네요.

당신이 더 노력해보겠다고 했을 때 정말 행복했어요. 그저 '얼마만큼 더'가 내게 의미가 있을지 생각해볼 필요가 있을 뿐이에요. 그래서 거리를 두고 싶기도 한 거고요. 당신이 내 머리를 너무 어지럽혀서 함께 있을 땐 명확히 생각할 수가 없어요.

탑승 안내 방송이 나오네요. 가야 해요.

나중에 좀 더 쓸게요.

당신의 아나

그녀는 나를 책망하고 있었다. 또다시. 하지만 그녀의 솔직함에 나는 놀라고 말았다. 정신이 번쩍 들었다. 나는 그녀의 이메일을 다시 또다시 읽었다. 읽을 때마다 '당신의 아나'라는 구절에 멈칫했다.
나의 아나.
그녀는 우리 관계가 잘되길 바란다.
그녀는 나와 함께 있기를 바란다.
희망이 있군, 그레이.
나는 침대 옆에 전화를 놓고 머리를 비우기 위해 달리기가 필요하다는 결론을 내렸다. 그래서 어떤 답장을 써야 할지 생각할 수 있도록.

나는 평소 경로대로 스튜어트로 올라가 웨스트레이크 애비뉴까지 갔다가 데니 파크를 몇 번 돌았다. 포 텟의 〈쉬 저스트 라익스 투 플라이트(그녀는 비행을 좋아할 뿐)〉가 귀에 울려 퍼졌다.

아나는 내게 처리할 일을 많이 안겼다.

섹스의 대가로 돈을 줘?

창녀처럼.

그녀를 그런 식으로 생각해본 적은 없었다. 그 생각만으로도 미칠 듯 화가 났다. 정말로 죽게 화가 났다. 분노가 박차를 가해 공원 주위를 한 번 더 돌았다. 어째서 그녀는 자기한테 이러는 거지? 내가 돈이 많다고 해서, 뭐? 그녀는 거기 익숙해질 필요가 있었다. 어제 그레이 엔터프라이즈 홀딩스의 제트기에 관해 나눈 대화가 생각났다. 그녀는 그 제안을 받아들이려 하지 않았다.

적어도 내 돈 때문에 나를 원하는 건 아니군.

아니, 그녀가 나를 원하기나 할까?

그녀는 내가 자기를 현혹시킨다고 했다. 하지만 맙소사. 그 정반대가 아닌가? 그녀는 이제까지 경험해보지 못한 방식으로 날 현혹했다. 그러나 그녀는 내게서 벗어나려고 나라 저편으로 날아가버렸다.

그렇다면 나는 어떤 기분을 느껴야 할까?

그녀의 말이 맞았다. 내가 그녀를 이끌고 내려온 곳은 어두운 길이었다. 그러나 어떤 바닐라 관계보다도 훨씬 친밀했다. 적어도 내가 본 것보다는 그러했다. 엘리엇 형이 데이트할 때 보이던 건성인 태도만 봐도 차이를 알 수 있었다.

그리고 나는 그녀에게 신체적으로나 감정적으로 상처를 준

적은 없었다. 어떻게 그렇게 생각할 수 있지? 나는 그저 그녀의 한계를 넓혀가고자 했을 뿐이었다. 그녀가 무엇을 하고, 하지 않을지 보기 위해서. 그녀가 선을 넘어섰을 때 처벌하는 건……. 그래, 그건 아플 수도 있지만 그녀가 참을 수 있는 이상을 넘어서진 않았다. 우리는 내가 하고 싶은 것에 맞춰나갈 수 있었다. 천천히 할 수 있었다.

그리고 그게 바로 골칫거리였다.

내가 바라는 것을 아나가 하려고 하면, 나 또한 그녀에게 다시 확신을 주고 '좀 더' 줘야만 했다. 그게 무엇이 될지는……나도 아직 알지 못했다. 나는 그녀를 부모님에게 소개했다. 그건 확실히 '좀 더'에 해당했다. 그리고 그렇게 힘들지도 않았다.

그녀의 이메일에서 가장 심란한 것이 뭔지 생각하면서 공원 주위를 한 바퀴 더 천천히 뛰었다. 그녀가 느끼는 공포 때문이 아니었다. 내게 느낀 감정의 깊이를 그녀가 두려워한다는 것이었다.

그게 무슨 의미지?

허파가 공기를 갈구하며 타오를 때, 익숙하지 않은 감정이 가슴속에서 수면 위로 떠올랐다. 그 감정이 나는 두려웠다. 너무 두려웠던 나머지, 나는 나 자신을 더 밀어붙였다. 내가 느낄 수 있는 것이라고는 다리와 가슴의 고통과 등을 타고 흐르는 차가운 땀뿐이었다.

그래, 거기까진 가지 말자, 그레이.

통제 상태를 유지해.

아파트로 돌아와서 재빨리 샤워와 면도를 한 후 옷을 입었다. 서재로 가는 길에 존스 부인이 있는 부엌을 지나쳤다.

"안녕하세요, 그레이 씨. 커피 드릴까요?"

"주세요."

나는 걸음을 멈추지 않고 말했다. 임무를 수행해야 했다.

나는 책상에 앉아 아이맥을 켜고 아나에게 보낼 답장을 썼다.

보낸 사람: 크리스천 그레이

제목: 마침내!

날짜: 2011년 5월 31일 07:30

받는 사람: 아나스타샤 스틸

아나스타샤,

우리 사이에 거리가 생기자마자 그렇게 개방적으로 솔직하게 소통을 하다니 좀 화가 나는데. 같이 있을 때 그러면 어때서?

그래, 난 돈이 많지. 그 사실에 익숙해져. 어째서 내가 내 돈을 네게 좀 쓰면 안 되지? 네 아버지한테도 내가 네 남자 친구라고 말했잖아. 난 네 남자 친구야, 세상에. 남자 친구들이 그러는 거 아니야? 너의 돔으로서 내가 네게 무슨 목적으로 돈을 얼마나 쓰든 군말 없이 받아들였으면 해. 그건 그렇고, 어머니에게도 그렇게 말해.

매춘부 같은 기분이 든다는 말에는 어떻게 대답해야 할지 모르겠군. 네가 그 말을 쓴 건 아니지만 숨은 뜻이 그렇던데. 그런 기분을 지우기 위해서 무슨 말을 해야 할지, 무엇을 해야 할지 모르겠어. 그저 모든 걸 최대로 즐기라고 하고 싶어. 나는 적절하다고 생각되는 용도에 돈을 쓰기 위해서 죽도록 일하지. 네 심장의 욕망을 살 수 있다면 사고 싶어, 아나스타샤. 그러길 바라. 이런 걸 부의 재분배라고 해도 좋아. 아니면 그저 네가 묘사한 식으로는 너를 생각하지도 않고 생각할 수도 없는 것만 알아줘. 네가 자기 자신을 그런 식으로 생각하다니 화가 나는군. 넌 밝고 재치 있고 아름다운 여성이지만 자긍심이 부족하단 문제가 있어. 너를 위해 플린 박사와 예약을 잡을까 하는 마음도 들어.

널 겁준 건 미안. 네 마음속에 공포를 일으켰다는 생각을 하니 혐오감이 드는군. 내가 정말로 너를 가둬두고 여행할 거라고 생각해? 너한테 내 전용기를 타라고까지 했잖아. 그래, 그건 농담이었어. 하지만 아주 허접한 농담이었던 모양이군. 그렇지만 너를 묶고 재갈을 물린다고 생각하니 흥분한 것도 사실이야(이건 농담 아니지. 사실이니까). 상자는 빼겠어. 나한테는 별로 소용이 없으니까. 재갈은 문제가 있다는 걸 알아. 그 얘기도 했으니까. 혹여나 만에 하나 내가 너에게 재갈을 물린다면 그땐 논의하도록 하지. 돔-서브 관계에서 실제로 모든 힘을 가지고 있는 건 서브라는 건 알아차리지 못한 것 같군. 그게 바로 너야. 다시 한 번 반복하지. 모든 힘을 가지고 있는 건 네 쪽이야. 내가 아니라. 보트하우스에서 네가 싫다고 말했잖아. 네가 싫다고 하면 난 네게 손대지 못해. 그게 우리 합의 사항이지. 네가 뭘 하고 하지 않고. 이런저런 걸 시도해봤는데 네가 싫다고 하면 합의를 수정할 수 있어. 네게 달려 있지, 내가 아니라. 만약 상자 안에 묶여서 재갈이 물리는 게 싫다면 그런 일은 없어.

난 내 삶의 방식을 너와 공유하고 싶어. 무언가를 이런 식으로 강렬히 바란 건 처음이야. 솔직히 난 너에게 감탄했어. 그처럼 순진한 사람이 그렇게 기꺼이 노력하려 하다니. 이게 얼마나 내게 의미가 있는지는 너도 아마 모를 거야. 또 내가 너의 마법에 사로잡혀 있다는 걸 보지 못하는 것 같군. 이 얘기를 수없이 했는데도. 널 잃고 싶지 않아. 내가 주변에 있으면 명확히 생각할 수 없다면서 네가 며칠 동안 내게서 멀어지기 위해 5천 킬로미터 떨어진 곳으로 날아갔다는 생각만 해도 불안해. 나도 마찬가지야, 아나스타샤. 우리가 함께 있을 때면 내 이성은 날아가버려. 그게 너에 대한 내 감정의 깊이야.

너의 공포를 이해해. 나도 네게서 멀어지려고 정말로 노력했으니까. 네가 경험이 없다는 걸 알았지만 네가 얼마나 순결한지 정확히 알았다면 너를 결코 쫓지 않았을 거야. 그래도 너는 이제까지 누구도 하지 못한 방식으로 나의 경계심을 완전히 벗겨버려. 가령 네 이메일이 그렇지. 난 너의 관점을 이해하려고 하며 메일을 수없이 읽고 또 읽었어. 세 달은 임의적인 시간이야. 여섯 달, 1년으로 할 수도 있지. 넌 얼마나 오랜 기간을 원해? 어떻게 해야 편하겠어? 말해줘.

이건 네게 엄청난 발상의 전환이라는 것도 이해해. 내가 너의 신뢰를 얻어야겠지만 동시에 내가 그러지 못했을 땐 너도 내게 솔직히 터놓고 말해야 해. 넌 무척이나 강하고 자신감이 있어 보이지만 네가 여기 쓴 편지를 읽고 너의 또 다른 면을 보았지. 우리는 서로를 안내해야 해, 아나스타샤. 내 실마리는 네게서만 얻을 수 있어. 넌 내게 솔직하게 행동해야 하고, 우리는 이 협의가 제대로 이루어지도록 함께 방도를 찾아야 해.

서브미시브가 되지 않는 것에 대해 걱정하고 있지. 음, 어쩌면 그건 사실일지 몰라. 그 말을 하니 말인데 네가 서브로서 정확한 태도를 보였다고 할 수 있었던 건 오락실에 있을 때뿐이었어. 내가 네게 적절한 제어를 행할 수 있는 곳, 네가 시키는 대로 할 수 있는 곳은 그곳뿐인 것 같아. '모범적'이라는 말이 마음에 떠오르는군. 그리고 결코 나는 네가 멍들도록 때리지 않아. 분홍빛으로 달아오르게 하는 게 내 목적이지. 오락실 바깥에선 네가 내게 도전하는 게 좋아. 그러니 그래. 네가 '좀 더' 원한다고 했을 때 무슨 뜻인지 말해줘. 항상 마음을 열려고 노력하고 네가 필요한 공간을 주고 조지아에 있을 때는 멀리 떨어져 있도록 해볼게. 너의 다음 메일을 기다리겠어.

그동안은 재미있게 지내다 와. 하지만 지나치게는 말고.

크리스천 그레이
CEO, 그레이 엔터프라이즈 홀딩스, Inc.

나는 보내기를 누르고 차가운 커피를 한 모금 마셨다.
이제 기다리기만 하면 돼, 그레이. 그녀가 뭐라고 하는지 보자고.
나는 부엌으로 쿵쿵 걸어 들어가서 존스 부인이 아침식사로 뭘 준비했는지 보기로 했다.

테일러가 나를 회사까지 실어다주려고 차 안에서 대기하고 있었다.
"지난밤 용무는 뭐였지?"
나는 그에게 물었다.
"중요한 건 아니었습니다."
"잘됐군."
나는 대답한 후 아나와 조지아를 마음속에서 몰아내려 창밖을 보았다. 비참하게 망쳐버렸지만, 어떤 생각이 형체를 갖추기 시작했다.

나는 안드레아에게 전화했다.

"안녕."

"안녕하십니까, 사장님."

"가는 길인데, 빌 좀 연결해주겠어?"

"네, 알겠습니다."

몇 분 후 빌이 연결되었다.

"그레이 사장님."

"기술 공장부지로 조지아는 대안으로 살펴본 적 있어? 특히 서배너라거나?"

"이미 한 것 같습니다만. 하지만 확인은 해보겠습니다."

"확인해. 다시 연락해줘."

"그러죠. 지시 사항은 더 없으십니까?"

"지금은 그래. 고마워."

온종일 회의가 계속 되었다. 간간이 이메일을 확인했으나 아나에게는 아무런 답장이 없었다. 내 이메일의 어조에 기가 꺾인 건지, 다른 일로 바쁜 건지 궁금했다.

다른 일이라면 뭐지?

그녀 생각에서 벗어날 수가 없었다. 하루 내내 캐럴라인 액턴과 문자를 주고받으면서 그녀가 아나를 위해 고른 의상을 승인하거나 거절했다. 그녀가 그 옷들을 좋아하길 바랐다. 그 옷들을 입으면 눈부시겠지.

빌이 서배너 근처에 공장부지로 쓸 만한 곳이 있다고 연락해왔다. 루스가 조사를 하고 있었다.

적어도 디트로이트는 아니었다.

엘레나가 전화를 걸어와서, 컬럼비아 타워에서 저녁식사를 하기로 했다.

"크리스천, 이 여자에 대해서는 왠지 과묵하네?"

그녀가 책망했다.

"오늘 저녁 다 말해주죠. 지금 당장은 바빠요."

"넌 항상 바쁘잖아." 그녀가 웃었다. "8시에 봐."

"그때 봐요."

내 삶의 여자들은 어째서 이처럼 오지랖이 넓을까? 엘레나. 어머니. 아나……. 그녀가 지금 뭘 하고 있을지를 백 번쯤 생각했다. 하지만 보라, 그녀에게 답장이 왔다. 마침내.

보낸 사람: 아나스타샤 스틸

제목: 장광설?

날짜: 2011년 5월 31일 19:08 EST

받는 사람: 크리스천 그레이

그레이 님, 참으로 글을 유창하게 쓰시네요. 저는 이제 밥 아저씨의 골프 클럽으로 외식을 하러 가야 하고, 짐작하실지 모르지만 그 생각을 하며 눈을 흘기고 있어요. 하지만 귀하와 귀하의 근질거리는 손바닥은 내게서 멀리 떨어져 있으니까 제 엉덩이는 안전하겠죠. 당신 이메일 좋았어요. 할 수 있는 한 빨리 답장할게요. 벌써부터 당신이 보고 싶네요.

오후 잘 보내요.

당신의 아나

그건 "싫어요"는 아니었고, 그녀도 내가 보고 싶다고 했다.

나는 안도했고 그녀의 어조가 기뻤다. 답장을 보냈다.

보낸 사람: 크리스천 그레이

제목: 네 엉덩이

날짜: 2011년 5월 31일 16:10

받는 사람: 아나스타샤 스틸

친애하는 스틸 양,

이 이메일의 제목에 정신이 팔렸네. 물론 안전하다고 할 수 있겠지. 지금은.

저녁 잘 먹어. 나도 네가 보고 싶어. 특히 네 엉덩이와 말대꾸 잘하는 똑똑한 입과.

내 오후는 지루할 거야. 오직 너와 네가 눈을 흘기는 모습을 생각하는 게 그나마 위안이지. 나 또한 그런 역겨운 습관을 갖고 있다고 비판적으로 지적했던 사람은 너였던 것 같은데.

눈 흘기는 습관이 있는 크리스천 그레이

CEO, 그레이 엔터프라이즈 홀딩스, Inc.

몇 분 후 그녀의 답장이 핑 소리와 함께 받은 편지함으로 들어왔다.

보낸 사람: 아나스타샤 스틸

제목: 눈 흘기기

날짜: 2011년 5월 31일 19:24 EST

받는 사람: 크리스천 그레이

친애하는 그레이 씨,

이메일 좀 그만 보내요. 나 저녁 먹으러 나갈 준비해야 하니까요.
당신 때문에 정신이 사납네요. 심지어 대륙 반대편에 있는 이 시점
에도. 그리고 맞아요. 당신이 눈을 흘기면 누가 엉덩이를 때리죠?

당신의 아나

아, 아나, 네가 그러잖아.
언제나.
그녀가 벌거벗은 채로 내 위에 올라 타 있는 동안 가만히 있
으라고 말하며 내 음모를 잡아당겼던 것이 떠올랐다. 그 생각을
하니 흥분됐다.

보낸 사람: 크리스천 그레이
제목: 네 엉덩이
날짜: 2011년 5월 31일 16:18
받는 사람: 아나스타샤 스틸

친애하는 스틸 양,

여전히 내 제목이 네 제목보다 더 마음에 드는데. 여러 다른 면에
서. 내가 나 자신의 운명의 주인이고 아무도 나를 징벌할 수 없다는
건 행운이지. 어머니와 가끔은 플린 박사, 그리고 물론 너만 빼고.

크리스천 그레이
CEO, 그레이 엔터프라이즈 홀딩스, Inc.

나도 모르게 그녀의 답장을 기다리며 손가락을 두드리고 있었다.

보낸 사람: 아나스타샤 스틸
제목: 나를…… 벌줄 건가요?
날짜: 2011년 5월 31일 19:22 EST
받는 사람: 크리스천 그레이

친애하는 선생님께,
제가 언제 감히 그레이 씨를 벌할 엄두를 냈겠습니까? 아마 저를 다른 사람과 혼동하신 것 같아요……. 이거 아주 걱정되네요. 이제 정말로 준비하러 가봐야 해요.

당신의 아나

너. 기회가 있을 때마다 이메일로 나를 꾸짖는군. 내가 어떻게 널 다른 사람과 혼동하겠어?

보낸 사람: 크리스천 그레이
제목: 네 엉덩이
날짜: 2011년 5월 31일 16:25
받는 사람: 아나스타샤 스틸

친애하는 스틸 양,
글로는 항상 그러지 않나. 원피스 지퍼를 올려줄까?

크리스천 그레이
CEO, 그레이 엔터프라이즈 홀딩스, Inc.

보낸 사람: 아나스타샤 스틸
제목: 미성년자 관람불가
날짜: 2011년 5월 31일 19:28 EST
받는 사람: 크리스천 그레이

올리는 것보다는 내려주는 편이 좋아요.

그녀의 말이 곧장 내 물건까지 전해지며 통과 신호를 보냈다.
망할.
이건 뭐라고 했더라? '강조 표시'가 필요했다.

보낸 사람: 크리스천 그레이
제목: 소원을 빌 땐 조심해야……
날짜: 2011년 5월 31일 16:31
받는 사람: 아나스타샤 스틸

나도 그래.

크리스천 그레이
CEO, 그레이 엔터프라이즈 홀딩스, Inc.

보낸 사람: 아나스타샤 스틸

제목: 헐떡이며

날짜: 2011년 5월 31일 19:33 EST

받는 사람: 크리스천 그레이

천천히…….

보낸 사람: 크리스천 그레이

제목: 신음하며

날짜: 2011년 5월 31일 16:35

받는 사람: 아나스타샤 스틸

내가 거기 있었으면 좋겠군.

크리스천 그레이

CEO, 그레이 엔터프라이즈 홀딩스, Inc.

보낸 사람: 아나스타샤 스틸

제목: 신음하며

날짜: 2011년 5월 31일 19:37 EST

받는 사람: 크리스천 그레이

나도 그래요.

또 누가 이메일로 나를 이렇게 자극할 수 있을까?

보낸 사람: 아나스타샤 스틸
제목: 신음하며
날짜: 2011년 5월 31일 19:29 EST
받는 사람: 크리스천 그레이

가봐야 해요.
이따가 봐요, 자기.

나는 그녀의 말에 히죽 웃었다.

보낸 사람: 크리스천 그레이
제목: 표절
날짜: 2011년 5월 31일 16:41
받는 사람: 아나스타샤 스틸

내 대사를 훔쳤군.
게다가 내 손만 민망하게 됐잖아.

저녁 잘 먹어.

크리스천 그레이
CEO, 그레이 엔터프라이즈 홀딩스, Inc.

바니가 개발 중인 태양열 전지 태블릿의 새 개요도를 가지고 안드레아가 문을 두드렸다. 그녀는 내가 반가워하자 화들짝 놀랐다.

"고마워, 안드레아."

"무슨 그런 말씀을요, 사장님."

그녀는 호기심에 찬 미소를 지었다.

"커피 드시겠습니까?"

"부탁해."

"우유는요?"

"아니, 괜찮아."

하루가 어마어마하게 좋아졌다. 바스티유와 킥복싱 두 판을 하면서 그의 엉덩이를 두 번이나 찼다. 한 번도 없던 일이었다. 샤워 후 재킷을 입자, 엘레나와 그녀가 할 모든 질문을 마주할 준비가 된 느낌이었다.

테일러가 나타났다.

"제가 운전할까요?"

"아니. 내가 R8을 가져갈 거야."

"잘 알겠습니다."

나가기 전 이메일을 확인했다.

보낸 사람: 아나스타샤 스틸

제목: 도둑이라고 소리칠 사람이 누구더라?

날짜: 2011년 5월 31일 22:18 EST

받는 사람: 크리스천 그레이

친애하는 그레이 씨, 그 대사는 원래 엘리엇이 한 말 같습니다만.

어떻게 민망하게 됐는데요?

당신의 아나

지금 내게 추파를 던지는 건가? 다시?
그리고 그녀는 나의 아나가 되었다. 다시.

보낸 사람: 크리스천 그레이
제목: 미완결 업무
날짜: 2011년 5월 31일 19:22
받는 사람: 아나스타샤 스틸

스틸 양,
돌아왔군. 그렇게 급하게 가버리다니. 막 재미 좀 보려던 참에.
엘리엇도 원전은 아니야. 누군가에게서 훔친 게 분명해.
저녁은 어땠어?

크리스천 그레이
CEO, 그레이 엔터프라이즈 홀딩스, Inc.

보내기를 눌렀다.

보낸 사람: 아나스타샤 스틸
제목: 미완결 업무?
날짜: 2011년 5월 31일 22:26 EST
받는 사람: 크리스천 그레이

진수성찬이었죠. 내가 얼마나 많이 먹었는지 알면 기뻐할걸요.

재미있어지려고 했다고요? 어떻게?

그녀가 제대로 먹었다니 기뻤다…….

보낸 사람: 크리스천 그레이
제목: 미완결 업무-분명히
날짜: 2011년 5월 31일 19:30
받는 사람: 아나스타샤 스틸

일부러 비만이 되려는 건 아니지? 막 나한테 지퍼 내려달라고 부탁했던 것 같은데.
그러기를 기다리고 있었단 말이야. 하지만 네가 많이 먹었다니 기쁘군.

크리스천 그레이
CEO, 그레이 엔터프라이즈 홀딩스, Inc.

보낸 사람: 아나스타샤 스틸
제목: 뭐…… 항상 주말은 있으니까요.
날짜: 2011년 5월 31일 22:36 EST
받는 사람: 크리스천 그레이

물론 많이 먹었죠……. 당신과 같이 있을 때는 불안하니까 입맛이 없는 거예요.
게다가 난 절대로 눈치 없이 비만이 되진 않을 거예요, 그레이 씨.

분명 당신도 지금은 그 정도는 알아냈겠지요. ;)

내 옆에 있어서 입맛이 없었던 거라고? 그건 좋지 않은데. 그리고 나를 놀리고 있었다. 다시.

보낸 사람: 크리스천 그레이
제목: 못 기다리겠어
날짜: 2011년 5월 31일 19:40
받는 사람: 아나스타샤 스틸

그거 기억해두지, 스틸 양. 의심할 바 없이 그 지식을 내게 유리하게 쓰겠어.

나 때문에 입맛이 없었다니 미안한걸. 내가 당신에게 다음(多淫) 효과를 일으킨 줄 알았지 뭐야. 내 경험은 그랬거든. 가장 쾌감을 많이 주기도 했고.

다음번을 무척이나 고대하겠어.

크리스천 그레이
CEO, 그레이 엔터프라이즈 홀딩스, Inc.

보낸 사람: 아나스타샤 스틸
제목: 체조 언어학
날짜: 2011년 5월 31일 22:36 EST

받는 사람: 크리스천 그레이

또 동의어 사전 가지고 놀고 있어요?

나는 껄껄 웃음을 터뜨렸다.

보낸 사람: 크리스천 그레이
제목: 들켰는데
날짜: 2011년 5월 31일 19:40
받는 사람: 아나스타샤 스틸

나를 매우 잘 아는군, 스틸 양.
이제 옛 친구와 저녁 약속이 있으니 차 몰고 가봐야 해.
이따가 봐, 자기ⓒ.

크리스천 그레이
CEO, 그레이 엔터프라이즈 홀딩스, Inc.

아나와 농담을 계속 나누는 게 좋았지만, 저녁 약속에 늦고
싶진 않았다. 그랬다간 엘레나가 불쾌해할 것이었다. 컴퓨터 전
원을 끄고 지갑과 전화를 챙긴 후 차고로 향하는 엘리베이터를
탔다.

마일 하이 클럽은 컬럼비아 타워의 펜트하우스 층에 있었다.
해는 올림픽 국립공원의 봉우리를 향해 뉘엿뉘엿 지면서 하늘
을 멋진 주황색과 분홍색, 오팔색이 뒤섞인 빛으로 물들였다.

근사했다. 아나라면 이 광경을 좋아했을 텐데. 아나를 여기 데려와야겠다 싶었다.

엘레나는 구석 자리에 앉아 있었다. 그녀는 살짝 손을 흔들고 활짝 웃어 보였다. 지배인이 나를 자리로 안내했고 그녀는 일어나서 뺨을 내게 내밀었다.

"안녕, 크리스천."

그녀는 고양이 같은 소리로 말했다.

"안녕, 엘레나. 멋진데요, 평소처럼."

나는 그녀의 뺨에 키스했다. 그녀는 부드러운 은색 금발을 한쪽으로 넘겼다. 장난기가 동할 때마다 늘 하는 행동이었다.

"앉아." 그녀가 말했다. "뭘 마실래?"

그녀의 손가락과 트레이드마크인 선홍색 손톱은 샴페인 잔을 감싸고 있었다.

"이미 크리스털로 시작한 모양인데요."

"음, 축하할 일이 있지 않나 싶어서. 그렇지 않아?"

"그런가요?"

"크리스천. 그 여자 말이야. 털어나봐."

"난 멘도치노 소비뇽 블랑으로."

나는 옆에서 서성거리던 웨이터에게 말했다. 그는 고개를 끄덕이더니 서둘러 가버렸다.

"어째서 그렇게 소란을 피우는지 모르겠네요."

"소란을 피우는 게 아니야. 호기심이 있는 거지. 그 여자 몇 살이야? 뭐 하는 애야?"

"막 졸업했어요."

"아, 그럼 네겐 좀 어리지 않니?"

나는 한쪽 눈썹을 치켰다.

"정말로? 당신이 할 말이에요?"

엘레나는 웃음을 터뜨렸다.

"아이작은 어때요?"

나는 히죽거리며 물었다.

그녀는 다시 웃었다. "얌전하게 굴고 있어." 그녀의 눈은 장난기로 반짝였다.

"당신에겐 지루하겠네요."

내 목소리는 건조했다.

그녀는 체념한 듯 미소 지었다.

"그 애는 좋은 애완동물이야. 주문할까?"

게살 차우더를 반쯤 먹었을 때 나는 엘레나에게 속 편하게 알려주었다.

"이름은 아나스타샤예요. 워싱턴 주립 대학에서 문학을 공부했고. 학생 신문 인터뷰차 왔을 때 만났어요. 올해 내가 졸업식 연설을 했죠."

"우리 생활 양식을 아는 애야?"

"아직은요. 하지만 희망은 있어요."

"와우."

"네. 잘 생각해보러 조지아로 탈출했죠."

"그거 먼 길인데."

"알아요."

나는 차우더를 내려다보며 아나가 어떻게 지낼지, 뭐 하고 있을지 생각했다. 자고 있겠지, 내 희망사항으로는 혼자서. 고개를 들자 엘레나가 나를 관찰하고 있었다. 강렬히.

"네가 이러는 거 이전엔 본 적 없는데."

그녀가 말했다.

"무슨 뜻이에요?"

"정신이 나갔잖아. 너 같지 않아."

"그렇게 훤히 보여요?"

그녀는 부드러워진 눈으로 고개를 끄덕였다.

"내겐 훤히 보이지. 그 여자가 네 세계를 뒤집어버린 모양인데."

나는 날카롭게 숨을 들이마셨지만 잔을 입술에 갖다 대며 그 사실을 숨겼다.

눈치도 빠르시지, 링컨 부인.

"그렇게 생각해요?"

나는 술을 마신 후 웅얼거렸다.

"그렇게 생각해."

그녀의 눈이 내 눈을 탐색했다.

"사람 무너뜨리는 데 일가견이 있는 여자예요."

"그건 새로운 것 같네. 그녀가 지금 조지아에서 뭘 하는지, 뭐 하고 있는지 걱정하고 있는 것 같은데. 난 네가 어떤 사람인지 알잖아."

"네. 그 여자가 올바른 결정을 내리길 바라죠."

"네가 가서 만나봐야겠네."

"뭐라고요?"

"비행기를 타라고."

"정말로요?"

"그녀가 결정을 못 내렸다면. 가서 너의 그 대단한 매력을 써."

나는 경멸조로 코웃음을 쳤다.

"크리스천." 그녀가 꾸짖었다. "뭔가 몹시도 원한다면 그걸 쫓아가야지. 그럼 넌 항상 이길 거야. 너도 알잖아. 넌 너무 너 자신에게 부정적이야. 그게 나를 미치게 하지."

난 한숨지었다.

"잘 모르겠어요."

"그 불쌍한 여자는 아마도 지금 거기서 눈물이 날 정도로 지루해하고 있을걸. 가. 대답을 얻어야지. 싫다고 한다면, 다른 여자로 바꿀 수도 있잖아. 좋다고 한다면 그녀와 함께 있는 시간을 즐길 수 있겠지."

"그 여자 금요일에는 돌아오는데."

"시간이 있을 때 잡아, 자기."

"내가 보고 싶다고 하긴 했어요."

"그럼 됐네."

그녀의 눈은 확신으로 반짝였다.

"생각해볼게요. 샴페인 더?"

"그래."

그녀는 나를 향해 소녀처럼 생긋 웃어 보였다.

에스칼라로 차를 타고 돌아오며 엘레나의 충고를 심사숙고했다. 아나를 보러 갈 수 있나. 내가 보고 싶다고 했지……. 제트기는 쓸 수 있었다.

집에 돌아와서 그녀가 가장 마지막에 보낸 이메일을 읽었다.

보낸 사람: 아나스타샤 스틸
제목: 적당한 저녁식사 친구
날짜: 2011년 5월 31일 23:58 EST
받는 사람: 크리스천 그레이

당신과 친구가 아주 유쾌한 저녁식사를 했길 바라요.

아나

추신: 상대는 로빈슨 부인이었나요?

젠장.

이거야말로 완벽한 핑계였다. 직접 대답할 필요가 있는 질문이었다.

나는 테일러를 인터폰으로 호출해서 아침에 스테판과 걸프스트림이 필요할 것 같다고 말했다.

"알겠습니다, 그레이 사장님. 어디로 가십니까?"

"우린 서배너로 간다."

"네, 사장님."

그의 목소리에는 재미있어하는 기색이 살짝 묻어났다.

2011년 6월 1일 수요일

흥미로운 아침이었다. 우리는 태평양 기준시로 11시 30분에 보잉 필드 공항을 떠났다. 스테판은 부기장인 질 베일리와 함께 비행했고, 우리는 동부 기준시로 19시 30분에 조지아에 도착할 예정이었다.

빌은 내일 서배너 공장부지 재개발 당국과 어렵사리 회의를 잡았고, 나는 오늘 저녁에 만나 술이나 한잔할 것 같았다. 그러므로 아나스타샤가 달리 할 일이 있거나 나를 만나고 싶어 하지 않는다고 해도, 이 여행이 완전히 시간낭비는 아닐 것이다.

그래, 그래. 그런 말로 스스로 위로해봐, 그레이.

테일러가 나와 함께 가볍게 점심을 먹고 이제 서류를 정리해주고 있었다. 읽어야 할 게 산더미였다.

내가 풀어야 할 유일한 방정식은 어떻게 아나와 만날 약속을 잡느냐는 것이었다. 일단 서배너에 도착해서 상황을 봐야겠다 싶었다. 비행 도중에 어떤 영감이 떠오르길 바랐다.

한 손으로 머리카락을 훑으면서, 3만 피트 높이에 뜬 G550 크루즈가 서배너/힐튼 국제공항으로 향하는 동안 오랜만에 처음으로 등을 대고 누워 졸았다. 엔진이 낮게 웅웅거리는 소리가 위안이 되었다. 나는 피곤했다. 무척 피곤했다.

208

악몽을 꿀 텐데, 그레이.

어째서 그 순간에 더 나빴는지는 알 수가 없었다. 나는 눈을 감았다.

"이런 식으로 너는 나와 함께하게 될 거야. 알겠어?"

"네, 주인님."

그녀는 진홍색 손톱으로 내 가슴을 할퀸다.

나는 움찔하며 묶인 손을 잡아당긴다. 어둠이 수면 위로 떠올라 그녀의 손길이 지나간 내 피부에 불이 붙는다. 하지만 나는 아무 소리도 내지 않는다.

감히 그럴 수 없다.

"얌전하게 행동하면, 사정하게 해주지. 내 입에."

망할.

"하지만 아직은 안 돼. 그때까지 갈 길이 머니까."

그녀의 손톱은 내 피부를 태우며 내려간다. 흉곽에서 배꼽까지.

비명을 지르고 싶다.

그녀는 내 얼굴을 잡고 내 입을 억지로 벌리고 키스한다.

끈질기고 축축한 혀.

그녀는 가죽 플로거를 휘두른다.

이건 참기 어려우리라는 것을 안다.

하지만 나는 상만 바라본다. 그녀의 끝내주는 입.

처음 채찍이 피부에 생채기를 낼 때 느껴지는 그 고통과 솟아오르는 엔도르핀이 반갑다.

"사장님, 20분 후면 착륙합니다."

테일러의 말에 나는 퍼뜩 깨어났다.

"괜찮으십니까?"

"음, 그럼. 고마워."

"물을 좀 갖다드릴까요?"

"부탁해."

나는 심장 박동수를 떨어뜨리기 위해 심호흡을 했다. 테일러가 건네준 차가운 에비앙 한 잔을 반갑게 마시며, 동승객이 테일러뿐임을 내심 다행으로 여겼다. 링컨 부인과 같이했던 자극적인 시절에 대한 꿈은 그렇게 자주 꾸는 것이 아니었다.

창밖 하늘은 푸르렀고 띄엄띄엄 떠 있는 구름은 초저녁 태양빛을 받아 분홍색으로 물들어 있었다. 여기서 보는 빛은 환했다. 가라앉는 해는 뭉게구름 위로 반사되었다. 잠시 글라이더를 타고 있는 거라면 얼마나 좋을까 하는 생각이 들었다. 여기 위의 상승 온난기류는 정말 환상적일 텐데.

이게 내가 해야 하는 일이었다. 아나를 데리고 활공을 하러 가기. 그건 '좀 더'에 해당되지 않겠는가?

"테일러."

"네, 사장님."

"조지아에서 아나를 데리고 활공을 하고 싶어. 내일 새벽에. 할 수 있는 데가 있는지 알아봐줘. 하지만 더 나중에라도 괜찮아."

더 나중이 된다면, 회의를 옮겨야만 했다.

"처리하겠습니다."

"비용은 신경 쓰지 말고."

"네, 사장님."

"고맙네. "

이제 아나에게 말하기만 하면 된다.

G550이 공항의 시그니처 플라이트 서포트 터미널 가까이 활주로에 멈췄을 때 차 두 대가 우리를 기다리고 있었다. 테일러와 나는 비행기에서 내려 질식할 듯한 열기 속으로 들어갔다.

제길, 이런 시각에도 공기가 끈적거리다니.

담당자가 자동차 두 대의 열쇠를 테일러에게 건넸다. 나는 그를 보고 눈썹을 치켰다.

"포드 머스탱?"

"이렇게 촉박한 시간 내에 서배너에서 찾을 수 있는 게 그것밖에 없어서요."

테일러는 멋쩍은 표정을 지었다.

"적어도 빨간색 컨버터블이긴 하네. 하지만 이런 더위라면 에어컨은 있어야 하는데."

"다 있을 겁니다."

"좋아, 고마워."

나는 그에게 열쇠를 받고 내 메신저 백을 집어 들었다. 테일러는 그 자리에 남아 비행기에서 나머지 짐을 내려 서버번 자동차에 싣고 있었다.

스테판과 베일리와 악수를 나누고 원활한 비행에 감사를 표했다. 나는 머스탱을 타고 공항을 빠져나가 서배너 시내로 향했다. 아이팟을 연결한 차 오디오에서 흘러나오는 브루스 스프링스틴을 들으면서.

안드레아는 서배너 강이 내려다보이는 보헤미안 호텔의 스위트룸을 잡아두었다. 발코니에서 내려다보는 황혼과 전망은 인상적이었다. 강은 차츰 변해가는 하늘의 색과 현수교와 부두의 조명을 받아 반짝였다. 하늘은 진자주색에서 분홍색까지 미묘하게 변하며 형광색으로 빛났다.

푸젯 사운드 위에 지는 낙조만큼이나 장관이었다.

하지만 여기 서서 전망이나 보며 감탄할 시간은 없었다. 나는 노트북을 열고 에어컨을 가장 강하게 틀어놓은 후 로스에게 전화해서 최신 보고를 들었다.

"갑작스레 조지아에 관심이 생긴 이유가 뭐예요, 크리스천?"

"개인적인 거야."

그녀는 전화 너머로 씩씩댔다.

"언제부터 사생활과 사업을 혼동했어요?"

아나스타샤 스틸을 만난 이후부터지.

"난 디트로이트가 싫어."

나는 딱 잘랐다.

"알았어요."

그녀가 물러났다.

"이따가 서배너 재개발 위원회와 술 한잔할 것 같아."

나는 그녀를 달래려고 덧붙였다.

"뭐 어쨌든요, 크리스천. 해야 할 얘기가 몇 건 있어요. 구호선이 로테르담에 도착했다고 해요. 아직도 계속하고 싶어요?"

"그래. 해치우자고. 난 지구 기아 척결협회 발족을 위해 헌신하고 있으니까. 그 협회 사람들 다시 만나기 전에 해내야지."

"알았어요. 출판사 인수에 대해선 또 다른 생각이라도?"

"아직 결정하지 못했어."

"에스아이피(SIP)가 잠재력이 있어 보여요."

"그래. 그럴지도. 좀 더 생각할 시간을 줘."

"루카스 우즈 상황을 논의하려고 마르코를 만나기로 했어요."

"좋아요. 어떻게 되어가는지 알려줘. 나중에 전화해."

"그러죠. 그럼 일단은 안녕히."

나는 그 필연적 상황을 피하는 중이었다. 나도 알았다. 이메일로든 전화로든 간에, 아직 결정은 하지 못했지만 배를 채운후에 맞서는 게 더 나을 거라는 결정을 내리고 저녁식사를 주문했다. 기다리는 동안 안드레아가 내 술자리 약속이 취소되었다는 문자를 보냈다. 그건 괜찮았다. 내가 아나와 함께 활공하러가지 않는다면 내일 아침 만날 테니까.

룸서비스가 오기 전, 테일러가 전화했다.

"그레이 씨."

"테일러, 체크인 했나?"

"네. 짐은 곧 방으로 올라갈 겁니다."

"잘됐군."

"브런스윅 활공협회에서 글라이더를 쓸 수 있답니다. 안드레아에게 부탁해서 사장님의 비행 자격증을 팩스로 보내놓았습니다. 일단 서류에 서명하면 언제든지 타도 된답니다."

"좋군."

"아침 6시 이전이면 언제든지 괜찮답니다."

"더 잘됐어. 그때부터 준비해놓도록 해줘. 내게 주소 보내주고."

"처리하겠습니다."

문에서 노크 소리가 들렸다. 짐과 룸서비스가 동시에 배달되었다. 음식 냄새가 맛있었다. 프라이드 그린 토마토와 새우, 옥수수죽이었다. 뭐, 남부에 온 기분이 나는군.

식사하는 동안 아나를 어떻게 공략할지 전략을 생각했다. 내일 아침에 그녀 어머니의 집에 방문할 수도 있었다. 베이글을 들고. 그런 다음 그녀를 활공에 데려간다. 그게 아마도 가장 좋은 계획일 것이다. 아나는 종일 연락이 되지 않았으므로, 화가 난 게 아닌가 싶었다. 일단 저녁식사를 마친 후 그녀가 보낸 마지막 이메일을 다시 읽었다.

대체 엘레나에게 왜 그런 반감을 가진단 말인가? 우리 관계에 대해서 아무것도 모르면서. 우리가 함께했던 일들은 오래전에 일어났고 이제 우리는 그저 친구일 뿐이었다. 아나가 화를 낼 권리가 어디 있단 말인가?

그리고 엘레나가 아니었다면 내게 무슨 일이 일어났을지는 아무도 모르지.

문을 두드리는 소리가 들렸다. 테일러였다.

"좋은 저녁입니다, 사장님. 방은 마음에 드십니까?"

"그래. 좋아."

"브런스윅 활공협회에 제출할 서류가 여기 있습니다."

나는 대여 합의서를 훑었다. 괜찮아 보였다. 서류에 서명한 후 테일러에게 도로 주었다.

"내일은 내가 직접 운전하겠어. 거기서 만날까?"

"네. 6시부터 가 있겠습니다."

"변동이 있으면 알려주지."

"제가 짐을 풀까요?"

"부탁할게. 고마워."

그는 고개를 끄덕이더니 내 여행 가방을 침실로 가져갔다.

마음이 불안했다. 아나에게 무슨 말을 할지 마음속으로 명확히 생각해야 했다. 나는 시계를 슬쩍 살폈다. 9시 20분이었다. 정말로 늦게까지 미뤄둔 셈이었다. 어쩌면 먼저 술 한잔해야 할지도 몰랐다. 짐을 푸는 일은 테일러에게 맡겨두고, 호텔 바에 한번 가본 후 로스와 이야기하고 아나에게 편지를 쓰기로 결정했다.

옥상의 바는 붐볐지만, 카운터 끝에 자리를 잡고 맥주를 하나 주문했다. 최신 유행하는 장소로, 분위기 있는 조명에 여유로움이 느껴지는 곳이었다. 나는 바를 훑었지만, 옆자리에 앉은 두 여자와 접촉은 피했다. 그때 어떤 움직임이 내 관심을 끌었다. 윤이 흐르는 마호가니 빛 머리카락을 확 젖히자 거기에 빛이 굴절되는 모습.

아나잖아, 망할.

그녀는 내 쪽으로 얼굴을 돌리고 어머니인 듯한 여성 건너편에 앉아 있었다. 두 사람은 무척 닮았다.

이런 망할 우연은 뭐지?

많고 많은 술집 중에서……. 맙소사.

나는 놀라서 마비된 듯 그들을 바라보았다. 여자들은 칵테일을 마시고 있었다. 모양으로 봐서는 코스모폴리탄이었다. 아나의 어머니는 무척 아름다운 여자였다. 아나와 비슷했지만 더 나이가 있었다. 검은 머리를 길게 기른 어머니는 30대 후반처럼 보였고, 눈은 아나처럼 푸른빛이었다. 그녀의 어머니에게는 보헤미안 같은 분위기가 났다. 골프 클럽 세트를 자동적으로 떠올릴 수 있는 그런 사람은 아니었다. 어쩌면 젊고 아름다운 딸과의 외출이라 그런 식으로 옷을 입었는지도 몰랐다.

이건 귀중한 기회였다.

현재를 즐겨, 그레이.

나는 청바지 주머니에서 전화를 찾아냈다. 아나에게 이메일을 할 시간이었다. 무척 흥미로울 것 같았다. 그녀의 기분을 시험해보자……. 그러자면 관찰부터 해야 했다.

보낸 사람: 크리스천 그레이
제목: 저녁식사 친구
날짜: 2011년 6월 1일 21:40 EST
받는 사람: 아나스타샤 스틸

그래, 로빈슨 부인과 저녁 같이 했어. 그 여잔 그냥 옛날 친구야, 아
나스타샤.

널 다시 만나길 기대하고 있어. 네가 그리워.

크리스천 그레이
CEO, 그레이 엔터프라이즈 홀딩스, Inc.

그녀의 어머니는 진지해 보였다. 어쩌면 딸 걱정을 하고 있는
지도 몰랐다. 딸에게서 정보를 끌어내려는 걸 수도 있었다.

행운을 빕니다, 애덤스 부인.

잠시 동안 그들이 내 얘기를 하는 게 아닌가 싶었다. 그녀의
어머니가 일어섰다. 화장실에 가려는 듯했다. 아나는 가방을 확
인하더니 블랙베리를 꺼냈다.

자, 간다······.

그녀는 어깨를 축 늘어뜨리고 메일을 읽으며 손가락을 구부
려 탁자를 두드렸다. 그녀는 격렬히 화를 내며 전화 자판을 두
드리기 시작했다. 안타깝게도 얼굴은 보이지 않았지만, 편지 내
용을 마음에 들어하는 것 같진 않았다. 잠시 후, 그녀는 혐오감
같은 것이 어린 얼굴로 전화기를 탁자 위에 내던졌다.

이건 좋지 않은데.

그녀의 어머니가 돌아와서 술을 한 잔씩 더 달라고 웨이터에게 신호했다. 나는 그들이 얼마나 마셨는지 궁금했다.

전화를 확인해보았다. 아니나 다를까, 답변이 도착해 있었다.

보낸 사람: 아나스타샤 스틸
제목: **옛날** 저녁식사 친구
날짜: 2011년 6월 1일 21：42 EST
받는 사람: 크리스천 그레이

그 여자는 그냥 옛날 친구가 아니잖아요.
자기 손아귀에 움켜쥘 10대 소년 못 찾았대요?
당신은 그 여자 상대가 되기에 너무 늦지 않았어요?
그래서 두 사람 관계가 끝난 것 아닌가요?

뭐라고? 메일을 읽는 동안 성질이 부글부글 끓었다.
아이작은 20대 후반이었다.
나처럼.
감히 내게?
술김에 하는 말인가?
이제 모습을 드러낼 순간이야, 그레이.

보낸 사람: 크리스천 그레이
제목: 조심해……
날짜: 2011년 6월 1일 21：45 EST
받는 사람: 아나스타샤 스틸

이메일로 너랑 의논하고 싶은 주제는 아닌데.

대체 코스모폴리탄을 몇 잔이나 마시려는 거야?

크리스천 그레이

CEO, 그레이 엔터프라이즈 홀딩스, Inc.

그녀는 전화를 확인하더니 갑자기 윗몸을 일으키며 술집 안을 둘러보았다.

쇼타임이야, 그레이.

나는 카운터에 10달러를 놔두고 그들에게로 느긋하게 걸어갔다.

우리의 눈이 마주쳤다. 그녀는 얼굴이 창백해졌다. 충격받았군, 나는 생각했다. 그녀가 나를 반가워할지, 엘레나에 대해서 뭐라고 다른 말을 하면 내가 어떻게 성질을 눌러야 할지 알 수가 없었다.

그녀는 불안하게 손가락을 움직이며 머리카락을 귀 뒤로 넘겼다. 초조하다는 확실한 증거였다.

"안녕."

그녀의 목소리는 긴장으로 높아졌다.

"안녕."

나는 허리를 숙여 그녀의 뺨에 키스했다. 내 입술이 피부를 쓸자 몸이 굳어지긴 했어도, 그녀의 냄새는 근사했다. 햇볕에 좀 탔고, 브라를 하고 있지 않았다. 실크 재질의 탑으로 꽉 조인 젖가슴을 긴 머리로 감추고 있었다.

내 눈에만 보이길 바랄 뿐이었다.

그리고 화를 내고 있긴 했어도 그녀를 보니까 기뻤다. 그동안 그리웠다.

"크리스천, 이쪽은 우리 엄마, 칼라."

아나는 어머니를 향해 손짓했다.

"애덤스 부인, 만나 뵙게 되어 반갑습니다."

그녀 어머니의 눈은 잔뜩 내게 쏠려 있었다.

젠장! 나를 따져보는 거군. 무시하는 게 최고야, 그레이.

필요 이상으로 긴 침묵이 흐른 뒤에 칼라는 손을 뻗어 악수했
다.

"크리스천."

"여기서 뭐 해요?"

그녀는 비난조로 물었다.

"물론 널 보러 왔지. 나 이 호텔에 묵고 있거든."

"여기 묵어요?"

그녀가 새된 말투로 소리쳤다.

그래, 나도 믿을 수가 없어.

"그래, 어제 내가 여기 왔으면 좋겠다면서."

나는 그녀의 반응을 살피려 했다. 이제까지는 이랬다. 초조하
게 꼼지락거리기, 굳어짐, 비난조, 긴장한 목소리. 상황이 매끄
럽게 흘러가진 않았다.

"우리 목적은 서로를 기쁘게 해주는 거잖아, 스틸 양."

나는 이걸로 그녀의 기분이 좋아지길 바라면서 무감하게 덧
붙였다.

"우리랑 같이 한 잔 마시면 어때요, 크리스천?"

애덤스 부인은 우아하게 말하며 웨이터의 시선을 끌었다.

나는 맥주보다 더 강한 게 필요했다.

"진토닉으로 하겠습니다."

나는 웨이터에게 말했다.

"만약 있으면 헨드릭스나 봄베이 사파이어로. 헨드릭스에는 오이를, 봄베이에는 라임을 같이 넣어줘요."

"코스모 두 잔 더 부탁해요."

아나는 걱정스러운 표정으로 나를 보며 덧붙였다.

걱정스러울 만도 하지. 나는 그녀가 이미 충분히 많이 마셨다고 생각했다.

"의자 이리로 끌고 와요, 크리스천."

"고맙습니다, 애덤스 부인."

나는 부인의 말대로 하며 아나 옆에 앉았다.

"그래, 어쩌다가 우리가 술을 마시는 호텔에 묵게 됐어요?"

아나의 어조에 긴장감이 느껴졌다.

"아니면 내가 묵는 호텔에서 어쩌다 네가 술을 마시게 되었을까. 막 저녁을 마치고 여기 들어왔는데 널 본 거야. 네가 마지막으로 보낸 이메일 생각하느라 정신이 산란했는데." 나는 그녀에게 날카로운 표정을 지었다. "고개를 들어보니 네가 있더군. 정말 대단한 우연이지, 어?"

아나는 당황한 표정이었다.

"엄마와 난 아침에는 쇼핑하고 저녁에는 해변에 갔어요. 오늘 저녁에는 칵테일 몇 잔 하기로 했죠."

그녀는 어머니와 함께 바에서 마시는 행위를 정당화하듯이 서둘러 말했다.

"그 윗옷 산 거야?"

내가 물었다. 그녀는 정말로 눈부셨다. 그녀의 캐미솔은 에메랄드 녹색이었다. 나는 제대로 된 선택이라고 생각했다. 캐럴라인 액턴에게 옷을 고를 때 보석 색깔도 포함해달라고 했으니.

"색깔이 잘 어울리네. 햇볕에 좀 그을리기도 했고. 아주 예뻐."

내 칭찬에 그녀의 얼굴에 홍조가 오르고 입술이 슬쩍 위로 올라갔다.

"그래서 내일 널 찾아가려고 했는데, 네가 여기 있으니."

나는 그녀의 손을 잡았다. 그녀를 만지고 싶었다. 그 손을 살짝 쥐었다. 그런 후에 엄지손가락으로 그녀의 손가락 관절을 천천히 쓸었고, 그녀의 숨결이 달라졌다.

그래, 아나. 느껴봐.

나한테 화내지 마.

그녀의 눈이 나와 마주쳤고, 그 수줍은 미소만으로도 나는 보상을 받았다.

"널 놀래주려고 했는데. 하지만 여느 때처럼 네가 나를 놀라게 했어, 아나스타샤. 여기 있다니. 어머니와 함께 있는 시간을 방해하고 싶진 않아. 빨리 한 잔 마시고 물러가도록 하지. 할 일도 있으니까."

나는 그녀의 손가락 관절에 키스하고 싶은 마음을 억눌렀다. 그녀가 어머니에게 우리에 대해 어떤 말을 했는지 알 수가 없었다. 말을 했는지나 모르지만.

"크리스천, 마침내 이렇게 만나다니 참 반갑네요. 아나가 크리스천 얘기를 어찌나 정답게 하던지."

애덤스 부인은 매력적인 미소를 띠며 말했다.

"정말입니까?"

나는 얼굴을 붉히는 아나를 슬쩍 쳐다보았다.

정답게, 어?

그건 좋은 소식이었다.

웨이터는 진토닉을 내 앞에 놓았다.

"헨드릭스입니다, 손님."

"고마워요."

그는 아나와 어머니에게 갓 만든 코스모폴리탄을 갖다주었다.

"조지아엔 얼마나 있을 건가요, 크리스천?"

그녀의 어머니가 물었다.

"금요일까지 있을 겁니다, 애덤스 부인."

"내일 저녁 우리와 같이 식사할래요? 그리고 부탁인데, 칼라라고 불러요."

"기꺼이 하겠습니다, 칼라."

"잘됐네요. 그럼 두 사람에겐 실례지만 나는 화장실 좀 가야겠네."

막 화장실 갔다 오지 않았나?

아나의 어머니가 자리를 뜰 때 나는 일어섰다가 다시 앉아서 스틸 양의 분노와 맞대면했다. 나는 그녀의 손을 한 번 더 잡았다.

"그래, 내가 옛 친구와 저녁식사했다고 나한테 화난 거야?"

나는 그녀의 손가락 관절마다 키스했다.

"그래요."

대답은 간결했다.

질투하는 건가?

"우리의 성적 관계는 오래전에 끝났어, 아나스타샤. 나는 너 말고 다른 사람은 원하지 않아. 아직 그것도 몰라?"

"내 생각에 그 여자는 아동 성추행범이에요, 크리스천."

머리가 충격으로 쭈뼛했다.

"그건 아주 비판적인 말인데. 그렇지 않았어."

나는 실망해서 그녀의 손을 놓았다.

"아, 그럼 어땠나요?"

그녀는 고집스러운 작은 턱을 내밀며 퉁명스레 말했다.

술김에 하는 말이야?

그녀는 말을 이었다.

"연약한 열다섯 살 소년을 이용했잖아요. 만약 당신이 열다섯 살 소녀였고 로빈슨 부인이 남자로 당신을 꾀어 BDSM으로 끌어들였다면 그거 괜찮아요? 그게 당신 여동생 미아라도?"

아, 이제는 아주 웃기지도 않는군.

"아냐, 그런 게 아냐."

아나의 눈이 반짝였다. 그녀는 정말로 화를 냈다. 왜? 이건 그녀와는 아무 상관이 없는데. 하지만 나는 여기 바에서 전면전을 벌이고 싶진 않았다.

"좋아, 내게는 그런 느낌이 아니었어. 그 여자는 영원한 힘이었어. 내가 필요한 것이었지."

맙소사, 엘레나가 없었더라면 지금쯤 난 아마 죽었을지도 모른다. 나는 화를 제어하느라고 애를 썼다.

그녀가 이맛살을 찌푸렸다.

"무슨 말인지 모르겠어요."

이 여자 입을 다물게 해, 그레이.

"아나스타샤, 네 어머니가 곧 돌아오실 거야. 이 얘기를 지금 하는 건 편하지 않군. 나중에 하자. 내가 여기 있는 게 싫으면 힐튼 헤드 공항에 비행기를 대기시켜뒀어. 그냥 가도 돼."

그녀의 표정이 공포로 바뀌었다.

"아니, 가지 마요. 제발. 당신이 여기 있어서 얼마나 들떴는데."

그녀는 재빨리 덧붙였다.

들떴다고? 어디 나를 속이려고.

"나는 그저 당신을 이해시키고 싶었을 뿐이에요." 그녀는 말했다. "내가 떠나자마자 당신이 그 여자와 식사를 한다는 게 화가 났어요. 내가 호세 근처만 가도 당신이 어떻게 했는지 생각해봐요. 호세는 좋은 친구예요. 걔하고 성적 관계를 맺은 적도 없고. 반면 당신과 그 여자는……."

"질투해?"

어떻게 엘레나와 내가 친구일 뿐이라는 걸 깨닫게 할 수 있을까? 그녀는 전혀 질투할 대상이 아니었다.

"그래요, 그리고 그 여자가 당신에게 한 짓 때문에 화가 났어요."

그녀는 말을 이었다.

"아나스타샤, 그 사람은 나를 도왔어. 그에 대해 내가 할 수 있는 말은 그뿐이야. 당신 질투에 대해서는 입장 바꿔봐. 나는 지난 7년간 누구한테도 내 행동을 정당화할 필요가 없었어. 한 사람에게도. 난 내가 바라는 대로 하지, 아나스타샤. 난 나의 자율성을 좋아해. 네 기분을 망치려고 로빈슨 부인을 만나러 간 게 아냐. 이따금씩 우리가 저녁식사를 같이 하기 때문이지. 부인은 친구이고 사업 파트너야."

그녀의 눈이 커졌다.

아, 그 얘기는 안 했던가?

어째서 내가 그 얘기를 해야 하나? 그녀와는 아무 상관도 없는 얘긴데.

"그래, 우린 사업 파트너야. 우리 사이의 섹스는 끝났어. 몇 년 된 이야기고."

"어째서 관계가 끝났나요?"

"남편이 알았거든. 다른 때 얘기하면 안 돼? 좀 더 사적인 장소에서?"

"그 여자가 소아애호증 환자가 아니라는 걸 내게 아무리 말해봤자 소용없을 것 같은데요."

망할, 아나! 그만하자면 그만해!

"난 그 사람을 그런 식으로 생각해본 적 없어. 한 번도. 자, 이젠 충분해!"

나는 으르렁거렸다.

"그 여자 사랑했어요?"

뭐라고?

"두 사람 알콩달콩 잘 있었어?"

칼라가 돌아왔다. 아나는 내 위장이 뒤틀릴 만한 미소를 억지로 지었다.

"잘 있었지."

내가 엘레나를 사랑했다고?

나는 술을 한 모금 마셨다. 그녀를 죽도록 숭배하긴 했었다……. 하지만 사랑했을까? 얼마나 우스꽝스러운 질문인지. 나는 낭만적 사랑에 대해선 아무것도 몰랐다. 아나가 원하는 건 심장과 꽃 같은 쓰레기였다. 19세기 소설을 너무 많이 읽어서 머릿속에 헛소리가 들어찼다.

이제 할 만큼 했다.

"자, 숙녀분들. 그러면 저는 두 분이 저녁을 즐기시도록 물러가도록 하겠습니다. 부디 제 이름으로 걸고 마음껏 드시지요. 방 번호 612호실입니다. 내일 아침 전화하지, 아나스타샤. 내일 뵙지요, 칼라."

"아, 누가 너의 이름을 제대로 부르는 걸 들으니 좋네."

"아름다운 아가씨에게 어울리는 아름다운 이름이죠."

나는 칼라와 악수했다. 칭찬은 진심이었지만, 얼굴에 미소는 띠지 않았다.

아나는 어떤 표정을 띠고 조용히 간청했지만 나는 무시해버렸다. 나는 그녀의 뺨에 키스했다.

"이따가 봐, 자기."

나는 그녀의 귀에 대고 웅얼거린 후 바를 나와 내 방으로 돌아왔다.

그 여자는 이제까지 만난 어떤 사람보다도 나를 도발했다.

그리고 내게 열 받아 있었다. 생리전증후군일지도 모르지. 예정일이 이번 주라고 했었으니까.

방 안으로 뛰어들어가 문을 쾅 닫고 곧장 발코니로 갔다. 바깥은 따뜻했고 강의 짭조름한 향기를 들이마시면서 심호흡했다. 밤은 내리고, 강은 하늘처럼 먹색이었다……. 나의 기분처럼. 내일 활공하러 가자는 말은 꺼내지도 못했다. 두 손을 발코니 난간에 댔다. 해변과 다리의 불이 켜지자 전망은 더 나아졌다……. 하지만 내 기분은 나아지지 않았다.

아나가 아직 초등학교 4학년이었을 때 시작되었던 관계를 내가 왜 지금 변호해야 하나? 그건 그녀가 상관할 바가 아닌데. 그래, 관습에서 벗어난 관계이기는 했다. 하지만 그게 다였다.

나는 두 손으로 머리를 훑었다. 이 여행은 내가 기대한 대로 돌아가지 않았다. 전혀. 어쩌면 여기 온 것 자체가 실수였는지도 몰랐다. 그리고 생각해보면 여기까지 오도록 나를 격려한 사람이 엘레나였다.

전화가 울리자 아나이길 바랐지만 로스였다.

"응."

나는 퉁명스럽게 대답했다.

"이런, 크리스천. 내가 방해한 거 아니에요?"

"아니, 미안. 무슨 일이야?"

진정해, 그레이.

"마르코와 나눈 대화를 보고해야겠다 싶어서요. 하지만 지금은 때가 좋지 않은 것 같으니 아침에 다시 전화할게요."

"아니, 괜찮아."

그때 문을 두드리는 소리가 났다.

"잠깐, 로스."

나는 테일러나 청소부가 온 줄 알고 문을 열었다. 하지만 아니었다. 그녀는 수줍고 아름다운 모습으로 복도에 서 있었다.

그녀가 왔다.

문을 더 활짝 열고 나는 들어오라고 손짓했다.

"해고 위로금은 다 결정했어?"

나는 아나에게서 눈을 떼지 않고 말했다.

"했어요."

아나는 조심스럽게 나를 보면서 방 안으로 들어왔다. 벌린 입술은 촉촉했고, 눈은 어두워졌다. 이건 뭐지? 마음이 바뀌었나? 그 표정을 난 알고 있었다. 욕망이었다. 그녀가 나를 원했다. 그리고 나도 그녀를 원했다. 특히 바에서 그렇게 옥신각신한 이후에는.

그렇지 않다면 왜 여기 왔겠는가?

"그럼 비용은?"

"거의 200만이에요."

나는 잇새로 휘파람을 불었다.

"제기랄, 그것참 비싼 실수인데."

"그레이 엔터프라이즈 홀딩스는 섬유 광학 부서에서 뽑을 수 있을 만큼 뽑을 거예요."

그녀 말이 맞았다. 이게 우리 목표였다.

"루카스는?"

내가 물었다.

"반응이 안 좋죠."

나는 미니바를 열고 아나에게 마음껏 골라 먹으라고 가리켰다. 그녀를 거기 놔두고 나는 침실로 들어갔다.

"어떻게 했는데?"

"발작을 일으키더라고요."

나는 욕실에 들어가서 거대한 대리석 욕조에 물을 받으면서 향기 나는 목욕 오일을 첨가했다. 여섯 명도 들어갈 만했다.

"그 돈의 대부분이 그 사람 몫이야."

나는 물 온도를 확인하며 로스에게 다시 상기시켰다.

"게다가 회사의 매수가도 받을 수 있잖아. 언제든지 다시 시작할 수 있다고."

나는 나가려고 몸을 돌렸지만, 문득 뒤늦게 생각이 나서 돌 벤치 위에 예술적으로 배열된 여러 촛불에 불을 붙이기로 했다. 촛불은 그야말로 '좀 더'에 해당하는 것 아닌가?

"뭐, 변호사들을 위협하고 있나본데, 이유를 모르겠어요. 이 점에 있어선 우린 약점 하나 없어요. 지금 물소리예요?"

로스가 물었다.

"그래, 욕조에 물 받고 있어."

"아? 끓을까요?"

"아니. 또 다른 건?"

"있어요. 프레드가 얘기 좀 하고 싶다고."

"정말?"

"바니의 새 디자인을 훑어봤대요."

나는 거실로 다시 들어갔다. 바니가 태블릿 디자인에 대한 문제의 해결책을 찾았다는 것을 인정하면서 안드레아를 시켜서 개선된 개요도를 다시 보내달라고 부탁했다. 아나는 오렌지 주스 한 병을 꺼냈다.

"이게 크리스천의 새 경영 스타일이에요? 정신을 딴 데 두는 것?"

로스가 물었다. 나는 큰 소리로 웃었지만 이유는 주로 아나의 음료 선택 때문이었다. 현명한 여자로군. 나는 로스에게 금요일까지는 사무실에 돌아가지 않는다고 말했다.

"정말로 디트로이트 건을 바꾸겠다는 마음은 진지해요?"

"여기 내가 관심이 있는 땅이 좀 있어서."

"빌도 이 사실을 알아요?"

로스의 말투가 건방졌다.

"그래. 아, 빌에게 전화를 하라고 해."

"그럴게요. 오늘 저녁 서배너 사람들하고 술자리 있어요?"

나는 내일 그들을 만날 거라고 말했다. 이게 로스를 자극하는 요소이므로, 좀 더 달래는 목소리로 신경을 썼다.

"우리가 이사를 한다면 조지아 주에서 뭘 제공할 수 있는지 알아보고 싶어서."

나는 선반에서 잔을 하나 꺼내 아나에게 건네면서 얼음 버킷을 가리켰다.

"만약 장려 조건이 충분히 매력적이면." 나는 말을 이었다. "생각해봐야 할 것 같아. 물론 여기는 사람 죽이게 더워서 확실하지는 않지만."

아나가 술을 따랐다.

"이 건에서 마음을 바꾸기는 너무 늦었어요, 크리스천. 하지만 디트로이트와 협상에 일종의 지렛대 역할을 해줄지도 모르겠네요."

로스가 생각에 빠졌다.

"내 생각도 마찬가지야, 디트로이트도 이점이 있지. 더 시원하고."

하지만 내게 그곳은 유령이 너무 많아.

"빌에게 전화하라고 하지. 내일."

지금은 늦었고, 내겐 손님이 있어.

"너무 일찍은 말고."

내가 경고했다. 로스는 잘 자라는 인사를 했고 나는 전화를 끊었다.

내가 술을 마시는 동안 아나는 조심스레 나를 바라보았다. 그녀의 풍성한 머리카락이 작은 어깨 위로 떨어져서 생각에 잠긴 사랑스러운 얼굴을 감쌌다.

"내 질문에 대답하지 않았잖아요."

그녀가 웅얼거렸다.

"그래, 안 했지."

"그래, 질문에 대답하지 않았어인가요, 아니면 그래, 사랑하지 않았어인가요?"

그녀는 그냥 넘어갈 생각이 없었다. 나는 벽에 기대고 팔짱을 꼈다. 그녀를 품 안으로 잡아끌 수 없도록.

"여기서 뭐 하는 거야, 아나스타샤?"

"방금 말했잖아요."

그녀 마음이 편해지도록 속 시원히 얘기해, 그레이.

"아니, 사랑하지 않았어."

그녀의 어깨에서 긴장이 빠져나가고 얼굴이 부드러워졌다. 그녀가 듣고 싶었던 말이었다.

"넌 정말 초록 눈을 가진 질투의 여신이군, 아나스타샤. 누가 그런 생각을 하겠어?"

하지만 넌 나의 초록 눈의 여신일까?

"나를 지금 놀리는 건가요, 그레이 씨?"

"어찌 내가 감히."

"아, 그러고도 남죠. 평소에도 그러잖아요. 아주 자주."

그녀는 생긋 웃으면서 완벽한 치아로 입술을 물었다.

일부러 그러는군.

"제발 입술 그만 좀 깨물어. 넌 내 방에 있고, 난 거의 사흘 동안 너를 보지도 못하다가 널 보려고 먼 길을 날아왔다고."

우리 사이가 괜찮은지 알아야 했다. 그게 내가 아는 유일한 방법이니까. 그녀와 섹스하고 싶었다. 거칠게.

전화가 울렸지만, 나는 발신자를 확인하지도 않고 전화를 꺼버렸다. 누구든 기다리게 할 수 있었다.

나는 그녀에게로 한 발 다가갔다.

"난 널 원해, 아나스타샤. 이제. 그리고 너도 날 원하지. 그래서 여기 온 거고."

"난 정말 알고 싶었어요."

그녀가 말했다.

"뭐, 이제 알았으니 있을 거야, 갈 거야?"

나는 물으며 그녀 앞에 섰다.

"있을 거예요."

그녀의 눈이 내 눈과 마주쳤다.

"아, 그러길 바라지."

나는 그녀를 내려다보며, 그녀의 눈동자가 짙어지는 것을 보고 감탄했다.

그녀도 나를 원한다.

"넌 내게 무척 화가 나 있었잖아."

나는 속삭였다.

그녀의 분노를 다스리고, 그녀의 감정을 고려하는 것은 여전히 새로운 경험이었다.

"네."

"우리 가족 말고는 누구도 내게 그렇게 화낸 기억이 없어. 하지만 그게 좋은데."

나는 부드럽게 손가락 끝으로 그녀의 얼굴을 만지며 턱까지 쓸어내렸다. 그녀는 눈을 감고 턱을 들어 내 손길에 자신을 맡겼다. 나는 몸을 숙이면서 코로 그녀의 벗은 어깨를 훑으며 귀까지 올라가 그녀의 달콤한 향기를 들이마셨다. 욕망이 내 몸속에서 흘러넘쳤다. 손가락이 그녀의 목덜미를 지나 머리카락으로 들어갔다.

"우린 이야기를 해야 해요."

그녀가 속삭였다.

"나중에."

"알고 싶은 게 많아요."

"나도."

나는 그녀의 귀 아래에 키스하면서 머리카락을 잡아당겨 고개를 뒤로 젖혀서 목이 드러나도록 했다. 이와 입술로 그녀의 턱을 긁으며 목으로 옮길 때 내 몸이 욕망으로 살며시 진동했다.

"널 원해."

나는 속삭이며 피부 아래 그녀의 맥박이 뛰는 자리에 키스했다. 그녀는 신음하며 내 두 팔을 잡았다. 나는 순간 긴장했지만, 어둠은 여전히 잠들어 있었다.

"오늘 그날이야?"

나는 키스하면서 물었다.

그녀의 몸이 굳었다.

"그래요."

"생리통이 있어?"

"아니요."

그녀의 목소리는 조용했지만, 당혹감이 격렬히 드러났다.

나는 키스를 멈추고 그녀의 눈을 내려다보았다.

어째서 부끄러워하는 거지? 자기 몸인데.

"약은 먹었어?"

"네."

잘됐네.

"목욕하자."

지나치게 호화스러운 욕실에 들어가자 나는 아나의 손을 놓았다. 공기는 뜨겁고 습했으며 거품 위로 김이 모락모락 솟았다. 열기 속에서 나는 옷을 너무 많이 입고 있었다. 리넨 셔츠와 청바지가 피부에 달라붙었다.

아나는 나를 바라보았다. 피부에는 습기로 물방울이 맺혔다.

"머리끈 있어?"

내가 물었다. 그녀의 머리카락이 얼굴에 달라붙기 시작했다. 그녀는 청바지 주머니에서 고무줄을 꺼냈다.

"머리를 위로 들어."

나는 이렇게 말하고 그녀가 재빠르고 효율적이며 우아한 동작으로 내 지시를 따르는 모습을 보았다.

　　착하군. 더 말싸움할 필요는 없어.

　　포니테일로 묶은 머리카락이 몇 가닥이 삐져나왔지만, 그녀는 사랑스러웠다. 나는 수도꼭지를 잠그고 그녀의 손을 잡아 다른 욕실로 데려갔다. 커다란 금테 거울이 대리석 벽 세면대 위에 걸려 있는 방이었다. 나의 눈이 거울에 비친 그녀의 눈과 마주쳤다. 나는 그녀의 뒤에 서서 샌들을 벗으라고 했다. 그녀는 서둘러 신발을 벗어 바닥에 떨어뜨렸다.

　　"두 팔을 들어."

　　나는 속삭였다.

　　나는 예쁜 탑의 자락을 들고 그녀의 머리 위로 벗겨서 갇혀 있던 가슴을 풀어주었다. 손을 앞으로 돌려 청바지의 맨 위 단추를 풀고 지퍼를 내렸다.

　　"이 욕실에서 널 가질 거야, 아나스타샤."

　　그녀의 눈이 내 입으로 슬그머니 향했다. 그녀는 입술을 핥았다. 눈동자가 부드러운 빛 아래서 흥분으로 번득였다. 나는 몸을 숙여 그녀의 목에 부드럽게 키스를 하며 엄지손가락을 청바지에 걸어 예쁜 엉덩이 아래로 천천히 벗겨 내렸다. 내려가는 길에 그녀의 팬티까지도 한 번에 잡아 끌어내렸다.

　　나는 그녀의 뒤에 무릎을 꿇고 바지를 발까지 내렸다.

　　"바지에서 나와."

　　나는 명령했다. 그녀는 세면대 가장자리를 잡으며 그 말에 따랐다. 이제 그녀는 벌거벗고 있었고 나는 그녀의 엉덩이와 마주하고 있었다. 나는 그녀의 청바지와 팬티를 던져버리고 세면대 아래 하얀 의자에 앉아, 그 엉덩이로 할 수 있는 모든 일을 궁리

해보았다. 나는 그녀의 다리 사이에 나온 파란 끈의 존재를 알
아챘다. 아직도 탐폰이 그대로 있었기에 나는 그녀의 엉덩이에
키스하고 부드럽게 물다가 일어섰다. 거울 속에서 우리의 두 눈
이 다시 한 번 연결되었고, 나는 한 손을 그녀의 매끈하고 평평
한 배에 댔다.

"널 봐. 무척 아름다워. 어떤 느낌인지 봐."

그녀의 숨이 빨라졌고, 나는 그녀의 두 손을 내 손으로 잡고
그녀의 손가락을 배 위에서 벌렸다.

"네 피부가 얼마나 부드러운지 느껴봐."

나는 속삭였다. 나는 부드럽게 그녀의 손을 이끌어 넓게 원을
그리며 윗몸을 지나 가슴까지 끌어올렸다.

"네 가슴이 얼마나 풍만한지 느껴봐."

나는 그녀의 손을 잡아 가슴을 감싸도록 했다. 나는 엄지손가
락으로 그녀의 양쪽 젖꼭지를 부드럽게 애태웠다. 그녀는 신음
하며 등을 활처럼 휘면서 자기 가슴을 우리가 맞잡은 손 안으로
더 세게 밀었다. 그녀의 젖꼭지가 우리 두 사람의 엄지손가락
사이에 갇히자, 나는 부드럽게 잡아당기고 또 잡아당겼다. 나는
젖꼭지가 반응하여 단단해지고 늘어나는 모습을 보며 쾌락을
느꼈다.

내 몸의 어떤 일부처럼.

그녀는 눈을 감고 내게 몸을 댄 채로 꿈틀대면서 엉덩이를 내
일어선 부분에 문질렀다. 그녀는 신음하면서 머리를 내 어깨에
기댔다.

"바로 그거야, 자기."

나는 그녀의 목에 대고 신음하면서 내 손길 아래서 살아나는
그녀의 몸을 즐겼다. 나는 그녀의 손을 앞으로 내려 하체까지

끌어내린 후 음모 속으로 향했다. 나는 한 다리를 그녀의 두 다리 속에 밀어 넣고 발로 그녀의 다리를 넓게 벌리면서 그녀의 두 손을 음문으로 이끌었다. 한 번에 한 손씩, 다시 또다시, 그녀의 손가락을 클리토리스에 대고 누르고 또 눌렀다.

그녀는 신음했고, 나는 거울 속에서 내 몸에 대고 꿈틀거리는 그녀를 보았다.

맙소사, 그녀는 여신이었다.

"네가 얼마나 달아오르는지 봐, 아나스타샤."

나는 그녀의 목과 어깨에 키스하고 부드럽게 깨물다가 그녀를 놓아버려 동작을 멈추었다. 내가 물러서자 그녀는 두 눈을 떴다.

"계속해."

그녀는 잠깐 휘청거리는가 싶더니 한 손으로 자신을 문질렀지만 그렇게 열정적이라고 할 수는 없었다.

아, 이것 가지고는 안 되겠어.

재빨리, 나는 끈적이는 셔츠와 청바지, 속옷을 벗어버리고 발기한 내 물건을 풀어주었다.

"내가 해주는 편이 좋아?"

내가 묻자 거울 속에서 내 눈과 마주친 그녀의 눈이 타올랐다.

"아, 네…… 제발."

그녀의 목소리는 필사적이었고 욕구가 가득 차 있었다. 나는 두 팔로 그녀를 감싸고 배로 그녀의 등을 누르면서 내 페니스를 그녀의 예쁘고 예쁜 엉덩이 골 사이에 댔다. 나는 다시 한 번 그녀의 손을 잡고 클리토리스 위로 이끌어, 한 번에 한 손씩, 다시 또다시, 누르고 쓸면서 그녀를 자극했다. 내가 그녀의 목덜미를 빨고 물자 그녀는 칭얼거리는 소리를 냈다. 그녀의 다리가 떨리기 시작하자, 재빨리 그녀를 앞으로 돌려 나와 마주 보게 했다. 나는 한 손으로 그녀의 두 손목을 잡고 등 뒤로 돌렸고 다른 손으로는 그녀의 포니테일을 잡아당겨 입술을 들어 내게 갖다 댔다. 나는 그녀에게 키스하고 입을 즐기고 그녀의 맛을 누렸다. 오렌지 주스와 달콤하고 달콤한 아나. 그녀의 호흡이 나처럼 거칠었다.

"그날이 언제 시작됐어, 아나스타샤?"

콘돔 없이 너랑 하고 싶어.

"어, 어제부터요."

그녀는 나지막한 숨소리로 대답했다.

"좋아."

나는 뒤로 물러나며 그녀를 돌렸다.

"세면대를 잡아."

엉덩이 양옆을 잡고 그녀를 들어 뒤로 잡아당기자, 그녀의 몸이 숙여졌다. 나는 한 손으로 그녀의 엉덩이를 따라 내려가다 푸른 실을 잡고 탐폰을 꺼내 변기 속에 던져버렸다. 그녀는 숨을 헉 들이켰다. 충격받았겠거니 생각했지만 내 물건을 잡고 그녀 안으로 재빨리 밀어 넣었다.

숨이 잇새로 휘파람처럼 새어 나왔다.

망할. 그녀는 느낌이 좋았다. 너무나 좋았다. 피부와 직접 맞닿은 피부.

나는 뒤로 살짝 물러섰다가 다시 한 번 천천히 그녀 안으로 잠겼다. 그녀의 소중하고 미끄러운 부분을 하나하나 느끼면서. 그녀는 신음하며 몸을 내게로 밀었다.

아. 그래. 아나.

내가 속도를 높이자 그녀는 대리석을 더 꽉 잡았고, 나는 그녀의 엉덩이를 잡고 쌓아가고 쌓아가다가…… 그녀 안으로 망치처럼 때려 넣었다. 그녀에 대한 내 권리를 주장했다. 소유했다.

질투하지 마, 아나. 난 오직 너만 원해.

너.

너.

손가락으로 그녀의 클리토리스를 찾았다. 내가 그녀를 애태우고, 애무하고, 자극하자 그녀의 다리가 다시 한 번 떨리기 시작했다.

"바로 그거야."

나는 웅얼거렸다.

벌을 주듯 '넌 내 거야'라는 리듬에 따라 그녀 안으로 쿵쿵 들어갈 때 내 목소리가 거칠어졌다.

나와 말다툼하지 마. 나와 싸우지 마.

내가 그녀의 몸 안으로 찔으며 들어가자 그녀의 다리가 뻣뻣해지고 몸이 떨리기 시작했다. 오르가즘에 사로잡히자 갑자기 그녀는 비명을 질렀고 나와 함께 절정에 달했다.

"아, 아나!"

나는 풀어버리면서 숨을 내쉬었다. 세계가 흐릿해졌고 나는 그녀 안에서 사정했다.

망할.

"아, 네게 질릴 날이 있을까?"

나는 그녀 위로 가라앉으며 속삭였다.

나는 천천히 그녀를 두 팔로 감싸 안고는 바닥으로 주저앉았다. 그녀는 자신의 머리를 내 어깨에 기대고 여전히 헐떡이면서 앉아 있었다.

맙소사.

이런 적이 있었나?

내가 그녀의 머리카락에 키스하자 그녀는 눈을 감은 채로 잠잠해졌다. 내가 안고 있노라니 그녀의 호흡이 천천히 정상으로 돌아왔다. 습한 욕실 안에서 둘 다 땀에 젖고 더웠지만, 나는 다른 곳으로 가고 싶지 않았다.

그녀가 자세를 바꾸었다.

"피가 나요."

그녀가 말했다.

"난 상관없어."

난 그녀를 놓아주고 싶지가 않았다.

"그런 것 같더라고요."

그녀의 어조는 건조했다.

"신경 쓰여?"

그래선 안 되지. 자연스러운 거잖아. 그날에 섹스하는 것을 꺼리던 여자는 딱 한 명 알았지만, 그 여자가 그런 헛소리를 했다면 사정 봐주지 않았을 것이었다.

"아니, 전혀요."

아나는 맑은 푸른 눈으로 나를 올려다보았다.

"좋아. 목욕하자."

내가 그녀의 손을 놓았을 때, 그녀는 나의 가슴을 빤히 바라보면서 잠시 이맛살을 찌푸렸다. 분홍빛 얼굴에서는 색이 빠져나가고 흐려진 눈이 내 눈과 마주쳤다.

"왜 그래?"

나는 그녀의 표정에 놀랐다.

"당신 흉터요. 수두 자국이 아니네요."

"그래, 수두 자국이 아니지."

내 목소리는 북극처럼 차가웠다.

이 얘기는 하고 싶지 않아.

나는 일어서서 한 손을 그녀에게 내밀어 일으켜주었다. 그녀의 눈이 공포로 커졌다.

그다음엔 연민이겠지.

"날 그런 식으로 보지 마."

나는 경고하며 그녀의 손을 놓았다.

난 너의 그깟 연민 따위는 바라지 않아, 아나. 거기까진 하지 마.

그녀는 자기 손을 찬찬히 보았다. 적절하게 꾸짖었겠지, 나는 생각했다.

"그 여자가 한 거예요?"

그녀의 목소리는 거의 들리지 않았다.

나는 갑작스러운 분노를 억누르려 애쓰며 아무 말도 하지 않은 채 그녀를 쏘아보았다. 내가 침묵하자 그녀를 나를 볼 수밖에 없었다.

"그 여자?" 나는 으르렁댔다. "로빈슨 부인?"

아나는 내 어조에 창백해졌다.

"그 여자는 짐승이 아니야, 아나스타샤. 물론 아니지. 어째서 그 여자를 악마로 몰지 못해 안달인지 이해를 못 하겠군."

그녀는 고개를 수그리고 눈을 피한 채로 나를 휙 지나쳐 욕조 안으로 가라앉았다. 내가 더 이상 몸을 볼 수 없도록 거품 속으로. 나를 올려다보는 그녀의 얼굴은 뉘우치는 듯했지만 꾸밈은 없었다.

"그 여자를 만나지 않았으면 당신이 어떤 사람이 되었을지 궁금할 뿐이에요. 그 여자가 당신에게 그…… 생활 방식을 소개하지 않았더라면."

제기랄. 다시 엘레나에게로 돌아왔군.

나는 욕조로 걸어가 물속으로 스르르 들어간 후 그녀의 손에 닿지 않도록 물속 욕조 선반에 걸터앉았다. 그녀는 대답을 기다리며 나를 보았다. 우리 사이의 침묵이 부풀어 올라 내가 들을 수 있는 소리라고는 귓속에서 쿵쿵 솟구치는 피 소리뿐이었다.

망할.

그녀는 내게서 눈을 떼려 하지 않았다.

물러나, 아나!

아니. 그럴 일은 없겠지.

나는 고개를 저었다. 구제불능의 여자로군.

"로빈슨 부인이 없었더라면 나도 친어머니의 전철을 밟았을 거야."

그녀는 아무 말 없이 물에 젖어 구불구불해진 머리카락을 귀 뒤로 넘겼다.

엘레나에 대해 무슨 말을 할 수 있을까? 난 우리의 관계에 대해 생각했다. 엘레나와 나. 그 아찔했던 시절. 비밀. 비밀스러운 밀회. 고통. 쾌락. 배출……. 그녀가 내 세계에 가져다주었던 질서와 고요.

"부인은 내가…… 수용할 수 있는 방식으로 나를 사랑했어."

나는 생각에 빠져 거의 혼잣말하다시피 말했다.

"수용할 수 있는 방식요?"

아나는 못 믿겠다는 듯 말했다.

"그래."

아나의 표정은 기대에 차 있었다.

그녀는 좀 더 원했다.

젠장.

"부인은 내가 가고 있던 파괴적인 길에서 나를 끌어냈어. 나는 어느새 따라가고 있었지."

내 목소리는 낮았다.

"내가 완벽하지 않은데 완벽한 가족 안에서 자라는 건 몹시 힘들지."

그녀는 날카롭게 숨을 들이마셨다.

제길, 이런 말을 하긴 싫었는데.

"그 여자는 아직도 당신을 사랑하나요?"

그럴 리가!

"그런 것 같진 않아. 그렇게는 아니지. 오래전 일이라고 계속 말했잖아. 과거라고. 내가 설사 원한다고 해도 그 사실을 바꿀 순 없어. 원하지도 않고. 그 여자가 나를 나 자신으로부터 구해 준 거야. 이런 얘기 누구랑 해본 적 없어. 물론 플린 박사 말고는. 지금 이 얘기를 네게 하는 유일한 이유는 네가 나를 신뢰하길 바라기 때문이야."

"난 당신을 신뢰해요." 그녀가 말했다. "하지만 당신을 더 잘 알고 싶어요. 당신과 말하려 할 때마다 말을 돌리잖아요. 당신이야말로 나를 신뢰해주었으면 좋겠어요."

"아, 제발, 아나스타샤. 뭘 알고 싶은 거야? 뭘 해야 하는 거야?"

그녀는 물 아래에 잠겨 있는 손만 바라보았다.

"전 그저 이해하려는 거예요. 당신은 정말 수수께끼예요. 이전에 만난 어떤 사람과도 같지 않아요. 내가 알고 싶은 걸 말해주었으면 좋겠어요.”

그녀는 갑자기 결연하게 물을 헤치며 내 옆에 와 앉더니 내게 기댔다. 내 피부가 그녀의 피부에 붙었다.

“나한테 화내지 마요.”

그녀가 말했다.

“너한테 화난 게 아냐, 아나스타샤. 난 그저 이런 유의 대화에 익숙하지 않을 뿐이야. 이런 식의 캐묻기. 이런 건 플린 박사와만 해왔지. 그리고……”

제길.

“그 여자하고만 했겠죠. 로빈슨 부인. 그 여자와 아직도 대화하나요?”

그녀의 목소리는 숨소리처럼 조용했다.

“그래, 해.”

“무엇에 대해서요?”

갑작스레 몸을 돌려 그녀를 마주 보자 물이 출렁대며 바닥으로 흘러넘쳤다.

“참 끈질기군, 당신은? 인생, 우주, 사업. 아나스타샤. 그 사람과 나는 오래된 사이야. 뭐든 의논할 수 있어.”

“나에 대해서도?”

“그래.”

“어째서 내 얘기를 한 거예요?”

그녀가 물었다. 이제 목소리가 뾰로통해졌다.

“난 너 같은 사람을 만나본 적이 없어, 아나스타샤.”

“그게 무슨 뜻이에요? 아무런 질문도 하지 않고 자동적으로 당신 서류에 서명하지 않는 사람?”

나는 고개를 저었다. 아니야.

"내게도 충고가 필요해."

"그래서 소아성애자인 여자에게서 충고를 받나보죠?"

그녀는 톡 쏘았다.

"아나스타샤, 이제 됐어."

나는 거의 고함치다시피 했다.

"아니면 널 내 무릎 위에 눕힐 거야. 나는 그 여자에게 어떤 성적 욕망과 연애적 관심도 없어. 그 사람은 다정하고 귀한 친구고 사업 파트너야. 그게 다일 뿐. 우리는 과거가 있고, 함께 지냈던 역사가 있어. 그게 그 사람 결혼을 망쳤다고 해도 내게는 무척이나 이로운 것들이었지. 하지만 우리의 그런 관계는 끝났어."

그녀는 어깨를 쭉 폈다.

"당신 부모님은 모르셨나요?"

"모르셔." 나는 으르렁거렸다. "이 얘기했잖아."

그녀는 조심스럽게 나를 보았다. 그녀가 나를 한계까지 밀어붙였다는 것을 본인도 안다는 생각이 들었다.

"이제 끝인가?"

내가 물었다.

"지금은요."

천만다행이었다. 그녀가 더 하고 싶은 말이 있을 때는 내게 거짓말하지 않았다. 그러나 내가 하고 싶은 말은 아직 하지 못했다. 나는 내 입장이 어떤지 알아야 했다. 우리가 계약할 기회가 있는지를.

시간이 있을 때 잡아, 그레이.

"좋아, 이젠 내 차례. 내 이메일에 답장하지 않았어."

그녀는 머리카락을 귀 뒤로 넘기며 고개를 흔들었다.

"답장하려고 했어요. 하지만 당신이 여기 왔으니까."

"내가 안 오는 편이 좋았어?"

나는 숨을 죽였다.

"아니, 기뻐요."

그녀가 말했다.

"좋아. 나도 여기 와서 기뻐. 너에게 심문을 당하긴 했지만. 나를 다그치는 것은 받아들일 수 있는 일이고 넌 내가 여기까지 널 보러 날아왔다는 이유만으로 면책 특권을 주장할 수 있다고 생각하는 거야? 난 그런 것 받아들일 수 없는데, 스틸 양. 네가 어떻게 느끼는지 알고 싶어."

그녀의 눈썹이 한데 모였다.

"말했잖아요. 여기 와서 기쁘다고. 여기까지 와줘서 고마워요."

그녀는 진지하게 말했다.

"나야말로 기쁘지."

나는 몸을 숙여 그녀에게 살짝 키스했다. 그녀는 마치 꽃처럼 열려 더 많이 주고 더 많이 원했다. 나는 뒤로 몸을 뺐다.

"아니, 우리가 좀 더 하기 전에 대답을 먼저 듣고 싶은데."

그녀는 한숨지었고 다시 조심스러운 표정을 지었다.

"뭘 알고 싶어요?"

"뭐, 먼저 맛보기로 우리가 할지도 모르는 협의에 대해 어떻게 생각하는지?"

그녀는 그 대답을 말로 할 수 없다는 듯 입을 삐죽였다.

오, 맙소사.

"기간 연장에 찬성하고 싶진 않아요. 주말 내내 나는 내가 아닌 사람이 되어야 하니까요."

그녀는 내게서 시선을 피하며 고개를 수그렸다.

그건 "싫어요"는 아니었다. 더욱이 나는 그녀가 옳다고 생각했다.

나는 그녀의 턱을 잡아 눈을 볼 수 있게 고개를 들었다.

"아니, 나도 네가 그럴 수 있을 거라고 생각하진 않았어."

"날 비웃는 거예요?"

"그래. 하지만 좋은 의미야."

나는 그녀에게 다시 키스했다.

"넌 정말 서브미시브로는 별로야."

그녀가 입을 떡 벌렸다. 짐짓 상처받은 척하는 걸까? 그러더니 그녀는 웃었다. 달콤하고 선엄성이 있는 웃음이었다. 그래서 그녀가 상처받지 않았다는 것을 알았다.

"어쩌면 선생이 나빠서일지도요."

좋은 지적이야, 스틸 양.

나 또한 웃었다.

"어쩌면 좀 더 엄하게 해야 할지도 모르겠군."

나는 그녀의 얼굴을 살폈다.

"내가 처음 네 엉덩이를 때렸을 때 그렇게 나빴어?"

"아니, 진짜 그렇진 않았어요."

그녀의 뺨이 약간 붉어졌다.

"그냥 생각뿐이었지?"

나는 그녀를 더 밀어붙였다.

"그랬던 것 같아요. 그러지 않았어야 할 곳에서 쾌락을 느꼈다고 할까요."

"나도 마찬가지 기분이었던 것을 기억해. 생각을 바꾸려면 시간이 좀 걸리지."

마침내 논의를 하기 시작하는군.

"언제든지 안전신호를 사용할 수 있어, 아나스타샤. 그거 잊지 마. 나의 통제를 향한 깊은 욕구를 충족시켜주고 너를 안전하게 지켜줄 수 있는 규칙만 따르면 우린 아마 앞으로 나아갈 수 있을 거야."

"어째서 나를 통제하고자 하는 욕구를 느끼죠?"

"내 성장기에 충족되지 못했던 깊은 욕구를 만족시켜주기 때문이겠지."

"그럼 어떤 형태의 치유인가요?"

"그런 식으로는 생각해보지 않았지만, 그래. 그런 것도 같아."

그녀는 고개를 끄덕였다.

"하지만 문제는 이거예요. 한순간은 '내게 거역하지 마'라고 말하고 다음 순간은 도전받기를 좋아한다고 하니까요. 금을 밟지 않고 걸어가기엔 금이 너무 가늘어요."

"나도 알아. 하지만 이제까진 잘해왔잖아."

"하지만 개인적 희생은 어쩌고요? 나는 여기 옴짝달싹 못하고 묶여 있어요."

"난 당신이 묶여 있는 게 좋은데."

"내 말은 그게 아니라고요!"

그녀는 한 손으로 물을 쳐서 나를 적셨다.

"지금 나한테 물을 튀긴 거야?"

"그래요."

"아, 스틸 양."

나는 한 팔로 그녀의 허리를 감아 무릎 위로 끌어당겨 앉혔다. 다시 한 번 물이 바닥에 흘러넘쳤다.

"얘기는 이만하면 됐어."

나는 두 손으로 그녀의 머리를 잡고 키스했다. 혀로 그녀를 간질여 입을 벌리게 하고 입속으로 파고 들어가 그녀를 지배했다. 그녀는 손가락으로 내 머리카락을 훑으며 내 키스를 돌려주고 자신의 혀로 내 혀를 감았다. 나는 한 손으로 그녀의 머리를 한쪽으로 기울이며 다른 손으로는 그녀를 움직여 내 위에 걸터앉게 했다.

나는 숨 쉬기 위해 몸을 뒤로 뺐다. 어둡고 육욕에 찬 그녀의 눈에 정욕이 훤히 드러나 보였다. 나는 그녀의 양쪽 손목을 뒤로 돌려서 한 손으로 잡았다.

"이세 널 가질 거야." 나는 선언하며 그녀의 몸을 들어 올려 나의 일어선 부분이 몸 위로 오게 했다. "준비됐어?"

"네."

그녀는 숨소리처럼 말했고, 나는 천천히 그녀를 내 몸 위로 내렸다. 나는 그녀를 채우면서 그녀의 표정을 보았다. 그녀는 신음하며 눈을 감았고 가슴을 내 얼굴로 밀어붙였다.

오, 맙소사.

나는 허리를 움직여 그녀를 살짝 들어 올리면서 나 자신을 더 깊이 그녀 안에 묻었다. 그리고 우리의 이마가 닿을 정도로 몸을 숙였다.

그녀는 느낌이 무척 좋았다.

"부디, 내 손을 놔줘요."

그녀가 속삭였다.

나는 눈을 떠 그녀가 공기를 빨아들이기 위해 입을 벌린 모습을 보았다.

"날 만지지 마."

나는 부탁하며 그녀의 두 손을 잡았던 손을 풀어 엉덩이 옆을 잡았다. 그녀는 욕조 가장자리를 잡고 천천히 나를 가지기 시작했다. 위로, 그다음으로는 아래로. 오, 너무나 천천히. 그녀는 눈을 떠서 자기 얼굴을 바라보는 내 눈과 맞췄다. 내 눈 속에 비친 자신을 보았다. 나를 올라탄 채로. 그녀는 몸을 숙여 내게 키스했다. 그녀의 혀가 내 입을 침범했다. 나는 눈을 감고 그 감각을 누렸다.

아, 그래, 아나.

그녀의 손가락이 내 머리카락 속으로 들어갔고, 키스하면서 그걸 잡아당겼다. 그녀가 몸을 움직일 때 젖은 혀가 내 혀와 얽혔다. 나는 그녀의 엉덩이를 잡고 더 높이 더 빨리 들어 올리기 시작했다. 물이 욕조 바깥으로 흘러넘치고 있다는 건 어렴풋하게만 느껴질 뿐이었다.

그래도 나는 상관하지 않았다. 그녀를 원했다. 이렇게.

내 입속에 대고 신음하는 이 아름다운 여자를.

위. 아래. 위. 아래. 다시 또다시.

그녀를 내게 주었다. 그녀가 나를 가졌다.

"아."

쾌락이 그녀 목구멍에 걸렸다.

"바로 그거야."

내가 속삭일 때 그녀는 나를 감싼 채 더 빨리 움직였고 마침내 그녀의 오르가즘 속에서 폭발하며 비명을 질렀다.

나는 두 팔로 그녀를 꼭 껴안은 채로 나를 잃고 그녀 안에서 사정했다.

"아나!"

나는 소리를 질렀다. 절대 그녀를 놓아주고 싶지 않다는 것을 새삼 깨달았다.

그녀는 내 귀에 키스했다.

"그건⋯⋯."

그녀가 나지막이 속삭였다.

"그래."

그녀의 두 팔을 잡고 나는 그녀를 잘 볼 수 있게 뒤로 떼어냈다. 그녀는 졸리고 만족스러운 얼굴이었다. 나도 똑같은 얼굴이리라 생각이 들었다.

"고마워."

난 속삭였다.

그녀는 당황한 표정이었다.

"날 만지지 않아서."

나는 명확히 밝혔다.

그녀의 표정이 부드러워지더니 그녀가 한 손을 들었다. 내 몸이 굳어졌지만 그녀는 고개를 저으며 자기 손가락으로 내 입술을 따라 훑었다.

"그게 고정 한계라고 말했잖아요. 이해해요."

그녀는 몸을 앞으로 숙여 내게 키스했다. 익숙지 않은 감정이 위로 떠올라 가슴속에서 부풀었다. 이름도 없는 위험한 감정.

"침대로 가자. 집에 가야 하는 건 아니지?"

내 감정이 어디로 흐르는지 나조차도 몰라 놀랐다.

"아니. 갈 필요는 없어요."

"좋아. 여기 있어."

나는 그녀를 일으켜 세우고 욕조에서 빠져나가 수건을 가지고 오면서 심란한 감정을 떨쳐냈다.

나는 그녀를 수건으로 감싸고 내 허리에도 한 장 감았다. 다른 한 장은 바닥에 흘러넘친 물을 닦으려는 헛된 시도로 바닥에 놓았다. 내가 욕조의 물을 빼는 동안 아나는 세면대로 향했다.

뭐. 흥미로운 저녁이었군.

그리고 그녀의 말이 맞았다. 이야기를 나누니 좋았다. 우리가 어떤 결론을 내렸는지는 확실하지 않았지만.

내가 욕실을 나가 침대로 갈 때 그녀는 내 칫솔로 이를 닦고 있었다. 그 모습에 나는 미소를 지었다. 전화를 들어보니 테일러에게 부재중 전화가 와 있었다.

나는 문자를 보냈다.

별일 없지?
아침 6시에 글라이딩하러 갈 거야.

그는 즉시 답장했다.

그래서 전화드린 겁니다.
날씨는 좋을 것 같습니다.
거기서 뵙겠습니다.
좋은 밤 보내십시오.

스틸 양을 활공에 데리고 간다! 기쁨이 보글보글 거품처럼 차올라 웃음이 되었다. 그녀가 수건으로 감싸고 욕실에서 나왔을 때 나는 환히 웃고 있었다.

"내 가방 필요한데."

그녀는 약간 수줍은 얼굴로 말했다.

"거실에 놔둔 것 같던데."

그녀는 서둘러 가방을 가지러 갔다. 나는 이를 닦으면서 이 칫솔이 그녀의 입속에 막 들어갔었다는 것을 의식했다.

침실로 가서는 허리에 두른 수건을 내려놓고 시트를 걷고 누운 채로 아나를 기다렸다. 아나는 다시 욕실로 사라져 문을 닫았다.

얼마 후 그녀가 돌아왔다. 그녀는 수건을 떨어뜨리고 내 옆에 누웠다. 수줍은 미소 외에는 벌거벗은 몸이었다. 우리는 베개를 껴안고 서로를 마주 보며 누웠다.

"자고 싶어?"

내가 물었다. 우리는 일찍 일어나야 했고 거의 11시가 다 된 시각이었다.

"아니, 피곤하지 않아요."

그녀는 눈을 반짝이며 말했다.

"뭘 하고 싶어?"

섹스를 더 할까?

"얘기요."

얘기를 더 하자니. 맙소사. 나는 체념하고 미소를 지었다.

"무슨 얘기?"

"이런저런."

"어떤 이런저런?"

"당신."

"나에 대한 무슨 얘기?"

"가장 좋아하는 영화는 뭐예요?"

속사포처럼 이어지는 그녀의 질문이 좋았다.

"오늘은 〈피아노〉야."

그녀도 나를 보고 환히 웃었다.

"물론 그렇겠죠. 바보 같은 질문을 했네요. 거기 음악이 참 슬프고 좋죠. 당신도 연주할 수 있겠죠? 정말 이룬 것도 많으세요, 그레이 씨."

"그중에서도 내가 이룬 가장 큰 업적은 당신이지, 스틸 양."

그녀의 더 크게 웃었다.

"그럼 내가 17번이겠네요."

"17번?"

"당신이 이제까지…… 음, 섹스했던 여자의 수요."

아, 젠장.

"꼭 그렇진 않아."

그녀의 미소가 사라졌다.

"열다섯 명 있었다면서요."

"내 오락실에 들인 여자의 수만 얘기했을 뿐이지. 그게 당신이 말한 의미인 줄 알았는데. 내가 얼마나 많은 여자와 섹스했는지는 묻지 않았잖아."

"아." 그녀의 눈이 휘둥그레졌다. "바닐라도 있어요?"

"아니. 네가 내 유일한 바닐라 상대지."

그리고 뭔가 이상한 이유로 그게 미치게 기뻤다.

"정확한 숫자를 말해줄 순 없어. 침대 기둥에 금을 새겨놓거나 그러진 않거든."

"어느 정도예요. 몇 십 명? 몇 백 명?…… 몇 천 명?"

"몇 십 명 수준이지. 아직 십 단위에 있어."

나는 짐짓 분개하는 표정을 지었다.

"모두 다 서브였어요?"

"그래."

"날 보고 그렇게 웃지 마요."

그녀가 오만하게 말했다. 터져 나오는 웃음을 억누르려 했으나 실패하고 말았다.

"웃지 않을 수가 없어. 네가 너무 웃기니까."

우리가 서로 보고 웃을 때 나는 약간의 현기증을 느꼈다.

"이상해서 웃기다는 거예요, 아니면 하하하 웃기다는 거예요?"

"둘 다인 것 같은데."

"뻔뻔하게도 사돈 남 말하시네요."

나는 그녀를 준비시키려고 코끝에 키스했다.

"이 말을 하면 충격받을 텐데, 아나스타샤. 각오됐어?"

그녀의 눈이 더 커지더니 열의를 띠며 기쁨으로 가득 찼다.

이 여자에게 말해줘.

"내가 훈련했을 때 모든 서브들은 훈련이 되어 있는 상태였어. 시애틀 시내와 근교에 장소가 있지. 사람들이 가서 연습할 수 있는 곳. 내가 말하는 대로 하는 걸 배우는 거지."

"아."

그녀는 감탄사를 내뱉었다.

"그래, 난 돈 주고 섹스해, 아나스타샤."

"자랑할 건 아니네요." 그녀가 꾸짖었다. "당신 말이 맞아요……. 정말 깊이 충격받았어요. 내가 당신에겐 그런 충격을 줄 수 없다는 게 언짢고요."

"너 내 속옷 입었었잖아."

"그거 충격이었어요?"

"그래. 우리 부모님 만나러 갈 땐 팬티도 입지 않았고."

그녀는 다시 기쁜 표정을 지었다.

"그것도 충격이었어요?"

"그래."

"난 속옷 부문에서만 당신에게 충격을 줄 수 있는 것 같네요."

"나한테 처녀라고 말했었잖아. 그건 이제까지 중 가장 큰 충격이었지."

"그래요. 그때 얼굴을 사진으로 찍어놨어야 하는 건데."

그녀는 키들키들 웃었고 얼굴이 밝아졌다.

"승마 채찍을 쓰도록 허락하기도 했고."

나는 망할 체셔캣처럼 씩 웃었다. 여자 옆에서 벌거벗은 채로 누워 있으면서 그냥 얘기만 하는 게 얼마 만이더라?

"그것도 충격?"

"응."

"뭐, 어쩌면 다시 하게 해줄지도 몰라요."

"아, 그러길 바라, 스틸 양. 이번 주말?"

"좋아요."

"좋아?"

"그래요. 다시 고통의 빨간 방에 갈게요."

"내 이름을 부르잖아."

"그게 충격이에요?"

"내가 그걸 좋아한다는 사실이 충격적이지."

"크리스천."

그녀가 속삭였다. 그녀의 입술에서 나오는 내 이름이 온몸에 온기를 퍼뜨렸다.

아나.

"내일 뭔가 하고 싶어."

"뭘요?"

"놀랄 만한 일. 너를 위해."

그녀가 하품했다.

충분했다. 그녀는 피곤해 보였다.

"내가 지루한가, 스틸 양?"

"그럴 리가요."

그녀는 고백했다. 나는 몸을 기울여 그녀에게 재빨리 키스했다.

"자."

나는 명령하며 침대 옆 전등을 껐다.

몇 분 후, 그녀가 고른 숨을 내쉬는 소리가 들렸다. 그녀는 깊이 잠들어 있었다. 나는 시트를 덮어주고 바로 누워 빙글빙글 돌아가는 천장 팬을 바라보았다.

뭐, 대화하는 것도 그렇게 나쁘지 않군.

오늘은 결국 잘 해결됐어.

고마워요, 엘레나⋯⋯.

만족스러운 미소와 함께 나는 눈을 감았다.

2011년 6월 2일 목요일

"아니, 날 떠나지 마요."

속삭이는 말이 자고 있는 내 의식 속으로 들어와서 나는 몸을 부르르 떨며 일어났다.

그건 뭐였지?

방을 둘러보았다. 대체 여기가 어디지?

아, 그래. 서배너였지.

"아니, 제발요. 날 떠나지 마요."

뭐? 아니었다.

"난 아무 데도 가지 않아."

나는 생각에 잠겨 중얼거렸다. 나는 팔꿈치를 대고 몸을 일으켰다. 그녀는 내 옆에 웅크리고 누워 있었다. 잠이 든 듯 보였다.

"난 당신을 떠나지 않아요."

그녀가 중얼거렸다.

머리가 쭈뼛거렸다.

"그 말을 들으니 기쁘네."

그녀가 한숨지었다.

"아나?"

나는 속삭였다. 하지만 그녀는 반응하지 않았다. 그녀가 눈을 감았다. 그녀는 깊이 잠들어 있는 듯했다. 꿈을 꾸는 게 분명했다. 무슨 꿈을 꾸는 거지?

"크리스천."

그녀가 말했다.

"그래."

나는 자동적으로 말했다.

하지만 그녀는 아무 말도 하지 않았다. 확실히 잠들어 있었다. 이전에는 그녀가 잠꼬대하는 소리를 들어본 적 없었다.

나는 매혹되어 그녀를 바라보았다. 그녀의 얼굴에 거실에서 나오는 은은한 빛이 비쳤다. 불쾌한 생각이 괴롭히는 듯 눈썹을 살짝 찌푸렸다가 다시 폈다. 숨 쉴 때 입술은 약간 벌어졌고, 잠에 빠진 얼굴은 부드러워 보였다. 그녀는 아름다웠다.

그리고 그녀는 내가 가길 바라지 않는다. 나를 떠나려 하지 않는다. 잠재의식 속 솔직한 인정이 여름 산들바람처럼 나를 쓸고 가며 그 자취에 온기와 희망이 남았다.

그녀는 나를 떠나지 않을 것이다.

뭐, 대답을 받았네, 그레이.

나는 그녀를 내려다보며 미소를 지었다. 그녀는 이제 안정되어 잠꼬대를 멈췄다. 라디오 알람에 시계를 확인했다. 4시 57분.

어쨌든 일어나야 할 시간이었고, 나는 들떴다. 활공하러 간다. 아나와. 나는 활공을 좋아했다. 나는 그녀의 관자놀이에 살짝 입을 맞추고 일어서서 큰 방으로 향했다. 거기서 아침식사를 주문하고 지역 일기예보를 확인했다.

오늘도 습도가 높고 더울 것 같았다. 비는 오지 않는다.

나는 빠르게 샤워하고 몸을 말린 후 욕실에서 아나의 옷을 챙겨서 침대 옆 의자 위에 놓았다. 그녀의 팬티를 집었을 때, 그녀의 속옷을 압수하겠다는 의뭉스러운 계획이 어떤 역효과를 일으켰는지를 떠올렸다.

아, 스틸 양.

그리고 우리가 함께 보낸 첫 번째 밤 후에…….

"아…… 그건 그렇고 나 당신 속옷을 입고 있어요."

그녀는 '폴로'와 '랄프'가 청바지 위로 볼 수 있도록 팬티 허리끈을 잡아당겨 보였지.

나는 고개를 저으며 옷장에서 내 트렁크 팬티를 하나 꺼내 의자 위에 놓았다. 나는 그녀가 내 옷을 입는 것이 좋았다.

그녀는 다시 웅얼거렸고, 이번에는 "철창"이라고 말하는 것 같았지만 확실하지 않았다.

대체 무슨 꿈이기에 저래?

그녀는 미동도 하지 않은 채로 내가 옷을 입는 동안 행복하게 잠들어 있었다. 티셔츠를 입었을 때 문을 두드리는 소리가 났다. 아침식사가 도착했다. 페이스트리, 나를 위한 커피, 아나를 위한 트와이닝 잉글리시 브렉퍼스트 티. 다행스럽게도 그녀가 좋아하는 차가 호텔에 비치되어 있었다.

스틸 양을 깨울 시간이었다.

"딸기."

내가 침대 옆에 앉자, 그녀가 웅얼거렸다.

과일이 뭐 어쨌다고?

"난 좀 더 원해요."

네가 좀 더 원하는 걸 알지, 나도 그렇고.

"어서, 자기."

나는 계속 그녀를 달래 깨웠다.

그녀는 투덜거렸다.

"싫어요, 당신을 만지고 싶단 말이에요."

망할.

"일어나."

나는 몸을 숙이면서 이로 그녀의 귓불을 부드럽게 물었다.

"싫어요."

그녀는 눈을 더 꽉 감았다.

"일어나, 자기."

"아…… 싫어요."

그녀가 반항했다.

"일어날 시간이야. 보조등을 켤게."

손을 뻗어 등을 켜자 그녀는 흐릿한 빛 속에 잠겨 있었다. 그녀는 눈을 가늘게 떴다.

"싫어요."

그녀가 칭얼거렸다. 일어나기 싫다며 버티는 게 귀엽기도 하고 색다르기도 했다. 이전 관계에서 잠 많은 서브미시브들은 훈육을 받아야만 했다.

나는 그녀의 귀에 코를 비비며 속삭였다.

"새벽을 너와 함께 좇고 싶어."

나는 그녀의 뺨에 키스하고 양쪽 눈꺼풀에 번갈아 키스하고 코끝에 키스하고 입술에 키스했다.

그녀가 파르르 눈을 떴다.

"안녕, 예쁜이."

눈이 다시 감겼다. 툴툴대는 그녀를 내려다보며 나는 웃음 지었다.

"아침형 인간은 못 되는군."

그녀는 초점이 흐릿한 한쪽 눈을 떠 나를 관찰했다.

"섹스하려는 줄 알았는데."

안도감이 목소리에 뚜렷이 드러났다.

나는 웃음을 억눌렀다.

"아나스타샤, 너와 함께라면 언제나 하고 싶지. 너도 같은 기분이라는 걸 알게 되어서 마음 따뜻한데."

"물론 그래요. 하지만 너무 늦은 시간에는 아닐 뿐."

그녀는 베개를 껴안았다.

"늦은 시간이 아니야. 이른 시간이지. 자, 일어나자. 나갈 거야. 섹스는 나중으로 예약해두지."

"아주 좋은 꿈을 꾸고 있었는데."

그녀는 나를 올려다보며 한숨을 지었다.

"무슨 꿈?"

"당신요."

그녀의 얼굴이 따뜻해졌다.

"이번에는 내가 뭘 하고 있었지?"

"나한테 딸기를 먹이려 했어요."

그녀는 작은 목소리로 말했다.

왜 그런 잠꼬대를 했는지 알겠군.

"플린 박사가 그 꿈 가지고 하루 종일 연구할 수도 있겠는데. 일어나, 옷 입어. 샤워는 하지 마. 우린 나중에 할 수도 있으니까."

그녀는 항의했지만 일어나 앉았다. 시트가 허리까지 떨어져 몸이 드러나는데도 무시했다. 내 페니스가 동요했다. 헝클어진 머리카락이 어깨 위로 폭포수처럼 흘러내려 벗은 가슴 위에서 물결치는 모습이 근사했다. 나는 흥분을 무시하고 그녀에게 공간을 주기 위해 일어섰다.

"지금 몇 시예요?"

"아침 5시 30분."

"3시 정도 된 느낌이네."

"별로 시간이 없어. 할 수 있는 한 자도록 해줄게. 가자."

나는 그녀를 침대에서 끌어내려 직접 옷을 입히고 싶었다. 어서 그녀를 비행기에 태우고 싶어 안달이 났다.

"샤워하면 안 돼요?"

"네가 샤워를 하면 나도 너랑 하고 싶을 거고 그럼 너나 나나 어떻게 될지 알잖아. 하루가 그냥 가버려. 가자."

그녀는 참을성 있는 표정을 지었다.

"뭘 할 건데요?"

"깜짝 놀랄걸. 말했잖아."

그녀는 고개를 절레절레 흔들더니 무척 재미있다는 듯 환한 표정을 지었다.

"좋아요."

그녀는 자기가 알몸이라는 사실을 잊은 듯 침대에서 나오다 의자 위에 있는 옷을 발견했다. 그녀가 평소처럼 수줍어하지 않는 게 기뻤다. 어쩌면 졸리기 때문인지도 몰랐다. 그녀는 내 속옷을 걸치고 내게 환한 웃음을 지어 보였다.

"네가 일어날 수 있도록 여유를 좀 주지."

그녀가 옷을 입도록 놔두고, 나는 큰 방으로 가서 작은 식탁 앞에 앉아 커피를 좀 마셨다.

몇 분 후 그녀가 내게로 왔다.

"먹어."

나는 자리에 앉으라고 손짓하며 명령했다. 그녀는 마비된 듯 꼼짝 않고 나를 보았다. 눈이 게슴츠레해졌다.

"아나스타샤."

나는 그녀의 백일몽을 방해하며 말했다. 그녀가 어딜 갔었는지 모르나 다시 현실로 돌아왔는지 속눈썹을 깜박였다.

"차는 좀 마실게요. 나중에 먹게 크루아상 하나 가져가면?"

그녀는 희망을 담아 물었다.

안 먹겠다 이건가.

"분위기 망치지 마, 아나스타샤."

"나중에 위가 좀 깨어나면 먹을게요. 대략 아침 7시 30분쯤? 괜찮죠?"

"괜찮아."

억지로 강요할 수는 없었다.

그녀는 도전적이고 고집스러운 표정을 지었다.

"당신을 보고 눈을 흘기고 싶은데."

오, 아나. 어디 덤벼봐.

"하기만 해봐. 그러면 내 오늘 하루가 즐거울 테니."

그녀는 천장에 달린 화재 경보기를 올려다보았다.

"뭐, 엉덩이 한 대 맞으면 잠에서 깨겠죠."

그녀는 여러 선택권을 재보는 척 말했다.

정말 고려해보는 거야? 그런 식으로는 안 될 텐데, 아나스타샤!

"하지만 한편으로는 당신이 너무 뜨거워지면 안 되니까 방해할 순 없죠. 여기 날씨는 이미 충분히 더우니."

그녀는 지나치게 달콤한 미소를 지었다.

"평소처럼 도전적이군, 스틸 양." 나는 익살맞은 목소리로 대꾸했다. "차나 마셔."

그녀는 자리에 앉아 차를 두어 모금 마셨다.

"다 마셔. 가야 하니까."

나는 빨리 나서고 싶었다. 차로 가도 꽤 먼 길이었다.

"어디 가는데요?"

"알게 될 거야."

그만 좀 히죽거려, 그레이.

그녀는 실망감에 입을 삐죽거렸다. 스틸 양은 언제나처럼 호기심이 가득하군. 하지만 그녀가 걸친 거라고는 캐미솔과 청바지뿐이었다. 일단 하늘에 떠오르면 추울 것 같았다.

"차 다 마셔."

나는 명령하며 탁자를 떠났다. 침실로 가서 옷장을 뒤지니 스웨트 셔츠 한 장이 나왔다. 이만하면 될 것 같았다. 주차요원에게 전화해서 차를 앞으로 가져오라고 했다.

"준비됐어요."

큰 방으로 돌아가자 그녀가 말했다.

"이게 필요할 거야."

스웨트 셔츠를 던지자 그녀는 당황해서 쳐다보았다.

"내 말 믿어."

나는 그녀의 입에 살짝 키스했다. 그녀의 손을 잡고 스위트룸 문을 열고 나와 엘리베이터로 향했다. 그 앞에는 호텔 직원이 엘리베이터를 기다리고 있었다. 이름표를 보니 브라이언이라는 이름의 직원이었다.

"좋은 아침입니다."

그가 우리 두 사람에게 명랑한 인사를 건넸을 때 문이 열렸다. 나는 아나를 슬쩍 보고 미소를 지은 후, 엘리베이터를 탔다.

오늘 아침 엘리베이터에서 헛짓은 못 하겠군.

그녀는 미소를 숨기고 바닥만 내려다보았다. 뺨이 붉은 것으로 보아 내 마음속에 무슨 생각이 스쳐갔는지 정확히 아는 듯했다. 우리가 내릴 때 브라이언이 좋은 하루를 보내라고 인사했다.

밖에 나오자 주차요원이 머스탱을 대기시켜놓았다. 아나는 GT500을 보고 깊은 인상을 받았는지 한쪽 눈썹을 치켰다. 그래, 고작 머스탱일 뿐이지만 운전은 재미있겠지.

"알겠지만, 가끔 나로 사는 건 아주 즐거워."

나는 장난치듯 말했고, 예의 바르게 절하며 문을 열어주었다.

"어디 가는 거예요?"

"가보면 알아."

나는 운전대를 잡고 편안하게 시동을 걸었다. 정지 신호에 섰을 때 비행장의 주소를 재빨리 GPS에 입력했다. 95번 주간 고속도로를 향해 서배너 외곽으로 나가는 길이 떴다. 운전대를 통해 아이팟을 켜자, 차 안에는 숭고한 음률이 가득 찼다.

"이건 뭐예요?"

아나가 물었다.

"〈라 트라비아타〉에 나오는 곡이지. 베르디의 오페라야."

"〈라 트라비아타〉? 들어본 적 있어요. 어디서 들어보았는지는 생각 안 나지만. 무슨 뜻이에요?"

나는 그녀에게 알 만하다는 표정을 보냈다.

"뭐, 문자 그대로는 '타락한 여자'라는 뜻이지. 알렉상드르 뒤마의 책 《동백꽃의 여인》을 바탕으로 한 거야."

"아, 읽은 적 있어요."

"그럴 줄 알았지."

"불쌍한 화류계 여성의 이야기였죠."

그녀의 목소리에 우울한 기색이 어렸다.

"흠, 우울한 이야기였어요."

"너무 우울해?"

그래서는 안 되지, 스틸 양. 특히 내가 이렇게 기분이 좋을 때.

"다른 음악 고를래? 여기 내 아이팟에 있어."

내비게이션 화면을 톡 치니 플레이리스트가 떠올랐다.

"네가 골라."

나는 아이튠스에 있는 곡 중 아나는 어떤 노래를 좋아할지 궁금했다. 그녀는 열심히 집중하며 스크롤을 내렸다. 어떤 곡을 클릭하자 베르디의 감미로운 현악 연주가 쿵쿵 울리는 비트와 브리트니 스피어스의 목소리로 바뀌었다.

"〈톡식〉이군, 어?"

나는 건조한 유머로 물었다.

나한테 뭔가 전하려는 건가?

나를 가리키려는 건가?

"무슨 말인지 모르겠는데요."

그녀가 순진한 척 말했다.

나한테 경고가 필요하다고 말하는 건가?

스틸 양은 게임을 하고 싶은가보군.

그러면 그러라지.

나는 음악을 약간 줄였다. 이런 리믹스를 듣기에는, 기억을 떠올리기에는 너무 이른 시간이었다.

"주인님, 이 서브미시브가 외람되지만 주인님의 아이팟을 청하고 싶습니다."

나는 읽고 있던 엑셀 문서에서 눈을 떼고 내 옆에 무릎 꿇고 앉은 그녀를 관찰했다. 그녀의 시선은 아래를 향해 있었다.

이번 주에 그녀는 무척 훌륭하게 해냈다. 어떻게 거절할 수 있겠는가?

"물론이지, 레일라. 가져. 아이팟은 독에 꽂아놓았으니까."

"감사합니다, 주인님."

그녀는 평소처럼 우아하게 나를 보지도 않고 일어섰다.

착하기도 하지.

오로지 빨간 하이힐만 신고 그녀는 아이팟 독까지 비틀비틀 걸어가서 자신의 상을 챙겼다.

"이 노래를 아이팟에 넣은 건 내가 아니야."

나는 태연하게 그 말을 하고 액셀을 밟았다. 우리 두 사람의 몸이 뒤로 젖혀졌다. 화가 난 아나가 작게 내뱉은 소리가 엔진 소음 너머로 들려왔다.

브리트니는 자신의 관능적인 대표곡을 계속 불렀고, 아나는 허벅지를 손가락으로 두드리고 있었다. 차창을 내다보는 그녀에게서 불편한 기색이 뿜어져 나왔다. 머스탱은 고속도로 위를 달려 나갔다. 차도 없었고, 새벽의 첫 번째 빛이 주간 고속도로 위로 우리를 따라왔다.

데미언 라이스 곡이 시작되자 아나는 한숨을 뱉었다.

그녀가 마음 편하도록 털어놔, 그레이.

내 기분이 좋아서 그랬는지, 지난밤 얘기를 나누어서 그랬는지, 활공을 하러 갈 거라 그랬는지 알 수 없었지만, 그 곡을 아이팟에 넣은 사람이 누군지 말해주고 싶었다.

"레일라였어."

"레일라요?"

"이전 여자. 그 여자가 그 노래를 내 아이팟에 넣었다고."

"열다섯 명 중 하나?"

그녀는 정보에 굶주려하며 내게 온 관심을 집중했다.

"그래."

"그 여자는 어떻게 됐어요?"

"우린 끝났어."

"왜요?"

"그 여잔 좀 더 원했거든."

"당신은 원하지 않았고요?"

나는 그녀를 한 번 힐끗 보고서는 고개를 끄덕였다.

"나는 좀 더 원한 적이 한 번도 없어. 너를 만나기 전까지는."

그녀는 수줍은 미소로 보답했다.

그래, 아나. 좀 더 원한 건 너뿐만이 아니었지.

"다른 열네 명은 어떻게 됐어요?"

그녀가 물었다.

"목록을 원해? 이혼, 교수형, 사망?"

"당신이 헨리 8세는 아니잖아요."

그녀가 나를 꾸짖었다.

"그래, 특별한 순서 없이 말하자면 그중 네 명하고만 장기적 관계를 가졌을 뿐이야. 엘레나는 빼고."

"엘레나요?"

"넌 로빈슨 부인이라고 하겠지만."

그녀는 잠시 아무 말 하지 않았다. 그녀가 나를 찬찬히 살피고 있다는 것을 알 수 있었다. 나는 길 위로 눈을 고정했다.

"그 네 사람은 어떻게 됐어요?"

그녀가 물었다.

"참 호기심도 많군. 정보를 캐내려고 열심이고, 스틸 양."

나는 장난스레 말했다.

"아, 먼저 그날이 언제냐고 물은 사람이 누구였더라?"

"아나스타샤, 남자라면 그런 걸 알고 있어야 할 필요가 있어."

"그래요?"

"나는 그래."

"어째서요?"

"널 임신시키고 싶지 않으니까."

"나도 그래요! 뭐, 앞으로 몇 년 동안은 그래요."

그녀는 약간 아련하게 말했다.

물론, 그건 다른 사람의 아이가 되겠지……. 그 생각을 하니 불편하군……. 그녀는 내 것인데.

"그럼 나머지 넷은요. 어떻게 됐어요?"

그녀가 끈질기게 물었다.

"한 사람은 다른 사람을 만났어. 나머지 셋은 좀 더 원했고. 그때 나는 좀 더 주고 싶은 용의가 없었지."

어째서 나는 이런 벌레가 득시글한 상자를 열었을까?

"그러면 나머지는요?"

"그냥 잘 안 됐어."

그녀는 고개를 끄덕이더니 창밖을 내다보았다. 아론 네빌이 〈텔 잇 라이크 잇 이즈〉를 부르고 있었다.

"어디로 가나요?"

그녀가 다시 물었다.

거의 다 왔다.

"비행장."

"시애틀로 다시 돌아가는 건 아니죠?"

그녀가 화들짝 놀란 목소리로 말했다.

"아니, 아나스타샤." 나는 그녀의 반응에 쿡쿡 웃었다. "우린 내가 두 번째로 좋아하는 여가활동을 즐길 거야."

"두 번째요?"

"그래. 오늘 아침에 내가 가장 좋아하는 걸 말했을 텐데."

그녀의 표정으로 보아 전혀 갈피를 못 잡는 듯했다.

"너잖아, 스틸 양. 이게 내게 가장 우선순위지. 어쨌든 난 널 가질 수 있으니까."

그녀는 무릎을 내려다보며 입술을 실룩였다.

"그래요, 그건 정말 나의 기분전환용 변태 습관 순위에서도 상위를 차지하고 있어요."

"그 말 들으니 기쁘군."

"그래서, 비행장은 왜요?"

나는 그녀를 보면서 웃었다.

"활공하려고. 우리는 새벽을 좇아가는 거야, 아나스타샤."

비행장 안으로 좌회전해서 올라가니 '브런스윅 활공협회'라는 간판이 달린 격납고가 있었다. 나는 그 앞에 차를 세웠다.

"이거 괜찮아?"

내가 물었다.

"하늘을 날려고요?"

"그래."

그녀의 얼굴이 흥분으로 빛났다.

"그래요, 좋아요!"

나는 겁 없이 열정적으로 새로운 경험을 받아들이는 그녀가 사랑스러웠다. 나는 몸을 기울여 그녀에게 재빨리 키스했다.

"또다시 첫 번째인데, 스틸 양."

바깥은 서늘했지만 차갑지는 않았다. 하늘은 이제 더 밝아져서 지평선 위에서 진줏빛으로 빛났다. 나는 차 옆을 돌아가 아나의 문을 열어주었다. 우리는 손을 잡고 격납고 앞으로 향했다.

테일러가 반바지와 샌들 차림에 턱수염이 덥수룩한 젊은이와 함께 서 있었다.

"그레이 씨, 여기 예인기 조종사, 마크 벤슨 씨입니다."

테일러가 말했다. 나는 아나의 손을 놓고 벤슨과 악수했다. 그 눈에는 야성적인 빛이 엿보였다.

"오늘 아침이 아주 적격이네요, 그레이 씨." 벤슨이 말했다. "북동풍이 10노트로 불어오니 해안을 따라오는 수렴 상승풍을 타고 한참은 떠 있을 수 있죠."

벤슨은 손힘이 센 영국인이었다.

"잘됐군요."

나는 대답하며 아나가 테일러와 사적인 대화를 나누는 것을 보았다.

"아나스타샤, 이리 와."

"나중에 봬요."

아나는 테일러에게 말했다.

그녀가 내 부하와 친밀감을 보이는 것을 무시하고, 나는 벤슨에게 그녀를 소개했다.

"벤슨 씨, 이쪽은 내 여자 친구, 아나스타샤 스틸."

"만나서 반갑습니다."

두 사람이 악수할 때 벤슨은 그녀에게 환한 미소를 보냈다.

"저야말로 반갑습니다." 그가 말했다. "저를 따라오시죠."

"앞장서요."

나는 아나의 손을 잡고 벤슨보다 한 발 뒤처졌다.

"블라닉 L23을 정비하고 준비해두었습니다. 고전적인 비행기죠. 하지만 작동은 잘 됩니다."

"좋네요. 저도 비행 배울 때 블라닉으로 했죠. L13."

나는 벤슨에게 말했다.

"블라닉으로 하면 잘못될 일이 없죠. 제가 아주 좋아합니다." 그는 내게 엄지손가락을 들어 보였다. "하지만 공중 곡예에는 L23쪽을 더 좋아하죠."

나는 동의의 뜻으로 고개를 끄덕였다.

"제 파이퍼기에 연결할 겁니다." 그가 계속했다. "제가 예인기를 3천 피트까지 끌어올린 후에 연결을 풀 겁니다. 그러면 비행시간이 약간 생기겠죠."

"그랬으면 좋겠군요. 구름으로 봐서는 전망이 밝은데."

"더 높이 오르긴 지금은 약간 이릅니다. 하지만 알 수 없는 일이죠. 제 동료인 데이브가 날개를 볼 겁니다. 지금은 뒷간에 갔는데."

"알겠습니다." 뒷간은 화장실을 의미하는 말이려니 생각했다. "비행은 오래 했습니까?"

"영국 공군 시절부터요. 하지만 예인기를 몬 지는 5년 됩니다. 저희 공통 교통 조언 주파수는 122.3입니다. 알아두시죠."

"알겠습니다."

L23은 상태가 훌륭해 보였다. 나는 연방 항공국 등록번호를 확인했다. 노벰버, 파파, 스리, 알파(NP3A)였다.

"먼저 낙하산부터 매야 합니다."

벤슨이 조종석 안으로 손을 뻗더니 아나가 맬 낙하산을 꺼냈다.

"내가 하죠."

나는 벤슨에게 꾸러미를 넘겨받아 그가 아나에게 손댈 기회를 차단했다.

"전 바닥짐을 좀 가져오도록 하죠."

그는 명랑한 미소를 지으며 비행기로 향했다.

"당신은 나를 묶는 걸 좋아하네요."

아나가 한쪽 눈썹을 치켰다.

"스틸 양은 짐작도 못 할걸. 자, 여기 끈 안으로 들어와."

나는 그녀를 위해 다리를 낄 고리를 벌려 들어주었다. 그녀는 몸을 앞으로 숙이면서 한 손을 어깨에 댔다. 나는 본능적으로 몸이 굳어졌다. 어둠이 깨어나 목 조르리라 예상했지만 그렇지는 않았다. 기묘했다. 그녀의 손길에 관한 한 어떻게 반응하게 될지 알 수가 없었다. 그녀가 일단 손을 놓자 고리는 그녀의 허벅지에 끼워졌다. 나는 어깨끈을 그녀의 팔 위로 들어 올려 낙하산을 채웠다.

이런, 구속 장치를 입으면 멋지겠는걸.

그녀가 대자로 뻗은 채로 오락실의 카라비너에 매달려 있으면 어떨지 궁금해졌다. 그녀의 입과 성기를 내 처분에 맡긴 채로. 하지만 아쉽게도 매달기는 고정 한계라 했지.

"자, 이제 됐어."

나는 그 이미지를 마음속에서 지워내려고 중얼거렸다.

"어제 묶었던 머리끈은 가지고 있어?"

"내가 머리를 위로 올렸으면 좋겠어요?"

"그래."

그녀는 시키는 대로 했다. 여느 때와는 달리.

"안으로 들어가."

나는 한 손으로 아나의 몸을 받쳤고 그녀는 뒷좌석으로 올라타려 했다.

"아니, 앞으로 타. 조종사가 뒤에 타는 거야."

"하지만 그러면 볼 수 없잖아요?"

"난 실컷 봤어."

나는 그녀가 즐기는 모습을 볼 수 있겠지.

그녀가 안으로 올라타자 나는 안으로 몸을 숙여 그녀를 좌석에 고정하고 안전장비를 잠그고 끈을 조였다.

"흠, 아침에 두 번이나 묶다니 난 운이 좋은 남자로군."

나는 속삭이며 키스했다.

"이건 오래 걸리지 않을 거야. 기껏해야 2, 30분. 오늘 아침 상승기류가 별로 좋진 않지만 이 시간에 위로 올라가면 눈부시게 아름다울 거야. 긴장하지 마."

"흥분돼요."

그녀는 여전히 환히 웃으며 말했다.

"좋아."

나는 집게손가락으로 그녀의 뺨을 쓸었다. 그런 후에는 낙하산을 매고 조종사 좌석으로 올라갔다.

벤슨이 아나를 위한 바닥짐을 들고 나타났다. 그는 끈을 확인했다.

"네, 안전하게 잘 됐네요. 처음이에요?"

그가 그녀에게 물었다.

"네."

"좋을 거예요."

"고맙습니다, 벤슨 씨."

아나가 말했다.

"마크라고 부르세요."

그가 대답했다. 그녀를 보고 눈을 반짝이면서, 망할. 나는 실눈을 뜨고 그를 째려보았다.

"준비됐습니까?"

그가 내게 물었다.

"좋습니다, 갑시다."

나는 한시라도 빨리 공중에서 떠서 그를 내 여자에게서 떼어놓고 싶었다. 벤슨은 고개를 끄덕이면서 지붕을 닫고 파이퍼 비행기로 향했다. 오른쪽을 보니 벤슨의 동료라고 하는 데이브가 나타나서 날개 끝을 받쳐주는 것이 보였다. 재빨리 나는 장비를 확인했다. 페달(뒤에서 방향타가 움직이는 소리가 들렸다), 양측 제어 스틱(날개를 휙 보니 보조날개가 움직였다), 전후 제어 스틱(승강타가 반응하는 소리가 들렸다).

좋다. 준비는 끝났다.

벤슨이 파이퍼 비행기로 올라가자마자 즉시 단일 프로펠러기에 시동이 걸려 아침 고요 속에 가래 끓는 듯한 소리가 요란하게 울려 퍼졌다. 몇 분 후 그의 비행기가 앞으로 굴러가며 밧줄을 잡아당기자 우리는 출발했다. 나는 보조 날개와 방향타로 균형을 맞췄고 파이퍼 비행기가 속도를 높이자 편안하게 제어 스틱을 조종했다. 우리는 벤슨보다도 먼저 공기 중에 떠올랐다.

"이제 간다!"

고도가 높아지자 나는 아나에게 고함을 질렀다.

"브런스윅 관제소, 델타 빅터. 투-제로-세븐으로 향한다."

라디오에서 벤슨의 목소리가 들렸다. 나는 그를 무시하고 더 높이 높이 올라갔다. L23은 잘 움직였다. 나는 아나를 보았다.
그녀는 고개를 이쪽저쪽으로 돌리며 풍경을 보느라 정신이 없
었다. 그녀의 미소를 볼 수 있다면 얼마나 좋을까.

우리가 서쪽으로 향하자 새롭게 태어난 태양이 뒤에서 비추
었다. 나는 우리가 95번 주간 고속도로를 지나는 것을 알았다.
나는 여기 하늘 위 평온이 좋았다. 모든 것에서 멀어져 그저 나
와 글라이더만이 더 높이 떠올랐다. 그리고 이 경험을 이전에는
그 누구와도 나눈 적이 없다는 생각이 들었다. 빛은 아름답게
너울거렸다. 내가 바라던 모든 것이었다……. 아나와 나를 위
해서.

고도계를 확인하니 3천 피트에 가까워졌고 105노트에 이르
렀다. 벤슨의 목소리가 라디오를 통해 울렸다. 3천 피트이며 예
인기를 놓아도 된다고 말했다.

"확인. 분리."

나는 라디오로 답하며 분리 손잡이를 잡아당겼다. 파이퍼 비행
기가 사라지자 나는 기수를 천천히 내리며 남서쪽을 향해 바람
을 탔다. 아나는 큰 소리로 웃었다. 그녀의 반응에 고무되어, 나
는 나선형으로 비행기를 몰면서 해안 가까이의 수렴 상승풍이나
연분홍 구름 아래 상승 기류를 탈 수 있길 바랐다. 적란운이 낮게
깔리면 상승할 수 있다는 뜻이었다. 이런 이른 시간에도.

갑자기 장난기와 즐거움이 뒤섞여 아찔해진 나는 아나에게
고함쳤다.

"꽉 잡아."

나는 글라이더를 완전히 뒤집었고 그녀는 비명을 지르며 두
손을 번쩍 쳐들어 방풍 유리 뚜껑을 짚었다. 다시 원래대로 돌
아오자, 그녀는 웃음을 터뜨렸다. 한 남자가 바랄 수 있는 가장

만족스러운 반응이었고, 나도 웃고 말았다.

"아침 안 먹은 게 얼마나 다행인지 몰라요!"

그녀가 소리 질렀다.

"그래, 뒤돌아보면 먹지 않은 게 다행이지. 다시 또 할 테니까."

이번에는 그녀는 안전장비를 꽉 붙들고 거꾸로 매달린 동안 땅을 똑바로 바라보았다. 그녀는 키득키득 웃었고, 그 소리가 바람의 휘파람 소리와 뒤섞였다.

"아름답지?"

내가 외쳤다.

"네."

상승 기류가 별로 없어서 오래 뜨지 못한다는 건 알았지만 상관없었다. 아나가 즐기고 있으니까. 나도 그랬다.

"앞에 있는 조종간 보여? 꽉 잡아봐."

그녀는 고개를 돌리려고 했지만, 안전띠가 너무 꽉 조였다.

내 조종간이 손에서 움직이자 그녀가 자기 조종간을 붙잡았다는 것을 알았다.

"해봐, 아나스타샤. 잡아봐."

나는 재촉했다.

"꽉 잡아…… 일정하게 유지해. 앞에 있는 가운데 다이얼 보여? 그 방향이 꼭 가운데 오게 해야 해."

우리는 일직선으로 계속 날아갔다. 긴 끈이 조종석 뚜껑 위에 직각으로 남았다.

"잘하네."

나의 아나. 도전 앞에서 물러서는 법이 없지. 뭔가 기묘한 이유로 나는 무척이나 그녀가 자랑스러웠다.

"내게 통제권을 맡기다니 놀랄 뿐이네요."

그녀가 소리 질렀다.

"내가 당신에게 뭘 맡겼는지 알면 놀랄걸, 스틸 양. 자, 이제 내게 넘겨."

다시 한 번 조종간을 맡은 나는 비행장 방향으로 향했고, 고도가 떨어지기 시작했다. 거기 착륙할 수 있을 것 같았다. 나는 라디오로 벤슨이나 그 앞에 있는 사람에게 곧 착륙하려고 한다고 말했다. 그다음에는 한 번 더 돌며 땅에 더 가까이 다가갔다.

"잘 잡아. 꽤 울퉁불퉁할 테니."

나는 다시 한 번 기수를 내렸다. L23가 활주로와 나란히 달리며 풀밭을 향해 내려갔다. 우리는 쿵 하며 땅에 내려앉았고, 나는 가까스로 두 날개가 위로 향하도록 유지했다. 우리는 이가 덜덜 떨릴 만큼 덜커덩덜커덩 달려가 활주로 끝 가까이에 멈추었다. 나는 조종석 뚜껑의 걸쇠를 풀어 연 후 내 안전장비를 풀고 기어 나왔다.

기지개를 켠 후 낙하산을 풀고 장밋빛 뺨을 한 스틸 양을 향해 미소를 지었다.

"어땠어?"

나는 손을 뻗어 그녀의 안전띠와 낙하산을 풀어주었다.

"정말 근사했어요. 고마워요."

그녀의 눈은 즐거움으로 빛났다.

"좀 더 만족이 됐어?"

나는 그녀가 내 목소리에 어린 희망을 듣지 못했기를 바랐다.

"훨씬 더요."

그녀가 환히 웃자, 나는 붕 뜨는 기분이었다.

"따라와."

나는 한 손을 내밀어 그녀가 조종석에서 나올 수 있도록 도왔다. 그녀가 뛰어내리자 그녀를 품에 안고 내게로 끌어당겼다. 아드레날린으로 가득 찬 내 몸은 그녀의 부드러움에 즉시 반응했다. 1나노 초 만에 그녀의 머리카락으로 손을 넣어 그녀에게 키스할 수 있도록 머리를 뒤로 기울였다. 나는 손으로 그녀 등뼈를 따라 쓸며, 점점 커져가는 물건을 갖다 눌렀다. 나의 입이 그녀의 입을 취하며 길고 오래 머무는 소유욕 강한 키스를 했다.

나는 그녀를 원했다.

여기.

지금. 풀밭에서.

그녀도 마찬가지로 반응했다. 그녀의 손가락이 내 머리카락을 감고 잡아당겼고 나팔꽃처럼 입을 벌리며 더 많은 것을 애원했다.

나는 공기와 이성을 되찾으려고 그녀에게서 떨어져 나갔다.

비행장에서는 안 되지!

벤슨과 테일러가 가까이에 있었다.

그녀의 눈은 빛을 발하며 더 많은 것을 애원했다.

나를 그렇게 보지 마, 아나.

"아침식사하자."

나는 후회할 짓을 하기 전에 속삭였다. 몸을 돌리면서 그녀의 손을 깍지 끼고 차로 걸어갔다.

"글라이더는 어떻게 해요?"

그녀는 나와 발을 맞추려 하며 물었다.

"다른 사람이 알아서 할 거야."

그러자고 테일러에게 월급을 주니까.

"우리는 이제 아침 먹을 거야. 이리 와."

그녀는 행복감에 넘쳐 내 옆에서 통통 튀었다. 그녀가 그렇게 들떠하는 모습을 언제 보았나 싶었다. 그녀의 기분은 전염성이 있었고, 나 또한 언제 이렇게 낙관적인 기분이었는지 기억할 수가 없었다. 그녀를 위해 차 문을 열어주며 나도 모르게 활짝 미소를 짓고 있었다.

카 스테레오에서 킹스 오브 리온의 노래가 흘러나오는 가운데, 나는 머스탱을 몰고 비행장을 빠져나와 95번 주간 고속도로를 향했다.

고속도로를 따라 달릴 때, 아나의 블랙베리가 삑삑대기 시작했다.

"그게 뭐야?"

"약 먹는 시간 알람이에요."

그녀가 웅얼거렸다.

"좋아, 잘하고 있어. 난 콘돔을 싫어하니까."

곁눈질로 보니, 그녀가 눈을 흘기고 있는 것 같았지만 확실하진 않았다.

"마크에게 나를 여자 친구라고 소개해줘서 좋았어요."

그녀는 화제를 바꿨다.

"실제로 그런 거 아니야?"

"내가요? 난 당신이 서브를 원하는 줄 알았는데요."

"나도 그랬지, 아나스타샤. 지금도 그렇고. 하지만 말했듯이 나도 좀 더 원한다고 했잖아."

"좀 더 원한다니 기뻐요."

"우리 목적은 서로를 기쁘게 하는 거잖아, 스틸 양."

나는 그녀를 놀리면서 인터내셔널 하우스 오브 팬케이크

(IHOP)로 들어섰다. 아버지가 은근히 좋아하는 곳이었다.

"아이홉."

그녀가 못 믿겠다는 듯 말했다.

머스탱은 부르릉거리다 멈췄다.

"네가 배가 고팠으면 좋겠네."

"당신이 이런 데 올지는 꿈에도 몰랐어요."

"어머니가 의학 학회 같은 걸 가실 때면 아버지가 우리를 이런 데 데려오곤 하셨지."

우리는 칸막이 자리로 들어가 마주 보며 앉았다.

"우리만의 비밀이었어."

나는 메뉴판을 집으며 아나가 머리카락을 귀 뒤로 넘기면서 아이홉의 아침식사 메뉴를 살피는 모습을 바라보았다. 그녀는 기대감으로 입술을 핥았다. 나는 신체적 반응은 억눌러야 했다.

"난 원하는 걸 골랐어."

나는 속삭이며 그녀가 나와 함께 화장실에 가줄까 궁금했다. 그녀의 눈이 내 눈과 마주치자 눈동자가 커졌다.

"나도 당신이 원하는 걸로 할래요."

그녀가 웅얼거렸다. 언제나처럼 스틸 양은 도전 앞에서 물러나는 법이 없었다.

"여기서?"

확실해, 아나? 그녀의 눈이 재빨리 조용한 식당 안을 훑어보다가 내게로 떨어졌다. 그 눈에는 어둡고 육욕적 약속으로 가득 차 있었다.

"입술 깨물지 마."

나는 경고했다. 그러고 싶은 만큼이나 아이홉의 화장실에서 그녀와 섹스할 수는 없었다. 그녀는 그보다는 나은 대접을 받을 자격이 있었고, 솔직히 나도 그랬다.

"여기서는 안 되고, 지금도 안 돼. 여기서 당신을 가질 수 없다면 날 유혹하지 마."

그때 우리는 방해를 받았다.

"안녕하세요, 전 레안드라예요. 무엇을 드시겠어요, 아······ 손님들은······ 오늘, 오늘 아침에······?"

오, 맙소사. 나는 빨강 머리 웨이트리스를 무시했다.

"아나스타샤?"

나는 재촉했다.

"말했잖아요. 당신이 원하는 걸로 한다고."

제길. 그녀가 내 아랫도리에 직접 신호를 보낸 거나 다름없었다.

"잠깐 있다가 주문받을까요?"

웨이트리스가 물었다.

"아니. 우리는 뭘 원하는지 고른 것 같은데."

나는 아나에게서 눈을 뗄 수가 없었다.

"메이플 시럽을 곁들인 오리지널 버터밀크 팬케이크와 베이컨 2인분, 오렌지 주스 두 잔, 탈지 우유와 블랙커피 한 잔, 잉글리시 브렉퍼스트 티 한 잔 줘요. 있으면."

아나는 미소를 지었다.

"고맙습니다. 그게 다예요?"

웨이트리스는 숨이 차고 당황한 듯했다. 나는 아나에게서 눈길을 떼고 이제 가라는 표정을 지어 보였고, 웨이트리스는 서둘러 가버렸다.

"이거 정말 공정하지 않아요."

아나는 손가락으로 탁자 위에 8자를 그리면서 조용한 목소리로 말했다.

"뭐가 공정하지 않아?"

"당신이 사람들 무장을 풀어버리는 거요. 여자들, 나."

"내가 당신의 무장을 풀었어?"

나는 어이가 없었다.

"언제나 그러잖아요."

"그냥 보이기만 그럴 뿐이지, 아나스타샤."

"아니에요, 크리스천. 그 이상이에요."

그녀는 이 점을 완전히 오해하고 있었고, 나는 다시 한 번 그녀가 어떻게 나의 무장을 풀어버렸는지를 말했다. 그녀가 이맛살을 찌푸렸다.

"그래서 마음을 바꾼 거예요?"

"마음을 바꿔?"

"그래요. 음…… 우리에 대해."

내가 마음을 바꿨나? 그저 경계선을 약간 완화한 정도, 그게 다였다.

"지금 말 그대로 마음을 바꿨다고는 생각을 하지 않아. 우리의 기준을 재정의하고 전선을 다시 그려야 할 필요가 있다고나할까. 이게 제대로 이루어지도록 할 수 있다고 나는 확신하고있어. 난 네가 서브로서 내 오락실에 와주길 바라. 네가 규칙에어긋나면 벌을 줄 거고. 그 외에는…… 뭐, 그건 모두 의논하기달렸지. 그게 내 요구사항이야, 스틸 양. 더 할 말이 있나?"

"그럼 당신과 같이 자게 되나요? 침대에서?"

"그게 네가 원하는 거야?"

"그래요."

"그럼 그렇게 하지. 게다가 네가 침대에 있으면 잠이 잘 오더군. 그건 몰랐지."

"내가 그 모든 조건에 동의하지 않으면 당신이 떠날까봐 겁이 났었어요."

그녀는 약간 창백해진 얼굴로 말했다.

"난 아무 데도 안 가, 아나스타샤. 게다가……."

어떻게 그런 생각을 할 수 있지? 다시 확신을 줘야 했다.

"우리는 너의 충고, 너의 정의를 따를 거야. 타협, 콤프러마이즈에 대한 것. 네가 이메일로 보냈잖아. 이제까지는 효과가 있던데."

"당신이 좀 더 원한다는 게 좋아요."

"알아."

나는 따뜻한 어조로 말했다.

"어떻게 알아요?"

"날 믿어. 그냥 아니까."

자면서 말했잖아.

웨이트리스가 아침식사를 가지고 돌아왔고 나는 아나가 게걸스레 먹어치우는 모습을 보았다. "좀 더"가 그녀에게 효과가 있는 모양이었다.

"맛있어요."

그녀가 말했다.

"네가 배고프다니 좋네."

"어젯밤 했던 운동과 오늘 아침의 전율 때문이겠죠."

"전율이 느껴지긴 했지?"

"정말 멋있었어요, 그레이 씨."

그녀는 마지막 남은 팬케이크 한 점을 입속에 집어넣으며 말했다.

"내가 계산해도 돼요?"

그녀가 덧붙였다.

"뭘 계산해?"

"여기 식사비요."

나는 코웃음을 쳤다.

"무슨 그런 말을."

"제발요. 하고 싶어요."

"정말 나를 남자 망신시키는 사람으로 만들려는 거야?"

나는 경고 대신 한쪽 눈썹을 치켰다.

"내가 돈을 낼 수 있는 곳은 이런 곳뿐일걸요."

"아나스타샤, 그 생각은 고마워. 정말이야. 하지만 안 돼."

내가 빨강 머리에게 계산서를 부탁할 때 그녀는 언짢아하며 입술을 꾹 다물었다.

"찡그리지 마."

나는 경고하며 시간을 확인했다. 8시 30분이었다. 11시 15분에 서배너 재개발 위원회 사람들과 회의가 있었으므로 안타깝게도 도시로 돌아가야 했다. 나는 종일 아나와 시간을 보내고 싶다는 생각에 회의를 취소할까도 생각했지만, 그건 안 될 일이었다. 너무 과했다. 일에 집중해야 할 때 이 여자 뒤꽁무니만 따라다니고 있었다.

우선순위가 있어, 그레이.

그녀의 손을 잡고 우리는 다른 연인들처럼 차로 향했다. 내 스웨트 셔츠 속에 파묻힌 그녀는 캐주얼하고 느긋하고 아름다워 보였다. 그리고 물론, 그녀는 나와 함께 있었다. 아이홉으로 들어온 남자 셋이 그녀를 훑어보았다. 내가 한 팔을 둘러 내 소유권을 주장하는데도 그녀는 알아채지 못했다. 그녀는 정말로 자신이 얼마나 사랑스러운지 몰랐다. 내가 차 문을 열어주자 그녀가 햇빛처럼 환한 미소를 보냈다.

이런 일에 익숙해져야겠지.

나는 그녀의 어머니 집 주소를 GPS에 입력했고 우리는 푸 파이터스를 들으면서 95번 주간 고속도로를 따라 북쪽으로 향했다. 아나는 발을 까딱거리며 비트에 맞추었다. 이런 것이 그녀가 좋아하는 음악이었다. 극히 미국적인 록. 고속도로는 이제 도시로 출근하는 차들이 많아져서 조금 번잡해졌다. 하지만 나는 신경 쓰지 않았다. 여기 그녀와 함께 있으며 시간을 보내는 것이 좋았다. 그녀의 손을 잡고, 그녀의 무릎을 건드리고, 그녀의 미소를 보는 것. 그녀는 이전 서배너에 왔었던 때에 대해 이야기했다. 그녀도 더위를 별로 좋아하진 않았지만, 어머니 얘기를 할 때는 눈이 빛났다. 오늘 저녁 그녀가 어머니와 의붓아버지와 지내는 모습을 보는 건 흥미로울 듯했다.

그녀의 어머니 집 밖에 차를 세웠을 때는 약간 아쉬운 마음이 들었다. 종일 땡땡이치면 얼마나 좋을까 하는 생각이 들었다. 지난 열두 시간은…… 즐거웠다.

즐거운 것 이상이잖아, 그레이. 훌륭했지.

"들어올래요?"

그녀가 물었다.

"일해야 해, 아나스타샤. 하지만 오늘 저녁에 다시 올게. 몇 시?"

그녀는 7시경이라고 말하며 두 손을 내려다보다 나를 보았다. 그녀의 눈은 환하고 기쁨이 가득했다.

"고마워요…… 좀 더 노력해준다고 해서."

"내가 좋아서 하는 거야, 아나스타샤."

나는 몸을 숙여 그녀에게 키스하며 달콤하고 달콤한 냄새를 들이마셨다.

"나중에 와요."

"오지 말라 해도 올 텐데."

내가 속삭였다.

그녀는 여전히 내 스웨트 셔츠를 입은 채 차에서 내리며 손을 흔들었다. 호텔로 돌아갈 때는 약간 공허한 기분이 들었다. 이제 그녀가 내 옆에 없으니까.

방에 들어서자, 테일러에게 전화를 했다.

"그레이 사장님."

"그래……. 오늘 아침은 잘 처리해줘서 고마웠어."

"천만의 말씀입니다, 사장님."

"10시 45분이면 준비를 마치고 회의에 참석하러 떠날 수 있을 것 같아."

"서버번을 바깥에 대기시켜놓겠습니다."

"고마워."

나는 청바지를 벗고 정장으로 갈아입었으나, 가장 좋아하는 넥타이는 매지 않은 채 노트북 옆에 놔두고 룸서비스로 커피를 주문했다.

이메일을 확인하고 커피를 마시면서 로스에게 전화할까 생각했다. 그녀에겐 너무 이른 시간이었다. 나는 빌이 보낸 서류를 검토했다. 서배너는 공장부지로 적합한 면이 있었다. 보낸 편지함을 확인해보니 아나에게 새 이메일이 와 있었다.

보낸 사람: 아나스타샤 스틸

제목: 날아오름-달아오름과 대조되는 말

날짜: 2011년 6월 2일 10:20 EST

받는 사람: 크리스천 그레이

가끔 보면 여자에게 즐거운 시간을 선사하는 방법을 정말 잘 안다니까요.

고마워요.

아나 x

그 제목에 나는 웃음을 터뜨렸고 키스 마크에 몸이 붕 떠올랐다. 답장을 보냈다.

보낸 사람: 크리스천 그레이

제목: 날아오름 대 달아오름

날짜: 2011년 6월 2일 10:24 EST

받는 사람: 아나스타샤 스틸

네가 코를 고는 소리를 듣느니 하늘로 날아오르든가 엉덩이를 달아오르게 하든가지. 나도 즐거웠어.

하지만 너와 함께 있을 땐 언제나 그러니까.

크리스천 그레이

CEO, 그레이 엔터프라이즈 홀딩스, Inc.

그녀의 대답이 거의 즉시 도착했다.

보낸 사람: 아나스타샤 스틸
제목: **코 골기**
날짜: 2011년 6월 2일 10:26 EST
받는 사람: 크리스천 그레이

난 코 안 골아요! 그랬다고 하더라도 그걸 굳이 지적하다니 신사답지 않네요.

신사가 아니군요, 그레이 씨! 남부 신사란 말 몰라요!

아나

나는 쿡쿡 웃었다.

보낸 사람: 크리스천 그레이
제목: 잠꼬대
날짜: 2011년 6월 2일 10:28 EST
받는 사람: 아나스타샤 스틸

난 신사라고 주장한 적 한 번도 없는데, 아나스타샤. 그 점을 수없이 많이 네게 지적해주었지. 네가 아무리 굵은 글씨로 써도 하나도 무섭지 않아. 하지만 사소한 하얀 거짓말 하나는 해야겠어. 그래, 코는 골지 않았지. 하지만 잠꼬대는 하던데. 게다가 아주 매혹적이었다고.

키스 표시는 왜 사라졌나?

크리스천 그레이

파렴치한 & CEO, 그레이 엔터프라이즈 홀딩스, Inc.

이러면 화를 벌컥 내겠지.

보낸 사람: 아나스타샤 스틸
제목: 비밀을 털어놓아요
날짜: 2011년 6월 2일 10:32 EST
받는 사람: 크리스천 그레이

파렴치한에 악하이기까지! 절대로 신사는 아니네요.
그럼 내가 뭐라고 했어요? 말해줄 때까지 키스는 없어요!

아나

오, 이게 계속 계속 이어지겠는데.

보낸 사람: 크리스천 그레이
제목: 잠자는 잠꼬대 미녀
날짜: 2011년 6월 2일 10:35 EST
받는 사람: 아나스타샤 스틸

그런 말을 한 건 아주 신사적이지 않은 태도인진 모르지만 그에
대한 벌은 벌써 받지 않았나.
하지만 얌전히 행동한다면 오늘 저녁에 말해줄게. 지금은 회의
들어가봐야 해서.
이따가 봐, 자기.

크리스천 그레이

CEO, 파렴치한 & 악한, 그레이 엔터프라이즈 홀딩스, Inc.

나는 환한 웃음을 띠며 넥타이를 쓱 매고 재킷을 집은 후 테일러를 찾으러 아래층으로 갔다.

한 시간 정도가 지나자 서배너 재개발 위원회와 회의가 마무리되었다. 조지아 주는 대단히 좋은 조건을 제시했고, 개발팀은 그레이 엔터프라이즈 홀딩스에 꽤 좋은 세금 감면 혜택을 약속했다.

그때 문이 열리더니 테일러가 작은 회의실로 들어왔다. 표정도 엄숙하긴 했지만 무엇보다 걱정되는 건 그가 한 번도, 이제껏 단 한 번도 회의를 방해한 적이 없다는 사실이었다. 머리가 쭈뼛거렸다.

아나? 괜찮은가?

"실례합니다, 신사 숙녀 여러분."

그는 우리 모두를 향해 사과했다.

"그래, 테일러."

내가 말하자 그는 내게 곧장 다가와 조심스레 귀에 대고 말했다.

"집에서 레일라 윌리엄스 양과 관련된 사건이 생겼답니다."

레일라? 대체 무슨? 그래도 마음 한구석에서는 아나가 아니라는 것에 안심했다.

"잠깐 실례해도 될까요?"

나는 위원회에서 온 두 남자와 두 여자에게 양해를 구했다.

복도로 나가자, 테일러는 다시 한 번 회의를 방해한 것을 사과하며 엄숙하게 말했다.

"걱정 마. 무슨 일이 있었는지 말해봐."

"윌리엄스 양이 오늘 구급차로 시애틀 프리 호프 병원 응급실로 실려 갔답니다."

"구급차?"

"네, 사장님. 아파트에 침입해서 존스 부인 앞에서 자살 시도를 했답니다."

망할.

"자살?"

레일라가? 내 아파트에서?

"손목을 그었다고 합니다. 존스 부인이 구급차를 함께 타고 갔다는군요. 존스 부인 말로는 구급대원들이 때맞게 도착해서 윌리엄스 양은 그렇게 직접적 위험은 없다고 알려줬습니다."

"어째서 에스칼라에? 어째서 존스 부인 앞에서?"

나는 충격을 받았다.

테일러는 고개를 저었다.

"저도 모르겠습니다. 존스 부인도 모르는 것 같더군요. 윌리엄스 양의 말을 하나도 알아들을 수 없었다고 합니다. 사장님하고만 얘기하고 싶어 하는 것 같습니다."

"망할."

"바로 그렇습니다, 사장님."

테일러는 비판하는 기색 없이 말했다. 나는 두 손으로 머리를 긁으며 레일라가 저지른 짓의 심각성을 이해하려고 했다. 대체 내가 뭘 해야 한다는 건가? 어째서 내게 온 거지? 나를 만나고 싶었나? 남편은 어디 있지? 그자에겐 무슨 일이 생긴 거지?

"존스 부인은 어때?"

"약간 충격받은 듯합니다."

"그럴 만도 하지."

"사장님이 아셔야 할 것 같아서요."

"그럼, 물론이지. 고맙네."

나는 건성으로 웅얼거렸다. 믿을 수가 없었다. 마지막으로 이메일을 했을 때, 레일라는 행복해 보였다. 그게 예닐곱 달 전이었나. 하지만 여기 조지아에 있어봤자 아무런 대답을 찾을 수 없었다. 돌아가서 얘기를 해봐야 했다. 왜인지 알아내야 했다.

"스테판에게 제트기 좀 준비하라고 해줘. 집에 가야겠어."

"알겠습니다."

"가능한 한 빨리 출발하지."

"전 차에 있겠습니다."

"고마워."

테일러는 전화를 귀에 대고 출구를 향해 걸어갔다.

나는 휘청거렸다.

레일라. 대체 무슨 일이?

그녀가 내 인생에서 나간 지도 2년이 되었다. 우리는 이따금 이메일을 주고받기는 했다. 그녀는 결혼했다. 행복해 보였다. 무슨 일이 있었던 거지?

나는 다시 회의실로 돌아가서 사과를 하고 숨 막히는 바깥 더위 속으로 나갔다. 테일러가 서버번 안에서 기다리고 있었다.

"비행기는 45분 후에 준비된다고 합니다. 저희는 호텔로 돌아가서 짐을 싸고 출발하면 됩니다."

그가 알렸다.

"잘됐네." 나는 차의 에어컨에 감사하며 대답했다. "존스 부인에게 전화를 해야겠어."

"시도는 해봤습니다만, 바로 음성 사서함으로 연결됩니다."

"알았어. 내가 나중에 하지."

이건 목요일 아침에 존스 부인이 해야 할 일은 아니었다.

"레일라는 어떻게 아파트에 들어온 거지?"

"모르겠습니다, 사장님."

백미러에 비친 테일러의 눈이 나와 마주쳤다. 그의 얼굴에는 사과하는 표정과 무시무시한 표정이 동시에 떠올라 있었다.

"그것부터 최우선으로 알아보도록 하겠습니다."

가방을 다 싼 후, 서배너/힐튼 헤드 공항으로 갈 때 나는 아나에게 전화를 걸었지만 짜증스럽게도 그녀는 받지 않았다. 공항으로 질주하는 동안 나는 뚱하게 창밖을 내다보았다. 오래 기다리지 않아 그녀가 내 전화에 답을 했다.

"아나스타샤."

"안녕."

숨찬 목소리였지만, 그녀의 목소리를 듣는 게 기뻤다.

"나 지금 시애틀로 돌아가야 해. 무슨 일이 생겼어. 지금 공항으로 가는 중이야. 어머님께 죄송하다고 전해드려. 저녁식사에 갈 수 없으니."

"심각한 일은 아니죠?"

"내가 직접 처리해야 할 문제 상황이 생겼어. 내일 만나. 공항으로 테일러 마중 보낼게. 내가 직접 가지 못하면."

"좋아요." 그녀는 한숨지었다. "상황을 원만히 해결하길 바라요. 비행 조심하고요."

나도 가지 않으면 좋겠다고.

"너도."

나는 속삭이며 마음이 바뀌어 머무르기 전에 전화를 끊었다.

비행기가 활주로 위를 달릴 때 나는 로스에게 전화를 했다.

"크리스천, 서배너는 어때요?"

"지금 집에 가는 비행기 안이야. 처리해야 할 문제가 생겼어."

"그레이 엔터프라이즈 홀딩스에요?"

로스가 놀라서 물었다.

"아니, 개인적인 거야."

"제가 도울 일이라도?"

"아니, 내일 봐."

"회의는 어떻게 됐어요?"

"긍정적이야. 하지만 중간에 끊어야 했어. 그들이 서면으로 뭐라고 써 오는지 보자고. 그래도 나는 디트로이트가 더 좋아. 거기가 더 시원하니까."

"더위가 그렇게 심해요?"

"사람 숨 막혀 죽을 정도. 끊어야겠다. 자세한 보고는 나중에 전화로."

"안전 여행하세요, 크리스천."

비행 중에는 집에서 기다리고 있는 문제에서 관심을 돌리기 위해 일에 덤벼들었다. 땅에 내릴 때쯤에는 세 편의 보고서를 읽고 열다섯 통의 이메일을 보냈다. 내 차가 대기하고 있었고, 테일러는 쏟아지는 비를 뚫고 시애틀 프리 호프 병원까지 달렸다. 레일라를 만나 무슨 일인지 알아내야 했다. 병원에 가까이 가자 분노가 수면 위로 떠올랐다.

왜 내게 이런 짓을 하는 거지?

차에서 내리자 비가 내리쳤다. 날씨는 내 기분만큼 황량했다. 나는 분노를 통제하기 위해 심호흡을 하고 앞문으로 향했다. 안내 데스크에서 나는 레일라 리드를 찾았다.

"가족이신가요?"

당직 간호사가 입술을 꼭 다물고 나를 못마땅하게 쳐다보았다.

"아닙니다."

나는 한숨지었다. 이거 까다롭겠는걸.

"그럼, 죄송하지만 제가 어쩔 수가 없네요."

"제 아파트에서 손목을 그으려고 했어요. 그렇다면 그 여자가 대체 어디 있는지 내가 알 권리 정도는 있다고 생각하는데."

나는 잇새로 식식댔다.

"저한테 그런 말투로 말하지 마세요!"

여자가 퉁명스럽게 말했다. 나는 그녀를 쏘아보았다. 이 여자하고는 어떻게 할 수가 없을 것 같았다.

"응급실이 어디죠?"

"선생님, 가족이 아니면 저희가 해드릴 수 있는 게 없어요."

"걱정 마요. 내가 알아서 찾을 테니."

나는 으르렁대고 여닫이문을 홱 열고 나갔다. 어머니에게 전화를 하면 처리해줄 것도 같았지만, 그러자면 무슨 일인지 설명해야 했다.

응급실에는 의사와 간호사가 부산하게 돌아다녔고 분류 중인 응급환자가 가득했다. 나는 젊은 간호사 하나에게 접근해서 가장 환한 미소를 보이며 말했다.

"안녕하세요, 레일라 리드를 찾는데요. 오늘 아침에 입원했을 텐데. 어디 있을지 알려주실 수 있겠습니까?"

"그럼 선생님은?"

그녀의 얼굴에 홍조가 서서히 피어올랐다.

"오빠입니다."

간호사의 반응을 무시하면서 무난하게 거짓말을 했다.

"이쪽입니다, 리드 씨."

간호사는 간호국에 가서 부스럭대더니 컴퓨터를 확인했다.

"2층에 있네요. 행동 건강 병동이에요. 복도 끝 엘리베이터를 타세요."

"고마워요."

윙크로 보답하자, 간호사는 흘러나온 머리카락을 귀 뒤로 넘기며 조지아에 두고 온 어떤 여자를 떠올리게 하는 애교 있는 미소를 지었다.

엘리베이터에서 나와 2층에 올라가자 무슨 일이 생겼다는 것을 알았다. 자물쇠가 걸린 문처럼 보이는 것 반대편에서 경비원 두 명과 간호사들이 복도를 속속들이 뒤지며 방방마다 확인하고 다녔다. 머리카락이 쭈뼛 곤두섰지만, 소란은 못 본 척하고 안내 데스크로 걸어갔다.

"무슨 일이시죠?"

코에 고리를 낀 젊은 남자가 물었다.

"레일라 리드를 찾는데요. 걔 오빠입니다."

그는 얼굴이 창백해졌다.

"아, 리드 씨. 저를 따라오시겠습니까?"

나는 그를 따라 대기실에 가서 그가 가리키는 플라스틱 의자에 앉았다. 의자가 볼트로 바닥에 고정되어 있었다.

"의사 선생님이 곧 오실 겁니다."

"왜 그 애를 만나게 해주지 않죠?"

내가 물었다.

"의사 선생님이 설명하실 거예요."

남자는 경계하는 표정을 지으며 말하더니 내가 더 질문을 하기도 전에 나가버렸다.

젠장, 어쩌면 너무 늦었는지도.

그 생각을 하니 구토가 일었다. 나는 일어서서 작은 방을 왔다 갔다 하며 존스 부인에게 전화를 할까 생각했지만 오래 기다릴 필요가 없었다. 짧은 드레드 머리(가닥가닥 꼰 머리—옮긴이)에 검고 지적인 눈을 한 젊은 남자가 들어왔다. 이 사람이 주치의인가?

"리드 씨?"

그가 물었다.

"레일라는 어디 있습니까?"

그는 잠시 나를 평가하는 듯하더니 한숨을 쉬며 마음을 단단히 먹은 듯 말했다.

"죄송하지만 모르겠습니다. 저희들 몰래 빠져나가고 말았습니다."

"뭐라고요?"

"가버렸다는 말입니다. 어떻게 나갔는지는 저도 모르겠습니다."

"나가요?"

나는 믿을 수가 없어서 소리를 높였다가 의자에 주저앉았다. 그가 내 건너편에 앉았다.

"네, 사라졌습니다. 지금 저희가 찾고 있습니다."

"아직도 여기 있어요?"

"그건 모릅니다."

"그럼 당신은 누구죠?"

내가 물었다.

"아지키웨 박사라고 합니다. 당직 정신과의입니다."

그는 정신 분석의가 되기에는 너무 젊어 보였다.

"레일라 상태가 어떻습니까?"

"그게, 자살 시도를 실패한 후에 입원했습니다. 옛 남자 친구의 집에서 손목을 그으려고 했다는군요. 남자의 가정부가 여기로 데려왔습니다."

피가 얼굴에서 빠져나가는 느낌이 들었다.

"그리고요?"

나는 물었다. 더 많은 정보가 필요했다.

"저희도 거기까지만 압니다. 환자 말로는 판단미스였다고, 괜찮다고 했습니다. 하지만 우리는 환자를 여기 두고 관찰하고 질문을 더 하고 싶었지요."

"레일라와 얘기를 해봤습니까?"

"했습니다."

"왜 이런 짓을 했다고 합니까?"

"도움을 요청한 거라고 말하더군요. 그 이상은 아니었다고. 그렇게 소동을 피운 후라 부끄러워했고 집에 가고 싶다고 했습니다. 자살하고 싶었던 건 아니라고 했습니다. 전 그 말은 믿습니다. 환자 입장에서는 그저 자살 관념화 같은 게 아니었나 합니다."

"어쩌다가 그 애가 도망치도록 놔뒀습니까?"

나는 한 손으로 머리를 훑으면서 좌절감을 누르려고 애썼다.

"어떻게 빠져나갔는지는 저도 모르겠습니다. 내부 조사가 있

을 겁니다. 만약 동생분이 연락을 하시면 돌아오라고 설득하셔
야 합니다. 동생분은 도움이 필요합니다. 몇 가지 질문을 해도
되겠습니까?"

"하시죠."

나는 건성으로 동의했다.

"정신질환 쪽에서 가족력이 있습니까?"

나는 얼굴을 찡그렸다가 그가 얘기하는 것이 레일라의 가족
임을 기억해냈다.

"모르겠습니다. 우리 가족은 그런 문제에서는 사생활을 무척
중요시해서."

그는 근심스러운 얼굴이었다.

"이 전 남자 친구에 대해 아십니까?"

"몰라요." 너무 빨리 대답해버렸다. "남편에게는 연락을 했습
니까?"

의사의 눈이 커졌다.

"환자분이 결혼하셨습니까?"

"그런데요."

"저희한테는 그렇게 말하지 않던데요."

"아, 그럼. 내가 전화하죠. 선생님 시간을 더 낭비하고 싶진
않으니까."

"하지만 더 드릴 질문이 있는데……."

"차라리 제 시간을 그 애를 찾는 데 쓰고 싶습니다. 그 애는
분명 지금 상태가 안 좋을 테니까."

나는 일어섰다.

"하지만 남편은……."

"내가 연락하죠."

이래봤자 내가 얻을 수 있는 소득은 없었다.

"하지만 저희가 해야 할 일인……."

아지키웨 박사가 일어섰다.

"제가 도와드릴 순 없습니다. 저도 그 애를 찾아야 해서."

나는 문으로 향했다.

"리드 씨……."

"안녕히 계십시오."

나는 인사말을 웅얼대며 서둘러 대기실에서 나왔다. 엘리베이터는 신경도 쓰지 않고 화재 비상구를 한 번에 두 단씩 뛰어내렸다. 나는 병원을 혐오했다. 어린 시절의 기억이 수면 위로 떠올랐다. 나는 작고 무서웠으며 말을 잃었고 살균제와 피 냄새가 내 코를 막았다.

몸이 부르르 떨렸다.

병원을 나오자 잠깐 가만히 서서 급류처럼 쏟아지는 비가 내 기억을 씻어가게 놔두었다. 스트레스가 많은 오후였지만, 적어도 비는 서배너에서의 열기를 지워주며 힘과 안도감을 새로이 주었다. 테일러가 휙 돌아와 나를 SUV에 태웠다.

"집으로."

차에 올라타며 나는 지시했다. 일단 안전띠를 맨 후에 휴대전화로 웰치에게 전화를 걸었다.

"그레이 사장님."

그가 험악하게 대답했다.

"웰치, 문제가 생겼네. 레일라 리드, 결혼 전 성 윌리엄스를 찾아주었으면 해."

존스 부인은 걱정스럽게 나를 관찰하면서 창백한 얼굴로 아무 말도 하지 않았다.

"다 드신 건 아니죠, 사장님?"

그녀가 물었다 .

나는 고개를 저었다.

"음식은 괜찮았나요?"

"그럼, 물론이죠." 나는 그녀에게 살짝 웃어 보였다. "오늘 같은 일을 겪다 보니 배가 고프지 않군요. 어떻게, 견딜 만해요?"

"전 괜찮습니다, 사장님. 완전히 충격이긴 했죠. 그래서 바쁘게 움직이려고 해요."

"그렇군요. 저녁 차려줘서 고마워요. 뭔가 생각나는 게 있으면 내게 알려주고."

"물론이죠. 하지만 말씀드린 대로, 그 여자는 사장님하고만 얘기하고 싶다고 했어요."

왜? 내가 뭘 해주길 바라고?

"경찰을 부르지 않아서 고마워요."

"그 여자에게 필요한 건 경찰이 아니니까요. 도움이 필요하지."

"정말 그렇죠. 그녀가 어디 있는지 알았으면 좋겠는데."

"찾으실 거예요."

존스 부인이 자신감 있는 말투로 조용히 말해 나는 놀라고 말았다.

"뭐 필요한 거 없어요?"

내가 물었다.

"아니에요, 그레이 씨. 전 괜찮아요."

그녀는 음식이 반이나 남은 접시를 싱크대로 가져갔다.

레일라에 대한 웰치의 조사 결과는 실망스러웠다. 흔적은 사라져버렸다. 그녀는 병원에도 없었고, 어떻게 탈출했는지도 여전히 오리무중이었다. 내 마음속 한쪽에서 그에 감탄했다. 그녀는 언제나 재주가 넘쳤다. 하지만 무엇 때문에 그렇게 불행해진 거지? 나는 두 손에 머리를 묻었다. 얼마나 대단한 하루인지. 숭고한 경험에서 우스꽝스러운 사건까지. 아나와 함께 활공하고 이 아수라장을 수습해야 하고. 테일러는 레일라가 어떻게 아파트 안까지 침입했는지 감도 못 잡고 있고, 존스 부인 또한 모르고. 듣자 하니 레일라는 부엌으로 성큼성큼 걸어들어와 내가 어디 있는지를 따져 물었던 것 같았다. 존스 부인이 내가 없다고 하자, 레일라는 "그 사람 가버렸어"라고 울부짖으며 커터로 손목을 그은 것이었다. 다행히, 상처는 깊지 않았다.

　나는 부엌을 청소하는 존스 부인을 힐끔 쳐다보았다. 피가 식는 것 같았다. 레일라가 존스 부인을 해쳤을 수도 있었다. 어쩌면 레일라의 목표는 나를 다치게 하는 것일 수도 있었다. 하지만 왜? 나는 눈을 꽉 감고 우리가 교환했던 마지막 서신에서 그녀가 이렇게 탈선한 이유에 대한 실마리가 될 만한 게 있나 기억을 되살려보려 했다. 그러나 떠오르는 건 백지뿐, 짜증이 치밀어 나는 한숨을 쉬며 서재로 들어갔다.

　자리에 앉을 때 전화가 문자와 함께 진동했다.

　아나?

　엘리엇이었다.

　어이, 거물 나리. 당구 한 판 칠래?

　당구 한 판 친다는 건 엘리엇이 여기 와서 내 맥주를 다 마셔버린다는 뜻이었다. 솔직히 그럴 기분은 아니었다.

일하고 있어. 다음 주는?

괜찮아. 해변에 가기 전에.
널 박살 내주지.
안녕.

전화를 책상 위에 던져버리고 레일라의 파일을 꺼내 지금 어디 있는지 단서가 될 만한 것을 찾았다. 부모의 주소와 전화번호는 찾았지만 남편은 없었다. 남편은 어디에 있지? 어째서 그와 함께 있지 않은 건가?

부모에게 전화해서 놀라게 하고 싶지는 않았다. 나는 웰치에게 전화해서 그들의 전화번호를 알려주었다. 레일라가 부모님에게 연락했는지 웰치가 알아볼 수 있을 것이었다.

아이맥을 켜자, 아나에게서 온 메일이 있었다.

보낸 사람: 아나스타샤 스틸
제목: 무사히 도착?
날짜: 2011년 6월 2일 22:32 EST
받는 사람: 크리스천 그레이

친애하는 선생님,
안전히 도착했는지 알려주시길 바랍니다. 슬슬 걱정이 되는 참이거든요. 당신 생각을 하면서요.

당신의 아나 x

나도 모르게 손가락으로 그녀가 보낸 작은 키스 마크를 더듬고 있었다.

아나.

질척거리는군, 그레이. 질척거려. 제정신을 찾아.

보낸 사람: 크리스천 그레이
제목: 미안
날짜: 2011년 6월 2일 19:36
받는 사람: 아나스타샤 스틸

친애하는 스틸 양,

안전하게 도착했고 알려주지 못한 데 대한 사과를 받아주길 바라. 네게 어떤 걱정도 끼치기 싫어서. 네가 나를 그토록 생각한다는 걸 알게 되니 마음이 따뜻한데. 나도 너를 생각해. 여느 때처럼 너를 내일 만나기를 고대하겠어.

크리스천 그레이
CEO, 그레이 엔터프라이즈 홀딩스, Inc.

나는 보내기를 누르고 그녀가 여기 함께 있다면 얼마나 좋을까 생각했다. 그녀는 나의 집, 나의 삶을 밝혀주었다. 나까지도. 고개를 흔들어 이런 환상적인 생각을 떨쳐버리고 나머지 이메일을 훑었다.

핑 소리가 아나에게서 새 메일이 온 것을 알렸다.

보낸 사람: 아나스타샤 스틸

제목: 문제 상황

날짜: 2011년 6월 2일 22:40 EST

받는 사람: 크리스천 그레이

친애하는 그레이 씨,

내가 당신을 깊이 생각한다는 건 무척 자명한 일이라고 생각했는데요. 그런 걸 어떻게 의심할 수 있어요?

당신의 '문제 상황'이 잘 통제되었으면 좋겠네요.

당신의 아나 x

추신: 내가 잘 때 뭐라고 했는지 말해주긴 할 거예요?

나를 깊이 생각한다고? 그거 좋은데. 갑자기 하루 종일 부재했던 낯선 감정이 가슴속에서 일어 퍼져갔다. 그 아래는 내가 인정하고 싶지도 않고 다룰 수도 없는 고통의 우물이 있었다. 그건 길고 짙은 색깔 머리카락을 빗던 젊은 여자에 대한 잃어버린 기억을 잡아당겼다.

망할.

거기까진 가지 마, 그레이.

나는 아나의 이메일에 답장을 보냈다. 일종의 기분전환으로 그녀를 놀려주기로 했다.

보낸 사람: 크리스천 그레이

제목: 묵비권 요청

날짜: 2011년 6월 2일 19:45

받는 사람: 아나스타샤 스틸

친애하는 스틸 양,

나를 그렇게 생각한다니 무척 좋군. 여기 '문제 상황'은 아직 해결되지 않았어.

너의 추신에 관한 대답은 거절이야.

크리스천 그레이

CEO, 그레이 엔터프라이즈 홀딩스, Inc.

보낸 사람: 아나스타샤 스틸
제목: 심신상실을 주장
날짜: 2011년 6월 2일 22:48 EST
받는 사람: 크리스천 그레이

재미있었기를 바라요. 하지만 내가 무의식 상태일 때 내 입에서 나온 말에는 책임을 질 수 없다는 것 당신도 알고 있겠죠. 사실, 당신이 잘못 들었을지도 모르잖아요.

당신처럼 고령이면 약간 가는귀가 먹었을 테니까요.

시애틀로 돌아오고 처음으로 나는 웃었다. 그녀란 존재는 참으로 반가운 기분 전환이 되었다.

보낸 사람: 크리스천 그레이
제목: 유죄 인정

날짜: 2011년 6월 2일 19:52
받는 사람: 아나스타샤 스틸

친애하는 스틸 양,
뭐라고, 크게 말해줄 수 있겠어? 잘 안 들리네.

크리스천 그레이
CEO, 그레이 엔터프라이즈 홀딩스, Inc.

그녀의 답변은 빨랐다.

보낸 사람: 아나스타샤 스틸
제목: 다시 심신상실을 주장
날짜: 2011년 6월 2일 22:54 EST
받는 사람: 크리스천 그레이

당신이 나를 미치게 하고 있거든요.

아나

보낸 사람: 크리스천 그레이
제목: 나도 그런 것 같아……
날짜: 2011년 6월 2일 19:59
받는 사람: 아나스타샤 스틸

스틸 양,

금요일 저녁에 정확히 그렇게 해줄 작정이야. 기대해.

;)

크리스천 그레이

CEO, 그레이 엔터프라이즈 홀딩스, Inc.

나의 꼬마 변태를 위해 정말 특별한 뭔가를 생각해내야 했다.

보낸 사람: 아나스타샤 스틸

제목: <u>으르르르르릉</u>

날짜: 2011년 6월 2일 23:02 EST

받는 사람: 크리스천 그레이

나 공식적으로 당신 때문에 열 받았어요.

잘 자요.

A. R. 스틸 양

와우. 다른 사람이 이랬다면 내가 참을 수 있었을까?

보낸 사람: 크리스천 그레이

제목: 살쾡이

날짜: 2011년 6월 2일 20:05

받는 사람: 아나스타샤 스틸

지금 나한테 으르렁거리는 거야, 스틸 양?

으르렁거리는 사람들을 위해 나도 고양이 하나 기르고 있지.

크리스천 그레이

CEO, 그레이 엔터프라이즈 홀딩스, Inc.

그녀는 답장을 보내지 않았다. 5분이 흘렀는데도 아무것도 없었다.

6분……. 7분.

망할. 진심이었군. 그녀가 자는 동안 나를 떠나지 않겠다고 말했다고 어떻게 말할 수 있겠어? 내가 미쳤다고 생각할 텐데.

보낸 사람: 크리스천 그레이

제목: 자면서 한 말

날짜: 2011년 6월 2일 20:20

받는 사람: 아나스타샤 스틸

아나스타샤,

네가 자면서 한 말, 사실은 깨어 있을 때 듣고 싶었어. 그래서 말하지 않는 거야. 자. 내가 내일 너를 위해 염두에 두고 있는 것을 생각하면 미리 쉬어야 할 거야.

크리스천 그레이

CEO, 그레이 엔터프라이즈 홀딩스, Inc.

그녀는 답장을 보내지 않았다. 처음으로 내 명령을 순순히 따라 잠들었기를 바랐다. 잠깐 내일 뭘 할까를 생각했지만, 너무 흥분이 되어서 그 생각은 옆으로 제쳐놓고 이메일에 집중했다.

하지만 고백하자면 스틸 양과 이메일로 농담을 주고받은 후에는 약간 가벼워지기는 했다. 그녀는 내 어둡고 어두운 영혼에는 좋은 사람이었다.

잠을 잘 수가 없었다. 2시가 지났지만 한참 천장만 쳐다보고 있었다. 오늘 밤 잠 못 드는 이유는 잠잘 때 꾸던 악몽 탓이 아니었다. 깨어 있는 악몽 때문이었다.

레일라 윌리엄스.

천장의 화재 탐지기가 나를 보고 윙크하며 반짝이는 초록불이 나를 비웃었다.

제길!

나는 눈을 감고 생각이 자유롭게 흐르도록 놔두었다.

어째서 레일라는 자살을 시도한 거지? 무엇이 씌었길래? 궁지에 몰린 그녀가 겪고 있는 불행은 젊고 비참했던 시절의 나와 공명하는 데가 있었다. 기억을 애써 누르려 했지만 고독한 10대 시절의 분노와 황량함이 다시 수면 위로 올라와 사라지지 않았다. 내 고통과 내가 청소년기에 모든 사람에게 얼마나 혹독하게 굴었는지가 떠올랐다. 자살하고 싶다는 생각이 종종 떠오르긴 했지만 언제나 물러났다. 어머니 때문에 억누른 것이기도 했다. 내가 스스로 목숨을 끊으면 어머니가 무척 괴로워하며 당신 자신을 비난할 것을 알고 있었다. 그렇게도 내게 많은 것을 베풀어주셨는데. 어떻게 그런 상처를 줄 수 있었겠는가? 그리고 엘레나를 만난 후에는…… 모든 것이 변했다.

침대에서 일어나 이런 불편한 생각들을 마음 뒤편으로 밀어 버렸다. 피아노가 필요했다.

아나가 필요했다.

그녀가 계약서에 서명하고 모든 것이 계획에 따라 진행되었다면, 나와 함께 있었을 것이다. 위층에 잠들어서. 그랬다면 그녀를 깨워서 그녀의 몸속에서 모든 것을 잊을 수 있었을 텐데. 아니면 우리의 새로운 합의에 따르면 내 옆에 있었을 수도 있다. 그러면 그녀와 섹스하고 그녀가 잠든 모습을 볼 수도 있었겠지.

아나는 레일라를 어떻게 생각할까?

피아노 의자에 앉으면서 아나가 레일라를 만날 일은 결코 없다는 것을 알았다. 그것 하나는 좋은 일이었다. 그녀가 엘레나에 대해 어떻게 느끼는지 알았다. 하지만 그녀가 이전 서브에 대해서 어떻게 생각할지는 그 누가 알겠는가……. 그것도 제멋대로 굴어 통제할 수 없는 이전 서브.

이게 내가 받아들일 수 없는 점이었다. 내가 알았던 레일라는 행복했고, 장난스러웠으며, 영리했다. 탁월한 서브미시브였다. 그녀가 자리 잡고 행복한 결혼 생활을 하고 있다고 생각했었다. 그녀의 이메일에 아무런 이상 징후도 나타나지 않았다. 뭐가 잘 못되었을까?

나는 연주를 시작했다……. 심란한 생각은 물러가고 그저 음악과 나만 남았다.

레일라는 입으로 내 물건에 봉사를 해주고 있다.

숙련된 입으로.

손은 등 뒤로 묶여 있다.

머리카락은 땋아 내렸다.

무릎을 꿇고 있다.

눈은 아래로 내렸다. 겸손하게. 유혹적으로.

나를 보지 않는다.

그러다 갑자기 그녀는 아나가 된다.

아나가 내 앞에 무릎을 꿇고 있다. 벌거벗은 채로. 아름답게.

내 물건이 그녀의 입안에 있다.

하지만 아나의 눈은 내 눈을 보고 있다.

타오르는 푸른 눈은 모든 것을 보고 있다.

나를 본다. 내 영혼을.

그녀는 어둠과 그 아래 괴물을 본다.

그녀의 눈이 공포로 커지며 갑자기 사라진다.

젠장! 나는 퍼뜩 놀라 잠에서 깨어났다. 꿈속에서 본 아나의 상처받은 얼굴을 회상하자 고통스럽게 발기했던 물건이 수그러들었다.

대체 뭐지?

관능적인 꿈을 꾸는 일은 드물었다. 어째서 지금? 알람을 확인했다. 몇 분 늦었다. 일어나자 아침 햇살이 건물 사이로 기어들었다. 심란한 꿈의 결과인지 벌써부터 초조했다. 에너지를 태우기 위해 달리기를 하러 나가기로 했다. 새 이메일은 없었고 문자도 레일라에 대한 새로운 소식도 없었다. 문을 나설 때 아파트는 조용했다. 존스 부인의 기척은 아직 없었다. 그녀가 어제의 시련에서 회복되었기를 바랐다.

로비의 유리문을 열고, 온화하고 화창한 아침 속으로 한 발

디디면서 거리를 조심스레 살폈다. 달리기를 시작하며 레일라가 있나 알아보려 뒷골목과 문간, 주차된 차 뒤를 확인했다.

어디에 있지, 레일라 윌리엄스?

나는 푸 파이터스 노래의 볼륨을 올렸다. 내 발이 보도를 쿵쿵 디뎠다.

올리비아는 오늘 유난히 거슬렸다. 그녀는 커피를 엎지르고, 중요한 전화를 놓치고, 커다란 갈색 눈으로 넋 놓고 나를 계속 쳐다보았다.

"다시 로스를 연결해." 나는 그녀에게 호통쳤다. "그보다 이리로 올려 보내."

나는 사무실 문을 닫고 책상으로 돌아갔다. 직원에게 화풀이를 해서는 안 된다.

웰치는 딱히 새 소식을 가지고 오지 않았다. 다만 레일라의 부모가 아직도 딸이 포틀랜드에서 남편과 살고 있다고 생각한다는 것밖에. 누가 내 사무실 문을 두드렸다.

"들어와."

올리비아는 아니길 간절히 바랐다. 로스가 머리를 삐쭉 들이밀었다.

"나 보자고 했어요?"

"그래, 물론. 들어와. 우즈와의 일은 어디까지 진행됐지?"

로스는 10시 직전에 나갔다. 모든 게 제 궤도대로 흘러갔다. 우즈는 거래를 받아들이기로 했고 다푸르 구호 물품은 곧 뮌헨으로 보내 공중 수송을 준비하기로 했다. 서배너에서는 자신들의 제안에 대해 새로운 소식이 오지 않았다.

받은 편지함을 확인하니 아나에게서 반가운 이메일이 와 있었다.

보낸 사람: 아나스타샤 스틸
제목: 집으로 가는 길
날짜: 2011년 6월 3일 12:53 EST
받는 사람: 크리스천 그레이

친애하는 그레이 씨,
다시 한 번 일등석에 몸을 싣게 되었습니다. 이 점 감사드립니다. 오늘 저녁 당신을 만날 수 있을 때까지 계속 시계만 보고 있습니다. 어쩌면 야간에 내가 무엇을 인정했는지 당신을 고문해서 알아낼 수 있을지도 모르죠.

당신의 아나 x

나를 고문해? 오, 스틸 양. 그 반대가 될 것 같은데. 할 일이 많았기에, 답장은 짧게 쓰기로 했다.

보낸 사람: 크리스천 그레이
제목: 집으로 가는 길
날짜: 2011년 6월 3일 09:58
받는 사람: 아나스타샤 스틸

아나스타샤, 만나기를 고대하겠어.

크리스천 그레이

CEO, 그레이 엔터프라이즈 홀딩스, Inc.

하지만 아나는 만족하지 않았다.

보낸 사람: 아나스타샤 스틸
제목: 집으로 가는 길
날짜: 2011년 6월 3일 13:01 EST
받는 사람: 크리스천 그레이

친애해 마지않는 그레이 씨,
그 '문제 상황'에서 모든 일이 잘 되기를 바라요. 당신 이메일 말
투가 걱정되네요.

아나 x

적어도 키스 하나를 얻었군. 지금쯤은 하늘에 있겠지?

보낸 사람: 크리스천 그레이
제목: 집으로 가는 길
날짜: 2011년 6월 3일 10:04
받는 사람: 아나스타샤 스틸

아나스타샤,
상황은 나아지고 있어. 아직 이륙 안 했어? 그랬다면 이메일을 보
내면 안 될 텐데. 지금 자신을 위험에 빠뜨리고 있고 그건 개인 안전

에 관한 법률을 대놓고 직접적으로 위반하는 거야. 벌 얘기를 한 건
진심이었는데.

크리스천 그레이
CEO, 그레이 엔터프라이즈 홀딩스, Inc.

웰치에게 새 소식이 없나 확인차 전화를 하려는데, 핑 소리가
들렸다. 다시 아나였다.

보낸 사람: 아나스타샤 스틸
제목: 과잉반응
날짜: 2011년 6월 3일 13:06 EST
받는 사람: 크리스천 그레이

친애하는 심술 씨,
비행기 문은 아직 열려 있답니다. 10분밖에 연착되지 않았어요.
나와 내 주위 다른 승객들의 복지는 보증됩니다. 지금은 근질거리
는 손바닥을 거두세요.

스틸 양

내키지 않는 미소로 입술이 실룩였다. 심술 씨라고? 그리고
키스도 없고. 오, 자기.

보낸 사람: 크리스천 그레이
제목: 사과-근질거리는 손바닥은 거두었음

날짜: 2011년 6월 3일 10:08
받는 사람: 아나스타샤 스틸

너와 말대꾸 잘하는 똑똑한 입이 보고 싶군, 스틸 양.
안전하게 돌아오기를 바라.

크리스천 그레이
CEO, 그레이 엔터프라이즈 홀딩스, Inc.

보낸 사람: 아나스타샤 스틸
제목: 사과 수락
날짜: 2011년 6월 3일 13:10 EST
받는 사람: 크리스천 그레이

이제 비행기 문을 닫네요. 이제 내가 보낸 삑 소리를 듣지 않게 될 거예요. 특히 가는귀를 먹었다는 걸 감안하면.

이따가 봐요.

아나 x

키스가 돌아왔다. 뭐, 안심이군. 나는 툴툴거리며 컴퓨터 화면에서 몸을 일으켜 웰치에게 전화하려고 전화기를 들었다.

1시가 되자 안드레아는 자리에서 점심식사를 할 거냐고 물었지만 나는 아니라고 했다. 밖으로 나갈 필요가 있었다. 사무실 벽이 죄어들었다. 레일라에 대한 새 소식이 없기 때문이 아닌가 싶었다.

그녀가 걱정스러웠다. 제길, 나를 보러 왔었는데. 그녀는 내 집을 자기 무대로 삼기로 결정했다. 이게 어떻게 나와 상관없는 일이라고 할 수 있겠나? 어째서 그녀는 내게 이메일을 하거나 전화하지 않는 거지? 그녀가 곤란에 빠져 있다면 내가 도울 수 있을 텐데. 내가 도울 텐데. 이전에도 그랬으니까.

신선한 공기가 필요했다. 나는 올리비아와 안드레아 앞을 쿵 쿵 지나쳤다. 둘 다 바빠 보였지만 엘리베이터 안으로 들어설 때 안드레아의 당혹스러운 표정은 놓치지 않았다.

밖에 나오니 환하고 분주한 오후가 펼쳐졌다. 나는 심호흡을 하며 푸젯 사운드에서 풍겨오는 편안하고 짜릿한 소금물 냄새 를 감지했다. 오늘 남은 일정은 다 제쳐버릴까? 하지만 그럴 수 는 없었다. 오늘 오후 시장과 약속이 있었다. 성가셨다. 어차피 내일 상공회의소 갈라에서 만나게 될 텐데.

갈라!

별안간 어떤 생각이 퍼뜩 떠올랐다. 새롭게 목적의식이 생긴 나는 알고 있는 작은 가게로 향했다.

시장 집무실에서 회의를 마친 후 에스칼라까지 열 블록 정도 되는 거리를 걸었다. 테일러는 공항에 도착하는 아나를 마중 나 가고 없었다. 거실에 들어가자 존스 부인이 부엌에 있었다.

"좋은 저녁입니다, 그레이 씨."

"안녕, 존스 부인. 오늘 하루 어땠어요?"

"좋았어요. 감사합니다."

"몸은 나아졌어요?"

"네. 스틸 양이 입을 옷이 도착했습니다. 제가 포장을 풀어서 아가씨 방 옷장에 걸어두었어요."

"잘됐네요. 레일라에게 연락은 없고요?"

멍청한 질문이다. 있었으면 존스 부인이 전화를 했겠지.

"없었습니다. 이것도 도착했어요."

그녀는 작은 빨간 쇼핑백을 들어 보였다.

"좋아요."

나는 그녀에게서 봉투를 받아들고 그녀의 눈에 반짝이는 즐거운 빛은 무시해버렸다.

"오늘 저녁식사는 몇 인분을 준비할까요?"

"2인분. 고마워요. 그리고 존스 부인……."

"네?"

"오락실 침대에 새틴 시트 좀 깔아주겠어요?"

나는 주말 동안 정말로 아나를 그리로 데려가고 싶은 마음이 있었다.

"네, 그레이 씨."

부인은 약간 놀란 어조로 대답했다. 그녀가 부엌에서 뭘 하고 있었는지 모르지만 등을 돌리고 그 일로 돌아갔다. 나만이 그녀의 행동에 약간 어안이 벙벙했다.

어쩌면 존스 부인은 찬성하지 않는지도 모르지. 하지만 내가 아나에게 원하는 게 그거야.

서재에 들어가 봉투 안에서 카르티에 상자를 꺼냈다. 아나를 위한 선물로, 내일 갈라를 위해 때가 되면 줄 것이었다. 귀걸이. 단순하고 우아하고 아름다웠다. 그녀처럼. 나는 미소를 지었다. 컨버스와 청바지를 입고 다녀도 선머슴 같은 매력이 있는 여자였다.

그녀가 내 선물을 받아주기를 바랐다. 서브미시브로서 그녀는 달리 선택의 여지가 없지만, 우리의 다른 합의하에서는 그녀가 어떤 반응을 보일지 알 수 없었다. 결과가 무엇이든 흥미로울 듯했다. 그녀는 언제나 나를 놀라게 하니까. 상자를 책상 서랍 속에 넣자, 컴퓨터에서 핑 하는 소리가 울려 내 관심을 끌었다. 바니의 최신 태블릿 디자인이 받은 편지함으로 들어왔고, 나는 빨리 그것이 보고 싶었다.

5분 후, 웰치가 전화했다.

"그레이 사장님."

그가 쌕쌕대는 소리로 말했다.

"그래. 무슨 소식이라도?"

"러셀 리드, 리드 부인의 남편과 이야기를 나누었습니다."

"그래서?"

금세 마음이 동요되었다. 서재에서 쿵쿵 걸어 나가 거실 저편의 창문으로 갔다.

"리드 말로는 그의 아내가 부모를 만나러 갔다는군요."

웰치가 보고했다.

"뭐?"

"정확히 그러더군요."

웰치도 나처럼 열 받은 목소리였다.

시애틀을 발밑에 두고 리드 부인, 원래 이름 레일라 윌리엄스가 저기 어딘가 있다는 생각을 하니 동요가 점점 커져갔다. 나는 손가락으로 머리를 긁었다.

"어쩌면 남편에게 그렇게 말했는지도 모르지."

"어쩌면요." 웰치가 말했다. "하지만 아직까지 아무것도 찾아내지는 못했습니다."

"흔적은 없고?"

그녀가 그렇게 사라질 수 있다니 믿을 수 없었다.

"아무것도요. 하지만 금전출납기를 사용한다거나 수표를 현금으로 바꾼다거나 소셜 미디어에 접속하거나 하면 우리가 찾아낼 겁니다."

"좋아."

"병원 주위의 CCTV 영상 화질을 높여 보고 있습니다. 그러자면 돈이 들고 시간이 좀 더 걸립니다. 괜찮으시겠습니까?"

"그래."

뒤통수가 따끔거리는 느낌이 들었다. 딱히 전화 때문은 아니었다. 왠지 모를 이유로 감시당한다는 감각이 들었다. 돌아본 순간 아나가 문간에 서서 나를 관찰하고 있었다. 이마는 찌푸리고 입술은 생각에 잠겼다. 그리고 그녀는 무척 짧은 치마를 입고 있었다. 온통 눈과 다리뿐이었다……. 특히 다리가. 나는 그 다리가 내 허리를 감싸는 상상을 했다.

그녀를 바라보는 동안 날것의 진짜 욕망이 내 피에 불을 붙였다.

"곧장 처리하겠습니다."

웰치가 말했다.

나는 아나에게 시선을 고정한 채로 웰치와의 통화를 끝냈다. 나는 그녀에게 천천히 걸어가며 재킷과 타이를 벗어 소파 위에 던져버렸다.

아나.

나는 두 팔로 그녀를 감싸고 포니테일을 잡아당겨 그녀의 열렬한 입술을 들어 내 입에 갖다 댔다. 그녀에게는 천상과 가정과 가을과 아나의 맛이 났다. 그녀의 향기가 내 콧속을 침범해 들어오자 나는 그녀의 따뜻하고 달콤한 입이 줄 수 있는 모든 것을 받아들였다. 혀가 얽히자 내 몸이 기대와 허기로 굳어졌다. 나는 나 자신의 욕구에 갑자기 압도당했고 그녀를 필사적으로 원했다. 나는 몸을 떼고 열정으로 어지러워하는 그녀의 얼굴을 내려다보았다.

나도 같은 느낌이었다. 이 여자가 내게 무슨 짓을 한 거지?

"무슨 일이에요?"

그녀가 속삭였다.

대답은 명확하게 내 머릿속에서 울려 퍼졌다.

네가 그리웠어.

"돌아와서 기뻐. 나랑 같이 샤워하자. 지금."

"그래요."

그녀는 쉰 목소리로 대답했다. 나는 그녀의 손을 잡아 함께 욕실로 향했다. 나는 샤워기를 틀고 그녀를 마주했다. 그녀는 근사했다. 나를 보는 반짝이는 눈엔 욕망이 번득였다. 내 시선은 그녀의 몸을 훑으며 벗은 다리까지 내려갔다. 그녀가 이렇게 맨살을 많이 드러내며 짧은 치마를 입은 것을 본 적이 없었고, 마음에 드는지도 확신이 없었다. 그녀는 오직 나만 볼 수 있어야지.

"치마 마음에 드는데. 아주 짧고." 너무 짧지. "넌 다리가 예뻐." 짧지.

나는 신발과 양말을 벗어버렸다. 그녀도 내게서 눈을 떼지 않고 신발을 벗었다.

샤워는 무슨. 나는 지금 그녀를 원했다.

나는 그녀에게로 다가가 머리를 꽉 쥐었고, 우리는 그녀가 타일 깔린 벽에 닿을 때까지 뒷걸음질 쳤다. 그녀가 숨을 들이쉴 때 입술이 벌어졌다. 그녀의 얼굴을 잡고 손가락을 머리카락에 감으면서 키스했다. 그녀의 뺨, 그녀의 목, 그녀의 입. 그녀는 아무리 마셔도 질리지 않는 넥타르였다. 그녀의 숨이 목에 걸렸고 그녀는 내 팔을 잡았다. 하지만 그녀의 손길에 내 안의 어둠은 아무런 항의도 하지 않았다. 그저 아나가 있을 뿐이다. 아름답고 순진한 그녀, 내게 걸맞은 열정으로 키스를 해오는 여자.

내 피가 욕망으로 탁해졌고 괴로울 정도로 발기되었다.

"지금 널 원해. 여기서…… 빠르고, 거칠게."

나는 웅얼거리면서 한 손으로 그녀의 치마 아래 맨 허벅지를 더듬어 올라갔다.

"아직도 안 끝났어?"

"끝났어요."

"잘됐네."

나는 그녀의 치마를 허리 위로 밀어 올리고 양 엄지손가락을 그녀의 면 팬티에 건 후 바닥으로 주저앉았다. 나는 무릎을 꿇고 앉아 팬티를 그녀의 다리에서 벗겨냈다.

내가 그녀의 엉덩이 옆을 잡고 그녀의 음모 아래 달콤한 교차점에 키스하자 그녀는 숨을 헉 들이켰다. 나는 두 손을 그녀의 허벅지 뒤에 대고 그녀의 다리를 벌려서 내 혀가 접근할 수 있도록 클리토리스를 노출시켰다. 내가 관능적 공격을 시작하자 그녀의 손가락이 내 머리카락으로 뛰어들었다. 내 혀가 그녀를 괴롭히자, 그녀는 신음하며 고개를 젖혀 벽에 댔다.

그녀에게서는 근사한 냄새가 났다. 맛은 더 좋았다.

그녀는 가르릉거리면서 골반을 기울여 침입자처럼 끈질기게 밀고 들어가는 내 혀 쪽으로 내밀었다. 그녀의 다리가 떨리기 시작했다.

충분했다. 나는 그녀의 몸 안에 사정하고 싶었다.

서배너에서처럼 그녀의 피부와 나의 피부가 맞닿을 것이었다. 나는 그녀를 놓고 일어서서 얼굴을 잡은 후 놀라고 실망한 그녀의 입을 물고 거칠게 키스했다. 나는 바지 지퍼를 내리고 그녀를 올려 허벅지 아래를 붙잡았다.

"다리를 내게 감아."

내 목소리는 거칠고 급박했다. 그녀가 그렇게 하자마자 나는 앞으로 찌르며 그녀 안으로 미끄러져 들어갔다.

그녀는 내 것이었다. 천국과도 같았다.

내가 안으로 뛰어들자 그녀는 내게 매달리며 낑낑댔다. 나는 처음에는 느리게, 그런 다음에는 내 몸이 통제권을 쥐자 점점 리듬을 쌓아갔다. 나를 앞으로 밀어붙이고, 나를 그녀 안으로 들이밀었다. 빠르게 더 빠르게, 세게 더 세게. 내 얼굴을 그녀의 목에 대고. 나를 감싼 그녀가 더 빨라지는 것을 느꼈다. 그녀가 절정에 오르며 욕망을 배출할 때 소리를 지르자 나도 그녀 안에서, 우리 안에서 길을 잃었다. 그녀가 나를 감싸고 요동치는 느낌이 나를 저 너머로 밀어버렸고 나는 그녀의 안에서 더 깊고 세게 사정하며 그녀의 이름을 알아들을 수 없게 불렀다.

나는 그녀의 목에 키스했고, 빠져나오기가 싫어서 그녀가 조용해질 때까지 기다렸다. 우리는 샤워기에서 나오는 수증기 구름 속에 잠겨 있었고 셔츠와 바지가 몸에 달라붙었지만 난 신경 쓰지 않았다. 아나의 호흡이 느려지고 긴장이 풀리자 품에 안긴 그녀가 더 무겁게 느껴졌다. 그녀의 표정은 음란했다. 내가 빠져나올 때는 어지러워하는 듯 보여서 그녀가 자기 스스로 설 수 있을 때까지는 내가 꼭 안고 있었다. 그녀의 입꼬리가 승리감에 젖은 미소를 띠며 슬쩍 올라갔다.

"나를 만나서 기쁜가봐요."

그녀가 말했다.

"그래, 스틸 양. 내 쾌락은 아주 확연하지. 자…… 샤워할 수 있게 해줄게."

나는 재빨리 옷을 벗었다. 내가 알몸이 되자, 나는 아나의 블라우스 단추도 풀기 시작했다. 그녀의 눈이 내 손가락에서 얼굴로 옮겨갔다.

"여행은 어땠어?"

내가 물었다.

"괜찮았어요." 그녀는 약간 목멘 소리로 대답했다. "일등석, 다시 한 번 고마워요. 그걸 타고 여행하니 정말로 훨씬 더 쾌적하더군요."

그녀는 마치 마음을 다져먹듯 숨을 훅 들이마셨다.

"전할 소식이 있어요."

"그래?"

뭔데 지금? 나는 그녀의 블라우스를 벗겨 내 옷더미 위에 던졌다.

"나 취직했어요."

그녀는 주저하며 말했다.

왜? 내가 화낼 거라고 생각하는 거야? 물론 일자리를 찾았겠지. 자랑스러운 마음이 가슴속에서 차올랐다.

"축하해, 스틸 양. 이제 어딘지 얘기해줄 거야?"

나는 미소를 지으며 물었다.

"아직 몰라요?"

"내가 어째서 알고 있을 거라 생각해?"

"스토킹 능력이 뛰어나시니까 혹여나……."

그녀는 말을 멈추고 내 얼굴을 살폈다.

"아나스타샤, 난 네 직업 생활에 관여할 생각은 꿈도 꾼 적 없어. 물론 내게 부탁한다면 다르지만."

"그럼 어느 회사인지 모른다는 말이에요?"

"몰라. 시애틀에는 출판사가 네 군데 있는 것으로 알고 있는데. 그래서 그중 하나겠거니 하고 있지."

"에스아이피예요."

그녀가 알려주었다.

"아, 그 작은 데. 좋아. 잘했어."

로스가 인수할 적기가 되었다고 분류한 회사였다. 이건 쉬울 것 같았다.

나는 아나의 이마에 키스했다.

"영리한 아가씨. 언제부터 출근이야?"

"월요일부터요."

"그렇게 일찍? 그럼 할 수 있을 때 너를 최대로 이용해야겠군. 돌아봐."

그녀는 즉시 복종했다. 나는 그녀의 브라와 치마를 벗기고 그녀의 엉덩이를 손으로 감싸며 어깨에 키스했다. 그녀에게로 몸을 기대며 머리카락에 코를 비볐다. 그녀의 향기가 콧속에 남았다. 편안하고 익숙하면서도 특별한 아나. 내 몸에 닿은 그녀의 몸 감촉은 마음을 차분히 가라앉히면서도 동시에 나를 꾀어냈다. 그녀는 정말로 뭐 하나 빠지는 데가 없었다.

"넌 나를 취하게 해, 스틸 양. 하지만 진정도 시키지. 정말 사람 머리 핑핑 돌게 하는 조합이라니까."

그녀가 여기 있다는 사실에 감사하며 나는 그녀의 머리카락에 키스하고 그녀의 손을 잡아 샤워로 이끌었다.

"아야!"

그녀는 새된 비명을 지르며 눈을 감고 김이 모락모락 나는 폭포수 아래서 움찔했다.

"그냥 약간 뜨거운 물일 뿐이야."

나는 그녀를 내려다보며 싱긋 웃었다. 그녀는 한쪽 눈을 뜨고 턱을 약간 들면서 천천히 열기에 굴복했다.

"돌아봐." 나는 명령했다. "널 씻겨주고 싶어."

그녀가 내 말에 따르자 나는 샤워젤을 손에 짜서 약간 거품을 낸 후 그녀의 어깨를 마사지하기 시작했다.

"당신에게 할 말이 또 있어요."

그녀의 어깨가 굳어졌다.

"아, 그래?"

나는 온화한 목소리를 유지했다. 어째서 긴장하지? 내 손이 어깨를 지나 아름다운 젖가슴에 이르렀다.

"내 친구 호세의 사진전이 목요일에 포틀랜드에서 열려요."

"그래, 그래서 뭐?"

그 사진사야, 또?

"난 간다고 약속했어요. 나랑 같이 갈래요?"

말을 내뱉기가 걱정스러웠는지 말이 마구 쏟아져 나왔다.

초대하는 건가? 나는 어안이 벙벙했다. 초대라고는 가족들과 일 관련, 엘레나에게 받은 것밖에 없었다.

"몇 시인데?"

"개막은 오후 7시 30분이에요."

이것도 분명히 '좀 더'에 해당되겠지. 나는 그녀의 귀에 키스하고 속삭였다.

"좋아."

그녀가 어깨에 힘을 빼더니 다시 내게 기댔다. 그녀는 안심한 듯했고 나는 재미있어해야 할지, 화를 내야 할지 알 수가 없었다. 내가 그렇게 접근하기 힘든 사람이었나?

"나한테 물어보는 게 무서웠어?"

"네, 어떻게 알았어요?"

"아나스타샤, 네 몸이 이제야 긴장을 풀었는걸."

나는 언짢은 기분을 숨겼다.

"뭐, 당신은 그저…… 뭐랄까, 질투심이 많은 편이라."

그래. 난 질투심이 많아. 아나가 다른 사람과 함께 있다는 생각만 해도…… 불편했다. 무척 불편했다.

"그래, 난 그렇지. 그리고 너도 그걸 기억해놓는 편이 좋을 거야. 하지만 물어봐줘서 고마워. 찰리 탱고를 타고 가자."

그녀는 재빨리 웃음을 지어 보였고 그동안 내 손은 그녀의 몸을 미끄러져 내려갔다. 다른 사람이 아닌 내게 맡긴 몸을.

"내가 당신 씻겨줘도 돼요?"

그녀의 질문에 생각이 딴 데로 흘렀다.

"안 될 것 같은데."

나는 그녀의 목에 키스하며 등을 씻었다.

"언젠가 내가 당신을 만져도 될 날이 올까요?"

그녀는 청원을 담아 상냥하게 말했지만, 그조차도 어딘가 모르는 곳에서 별안간 솟아나 소용돌이치며 내 목을 조여오는 어둠을 멈출 수 없었다.

안 돼.

나는 의지를 모아 그 어둠을 밀어내버리고 아나의 엉덩이를 받치고 그에 집중했다. 끝내주게 눈부신 엉덩이. 내 몸은 원초

330

적 레벨에서 반응을 보였다. 어둠과의 전쟁에서. 나는 그녀가 필요했다. 그녀가 내게서 공포를 쫓아주기를 바랐다.

"두 손을 벽에 대, 아나스타샤. 너를 다시 가질 거니까."

나는 속삭였다. 퍼뜩 놀라 나를 보면서 그녀는 두 손을 타일에 댔다. 나는 그녀의 엉덩이 옆을 잡아당겨 그녀를 벽에서부터 떼어냈다.

"꽉 잡아, 아나스타샤."

물이 그녀 등 뒤에서 흘러내릴 때 나는 경고했다.

그녀가 머리를 숙이고 몸에 단단히 힘을 주자 나는 두 손으로 그녀의 음모 사이를 쓸었다. 그녀가 꿈틀거리자 그녀의 엉덩이가 일어선 내 물건을 스쳤다.

망할! 그리고 그렇게 잔존해 있던 공포가 녹아 없어졌다.

"이걸 원해?"

나는 손가락으로 그녀를 애태우며 물었다. 그녀는 대답대신 엉덩이를 내 페니스에 대고 움직였고 나는 미소를 지었다.

"말해."

옥죄인 목소리로 나는 요구했다.

"네."

그녀의 동의가 쏟아지는 물을 가르고 어둠을 저 멀리로 밀어냈다.

아, 자기.

그녀는 아까부터 여전히 젖어 있었다. 내 것인지, 그녀의 것인지 어느 쪽인지는 알 수가 없었다. 순간 나는 그린 박사에게 속으로 감사 인사를 전했다. 더 이상 콘돔은 필요 없으니까. 나는 아나 안으로 슥 들어가며, 천천히 신중하게 그녀를 나의 것으로 취했다.

나는 그녀를 목욕가운으로 감싸고 깊게 키스했다.

"머리 말려."

나는 그녀에게 한 번도 쓰지 않은 헤어드라이어를 건넸다.

"배고파?"

"굶어죽겠어요."

그녀는 인정했다. 진심인지 아니면 그저 나를 기쁘게 해주려는 것인지는 알 수 없었다. 그러나 나는 기뻤다.

"잘됐어. 나도 그러니까. 존스 부인이 어느 정도 저녁 준비를 했는지 확인해보지. 10분 줄게. 옷은 입지 마."

나는 그녀에게 한 번 더 키스하고 부엌으로 나갔다.

존스 부인은 부엌에서 뭔가 씻고 있었다. 내가 어깨 너머로 보자 그녀가 올려다보았다.

"조개예요."

그녀가 말했다.

맛있겠군. 봉골레 파스타. 내가 좋아하는 음식 중 하나였다.

"10분이면 될까요?"

내가 물었다.

"12분요."

내가 서재로 향할 때 존스 부인은 의미심장한 눈길로 나를 바라보았다. 나는 무시해버렸다. 그녀는 이전에도 내가 목욕가운도 제대로 안 걸친 모습을 본 적이 있었다. 대체 문제가 뭔가?

나는 이메일을 확인해보고 혹시 레일라에게서 소식이 있나 싶어 전화도 확인했다. 아무것도 없었다. 하지만 아나가 도착한 후 이전만큼 막막한 기분이 들지는 않았다.

아나는 나와 동시에 부엌으로 들어갔다. 분명히 군침 도는 음식 냄새에 끌려온 듯했다. 그녀는 존스 부인을 보자마자 목욕가운 앞섶을 매만졌다.

"딱 맞춰서 오셨네요."

존스 부인은 일자형 식탁 위에 놓아둔 커다란 그릇 두 개에 음식을 담아주었다.

"앉아."

나는 의자 하나를 가리켰다.

아나의 불안한 눈은 나를 지나 존스 부인을 향했다.

다른 사람의 시선을 의식하고 있군.

자기, 내겐 직원이 있어. 그 정도는 극복해.

"와인?"

나는 그녀의 관심을 다른 데로 끌기 위해 물었다.

"주세요."

그녀는 내성적인 목소리로 말하며 자리에 앉았다.

나는 상세르 와인 병을 따서 작은 잔 두 개에 따랐다.

"냉장고에 치즈도 있답니다, 사장님."

존스 부인이 말했다.

내가 고개를 끄덕이자 그녀는 방을 나갔다. 그 덕에 아나는 마음을 푹 놓을 수가 있었다. 나도 내 자리에 앉았다.

"건배."

나는 잔을 들었다.

"건배."

아나가 대답했다. 잔을 부딪치자 크리스털 잔이 노래를 불렀다. 그녀는 음식을 한 입 먹어보더니 목구멍 뒤에서 감탄하는 소리를 냈다. 정말로 배가 고팠던 것 같았다.

"나한테 말해줄 거예요?"

그녀가 물었다.

"뭘 말해?"

존스 부인은 평소보다도 솜씨를 더 발휘했다. 파스타는 맛있었다.

"자면서 내가 무슨 말을 했는지."

나는 고개를 저었다.

"밥이나 먹어. 내가 너 먹는 모습 좋아하는 것 알잖아."

그녀는 짐짓 뿔이 난 척하며 입을 내밀었다.

"당신은 너무 변태 같아요."

그녀는 숨을 죽이고 말했다.

아, 아가씨 너는 모를걸. 그러자 어떤 생각이 불쑥 떠올랐다. 어쩌면 오늘 밤 오락실에서 새로운 것을 탐색해야만 할지도 몰랐다. 뭔가 재미있는 것.

"네 친구 얘기 좀 해봐."

내가 물었다.

"친구요?"

"사진가."

나는 가벼운 목소리를 유지하려고 했지만, 나를 바라보는 그녀는 얼굴을 살짝 찡그렸다.

"음, 우리는 대학 첫날 만났어요. 걔는 공과 대학생이었지만, 관심사는 사진이었죠."

"그리고?"

"그게 다예요."

그녀의 애매한 태도가 거슬렸다.

"다른 건 없어?"

그녀는 머리카락을 어깨 위로 넘겼다.

"우리는 좋은 친구가 되었어요. 알고 보니까 우리 아빠와 호세의 아빠가 내가 태어나기도 전에 같은 군대에서 근무했다더라고요. 두 분은 다시 연락하기 시작했고 이젠 절친한 사이가 되셨죠."

아.

"네 아버지와 그 애 아버지가?"

"네."

그녀는 포크로 파스타를 좀 더 돌돌 감았다.

"알겠어."

"이 파스타 맛있네요."

그녀는 만족한 미소를 지어 보였고, 그녀의 목욕가운이 약간 벌어져 가슴 둔덕이 드러났다. 그 광경에 내 물건이 동요했다.

"기분이 어때?"

내가 물었다.

"좋아요."

"더 할 마음 있어?"

"더요?"

"와인 더?"

섹스 더? 오락실에서?

"작은 잔으로요."

나는 상세르를 좀 더 따라주었다. 이따가 플레이를 할 거라면 우리 둘 다 너무 마시는 건 좋지 않았다.

"음, 시애틀에 왔어야 했던 그…… 상황은 어떻게 되었나요?"

레일라, 제길. 내가 토론하고 싶은 주제는 아니었다.

"걷잡을 수 없어. 하지만 네가 걱정할 건 없어, 아나스타샤. 오늘 저녁은 너를 위한 계획이 있으니까."

나는 소위 우리가 한 협의라는 것을 양쪽 방향으로 플레이할 수 있는지 보고 싶었다.

"네?"

"15분 후에 준비하고 내 오락실에서 대기해."

나는 일어서며 그녀의 반응을 재기 위해 자세히 살폈다. 그녀는 더 커진 눈동자로 와인을 재빨리 한 모금 마셨다.

"네 방 안에서 대기해도 돼. 말이 나온 김에 말인데, 옷장에 네가 입을 옷이 가득 들어 있어. 그것 때문에 괜히 말싸움하긴 싫어."

놀랐는지 그녀의 입이 작은 o자 모양이 되었다. 나는 그녀를 엄격한 눈길로 쳐다보고 어디 감히 말싸움을 걸어보라고 경고했다. 놀랍게도 그녀는 아무 말도 하지 않았다. 나는 서재로 가서 로스에게 긴급 이메일을 보내 가능한 한 빨리 에스아이피를 인수하는 절차를 시작하고 싶다고 알렸다.

두어 개의 업무 이메일을 훑어보았지만, 받은 편지함에서 리드 부인에 대한 내용은 찾을 수 없었다. 나는 레일라에 대한 생각을 마음에서 몰아냈다. 지난 24시간 동안 그녀는 내 마음을 차지하고 있었다. 오늘 밤은 아나에게만 집중할 것이었다. 그리고 약간의 재미를 봐야지.

부엌으로 돌아가자 아나가 보이지 않았다. 나는 그녀가 2층에서 준비하고 있을 것이라고 짐작했다.

옷장에 가서 목욕가운을 벗고 내가 가장 좋아하는 청바지를 입었다. 그렇게 하자, 욕실에 있던 아나의 이미지가 마음속에 떠올랐다. 그녀의 흠 없는 등. 내가 그녀에게로 들어갈 때 타일을 누르던 손.

맙소사, 이 여자는 체력도 대단해.

얼마나 강한지 한번 볼까.

희열을 느끼며 나는 거실에서 아이팟을 챙겨서 위층 오락실로 튀어 올라갔다.

아나가 지시대로 문 옆에서 방을 보고 무릎을 꿇고 있는 것을 보았을 때—눈은 내려 뜨고, 다리는 벌리고, 오로지 팬티만 입은 채—내가 느낀 첫 번째 감정은 안도감이었다.

그녀는 아직도 여기 있어. 도전에 맞서면서.

두 번째로 든 생각은 자랑스러움이었다. 그녀는 나의 지시를 글자 그대로 따랐다. 미소를 감추기가 힘들었다.

스틸 양은 도전 앞에서 물러서는 법이 없지.

문을 닫을 때 그녀의 목욕가운이 옷걸이에 걸려 있는 것을 보았다. 나는 맨발로 그녀를 지나쳐 아이팟을 서랍장 위에 올려놓았다. 촉감을 제외한 그녀의 모든 감각을 빼앗고, 그녀가 어떻게 대처하는지 볼 작정이었다. 침대 위에는 새틴 시트가 깔려 정돈되어 있었다.

그리고 가죽 수갑이 제자리에 있었다.

나는 서랍장에서 머리끈과 안대, 모피 장갑, 귀마개, 그리고 바니가 내 아이팟을 위해 설계한 편리한 송신기를 꺼냈다. 이 물건들을 깔끔하게 한 줄로 늘어놓고 아나는 계속 기다리게 둔 채로 송신기를 아이팟 위에 꽂았다. 기대감이 준비 과정의 반을 차지했다. 일단 만족하자 나는 그녀 앞에 섰다. 아나는 고개를 수그렸고 은은한 빛이 머리카락을 물들였다. 그녀는 겸손하고 아름다웠으며 서브미시브의 모범처럼 보였다.

"예쁜데."

나는 그녀의 얼굴을 받치고, 그 푸른 눈이 내 회색 눈을 마주 볼 때까지 고개를 젖혔다.

"넌 아름다운 여성이야, 아나스타샤. 그리고 모두 내 것이고."

나는 속삭였다.

"일어서."

그녀는 약간 뻣뻣하게 일어섰다.

"날 봐."

그녀의 눈을 들여다보았을 때, 내가 그녀의 진지하고 몰입한 표정에 빠져버렸다는 것을 알았다.

"아직 서명한 합의서는 없어, 아나스타샤. 하지만 한계에 대해선 논의했지. 또 우리에겐 안전신호가 있다는 말을 다시 반복하고 싶어. 알겠어?"

그녀는 눈을 두어 번 깜박였으나 말이 없었다.

"그게 뭐지?"

나는 답을 요구했다.

그녀는 망설였다.

아, 이건 제대로 안 되겠군.

"안전신호가 뭐냔 말이야, 아나스타샤?"

"황색."

"그리고?"

"적색."

"그걸 기억해."

그녀는 확연히 경멸하는 빛을 띠며 한쪽 눈썹을 치키고는 무어라 대꾸하려 했다.

아, 아니지. 내 오락실에선 안 돼.

"말대꾸 잘하는 똑똑한 입을 여기서 열 생각 마, 스틸 양. 아니면 네가 무릎 꿇은 자세에서 너를 가질 테니까. 내 말 알겠어?"

그 생각만 해도 기쁘긴 했지만, 지금 당장은 그녀가 복종하길 원했다.

그녀는 못마땅한 기색을 꿀꺽 삼켰다.

"뭐?"

"네, 주인님."

그녀는 재빨리 말했다.

"착하지. 내 의도는 아플 거기 때문에 안전신호를 써야 한다는 건 아니야. 내가 너에게 하려고 의도한 행위는 강렬할 수 있다는 거지. 아주 강렬할 거고, 네가 알려줘야 해. 알겠어?"

그녀의 얼굴에는 아무런 표정도 없이 무감했다.

"이건 만지는 것에 관한 거야, 아나스타샤. 넌 나를 볼 수도 들을 수도 없어. 하지만 느낄 수는 있지."

그녀의 당황스러운 표정을 무시하고 나는 서랍장 위에 놓인 오디오 플레이어로 몸을 돌려 보조 모드로 켰다.

음악을 골라야 했다. 그리고 그 순간 그녀가 히스먼 호텔의 내 침대에서 잤던 날 이후 차에서 우리가 나누었던 대화를 떠올렸다. 튜더 왕조 시대의 합창곡을 좋아할지 어디 한번 볼까.

"널 저 침대에 묶을 거야, 아나스타샤. 하지만 먼저 네게 눈가리개를 할 거야."

나는 아이팟을 보여주었다.

"넌 내 소리를 들을 수도 없어. 네가 들을 건 내가 너를 위해 틀 음악이야."

그녀가 놀라워하는 것 같았지만 확실하지 않았다.

"이리 와."

나는 그녀를 침대 발치로 이끌었다.

"여기 서 있어."

나는 그녀에게 몸을 숙여 달콤한 향기를 들이마시면서 귀에
대고 속삭였다.

"여기서 기다려. 침대에서 눈을 떼지 마. 네 자신이 여기 누워
서 완전히 내 자비에 맡겨졌다고 상상해봐."

그녀는 숨을 들이마셨다.

그래. 생각해봐. 나는 그녀의 어깨에 부드럽게 키스하고 싶다
는 유혹에 저항했다. 먼저 그녀의 머리를 땋고 다음으로는 플로
거를 가지고 와야 했다. 서랍장 위에 놓인 머리끈을 집은 후, 선
반에서 내가 가장 좋아하는 플로거를 골랐다. 나는 그것을 청바
지 뒷주머니에 쑤셔 넣었다.

다시 그녀에게로 돌아와 뒤에 섰을 때, 나는 그녀의 머리카락
을 살며시 잡아 땋았다.

"네 양 갈래로 땋은 머리를 좋아하긴 해도, 아나스타샤. 너를
지금 당장 갖고 싶어서 죽겠어. 그러니, 이럴 수밖에 없지."

땋은 머리카락을 꽉 조여 잡아당기자 그녀는 뒤로 끌려와 내
게 부딪칠 수밖에 없었다. 그 끝을 내 손목에 감고, 나는 오른쪽
으로 끌어 그녀가 고개를 숙여 목을 드러내게 했다. 나는 코로
그녀의 귓불부터 어깨까지 훑으면서 살며시 빨고 물었다.

흠……. 그녀에게는 좋은 냄새가 났다.

그녀는 몸을 떨면서 목 깊이 울리는 소리를 냈다.

"이제 조용히 해."

나는 주의를 주면서 주머니에서 플로거를 꺼냈다. 나는 내 팔
을 그녀의 몸 앞으로 돌리면서 플로거를 보여주었다.

"이걸 만져봐."

나는 속삭였다. 그녀가 이걸 원하는 것을 알았다. 그녀는 한
손을 들었다 멈칫하더니 손가락으로 부드러운 스웨이드 꼬리들

을 훑었다. 흥분이 일었다.

"이걸 쓸 거야. 아프진 않지만 피를 피부 표면으로 쏠리게 해서 아주 민감하게 하지. 안전신호가 뭐지, 아나스타샤?"

"음…… '황색'과 '적색'입니다, 주인님."

플로거에 홀린 그녀는 꼼짝도 못 하면서 웅얼거렸다.

"잘했어. 기억해. 대부분의 공포는 마음속에만 있는 거라는 걸."

나는 플로거를 침대에 떨어뜨렸고 손가락으로 그녀의 양 옆구리를 쓸면서 골반의 부드러운 둔덕을 지나 팬티 속으로 슬쩍 들어갔다.

"이게 필요 없을 거야."

나는 팬티를 다리 아래로 내리면서 그녀 뒤에 무릎 꿇었다. 그녀는 속옷에서 어색하게 빠져나오면서 기둥을 붙들었다.

"가만히 있어."

나는 명령하며 그녀의 엉덩이에 키스하며 부드럽게 양쪽 볼기를 물었다.

"이제 누워, 얼굴을 위로 하고."

엉덩이를 한 번 세게 치자 그녀는 놀라서 펄쩍 뛰더니 서둘러 침대 위로 올라갔다. 그녀는 반듯하게 누워 나를 보았다. 내 눈을 바라보는 눈은 흥분으로 번득였다. 그리고 약간의 두려움도 섞여 있는 것 같았다.

"두 손 머리 위로."

그녀는 시키는 대로 했다. 나는 서랍장 위에서 이어폰과 안대, 아이팟, 그리고 리모컨을 가져왔다. 나는 송신기를 꽂은 아이팟을 그녀에게 보여주었다. 그녀의 시선이 내 얼굴에서 그 기계로 빠르게 옮겨갔다 다시 돌아왔다.

"이건 아이팟에서 재생되는 음악을 방 안의 음향장치로 전송하지. 난 네가 듣는 걸 들을 수 있어. 또 여기 리모컨도 있고."

일단 그녀에게 모든 것을 보여준 후에 이어폰을 그녀의 귀에 끼우고 아이팟을 베개 위에 놓았다.

"고개를 들어봐."

그녀가 말을 따르자 나는 안대를 그녀의 눈 위에 씌웠다. 일어나면서 그녀의 왼쪽 손목을 침대 위쪽 모서리에 달린 가죽 수갑으로 채웠다. 나는 손가락으로 그녀의 길게 뻗은 팔을 훑었고 그녀는 그 반응으로 몸을 뒤틀었다. 내가 침대 주위를 천천히 돌자, 내 발소리가 들리는 쪽으로 그녀의 고개가 따라왔다. 나는 오른손으로도 똑같은 절차를 반복하며 손목에 수갑을 채웠다.

아나의 호흡이 바뀌었다. 벌어진 입술 사이로 빠져나오는 숨이 불규칙적으로 빨라졌다. 홍조가 가슴으로 기어올랐고, 그녀는 기대감으로 찬 몸을 꿈틀거리고 엉덩이를 들었다.

좋아.

침대 바닥에 이르러 그녀의 양쪽 발목을 잡았다.

"머리를 다시 들어봐."

나는 명령했다.

그녀가 즉시 그렇게 하자 나는 두 팔이 완전히 늘어나도록 그녀를 침대 아래로 끌어내렸다.

그녀는 조용히 신음을 뱉었고 다시 한 번 엉덩이를 들었다.

나는 그녀의 발목에도 모서리마다 하나씩 연결된 수갑을 채워 내 앞에 대자로 뻗게 했다. 한 발 뒤로 물러나 그 광경을 감상했다.

망할.

이렇게 섹시하게 보인 적이 있었나?

그녀는 완전히, 그리고 기꺼이 내 손에 자신을 맡겼다. 그 사실만으로도 취할 것 같았다. 나는 잠깐 서서 그녀의 관대함과 용기에 감탄했다.

나는 사람을 홀리는 그 광경에서 빠져나와 서랍장에서 토끼털 장갑 한 짝을 꺼냈다. 장갑을 끼기 전에 리모컨의 플레이 버튼을 눌렀다. 잠깐 식식대는 소리가 나더니 40성부의 모테트가 시작되며 천사 같은 목소리가 오락실 안과 탐스러운 스틸 양 위로 울려 퍼졌다.

그녀는 음악을 듣자 잠잠해졌다.

나는 침대 쪽으로 돌아가서 그녀의 모습을 한껏 감상했다.

장갑을 낀 손을 뻗어 그녀의 목을 애무했다. 그녀는 날카롭게 숨을 들이마시더니 수갑을 잡아당겼지만 비명을 지르지도 않았고 멈추라고 하지도 않았다. 천천히 나는 장갑 낀 손으로 그녀의 목을 따라 가슴뼈를 지나 젖가슴 위까지 이르러 그녀가 묶인 채로 꿈틀거리는 것을 즐겼다. 그녀의 젖가슴 위에서 원을 그리면서 부드럽게 젖꼭지를 하나씩 잡아당겼고, 그 감각을 느끼며 내뱉는 그녀의 신음에 힘을 얻어 남쪽으로 내려갔다. 일부러 여유롭게 천천히 그녀의 몸을 탐색했다. 배, 골반, 허벅지의 정점, 양쪽 다리. 음악이 차오르자 더 많은 목소리가 합창에 끼어들며 움직이는 내 손과 완벽한 대척점을 이루었다. 나는 그녀가 어떤 느낌을 받고 있는지 보려고 그녀의 입을 보았다. 쾌락에 젖어 살짝 벌렸다가 입술을 깨물기도 했다. 내 손으로 그녀의 여성을 훑자, 그녀는 엉덩이를 조이며 자기를 내 손 안으로 밀어 넣었다.

평소라면 그녀가 가만히 있는 편이 좋지만, 그 순간에는 기뻤다. 스틸 양이 이걸 즐기고 있군. 탐욕스러워.

장갑으로 다시 젖가슴을 쓸자 그 아래에서 젖꼭지가 단단해졌다.

그래.

이제 피부가 민감해지자, 장갑을 벗고 플로거를 집었다. 무척 신경 써서, 구슬이 달린 끝으로 그녀의 피부를 훑으며 똑같은 패턴을 반복했다. 가슴, 배, 음모를 지나, 다리까지. 더 많은 합창단이 모테트에 합류할 때마다 나는 플로거의 손잡이를 들어 그 술로 그녀의 배 위를 깔짝댔다. 그녀는 놀랐는지 비명을 질렀지만 안전신호를 말하지는 않았다. 나는 그녀가 감각을 흡수할 여유를 잠깐 주었다가 다시 시작했다. 이번에는 좀 더 세게.

그녀는 수갑을 잡아당기면서 다시 한 번 부글부글 끓는 비명을 질러댔다. 하지만 역시 안전신호는 아니었다. 플로거로 그녀의 젖가슴을 찰싹 내려치자 그녀는 고개를 들어 소리 없이 비명을 질렀다. 붉은 새틴 위에서 몸부림치는 동안 그녀의 입은 늘어졌다.

그래도 안전신호는 말하지 않았다. 아나는 자기 내면의 남다른 취향을 포용하고 있는 것이었다.

플로거의 꼬리로 그녀의 몸 위아래를 찰싹 쳤을 때 그녀의 피부가 달아오르는 것을 보자 기쁨으로 머리가 어지러웠다.

맙소사, 정말 눈부시군.

음악이 점점 크레셴도로 강해질 때 나는 다시 시작했다. 모든 목소리가 하나가 되어 노래를 불렀다. 나는 플로거로 그녀 몸을 깔짝댔다. 다시 또다시. 매번 플로거로 내려칠 때마다 그녀는 몸을 뒤틀었다.

마지막 음이 방 안에 울려 퍼질 때 나는 멈추고 플로거를 바닥에 떨어뜨렸다. 욕구와 갈망으로 숨이 막혀 헐떡였다.

망할.

그녀는 무력하게 침대 위에 누워 있었다. 그녀의 피부는 예쁘게 분홍색으로 물들었고, 그녀 또한 헐떡이고 있었다.

아, 자기.

나는 침대 위 그녀의 다리 사이로 올라가 그녀 몸을 덮었다. 음악이 다시 시작하자 하나의 목소리가 달콤한 천사의 음률을 노래했고 나는 장갑과 플로거와 같은 패턴을 반복했다. 하지만 이번에는 내 입으로 그녀의 몸 구석구석을 키스하고 빨고 숭배했다. 그녀의 젖꼭지를 하나씩 애태우자 젖꼭지는 내 침으로 번들거렸고 관심을 받아 위로 일어섰다. 그녀는 수갑이 허락하는 최대 범위에서 몸을 뒤틀며 내 몸 아래서 신음했다. 내 혀는 그녀의 배를 따라 내려가 배꼽 주위를 돌면서 그녀를 씻었다. 그녀를 맛보았다. 그녀를 찬미했다. 아래로 내려가 음모를 헤치자, 내 혀의 감촉을 갈구하며 드러난 달콤한 클리토리스에 이르렀다. 나는 그 주위를 돌고 돌며 그녀의 향기를 마시고, 그녀의 반응을 마셨다. 마침내 그녀가 내 몸 아래서 부르르 떨 때까지.

아니, 아직은 안 돼, 아나. 아직은.

내가 동작을 멈추자 그녀는 소리 없이 실망 어린 신음만 내뱉었다.

나는 그녀 사이에 무릎을 꿇고 바지 단추를 푼 뒤 내 발기한 물건을 내보냈다. 그런 후 부드럽게 그녀의 몸 위에 기울여 왼쪽 발목의 수갑을 풀었다. 내가 다른 발목의 수갑을 푸는 동안 그녀는 긴 다리를 내게 감고 애무했다. 일단 그녀의 다리가 풀리자 나는 감각이 돌아오도록 장딴지부터 허벅지까지 부드럽게 마사지하고 주물렀다. 그녀는 내 아래서 몸을 뒤틀며 탈리스의 모테트에 리듬을 완벽히 맞추어 허리를 들었다. 내 엄지손가락은 벌써 흥분해 촉촉해진 그녀의 허벅지 안쪽을 타고 올라갔다.

나는 신음을 억누르고 그녀의 허리 옆을 잡아 침대에서 들어올렸고 재빠르고 거친 동작 한 번 만에 나를 그녀 안에 묻었다.

망할.

그녀는 매끄럽고 뜨겁고 촉촉했으며 나를 감싸고 요동치다선을 넘어갔다.

아니, 너무 빨라. 한참 빠르지.

나는 멈추고 그녀 위에서, 그녀 안에서 가만히 있었다. 땀이 구슬이 되어 이마에 맺혔다.

"제발요!"

그녀가 외쳤다. 나는 그녀 위에서 꼭 껴안은 채로 그녀의 몸속에서 움직이고 싶은, 나 자신을 잃고 싶은 욕망을 억눌렀다. 경이에 차서 내 아래에 누워 있는 그녀를 보지 않도록 눈을 감은 채로 나는 음악에 집중했다. 일단 다시 통제력을 되찾자, 나는 천천히 움직이기 시작했다. 합창곡이 더 강렬해질수록, 나는 천천히 속도를 높여서 음악의 힘과 리듬에 맞추면서 그녀 안에서 조여드는 모든 부분을 소중하게 즐겼다.

그녀는 주먹을 쥐고 머리를 뒤로 젖힌 채로 신음했다.

그래.

"제발 부탁이에요."

그녀는 이를 악물고 애원했다.

잘 알았어, 자기.

그녀를 도로 침대에 눕히고, 나는 그녀 위에서 뻗은 후 팔꿈치로 내 무게를 지탱하며 리듬을 따라 그녀 안으로 찔러 들어갔다. 나는 그녀와 음악 속에서 나 자신을 잃었다.

달콤하고 용감한 아나.

구슬땀이 등 위로 굴러갔다.

어서, 자기.

제발.

그리고 마침내 그녀는 나를 감싼 채로 폭발했다. 분출하는 순간 그녀가 소리를 지르며 모든 힘을 다 빼는 강렬한 절정으로 나를 밀어버렸다. 그 안에서 나는 자아에 대한 모든 감각을 잃고 말았다. 내가 그녀의 몸 위로 무너지는 순간 세계가 변하고 재배열되었고 내 가슴속에는 익숙하지 않은 감정만이 소용돌이 치며 나를 다 소진했다.

나는 고개를 저으며 이 불길하고 혼란스러운 감정을 밀어내려 했다. 손을 위로 뻗어 리모컨을 잡은 후 음악을 껐다.

탈리스는 이제 그만.

거의 종교에 가까웠던 이 경험에 음악은 확실히 한몫했다. 나는 얼굴을 찡그리면서 감정을 조절하려 했지만 실패하고 말았다. 나는 아나에게서 빠져나와서 손을 뻗어 그녀를 수갑에서 풀어주었다.

그녀는 손가락을 움직이며 한숨을 지었다. 나는 상냥하게 안대와 이어폰을 빼주었다.

커다란 푸른 눈이 나를 보고 깜박였다.

"안녕."

나는 속삭였다

"자기도 안녕."

그녀는 장난스러우면서도 수줍게 말했다. 그녀의 반응이 기뻤다. 나는 몸을 숙여 그녀의 입술에 다정하게 키스했다.

"잘했어, 너."

내 목소리엔 자랑스러움이 가득했다.

그녀는 해냈다. 그녀는 받아들였다. 그 모든 것을 받아들였다.

"뒤집어봐."

그녀의 눈이 경계심으로 커졌다.

"그저 네 어깨를 주물러주려는 것뿐이야."

"아…… 그래요."

그녀는 몸을 뒤집어 눈을 감고 침대에 엎드렸다. 나는 그녀 위에 올라타 어깨를 마사지하기 시작했다.

쾌락에 찬 낮은 소리가 그녀 목 깊숙이 울렸다.

"그 음악은 뭐였어요?"

그녀가 물었다.

"〈스펨 인 알리움〉이라고 하는 곡이지. 토머스 탈리스가 작곡한 40성부의 모테트."

"정말…… 압도적인 곡이었어요."

"난 항상 그 곡에 맞춰 섹스하고 싶었지."

"이번도 또 한 번의 처음인 거 아니에요, 그레이 씨?"

나는 씩 웃었다.

"사실은 그래, 스틸 양."

"음, 나도 이 음악에 맞춰 섹스한 건 처음이었어요."

그녀의 목소리에선 피곤이 묻어났다.

"흠…… 너와 나, 서로에게 첫 경험을 많이 제공하는군."

"잘 때 내가 뭐라고 말했나요, 크리스…… 주인님?"

또다시 이건 아니지. 하지만 속 시원히 얘기해줘, 그레이.

"많은 얘기를 했어, 아나스타샤. 우리와 딸기…… 더 원한다고도 했고…… 내가 보고 싶었다고도."

"그게 다예요?"

그녀는 안도한 목소리로 말했다.

어째서 안도하는 걸까?

나는 그녀의 얼굴을 볼 수 있도록 옆으로 누웠다.

"무슨 말을 했다고 생각하는데?"

그녀는 잠시 눈을 동그랗게 떴다가 재빨리 감았다.

"당신이 못생기고 오만하고 침대에선 구제불능이라고 생각한다는 말."

그녀는 푸른 눈 한쪽을 살짝 뜨고 경계하는 눈빛으로 나를 보았다.

아, 거짓말이로군.

"뭐, 당연히 그 모든 것에 다 해당되겠지만 이제 정말로 호기심이 동하는데. 내게 뭘 숨기고 있는 거야, 스틸 양?"

"나는 아무것도 숨기고 있지 않아요."

"아나스타샤, 넌 참 거짓말엔 구제불능으로 소질이 없어."

"섹스한 후에는 당신이 나를 웃겨줄 줄 알았는데. 이건 나를 위한 게 아니잖아요."

그녀가 예상치 못한 대답을 하자 나는 마지못해 미소를 지어 보였다.

"난 농담 못해."

나는 고백했다.

"그레이 씨! 당신이 못하는 것도 있네요?"

그녀는 전염성 있는 환한 웃음으로 보답했다.

"그래, 난 구제불능으로 농담 못해."

나는 그게 무슨 훈장이라도 되는 양 말했다.

그녀가 키득거렸다.

"나도 농담에는 구제불능인걸요."

"이것 참 아름다운 소리야."

나는 속삭이며 그녀에게 키스했다. 하지만 어째서 그녀가 안심했는지 여전히 알고 싶었다.

"그리고 네가 내게 뭔가 숨기고 있다면, 아나스타샤. 너를 고문해서라도 알아내고 말 거야."

"하!" 우리 사이의 공간이 그녀의 웃음으로 채워졌다. "당신 고문은 다 끝난 줄 알았는데."

그 대답이 내 얼굴의 미소를 싹 지워버렸지만 그녀의 표정은 즉시 부드러워졌다.

"어쩌면 당신이 나를 또다시 그렇게 고문하도록 해야 할지 모르겠어요."

그녀는 애교 있게 말했다.

안도감이 나를 쓸고 갔다.

"무척 그렇게 하고 싶은데, 스틸 양."

"우리는 서로를 기쁘게 할 목적이 있잖아요, 그레이 씨."

"괜찮아?"

나는 쑥스럽기도 하고 걱정스럽기도 했다.

"괜찮은 것 이상이에요."

그녀는 수줍게 미소를 지어 보였다.

"넌 정말 대단해."

나는 그녀의 이마에 키스했지만 불길한 감정이 다시 한 번 몸속에 물결치자 침대에서 내려왔다. 바지 단추를 채우며 그 감정을 떨쳐버렸고, 그녀가 침대에서 내려올 수 있도록 한 손을 내밀었다. 그녀가 일어서자, 나는 품 안으로 그녀를 끌어당기며 키스하고 그녀의 맛을 음미했다.

"침대로."

나는 웅얼거리며 그녀를 문으로 이끌었다. 나는 그녀를 문에 걸어놓았던 목욕가운으로 감싸고, 그녀가 항의하기도 전에 안아 올려 아래층 내 침실로 데려갔다.

"너무 피곤해요."

그녀가 내 침대에 눕자 웅얼거렸다.

"이제 자."

나는 속삭이며 그녀를 두 팔로 감쌌다. 나는 눈을 감고 다시 한 번 내 가슴속을 가득 채우는 불편한 감정과 싸웠다. 집을 그리워하는 마음과 집에 돌아왔다는 안도감이 하나로 합쳐진 기분 같았다…… 무시무시한 느낌이었다.

2011년 6월 4일 토요일

산들바람이 내 머리카락을 간질이고, 그 애무는 내 연인의 날렵한 손가락 같다.

내 연인.

아나.

혼란스러운 느낌에 퍼뜩 깨어났다. 내 침실은 어둠에 싸여 있고 옆에는 아나가 잠들어 있었다. 그녀의 호흡은 고르고 평온했다. 나는 한쪽 팔꿈치를 대고 몸을 일으키며 한 손으로 머리를 훑었다. 누가 방금 똑같이 해준 듯한 묘한 느낌이 들었다. 방 안을 훑어보며 어두운 구석을 응시했지만 아나와 나 단둘뿐이었다.

이상했다. 분명히 누가 여기 있었다고 맹세할 수 있다. 누가 나를 만졌다.

그저 꿈이었나.

고개를 흔들어 심란한 생각을 떨치고 시간을 확인했다. 새벽 4시 30분이 지났다. 다시 베개 위로 털썩 눕자, 아나는 알아들을 수 없는 말을 중얼거리며 몸을 돌려 나를 향했다. 여전히 깊이 잠든 상태였다. 그녀는 평온하고 아름다워 보였다.

나는 천장을 응시했다. 화재 경보기의 반짝이는 불이 다시 한 번 나를 도발했다. 우리는 아무런 계약을 하지 않았다. 그래도 아나는 여기 있었다. 내 옆에. 이게 무슨 의미일까? 어떻게 그녀를 다뤄야 한담? 그녀가 내 규칙에 따라줄까? 그녀가 안전한지 알아야 했다. 나는 얼굴을 문질렀다. 거긴 내가 아직 탐험하지 않은 영역이었다. 내 통제력 밖이었다. 그 생각만으로도 불안했다.

레일라가 마음속으로 훅 들어왔다.

젠장.

정신이 질주했다. 레일라, 일, 아나……. 다시 잘 수가 없을 게 뻔했다. 나는 일어서서 파자마 바지를 입고 침실 문을 닫은 후 거실 안 피아노로 향했다.

쇼팽은 내 위안이었다. 음울한 음률이 내 기분과 어울렸고 나는 연주를 반복했다. 시야 옆에서 작은 동작이 감지돼 시선을 끌었다. 고개를 들어보니 아나가 머뭇거리는 발걸음으로 나를 향해 오고 있었다.

"잠잘 시간이야."

나는 연주는 계속하며 말했다.

"당신도 마찬가지죠."

그녀가 말대꾸했다. 얼굴은 결심으로 굳어져 있었지만, 내 커다란 목욕가운만 걸친 그녀는 작고 연약해 보였다. 나는 미소를 숨겼다.

"나를 지금 꾸짖는 건가, 스틸 양?"

"그래요, 그레이 씨. 꾸짖는 거예요."

"뭐, 잠이 오지 않아서."

마음에 너무 큰 짐을 지고 있어서 그녀가 침대로 돌아가 자는 편이 더 좋았다. 어제부터 분명히 피곤하겠지. 그녀는 내 기분을 무시하고 피아노 의자 내 옆에 앉아서 머리를 내 어깨에 기댔다.

그렇게 다정하고 친밀한 동작 때문에 순간 나는 전주곡의 마디를 놓칠 뻔했지만 계속 연주했다. 지금은 그녀가 함께 있기 때문인지, 기분은 훨씬 더 평화로웠다.

"그건 무슨 곡이었어요?"

내가 연주를 끝내자 그녀가 물었다.

"쇼팽. 전주곡 4번 E단조, 오퍼스28. 관심이 있을진 모르겠지만."

"난 당신이 하는 일엔 언제나 관심이 있어요."

다정한 아나. 나는 그녀의 머리카락에 키스했다.

"널 깨우려는 건 아니었는데."

"안 그랬겠죠. 다른 곡 연주해줘요."

그녀는 머리를 떼지 않고 말했다.

"다른 곡?"

"내가 여기 묵었던 첫 번째 날 당신이 연주했던 바흐 곡."

"아, 마르첼로 곡."

마지막으로 신청을 받아 연주했던 적이 언제인지 기억도 나지 않았다. 내게 피아노는 고독한 악기, 오직 내 귀만을 위한 것이었다. 가족들도 내 연주를 들은 지가 몇 년 되었다. 하지만 내 달콤한 아나가 부탁한 만큼 그녀를 위해 연주했다. 내 손가락이 건반을 어루만지자, 마음을 맴도는 멜로디가 거실 속에 메아리쳤다.

"어째서 그렇게 슬픈 음악만 연주하나요?"

그녀가 물었다.

이게 슬퍼?

"처음 피아노를 배우기 시작한 게 여섯 살 때라고 했죠?"

그녀는 고개를 들어 나를 살피며 질문을 계속했다. 그녀의 얼굴은 꾸밈없었고 평소처럼 간절히 알고 싶어 했다. 지난밤 이후, 내가 뭐라고 그녀를 속이겠는가?

"새어머니를 기쁘게 하려고 피아노 연습에 매달렸지."

"완벽한 가족에 맞추려고요?"

서배너에서 솔직한 밤을 보냈던 때 내가 했던 말이 그녀의 부드러운 목소리로 반복되었다.

"그래, 말하자면."

이 얘기는 하고 싶지 않았다. 그녀가 내 개인 정보를 얼마나 많이 알고 있는지 생각하면 놀라웠다.

"어째서 깬 거야? 어제 그렇게 피곤하게 운동했는데 쉬어야 하지 않겠어?"

"나한텐 아침 8시예요. 게다가 약도 먹어야 하고."

"잘 기억하고 있군." 나는 혼잣말처럼 말했다. "다만 시간을 잘 맞춰 먹어야 하는 피임약을 다른 시간대에 먹기 시작했으니까. 어쩌면 내일 아침에는 한 시간 반 정도 더 기다려야 할지도 몰라. 그러면 궁극적으로는 좀 더 편리한 시간에 약을 먹을 수 있겠지."

"좋은 계획이네요." 그녀가 말했다. "그러면 나머지 30분 동안은 무얼 하죠?"

글쎄, 널 이 피아노 위에서 가질 수도 있어.

"여러 가지 생각이 나는데."

내 목소리는 유혹적이었다.

"한편, 얘기할 수도 있죠."

그녀가 도발적으로 미소 지었다.

나는 얘기할 기분이 아니었다.

"내가 염두에 두고 있던 걸 하는 편이 좋은데."

나는 한 팔을 그녀의 허리에 두르고 내 무릎으로 끌어당기면서 그녀의 머리카락을 코로 비볐다.

"당신은 언제나 말보다는 섹스를 좋아하잖아요."

그녀가 웃었다.

"맞는 말이야. 특히 너하고는."

그녀의 두 손이 내 팔뚝을 감았지만, 아직 어둠은 가만히 조용하게 있었다. 나는 그녀의 귀 아래부터 목까지 내려가며 키스했다.

"어쩌면 피아노 위에서라면."

나는 웅얼거렸다. 그녀가 피아노 위에 벌거벗은 채로 누워 있고 머리카락이 옆으로 흘러내린 이미지를 마음속으로 상상하는 것만으로도 몸이 반응했다.

"뭔가 바로잡고 싶은 게 있는데요."

그녀가 내 귀에 대고 조용히 말했다.

"언제나 정보를 캐기 위해서 열심이군, 스틸 양. 이번에는 또 뭘 바로잡아야 하나?"

입술에 닿은 그녀의 피부는 부드럽고 따뜻했다. 나는 코를 들이밀어 그녀의 어깨에서 목욕가운을 벗겨 내리려 했다.

"우리에 대해서요."

그 단순한 단어가 기도처럼 울렸다.

"흠. 우리에 대한 무엇?"

나는 멈칫했다. 무슨 말을 하려고 하지?

"계약요."

나는 움직임을 멈추고 그녀의 교활한 시선을 내려다보았다.

어째서 지금 이러는 거지? 내 손가락이 그녀의 뺨을 따라 내려갔다.

"음, 이 계약은 이제 명목뿐인 사안 아니었나?"

"명목뿐이요?"

그녀의 입이 미소로 슬며시 부드러워졌다.

"명목뿐."

나는 거울처럼 그녀의 미소를 똑같이 따라 했다.

"하지만 계약을 성사시키고 싶어서 안달했었잖아요."

불확실성이 아나의 눈에 드리웠다.

"뭐, 이전 일이지. 어쨌든 규칙은 명목뿐인 건 아니야. 아직도 유효하지."

네가 안전한지 알아야겠어.

"이전 일요? 무엇 이전?"

"이전⋯⋯."

이 모든 일이 일어나기 전. 네가 내 세계를 뒤집기 전. 네가 나와 자기 전. 네가 피아노 앞에서 네 머리를 내 어깨에 기대기 전. 이 모든⋯⋯.

"좀 더를 말하기 전."

나는 이제 익숙해진 불편함을 뱃속에서 몰아내며 중얼거렸다.

"아."

그녀는 기뻐하는 듯 보였다.

"게다가 이제 우린 오락실에 두 번이나 갔어. 그래도 넌 도망가지 않았고."

"내가 그럴 거라 예상했어요?"

"너에 대한 건 어떤 것도 예상하지 않아, 아나스타샤."

그녀의 미간 사이에 잡힌 작은 v자가 되돌아왔다.

"그럼 명확하게 말할게요. 내가 계약의 본질인 규칙은 항상 따르길 바라지만 나머지는 아니라는 거죠?"

"오락실에 대한 것만 빼고는. 오락실에서는 계약의 정신을 따라주길 바라. 그래, 규칙은 따라줬으면 좋겠어. 항상. 그래야 네가 안전하리라는 것을 알 수 있으니까. 언제나 내가 원할 때 너를 가질 수 있기도 하고."

나는 경박하게 덧붙였다.

"내가 만약 그 규칙 중 하나를 깬다면요?"

"그럼 내가 널 벌주겠지."

"하지만 그러려면 내 허락이 필요하지 않나요?"

"그래, 필요해."

"내가 싫다고 한다면요?"

그녀가 끈덕지게 물었다.

어째서 그녀는 이렇게 의지가 굳은 걸까?

"네가 싫다고 하면 싫은 거야. 너를 설득할 방법을 찾아야겠지."

그녀도 이 사실을 알아야 했다. 보트하우스에서 그녀는 내가 엉덩이를 때리지 못하게 했다. 하지만 나는 그러길 바랐다. 하지만 그날 저녁 늦게는 할 수 있었지……. 그녀의 동의를 구해서.

그녀는 일어서서 거실 입구로 걸어갔다. 잠시, 그녀가 나가버리려고 하는 게 아닌가 싶었으나 그녀는 당황한 표정으로 돌아왔다.

"그럼 처벌 부분은 그대로 남아 있겠군요."

"그래, 하지만 네가 규칙을 깰 때만이야."

이 점은 내게 명백했다. 그녀는 왜 모르지?

"그걸 다시 읽어봐야겠어요."

그녀가 갑자기 사무적으로 변했다.

지금 이걸 하고 싶은 건가?

"가져다주지."

서재에 가서 컴퓨터를 켰다. 어째서 아침 5시에 이런 논의를 하고 있어야 하나 생각하면서도 계약서를 출력했다.

내가 출력한 계약서를 가지고 돌아갔을 때 그녀는 싱크대 앞에 서서 물 한 잔을 마시고 있었다. 나는 일자형 식탁의 의자에 앉아 그녀를 바라보며 기다렸다. 그녀의 등은 뻣뻣이 굳어 있었다. 징조가 좋지 않았다. 그녀가 돌아서자 나는 일자형 식탁 건너편으로 종이를 밀었다.

"여기 있어."

그녀는 규칙 부분을 재빨리 훑었다.

"그럼 복종 부분은 아직도 남아 있는 거네요."

"아, 그렇지."

그녀는 고개를 저었다. 비꼬는 미소가 입가에 어렸고 눈은 하늘을 향했다.

아, 다행이다.

기분이 갑자기 붕 뜬 듯했다.

"지금 방금 눈을 흘긴 거야, 아나스타샤?"

"어쩌면요. 당신 반응에 따라."

그녀는 조심스러워하는 듯하면서도 동시에 재미있어하기도 했다.

"언제나 똑같지."

그렇게 하게만 해준다면…….

그녀는 침을 삼켰고 두 눈은 기대감으로 커졌다.

"그래서……."

"그래서?"

"지금 내 엉덩이를 때리고 싶다는 거군요."

"그래, 그리고 그럴 거고."

"아, 그런가요, 그레이 씨?"

그녀는 팔짱을 끼고 도전적으로 턱을 앞으로 내밀었다.

"나를 막으려는 거야?"

"그러려면 나를 먼저 잡아야 할걸요."

그녀가 교태 어린 미소를 짓자, 내 물건에 즉시 반응이 왔다.

그녀가 플레이를 하고 싶어 하는군.

나는 그녀를 조심스레 바라보며 의자에서 일어났다.

"아, 그래, 스틸 양?"

우리 사이의 공기가 지직거렸다.

어느 방향으로 도망갈까?

흥분으로 찰랑거리는 그녀의 눈은 내게 박혀 있었다.

"게다가 입술을 깨물고 있군."

고의로 이러는 걸까? 나는 천천히 왼쪽으로 움직였다.

"그렇게 못 할걸요." 그녀가 도발했다. "어쨌든, 당신도 눈을
흘기잖아요."

그녀 역시 눈을 내게 고정한 채로 왼쪽으로 움직였다.

"그래. 하지만 넌 지금 이 게임의 흥분도 수준을 막 높인 거
야."

"난 아주 빨라요. 알지 모르지만."

그녀가 약 올렸다.

"나도 그래."

어떻게 그녀는 모든 것을 이렇게 짜릿하게 만들 수 있을까?

"순순히 올 거야?"

"내가 그런 적 있었어요?"

그녀는 미끼를 물며 씩 웃었다.

"스틸 양, 무슨 뜻이야?" 나는 일자형 식탁 주위를 돌며 그녀를 노렸다. "내가 가서 널 잡으면 네겐 훨씬 더 안 좋을 텐데."

"그거야 잡았을 때 얘기죠, 크리스천. 게다가 지금 당장은 당신에게 잡혀줄 생각이 없네요."

진심일까?

"아나스타샤, 넘어져서 다칠 수도 있어. 어느 쪽이든 규칙 7번, 이젠 6번 위반이야."

"당신을 만난 이후로는 항상 위험에 처해 있었어요, 그레이 씨. 규칙이든 아니든."

"그래, 그랬지."

어쩌면 이건 게임이 아닐 수도 있었다. 나한테 뭔가 말하려는 걸까? 그녀가 망설이는 순간, 나는 갑자기 덤벼들어 그녀를 잡았다. 그녀는 비명을 빽 지르며 일자형 식탁을 빙 돌아 좀 더 안전한 식당 식탁 반대편으로 뛰어갔다. 입술을 벌린 그녀의 표정에는 경계와 도전이 함께 어렸고, 목욕가운이 한쪽 어깨에서 흘러내렸다. 섹시한 모습이었다. 끝내주게 섹시했다.

내가 천천히 다가가자 그녀가 뒷걸음질 쳤다.

"넌 정말 남자 정신을 산란하게 하는 법을 잘 아는군, 아나스타샤."

"우리 목적은 서로를 기쁘게 하는 것 아니었나요, 그레이 씨. 정신이 어떻게 산란하죠? 무엇으로부터 주의를 흩뜨리나요?"

"삶으로부터, 우주로부터."

사라진 이전의 서브들로부터. 일. 우리의 협의로부터. 모든 것으로부터.

"어제 오락실에 있을 때 정말 다른 데 정신이 팔린 사람 같았어요."

그녀는 물러서지 않았다. 나는 걸음을 멈추고 팔짱을 낀 채로 전략을 다시 평가했다.

"하루 종일 이런 장난을 칠 수도 있겠지, 아가씨. 하지만 난 널 잡을 거야. 내가 그러면 너한테는 훨씬 안 좋을 거고."

"아니, 못 잡을걸요."

그녀는 자신만만하게 말했다.

나는 얼굴을 찡그렸다.

"네가 잡히길 원치 않는다고 생각하는 사람이 있을까."

"나 있잖아요. 그게 요점이죠. 내가 처벌에 대해서 느끼는 기분은 내가 만지려고 할 때 당신이 느끼는 기분과 똑같아요."

뜬금없이 어둠이 나를 덮치고 피부에 드리우더니 그 자취에 얼음 같은 절망의 흔적을 남겼다.

아니, 안 돼. 만지는 것은 참을 수 없어. 절대로.

"네 기분이 그래?"

처벌에 대한 그녀의 기분이 다른 사람이 나를 만질 때 내가 느꼈던 것과 같다니. 그녀의 손톱이 내 가슴에 하얀 자국을 남겼다.

그녀는 내 반응을 재면서 몇 번 눈을 깜박였다. 입을 열었을 때 목소리는 상냥했다.

"아니, 내게 그만큼 영향을 끼치진 않아요. 하지만 당신도 대충 어느 정도인지는 짐작할 수 있다는 거죠."

그녀는 걱정스러운 표정을 지었다.

젠장! 이건 우리 관계를 완전히 다른 관점으로 볼 수 있는 점이었다.

"아."

달리 할 말이 생각나지 않아서 나는 이렇게만 중얼거렸다.

그녀는 심호흡을 하며 내게로 다가왔다. 내 앞에 서서 눈을 들었을 때 그녀의 눈은 불안감으로 불타올랐다.

"그 정도로 싫어?"

나는 속삭였다.

바로 이거였다. 우리는 정말로 양립할 수 없었다.

아니. 그 사실을 믿고 싶진 않아.

"아니, 그렇진 않아요."

그녀의 말에 안도감이 내 마음속을 씻어 내렸다.

"아니." 그녀는 말을 계속했다. "그에 대해서 두 가지 장점을 동시에 갖고 있어요. 좋아하지는 않지만 싫어하지도 않아요."

"하지만 지난밤, 오락실에서 넌……."

"당신을 위해서 한 거예요, 크리스천. 당신이 필요로 하니까. 나는 아니에요. 지난밤 나를 아프게 하진 않았어요. 그건 상황이 달라요. 그 정도는 나도 합리적으로 이해할 수 있어요. 당신을 신뢰하고. 하지만 당신이 나를 벌주려 할 때는 아프게 할까 봐 걱정돼요."

망할. 그녀에게 말해.

이제 진실을 털어놓든지 모험을 할 시간이야, 그레이.

"난 너를 아프게 하고 싶어. 하지만 네가 받아들일 수 있는 이상은 아닐 거야."

절대 도를 넘진 않아.

"왜요?"

"그냥 그럴 필요가 있으니까." 나는 속삭였다. "말할 수 없어."

"할 수 없는 거예요, 하지 않는 거예요?"

"않는 거야."

"그럼 왜인지는 아는 거네요."

"그래."

"그런데도 나에게는 말을 하지 않겠다는 거고."

"내가 말하면 너는 비명을 지르며 이 방에서 도망가버릴 거야. 그리고 다시 돌아오려 하지 않겠지. 나는 그런 위험을 무릅쓸 수 없어, 아나스타샤."

"내가 남아주기를 바라는군요."

"네 생각 이상으로. 너를 잃는 건 참을 수 없어."

나는 우리 사이의 거리를 더는 참을 수가 없었다. 나는 그녀가 도망가지 못하게 품 안으로 끌어당기며 그녀의 입술을 찾았다. 그녀는 내 욕구에 응답하며 자기 입을 내 입에 맞추어 똑같은 정열과 희망, 갈망을 담아 키스했다. 서성거리던 어둠이 물러가고 나는 다시 위안을 찾았다.

"날 떠나지 마."

나는 그녀의 입술에 대고 속삭였다.

"날 떠나지 않겠다고 했잖아. 나한테 떠나지 말라고 빌었잖아. 자면서."

"난 떠나고 싶지 않아요."

그녀는 말했지만 눈으로는 내 눈을 탐색하며 대답을 찾았다. 나는 노출되었다. 추하고 찢긴 영혼이 훤히 드러났다.

"내게 보여줘요."

그녀가 말했다.

그녀가 무슨 뜻으로 하는 말인지 알 수가 없었다.

"뭘 보여줘?"

"얼마나 아플지 보여줘요."

"어떻게?"

나는 뒤로 몸을 빼며 못 믿겠다는 듯 그녀를 응시했다.

"나를 벌줘요. 얼마나 심할지 알고 싶어요."

아, 안 돼. 나는 그녀를 놓아주고 손이 닿지 않는 곳으로 물러 났다.

그녀는 나를 응시하고 있었다. 꾸밈없이, 솔직하게, 진지하게. 그녀는 다시 한 번 자신을 내게 내놓고 있었다. 내 것이 되겠다고, 내가 원하는 대로 하겠다고. 나는 어안이 벙벙했다. 그녀가 나를 위해 이 욕구를 채워주겠다고? 믿을 수가 없었다.

"해볼 거야?"

"네, 해보겠다고 했잖아요."

그녀의 표정엔 결연한 의지가 가득했다.

"아나, 너는 정말 혼란스러운 여자야."

"나도 혼란스러워요. 하지만 나는 이걸 제대로 해내고 싶어요. 일단 하면 내가 이걸 할 수 있는지 우리 둘 다 확실히 알게 되겠죠. 내가 이를 감당할 수 있다면, 어쩌면 당신도……."

그녀는 말을 멈추었다. 나는 한 발 더 물러섰다. 그녀는 나를 만지고 싶어 하는 거군.

안 돼.

하지만 우리가 이걸 한다면, 나는 알게 될 것이다. 그녀도 알게 될 것이다.

우리는 내 예상보다도 좀 더 일찍 여기까지 도달했다.

내가 이걸 할 수 있을까?

그리고 그 순간 나는 더 이상 원하는 게 없다는 것을 알았다……. 내 안의 괴물을 이보다 더 만족시킬 수 있는 것은 없다고.

내 마음이 바뀌기 전에 나는 그녀의 팔을 잡고 위층 오락실로 이끌었다. 문에 이르자, 나는 멈췄다.

"얼마나 나쁠 수 있는지 보여주면 너도 마음을 정할 수 있겠지. 준비됐어?"

그녀는 고개를 끄덕였다. 얼굴은 이제는 나도 잘 아는 고집스러운 결심으로 굳어져 있었다.

될 대로 되라지.

나는 문을 열고 그녀의 마음이 바뀌기 전에 선반에 있는 띠를 재빨리 집어 그녀를 구석에 있는 벤치로 이끌었다.

"벤치 위에 엎드려."

나는 조용히 명령했다.

그녀는 아무 말 없이 시키는 대로 했다.

"우리가 여기 온 건 네가 좋다고 했기 때문이야, 아나스타샤. 게다가 네가 내게서 도망갔기 때문에. 난 널 여섯 대 때릴 거야. 너도 나와 함께 횟수를 세야 해."

여전히 그녀는 아무 말도 하지 않았다.

나는 그녀의 목욕가운 아랫단을 접어 등 뒤로 올려서 아름다운 맨 엉덩이가 드러나도록 했다. 나는 손바닥으로 엉덩이와 허벅지 위쪽을 쓸었다. 찌르르한 전율이 내 몸을 뚫고 흘렀다.

바로 이거야. 내가 원하는 것. 내가 이제까지 추구해왔던 것.

"이걸 하는 이유는 앞으로는 내게서 도망가는 짓 따위는 하지 말라는 걸 명심하라는 의미에서야. 그게 흥분되기는 했지만 네가 내게서 도망가는 것을 원치 않거든. 게다가 나를 보고 눈을 흘겼지. 네가 그러면 내가 어떤 기분인지 너도 잘 알잖아."

나는 심호흡을 하고 이 순간을 음미하며 우레처럼 쿵쿵 뛰는 심장을 진정하려 애썼다.

난 이게 필요해. 이게 내가 하는 일이야. 그리고 우리는 마침내 여기까지 왔어.

그녀는 할 수 있다.

이제까지 한 번도 나를 실망시킨 적이 없었으니까.

그녀의 등 뒤 오목한 곳을 한 손으로 눌러 고정하며 띠를 휘둘렀다. 다시 한 번 심호흡을 하며 당면한 과제에 집중했다.

그녀는 도망가지 않을 거야. 자기가 부탁한 거니까.

그리하여 나는 띠를 휘둘렀다. 양쪽 볼기를 세게 쳤다.

그녀는 충격을 받고 소리를 질렀다.

하지만 그녀는 숫자를 외치지 않았다……. 안전신호도.

"숫자를 세, 아나스타샤!"

내가 요구했다.

"하나!" 그녀가 외쳤다.

좋아……. 안전신호는 아니군.

나는 다시 내려쳤다.

"둘!" 그녀가 비명을 질렀다.

바로 그거야. 밖으로 풀어버려.

"셋!" 그녀가 움찔했다.

그녀의 엉덩이에 줄 세 개가 그어졌다.

나는 네 번째로 띠를 휘둘렀다.

그녀는 숫자를 큰 소리로 명확하게 외쳤다.

여기 네 소리를 들을 사람은 아무도 없어. 원하는 만큼 소리쳐.

나는 그녀를 다시 띠로 내려쳤다.

"다섯." 그녀가 흐느꼈다. 나는 멈칫하며 그녀가 안전신호를 말하기를 기다렸다.

그녀는 말하지 않았다.

그리고 한 번은 행운을 위해.

"여섯." 아나는 속삭였다. 그녀는 쉰 목소리를 쥐어짰다.

나는 띠를 떨어뜨리고, 달콤하고 행복한 방출을 음미했다. 어지러울 만큼 취했고, 숨을 쉴 수가 없었으며, 마침내 충만해졌다. 오, 이 아름다운 여자, 내 아름다운 여자. 나는 그녀의 몸 구석구석에 키스했다. 우리는 여기까지 왔어. 내가 원하는 곳까지. 나는 그녀에게 손을 뻗어 내 품 안으로 끌어당겼다.

"놔줘요…… 싫어요……."

그녀는 내 품 안에서 빠져나가려 몸부림치며 나를 밀쳐냈다. 그녀는 내게서 떨어져 나가더니 몸을 돌려서 화가 부글부글 끓는 살쾡이처럼 나를 쏘아보았다.

"손대지 마요!"

그녀는 식식댔다.

그녀의 얼굴은 눈물로 얼룩져서 더러워졌고, 코에선 물이 흘렀으며, 짙은 머리카락은 엉망으로 엉켜 있었다. 하지만 그녀가 이처럼 눈부시게 아름다웠던 적은 없었다……. 그리고 동시에 이렇게 화가 난 적도.

그녀의 분노가 파도처럼 내게 밀려와 부서졌다.

그녀는 분노했다. 정말로 분노했다.

이런. 분노할 줄은 짐작 못 했다.

그녀에게 약간 시간을 주자. 엔도르핀이 솟아날 때까지 기다리자.

그녀는 손등으로 눈물을 훔쳤다.

"이게 당신이 정말로 원하는 거예요? 나를, 이렇게?"

그녀는 목욕가운의 소맷자락으로 코를 닦았다.

나의 행복감은 사라졌다. 어안이 벙벙했고 무력했으며 그녀의 분노에 마비되어버렸다. 그녀가 왜 우는지 알고 이해할 수도 있었지만, 이런 분개심은……. 어딘가 깊은 곳에서 나와 공명했지만, 생각하고 싶지 않았다.

거기까지는 생각하지 마, 그레이.

어째서 나한테 그만두라고 하지 않은 건가? 그녀는 안전신호를 쓰지 않았다. 그녀는 벌을 받아 마땅했다. 내게서 도망갔으니까. 눈을 흘겼으니까. 이게 내게 반항하면 일어나는 일이야.

그녀는 험악한 표정을 지었다. 크게 뜬 푸른 눈은 빛났고, 상처와 분개심, 그리고 불현듯 떠오른 냉정한 통찰이 가득 차 있었다.

젠장. 내가 무슨 짓을 한 거지?

정신이 번쩍 들었다.

나는 균형을 잃고 위험한 벼랑 가장자리에 위태롭게 서 있었다. 이 일을 바로잡을 말을 필사적으로 찾으려 했지만, 마음속은 백지였다.

"당신은 정말 엉망진창으로 망가져버린 개자식이야!"

그녀가 소리 질렀다.

숨이 모두 내 몸에서 빠져나가는 것 같았다. 그녀가 나를 띠로 채찍질한 것 같은 느낌이었다. 망할!

그녀는 나의 진짜 정체를 알아채고 말았다.

괴물을 보고 말았다.

"아냐."

나는 애원했다. 그녀를 멈추게 하고 싶었다. 그녀를 안고 고통을 쫓아버리고 싶었다. 그녀가 내 품 안에서 흐느껴 울게 하고 싶었다.

"어디서 감히 나를 '아나'라고 불러요! 이런 쓰레기 같은 짓 그만두고 정신 차려요, 그레이!"

그녀가 딱 잘라 말하더니 오락실을 나가면서 조용히 문을 닫았다. 아연해진 나는 닫힌 문만 바라보았다. 그녀의 말이 내 귓가에 울렸다.

'당신은 정말 엉망진창으로 망가져버린 개자식이야!'

이제껏 나를 버리고 간 사람은 없었다. 이게 뭐지? 나는 기계적으로 한 손으로 머리를 훑으면서 그녀의 반응, 나의 반응을 합리적으로 이해하려고 했다. 그녀를 그냥 보냈다. 나는 화가 나지 않았다. 화나지 않았다……. 나는…… 뭐지? 나는 허리를 굽혀 띠를 집어 들고 벽으로 가서 고리에 걸었다. 그건 의심할 바 없이 내 인생에서 가장 만족스러운 순간이었다. 아까 전만 해도 나는 더 가벼웠고, 우리 사이에 있었던 불확실의 무게는 사라졌었다.

끝났다. 우리는 갈 데까지 갔다.

그녀는 이제 나와 관계를 맺으면 무슨 일까지 포함되는지를 알았으니. 우리는 앞으로 나아갈 수 있었다.

나는 그녀에게 말했다. 나 같은 사람들은 고통을 주기를 좋아한다고.

하지만 그걸 좋아하는 여자에게만 할 뿐이야.

불편한 감각이 커져갔다.

그녀의 반응, 상처 입은 그녀의 모습, 무엇에 홀린 듯한 표정이 마음의 눈앞에 달갑지 않게 떠올랐다. 마음이 불편했다. 나는 여자들을 울리는 데 익숙했다. 그게 바로 내가 하는 일이었다.

하지만 아나는?

나는 바닥에 주저앉아 머리를 벽에 기대고 무릎을 세워 두 팔을 얹었다. 그냥 울게 놔두자. 울면 기분이 더 나아지겠지. 경험상 여자들은 그러니까. 그녀에게 시간을 주자. 그런 다음에 가서 돌봐주면 돼. 그녀는 안전신호를 말하지 않았다. 그녀가 부탁했잖아. 그녀가 알고 싶어 했다. 언제나처럼 호기심이 많았다. 그건 불손한 각성이었다. 그뿐이다.

'당신은 정말 엉망진창으로 망가져버린 개자식이야!'

눈을 감고 아무런 기쁨 없이 미소를 지었다. 그래, 아나. 그래, 나는 그래. 이제 너도 알았군. 이제 우리 관계는 앞으로 나아갈 수 있어. 우리 협의는…… 뭐가 되었든.

이런 생각들로도 위안이 되지 않았고 불편함만 커졌다. 나를 쏘아보던 상처받은 눈. 분개하고 비난하고 불쌍히 여기고…….
그녀는 나의 진짜 정체를 볼 수 있었다. 괴물.

플린이 떠올랐다. "부정적인 생각을 오래 품으면 안 됩니다, 크리스천."

나는 한 번 더 눈을 감고 아나의 괴로워하는 얼굴을 떠올렸다.

나는 얼마나 바보였던가.

이건 너무 급했다.

너무너무 급했다.

망할.

그녀에게 다시 확신을 주어야 했다.

그래, 울게 놔두자. 그런 다음에 확신을 주자.

나에게서 도망가버린 그녀에게 화가 났다. 왜 그랬을까?

제길. 그녀는 내가 알던 다른 여자들과 너무나 달랐다. 물론 그녀는 같은 식으로 반응하지도 않았을 것이다.

그녀를 맞대면하고 안아줘야 했다. 우리는 헤쳐나갈 것이다. 그녀가 어디 있을까 생각했다.

젠장!

공포가 나를 사로잡았다. 가버렸다면? 아니, 그런 짓은 하지 않을 거야. 작별 인사도 없이 가진 않겠지. 나는 일어서서 방을 달려 나가 계단을 내려갔다. 그녀는 거실에 없었다. 그렇다면 침대에 있겠지. 나는 침실로 질주했다.

침대는 텅 비어 있었다.

근심이 가득 차 뱃속 한가운데서 폭발했다. 아니, 갔을 리가 없어! 위층에 있겠지. 자기 방에. 한 번에 세 계단씩 뛰어 올라가서는 숨도 못 쉬고 그녀의 침실 문밖에 멈춰 섰다. 그녀는 그 안에서 울고 있었다.

아, 맙소사.

나는 밀려오는 안도감에 어쩔 줄 몰라 문에 머리를 기댔다.

떠나지 마. 그 생각을 하니 끔찍했다.

물론 그녀는 울어버릴 필요가 있었다.

숨을 고르면서 나는 아르니카 연고, 애드빌, 물 한 잔을 가지러 오락실 옆방으로 향했다. 나는 방으로 돌아갔다.

새벽은 지평선에서 희미한 줄로 떠오르고 있었지만 방 안은 여전히 어두워서 내 아름다운 여자를 찾는 데 한참 걸렸다. 그녀는 침대 한가운데 웅크리고 누워 있었다. 작고 연약한 그녀가 조용히 흐느끼고 있었다. 그녀가 슬퍼하는 소리가 나를 찢고 지나가며 숨도 못 쉬게 했다. 서브들이 이렇게 내게 영향을 끼친 적은 없었다. 그들이 통곡을 할 때조차도. 이해할 수가 없었다. 왜 이렇게 상실된 기분이 드는 걸까? 아르니카 연고와 물, 약을 내려놓고 나는 이불을 들어 그녀 옆으로 기어들어가 그녀에게 손을 뻗었다. 그녀가 뻣뻣이 굳어졌다. 그녀의 온몸이 비명을 지르는 듯했다. 만지지 마요! 그 역설이 뚜렷하게 다가왔다.

"쉿."

나는 그녀의 눈물을 멈추고 진정시키려는 헛된 시도로 속삭였다. 그녀는 대답하지 않았다. 단호하게 꼼짝도 하지 않았다.

"싸우지 말자, 아니. 제발."

그녀는 아주 약간 풀어져서 내가 안을 수 있게 허락해주었다. 나는 그녀의 향기로운 머리카락 속에 코를 묻었다. 그녀는 언제나 나처럼 달콤한 냄새를 풍겼고, 그녀의 향기는 내 신경을 위로하는 진정 연고였다. 나는 그녀의 목에 부드러운 키스를 남겼다.

"날 싫어하지 마."

나는 웅얼거리며 그녀의 목에 입술을 대고 맛보았다. 그녀는 아무 말도 하지 않았다. 천천히 그녀의 울음이 잦아들더니 부드럽게 훌쩍이는 흐느낌으로 바뀌었다. 마침내 그녀는 조용해졌다. 잠에 빠졌을지도 모른다고 생각했지만, 그녀의 심기를 거스를까 싶어 감히 확인해볼 순 없었다. 적어도 이젠 더 차분해졌다.

새벽이 다가왔다 물러갔고 은은한 빛은 더욱 환해졌다. 아침이 오자 햇살이 방 안으로 침입했다. 그래도 우리는 조용히 누워만 있었다. 내 여자를 품 안에 안고 있는 동안에도 마음이 떠돌았다. 나는 빛의 변화를 관찰했다. 언제 이렇게 가만히 누워 시간이 기어가고 생각이 헤매게 놔둔 적이 있었나 싶었다. 남은 하루에 우리가 할 수 있는 일을 상상하고 있노라니 긴장이 풀렸다. 그녀를 데리고 그레이스 호를 보러 갈 수 있을지도 몰랐다.

그래. 오늘 오후 항해를 할 수도 있을 거야.

그거야 그녀가 내게 말을 건다면 말이지, 그레이.

그녀가 움직였다. 발이 살짝 꿈틀하는 것으로 보아 그녀가 깨어 있다는 것을 알았다.

"애드빌하고 연고 좀 가져왔어."

마침내 그녀는 반응을 보이며 천천히 내 품 안에서 몸을 돌려 나를 마주 보았다. 고통으로 비틀린 눈이 내 눈에 초점을 맞추었다. 그녀의 표정은 강렬했고 질문을 품고 있었다. 그녀는 처음으로 나를 보는 양, 시간을 들여 나를 천천히 관찰했다. 긴장되는 순간이었다. 평소처럼 그녀가 무슨 생각을 하는지, 무엇을 보는지 알 수 없었으므로. 그러나 그녀는 확실히 더 침착해졌고 나는 이것이 가져온 작은 안도감의 불꽃을 환영했다. 오늘은 결국 좋은 날이 될지도 몰랐다.

그녀는 내 뺨을 어루만지며 손가락으로 내 턱을 쓸며 돋아난 수염을 간질였다. 나는 눈을 감고 그녀의 손길을 음미했다. 남의 손이 닿는다는 이 감각은 무척이나 새로웠다. 내 얼굴을 부드럽게 어루만지는 순진한 손가락을 즐기고 있는데도 어둠은 잠잠했다. 그녀가 내 얼굴을 만지는 건 싫지 않았다……. 그녀가 내 머리카락을 만지는 것도.

"미안해요."

그녀가 말했다.

그녀의 부드러운 말에 놀랐다. 내게 사과를 해?

"뭐가?"

"그런 말을 해서요."

안도감이 거침없이 몸을 뚫고 지났다. 그녀가 나를 용서했군. 게다가 홧김에 한 말이긴 했어도 맞는 말이었으니까. 나는 엉망진창으로 망가진 개자식이니까.

"내가 몰랐던 사실을 말한 것도 아닌데." 몇 년 만에 처음으로 나도 모르게 사과했다. "아프게 해서 미안해."

그녀의 어깨가 살짝 들리더니 가벼운 미소를 보여줬다.

나는 사면을 얻었다. 우리는 안전했다. 우리는 괜찮았다. 나는 안심했다.

"내가 부탁한 거잖아요."

그녀가 말했다.

그래, 분명히 네가 부탁했지.

그녀는 초조하게 침을 삼켰다.

"난 당신이 원하는 대로는 다 할 수 없을 것 같아요."

커진 눈에 진심을 가득 담아 그녀가 말했다.

세계가 멈추었다.

망할.

우리는 아직 안전하지 않았다.

그레이, 이걸 바로잡아.

"당신은 내가 원하는 모든 것이야."

그녀는 얼굴을 찡그렸다. 눈가에는 붉은 기운이 어렸고 얼굴은 너무 창백했다. 내가 이제껏 본 중에 가장 창백한 얼굴이었다. 기이하게도 마음이 흔들렸다.

"난 이해 못 하겠어요." 그녀가 말했다. "난 순종적이지도 않고 이제 그런 짓을 내게 다시 하도록 내버려두지도 않을 거라는 걸 잘 알잖아요. 하지만 그건 당신에게 필요한 거죠. 당신이 그렇게 말했어요."

마침내 닥쳤다. 그녀의 최후의 일격. 내가 너무 밀어붙였다. 이제 그녀는 알았다. 이 여자를 쫓아가기 전 내가 마음속으로 했던 모든 갈등이 도로 흘러들어왔다. 그녀는 이런 생활 양식에 관심이 없어. 어떻게 내가 그녀를 이런 식으로 타락시킬 수 있을까? 그녀는 너무 어리고, 너무 순수하며, 너무…… 아나다웠다.

내 꿈은 그저 그…… 꿈일 뿐이었다. 제대로 이루어지지 않을 것이었다.

나는 눈을 감았다. 차마 그녀를 볼 수가 없었다. 그녀가 나 없이 더 잘 살 수 있으리라는 것은 사실이었다. 이제 그녀는 괴물을 보았고 그 괴물과 경쟁할 수 없다는 것을 알았다. 나는 그녀를 놓아주어야 했다. 그녀가 자기 길을 가도록 해야 했다. 우리 사이는 잘될 수가 없었다.

집중해, 그레이.

"당신 말이 맞아. 당신을 놔줄 수밖에 없군. 난 당신에게 아무런 쓸모가 없어."

그녀의 눈이 커졌다.

"가고 싶지 않아요."

그녀가 속삭였다. 그녀의 눈에 눈물이 고여 길고 검은 속눈썹이 반짝였다.

"나도 널 보내고 싶지 않아."

내가 대답했다. 그게 진실이었으니까. 그리고 그 감정, 그 불길하고 무서운 감정이 되돌아와서 나를 압도했다. 눈물이 다시 그녀의 뺨에서 방울방울 흘러내렸다. 나는 부드럽게 엄지손가락으로 떨어지는 눈물을 닦아주었다. 미처 깨닫기도 전에 말이 굴러 나왔다.

"너를 만난 후 나는 다시 살아났어."

나는 엄지손가락으로 그녀 아랫입술을 쓸었다. 그녀에게 키스하고 싶었다, 거칠게. 그녀가 잊어버리게 하고 싶었다. 매혹하고 싶었다. 흥분시키고 싶었다. 할 수 있다는 것을 알았으니까. 하지만 무언가가 나를 붙잡았다. 그녀의 조심스럽고 상처받은 표정. 그녀가 왜 이 괴물에게 키스를 받고 싶겠는가? 그녀는 나를 밀어버릴지도 몰랐다. 내가 더 이상 그녀의 거절을 참아낼 수 있을지 알 수 없었다. 그녀의 말이 나를 따라다니며 어둡고 억눌린 기억으로 밀어냈다.

'당신은 정말 엉망진창으로 망가진 개자식이야.'

"나도 그래요." 그녀는 속삭였다. "난 당신이랑 사랑에 빠졌어요, 크리스천."

아버지가 다이빙하는 법을 가르쳤던 때가 기억났다. 발가락이 풀 가장자리를 차는 순간 호를 그리며 물속으로 떨어졌었다. 그리고 나는 다시 한 번 그 심연 속으로, 느린 동작으로 떨어지고 있었다.

그녀가 나의 이런 마음을 알 수는 없겠지.

나는 아니야, 안 돼!

그녀의 말이 엄청난 무게로 가슴을 짓눌러와 몸이 졸리고 숨이 막혔다. 나는 아래로 아래로 떨어졌고 어둠이 나를 반겼다. 나는 그들을 들을 수 없었다. 그들을 상대할 수 없었다. 그녀는 자기가 무슨 말을 하는지, 누구를 상대하는지 모른다. 무엇을 상대하는지.

"아니야." 내 목소리에 고통 어린 불신이 생생하게 어렸다. "넌 날 사랑할 수 없어, 아나. 안 돼……. 그건 잘못된 거야."

이 점만은 바로잡아줘야만 했다. 그녀는 괴물을 사랑할 순 없었다. 망가진 개자식을 사랑할 순 없었다. 그녀는 가야만 했다. 빠져나가야만 했다. 그리고 순간, 모든 것이 명확해졌다. 이것이 내겐 유레카처럼 떠오른 순간이었다. 나는 그녀를 행복하게 해줄 수가 없었다. 이 관계는 끝내야만 했다. 처음부터 시작하지 말았어야 했다.

"잘못되었다고요? 왜 잘못되었다는 거죠?"

"너를 봐. 난 너를 행복하게 해줄 수 없어."

내 목소리에는 고뇌의 빛이 선명했고 나는 절망에 휩싸여 심연 속으로 점점 더 깊이 가라앉았다.

아무도 나를 사랑할 수 없어.

"하지만 날 행복하게 해주고 있어요."

그녀는 이해하지 못했다.

아나스타샤 스틸, 널 봐. 나는 그녀에게 솔직해야만 했다.

"그 순간은 아니었잖아. 내가 원하는 것을 하면서는 그럴 수 없잖아."

그녀는 속눈썹을 파닥이며 커다랗고 상처 입은 눈을 깜박였다. 진실을 찾는 동안 그 눈은 나를 열심히 관찰했다.

"우리는 결코 여기서 벗어날 수 없겠죠?"

나는 고개를 끄덕였다. 뭐라고 할 말이 생각나지 않았기 때문에. 다시 결론은 양립불가능성으로 모였다. 그녀는 고통스러운 듯 눈을 감았고, 다시 떴을 땐 더 맑아진 눈에 결연한 결심이 가득했다. 그녀의 눈물이 멈췄다. 내 머릿속에서는 피가 쿵쿵 울리고 심장이 두방망이질했다. 나는 그녀가 무어라 말할지 알았다. 무어라 말할지 두려웠다.

"그럼…… 난 가는 게 좋겠어요."

그녀가 일어나 앉으며 움찔거렸다.

지금? 지금은 갈 수 없다.

"안 돼, 가지 마."

나는 깊이 더 깊이 낙하했다. 그녀가 떠난다는 사실은 두고두고 기억될 실수로 느껴졌다. 하지만 나를 이런 식으로 느낀다면 같이 있을 순 없었다. 그럴 수는 없었다.

"머물러봤자 아무 의미가 없어요."

그녀는 여전히 목욕가운으로 몸을 감싼 채 조심스레 침대 밖으로 기어 나갔다. 그녀는 정말로 가려는 것이었다. 나는 믿을 수가 없었다. 나는 침대에서 뛰어내려 그녀를 막으려 했지만, 그 표정 때문에 바닥에 못 박히고 말았다. 그녀의 표정은 너무 황량하고, 너무 차갑고, 너무 멀었다. 전혀 내 아나답지 않았다.

"옷을 입어야겠어요. 나도 사생활이 필요해요."

돌아 문을 닫으며 말하는 그녀의 목소리가 얼마나 단조롭고 공허한지. 나는 닫힌 문만 응시했다.

그녀가 나를 버리고 떠난 게 오늘 하루 벌써 두 번째였다.

나는 일어나 앉으며 두 손으로 머리를 받치고 진정하려고, 내 감정을 이성으로 다스리려고 했다.

그녀가 나를 사랑한다고?

어쩌다 그렇게 됐지? 어쩌다?

그레이, 넌 망할 멍청이야.

그녀와 같은 사람과 함께한다는 건 항상 위험하지 않았나? 선하고 순수하며 용감한 사람. 그녀가 너무 늦게 진정한 나를 보게 될 위험. 그래서 내가 그녀를 이처럼 고통스럽게 할 위험.

어째서 이 일이 이렇게나 고통스러울까? 허파에 구멍이 뚫린 것만 같았다. 나는 그녀를 따라 방을 나섰다. 그녀는 사생활을 원할지 모르지만, 그녀가 나를 떠난다면 나는 옷을 입어야 했다.

내 침실에 다다랐을 때, 그녀는 샤워를 하고 있었다. 그래서 나는 재빨리 청바지와 티셔츠로 갈아입었다. 검은색을 골랐다.

내 기분에 어울리니까. 전화를 집어 들고 아파트 안을 서성거렸다. 피아노 앞에 앉아 구슬픈 비탄가를 두드리고 싶은 마음이 들었지만, 대신에 아무것도 느끼지 못한 채 방 한가운데에 서 있었다.

텅 비었다.

집중해, 그레이! 이게 옳은 결정이야. 그녀를 보내주는 게.

전화가 울렸다. 웰치였다. 레일라를 찾았나?

"웰치."

"그레이 사장님, 소식이 있습니다."

전화선 너머로 긁는 듯한 목소리가 들렸다. 이 사람은 담배를 끊지를 않는군. 이 사내는 언제나 딥스로트(워터게이트 사건 당시 전화 고발자의 별명-옮긴이)처럼 말했다.

"찾았어?"

기분이 약간 들떴다.

"아닙니다."

"그럼 뭐지?"

대체 왜 전화를 한 거야?

"레일라는 남편을 떠났답니다. 남편이 마침내 인정을 했습니다. 그 여자에게서 손을 뗐답니다."

이건 새로운 소식이로군.

"알겠어."

"그 여자가 어디 있는지 감은 있는 것 같지만, 맨입으로는 못 말하겠답니다. 자기 아내에게 그렇게 관심 있는 사람이 누군지 알고 싶다더군요. 그 여자를 아내라고 말한 건 아니었지만요."

나는 솟구치는 분노와 싸웠다.

"얼마나 원한대?"

"2천이랍니다."

"뭐라고 했다고?"

나는 이성을 잃고 소리쳤다. 어째서 레일라가 자기를 떠났다는 얘기를 일찍 인정하지 않았나?

"뭐, 망할 사실을 말했을 수도 있겠지. 번호가 뭐야? 내가 직접 전화하겠어…… 웰치, 이건 정말 개판이야."

고개를 들어보니 아나가 어색하게 거실 문간에 서 있었다. 그녀는 청바지와 흉한 스웨트 셔츠 차림이었다. 아직도 눈이 통통 부었고 얼굴은 일그러져 있었다. 옆에는 여행 가방이 있었다.

"그 여자를 찾아."

나는 퉁명스럽게 말하고 전화를 끊었다. 웰치 일은 나중에 처리할 수도 있었다.

아나가 소파로 걸어오더니 배낭에서 맥, 전화, 차 열쇠를 꺼냈다. 심호흡을 하며 부엌으로 가서 세 아이템을 모두 일자형 식탁 위에 놓았다.

대체 뭐지? 자기 물건을 돌려주는 건가?

그녀는 몸을 돌려 나를 보았다. 작은 잿빛 얼굴에 결심이 선연했다. 내가 익숙히 잘 아는 그녀의 고집스러운 표정이었다.

"테일러가 내 비틀을 갖다 판 돈을 받았으면 좋겠어요."

그녀의 목소리는 침착했지만 단조로웠다.

"아나, 저런 거 난 필요 없어. 저건 네 거야."

내게 이럴 수는 없었다.

"가져가."

"아니에요, 크리스천. 옳지 않은 일인 줄 알면서도 용인하고 받았어요. 이제는 더 이상 원치 않아요."

"아나, 합리적으로 굴어."

"당신을 떠올리게 할 것은 아무것도 원하지 않아요. 테일러가 차를 팔고 받은 돈만 필요해요."

그녀의 목소리엔 감정이 비어 있었다.

나를 잊고 싶어 하는군.

"정말로 내게 상처 주고 싶어?"

"아니에요. 그저 나를 지키려고 하는 거예요."

물론, 그녀는 괴물에게서 자기 자신을 지키려고 하겠지.

"제발, 아나. 그것들을 받아줘."

그녀의 입술이 창백해졌다.

"크리스천, 난 싸우고 싶지 않아요. 그저 그 돈만 필요해요."

돈. 언제나 결국은 그 망할 돈이군.

"수표도 받아?"

나는 매섭게 말했다.

"네. 당신은 그런 점은 확실한 것 같으니까요."

그녀가 돈을 원한다니, 돈을 주지. 나는 성질을 거의 누르지 못하고 서재로 쿵쿵 들어갔다. 나는 책상에 앉아 테일러에게 전화를 걸었다.

"안녕히 주무셨습니까, 사장님."

나는 그의 인사를 무시했다.

"아나의 폭스바겐 가격으로 얼마 받았어?"

"1만2천 달러입니다."

"그렇게나 많이?"

황량한 기분에도 놀라고 말았다.

"클래식한 차라서요."

그는 설명차 덧붙였다.

"고마워. 지금 스틸 양을 집까지 데려다줄 수 있겠나?"

"물론입니다. 곧 내려가겠습니다."

나는 전화를 끊고 서랍에서 수표책을 꺼냈다. 그러다가 레일라의 망할 남편에 대해서 웰치와 나눈 대화가 떠올랐다.

언제나 그 망할 돈이군!

분통을 터뜨리며 테일러가 그 고물덩어리로 받은 돈에 두 배를 곱해서 수표를 쓰고 봉투에 넣었다.

돌아가보니, 그녀는 여전히 일자형 식탁 옆에 서 있었다. 갈 길 모르는 어린애 같았다. 나는 그녀에게 봉투를 건넸다. 그녀의 모습에 내 분노가 증발해버렸다.

"테일러가 값을 톡톡히 쳐서 받았다는군. 클래식한 차라서. 직접 확인해도 좋아. 테일러가 널 집에 데려다줄 테니."

나는 거실 문간에 선 테일러를 고갯짓으로 가리켰다.

"괜찮아요. 내가 알아서 갈게요. 고마워요."

안 돼! 차는 타고 가라고. 아나. 어째서 이러는 거지?

"매번 나를 이렇게 거역할 거야?"

"평생의 습관을 뭐하러 바꾸겠어요?"

그녀는 텅 빈 표정을 지었다.

결론적으로 바로 이것이었다. 어째서 우리의 협의가 처음부터 끝장날 운명이었는지. 그녀는 여기에 어울리지 않았고, 마음 깊은 곳에서는 나도 그 사실을 알았다. 나는 눈을 감았다.

나는 그렇게 바보였어.

나는 좀 더 부드러운 접근 방식을 취하며 그녀에게 애원했다.

"제발, 아나. 테일러한테 데려다달라고 해."

"제가 차를 가져오겠습니다, 스틸 양."

테일러가 조용하고 권위 있게 알리고 자리에서 떠났다. 어쩌면 그녀도 테일러의 말은 들을지 몰랐다. 그녀가 돌아보았을 때 테일러는 벌써 차를 가지러 지하로 가고 없었다.

그녀는 다시 내게로 돌아섰다. 눈이 갑작스레 더 커졌다. 나는 숨을 죽였다. 정말로 그녀가 떠난다는 사실을 믿을 수가 없었다. 이것이 그녀와의 마지막 만남이고, 그녀는 무척 슬퍼 보였다. 그 표정에 대해 책임이 있는 사람이 바로 나라는 사실이 쓰라렸다. 나는 머뭇거리며 한 발 다가갔다. 한 번 더 그녀를 안고 남아달라고 부탁하고 싶었다.

그녀는 뒷걸음질 쳤다. 나를 원하지 않는다는 것이 너무나 분명하게 드러나는 동작이었다. 내가 그녀를 몰아낸 것이었다.

나는 그 자리에 얼어붙었다.

"널 보내고 싶지 않아."

"난 머물 수 없어요. 난 내가 원하는 걸 골랐고 당신은 그걸 내게 줄 수 없어요. 난 당신이 필요로 하는 걸 줄 수 없고."

아, 제발 아냐. 한 번만 더 안아보게 해줘. 너의 달콤하고 달콤한 향기를 맡아보게 해줘. 너를 내 팔에 안게 해줘. 나는 그녀에게 다시 한 발 다가갔지만, 그녀는 두 손을 들어 나를 막았다.

"제발, 그러지 마요."

그녀는 물러섰다. 공포가 그녀의 얼굴에 아로새겨졌다.

"난 할 수 없어요."

그녀는 여행 가방과 배낭을 들고 현관으로 향했다. 나는 온순하고 무력하게 그녀가 지나간 자리를 따라갔다. 내 눈은 그녀의 작은 몸에 박혀 있었다.

현관에 이르자 나는 엘리베이터 버튼을 눌렀다. 그녀에게서 눈을 뗄 수 없었다. 섬세한 요정 같은 얼굴, 그 입술, 창백하기 그지없는 뺨 위에 그림자를 드리우며 깜박이는 검은 속눈썹. 세세한 부분 하나하나를 외우려고 하는 동안 아무런 말도 나오지 않았다. 어떤 근사한 대사도, 어떤 위트 있는 농담도, 어떤 거만한 명령도 할 수 없었다. 아무것도 없었다. 그저 가슴속에서 하품하고 있는 공허 외에는.

엘리베이터 문이 열리자 아나는 곧장 올라탔다. 그녀는 고개를 돌려 나를 보았다. 순간 그녀의 가면이 벗겨져 나가고 그 자리에 나타났다. 그녀의 얼굴에 반사된 나의 고통이.

안 돼……. 아나. 가지 마.

"안녕, 크리스천."

"아나…… 안녕."

문이 닫히고 그녀는 사라졌다.

나는 천천히 바닥에 주저앉아 머리를 두 손에 묻었다. 나를 덮친 공허는 이제 내 마음에 동굴을 남기고 욱신거렸다.

그레이, 대체 무슨 짓을 저지른 거야?

다시 고개를 들자 현관 위에 걸린 그림들, 나의 성모화들이 보여 나는 기쁨이라고는 섞이지 않은 미소를 입술에 띠었다. 모성의 이상화. 그들 모두가 자신의 아이를 내려다보고 있거나 불길하게 나를 응시하고 있었다.

나를 그렇게 보는 것도 당연했다. 그녀가 가버렸으니까. 정말로 가버렸으니까. 내게 일어났던 가장 좋은 일이었는데. 결코 떠나지 않겠다고 말해놓고도. 절대로 가지 않겠다고 약속했는데도. 나는 눈을 감아 그들의 생명이 담기지 않은 연민의 눈길을 차단해버리면서 머리를 벽에 기댔다. 그래, 자면서 그렇게 말했었지. 그리고 참 바보같이 그녀의 말을 믿었었다. 언제나 마음 깊은 곳에서는 나는 그녀에게 아무런 쓸모가 없고 그녀는 내게 너무 좋은 사람이라는 것을 알고 있었으면서도. 그러니 이렇게 될 수밖에 없는 것이었다.

그런데도 왜 이렇게 거지 같은 기분이 드는 거지? 어째서 이렇게 고통스러운 거지?

엘리베이터가 도착했음을 알리는 땡 소리가 울려 나는 다시 눈을 번쩍 떴다. 심장이 입까지 튀어 올랐다. 그녀가 돌아왔구나. 나는 마비된 채로 앉아 기다렸다. 문이 열리고 테일러가 걸어 나오다 순간 그 자리에 얼어붙었다.

젠장, 얼마나 오래 이렇게 앉아 있었던 거지?

"스틸 양은 집에 잘 돌아갔습니다, 사장님."

그는 마치 내가 매일 바닥에 뻗어 있는 사람이라도 되는 양 태연하게 말했다.

"어떻던가?"

나는 될 수 있는 한 무심하게 물었지만 정말로 알고 싶었다.

"언짢아하시더군요."

그는 뭐가 되었든 별다른 감정을 드러내지 않았다.

나는 고개를 끄덕여 가도 좋다는 신호를 주었다. 하지만 그는 가만히 있었다.

"뭣 좀 갖다드릴까요?"

그가 너무 친절하게 구는 것이 되레 거슬렸다.

"아니."

가. 날 좀 가만히 놔두라고.

"그럼."

그는 현관 바닥에 웅크리고 있는 나를 놔두고 나가버렸다.

할 수만 있다면 종일 여기 앉아 절망에 빠져 탄식이나 하고 싶었지만, 그럴 수가 없었다. 웰치에게서 새 보고도 받아야 하고, 레일라의 남편이라는 불쌍한 작자에게 전화도 해야 했다.

그리고 샤워도 해야 했다. 어쩌면 이 고통도 샤워 속에서 모두 씻겨나갈지도 몰랐다.

일어서면서 현관을 차지하고 있는 나무 탁자에 손이 닿자, 멍하니 손가락으로 그 섬세한 세공 장식을 쓰다듬었다. 이 위에서 스틸 양을 가졌으면 좋았을걸. 나는 눈을 감고 그녀가 이 탁자 위에 뻗어 있는 모습을 상상했다. 머리는 뒤로 젖히고 턱은 쳐들고 희열에 젖어 입을 벌리고. 감미로운 머리카락은 가장자리 너머로 떨어져 물결쳤겠지. 젠장. 그 생각만으로도 몸이 단단해졌다.

망할.

배 속이 고통으로 뒤틀리고 조여왔다.

그녀는 갔어, 그레이. 익숙해져.

그리고 몇 년 동안이나 훈련한 자제력을 끌어내서 몸을 일으켰다.

샤워 물은 데일 듯 뜨거워서 고통을 느끼기 직전이었다. 내가 좋아하는 온도였다. 나는 폭포수처럼 떨어지는 물 아래 서서 그녀를 잊으려 했다. 이 열기가 내 머릿속에서 그녀를 태워 없애주고 내 몸에 묻은 그녀의 향기를 지워주기를 바랐다.

그녀가 떠나기로 했다면 돌아올 길이 없었다.

절대로.

나는 음울하고 결연하게 머리를 문질렀다.

속 시원하군.

그리고 숨을 들이켰다.

아니, 속 시원하지 않아.

쏟아지는 물을 향해 얼굴을 들었다. 전혀 속 시원하지 않았다. 그녀가 그리울 것이었다. 나는 이마를 타일에 기댔다. 지난 밤만 해도 그녀는 여기 나와 함께 있었는데. 나는 두 손을 빤히 보았다. 어제 그녀가 짚었던 타일 사이의 회반죽을 손가락으로 더듬었다.

망할.

물을 끄고 샤워 부스에서 나갔다. 수건을 허리에 감으니 비로소 실감 났다. 매일 더 어둡고 더 빈 것 같겠지. 이제 그녀가 없으니까.

경박하지만 재치가 넘쳤던 이메일도 이젠 그만.

그녀의 똑똑한 입도 이젠 그만.

호기심도 이젠 그만.

그녀의 환한 푸른 눈이 나를 쳐다보는 일도 없겠지. 그녀의 눈 속에 얇은 막으로 가려진 흥미, 충격, 혹은 정욕. 나는 욕실 거울 속에서 나를 노려보는 뚱하고 침울한 녀석을 노려보았다.

"대체 무슨 짓을 저지른 거야, 얼간아?"

나는 그를 보고 비웃었다. 거울 속 나는 신랄한 경멸을 담아 그 말을 입 모양으로 돌려주었다. 그러더니 그 자식은 나를 보고 눈을 깜박였다. 비참함이 생생히 드러난 커다란 회색 눈.

"그녀는 너 없이 더 잘 지낼 거야. 너는 그녀가 원하는 사람이 될 수 없어. 그녀가 필요로 하는 것을 줄 수 없어. 그녀는 심장과 꽃을 원해. 그녀는 너보다 더 좋은 사람을 만날 자격이 있어. 너 같이 엉망진창으로 망가진 자식보다는."

나를 도로 쏘아보는 이미지에 혐오감을 느껴 나는 거울을 등져 돌아섰다.

오늘 면도는 다했군.

서랍장 앞에서 몸을 말리고 속옷과 깨끗한 티셔츠를 꺼냈다.

몸을 돌릴 때 베개 위에 놓인 작은 상자가 눈에 띄었다. 발밑에 깔려 있던 양탄자가 다시 젖혀지며 그 아래서 나를 기다리고 있던 심연이 커다란 입을 벌리며 모습을 드러냈다. 내 분노는 공포로 바뀌었다.

그녀가 남긴 것이었다. 그녀가 내게 무엇을 주려고 했을까? 옷을 떨어뜨리고 심호흡을 한 후 침대에 앉아 상자를 들었다.

글라이더였다. 블라닉 L23의 조립 키트. 상자 위에 놓여 있던 쪽지가 나풀나풀 떨어져 침대 위에 내려앉았다.

이걸 보고 행복했던 시간이 떠올랐어요. 고마워요.

아나

완벽한 여자가 주는 완벽한 선물이었다.

고통이 내 몸을 뚫고 달렸다.

왜 이리 고통스러운 걸까? 왜?

오랫동안 잊고 있었던 추악한 기억이 일어나며 그 이빨을 지금 여기에 박았다. 안 돼. 여기는 내 마음이 돌아가고 싶은 장소가 아니야. 상자를 침대 위에 던지고는 일어서서 서둘러 옷을 입었다. 다 끝내고 나서 상자와 쪽지를 집어 들고 서재로 향했다. 내 권좌에 앉아야 더 잘 처리할 수 있을 것이었다.

웰치와의 대화는 짧았다. 러셀 리드—레일라와 결혼했던 그 불쌍한 거짓말쟁이 새끼—와의 대화는 더 짧았다. 그들이 주말에 라스베이거스에서 술김에 결혼해버렸다는 사실은 몰랐다. 18개월 만에 파경에 이른 것도 놀랄 일이 아니었다. 레일라가 떠난 건 2주 전이라 했다. 그럼 어디에 있는 거지, 레일라 윌리엄스? 뭘 하고 있는 거야?

나는 레일라에게 정신을 집중하며 그녀가 지금 어디 있을지 알려줄 단서를 우리 과거에서 생각해내려 했다. 그녀가 안전하다는 것을 알아야 했다. 왜 여기 왔는지도. 왜 나지?

그녀는 좀 더를 원했지만 나는 그렇지 않았다. 하지만 그건 오래전 일이었다. 그녀가 떠날 때는 쉬웠다. 우리의 협의는 상호 동의에 따라 종결되었다. 사실 우리의 전체 협의는 모범적이었다. 더할 나위가 없었다. 그녀는 나와 있을 때는 장난스러웠고, 고의로 그렇게 굴었는지는 모르겠지만 존스 부인이 묘사한 것처럼 무너진 인간은 아니었다.

우리가 오락실에 있을 때 그녀가 얼마나 즐겼는지를 떠올렸다. 그녀는 변태적 행위를 좋아했다. 어떤 기억이 떠올랐다. 나는 그녀의 발가락을 한데 묶고 발을 돌려서 그녀가 엉덩이를 조이거나 고통을 피할 수 없도록 했다. 그래, 그녀는 그 모든 짓들을 좋아했고 나 또한 그랬다. 그녀는 훌륭한 서브미시브였다. 하지만 아나스타샤 스틸처럼 내 관심을 완전히 사로잡지는 못했다.

그녀는 아나처럼 나의 정신을 빼앗아가지 못했다.

책상 위에 놓인 글라이더 키트를 바라보며 상자 가장자리를 손가락으로 훑었다. 아나의 손가락이 거기 닿았으리라는 것을 알기 때문에.

나의 달콤한 아나스타샤.

내가 알던 모든 여자와 너는 어찌나 대조되는지. 내가 쫓아다녔던 유일한 여자, 내가 원하는 것을 주지 않았던 유일한 여자.

이해할 수가 없다.

나는 그녀를 알게 된 이후로 살아난 것 같았다. 지난 몇 주는 내 인생에서 가장 신났고, 가장 의외였으며, 가장 매혹적이었다. 흑백의 세계에서 색이 풍부한 세계로 유인되었다. 그런데도 그녀는 내가 필요로 하는 존재가 될 수 없었다.

머리를 두 손에 묻었다. 그녀는 내가 하는 짓을 결코 좋아할리가 없었다. 나는 우리가 더 거친 짓들을 같이 할 수 있을 거라고 나 자신에게 확신을 주려 했었지만, 그런 일은 일어날 리가 없었다. 절대로. 그녀는 내가 없어야 더 잘 살 수 있었다. 만지는 것조차 참을 수 없어하는 망가진 괴물과 무엇을 하고 싶겠는가?

그렇지만 그녀는 내게 이런 사려 깊은 선물을 사주었다. 내가족 말고 누가 나를 위해 이렇게 해주었던가. 나는 다시 한 번 상자를 살펴보고 열었다. 플라스틱 부품이 네모 틀에 붙어 있고, 셀로판지로 덮여 있었다. 글라이더를 뒤집었을 때 그녀가 환호하던 기억이 떠올랐다. 두 손을 들고 방풍 유리 지붕을 받치던 그녀. 나는 미소를 지을 수밖에 없었다.

맙소사, 정말 재미있었지. 오락실에서 그녀의 양 갈래머리를 잡아당기는 것에 맞먹는 재미. 양 갈래머리를 한 아나……. 나는 그 생각을 즉시 차단했다. 거기까지 가고 싶진 않았다. 우리의 첫 번째 목욕. 내게 남은 것이라고는 그녀를 다시 볼 수 없다는 생각뿐이었다.

심연이 다시 입을 벌렸다.

아니, 다시는 안 돼.

이 비행기를 만들어야 했다. 그러다 보면 관심을 다른 데 돌릴 수 있겠지. 셀로판지를 뜯고 설명서를 훑었다. 접착제, 모형 조립용 접착제가 있어야 했다. 나는 책상 서랍을 뒤졌다.

젠장. 서랍 뒤편에 카르티에 귀걸이가 든 빨간 가죽 상자가 고이 간직되어 있었다. 미처 줄 기회가 없었다. 앞으로도 없을 테고.

안드레아에게 전화를 걸어 오늘 밤 약속은 취소하라는 메시지를 휴대전화에 남겼다. 데이트도 없이 갈라 디너를 참을 수는 없었다.

빨간 가죽 상자를 열고 귀걸이를 살폈다. 아름다웠다. 단순하지만 우아한 모습이 매혹적인 스틸 양과 똑같았다……. 내게 벌을 받았다는 이유로 나를 떠난 그녀……. 내가 너무 가혹하게 처벌했기 때문에. 다시 나는 머리를 손으로 받쳤다. 하지만 그녀가 허락했잖아. 말리지 않았다. 나를 사랑하기 때문에 허락해주었다. 그 생각은 오싹했기에 즉시 떨쳐버렸다. 그녀는 사랑할 수 없었을 거야. 그건 단순했다. 누구도 내게 그런 감정을 느낄 순 없다. 나를 안다면 할 수 없겠지.

잊고 앞으로 나가, 그레이. 집중해.

망할 접착제는 어디 있지? 귀걸이는 다시 서랍 속에 잘 넣어두고 접착제를 계속 찾아보았다. 아무 데도 없었다.

테일러에게 인터폰을 했다.

"사장님?"

"모형 접착제가 필요해."

그는 잠시 말이 없었다.

"무슨 모형 말씀이십니까?"

"모형 글라이더."

"발삼나무입니까, 플라스틱입니까?"

"플라스틱이야."

"좀 있습니다. 지금 갖다드리겠습니다."

나는 그에게 고맙다고 인사했다. 그가 모형 접착제를 가지고 있다는 사실에 살짝 당황했다. 잠시 후 그가 문을 두드렸다.

"들어와."

그가 서재로 들어서더니 작은 플라스틱 통을 책상 위에 놓았다. 그가 나가려고 하지 않자, 나는 물어볼 수밖에 없었다.

"어째서 이런 걸 가지고 있나?"

"전 특이한 비행기를 조립합니다."

그의 얼굴이 붉어졌다.

"음?"

호기심이 치솟았다.

"비행은 제 첫사랑이었습니다."

나는 이해할 수 없었다.

"색맹이었습니다."

그가 단조롭게 설명했다.

"그래서 해병이 된 건가?"

"그렇습니다."

"이건 고마워."

"문제없습니다. 식사는 하셨습니까?"

그의 질문에 나는 놀라고 말았다.

"배고프지 않아, 테일러. 그러니까 가서 딸과 오후를 즐겨. 내일 봐. 다시는 방해하지 않겠어."

그가 잠시 머뭇거리자, 언짢은 기분이 쌓여갔다. 가.

"난 괜찮아."

제길, 목멘 소리가 나오잖아.

"사장님." 그가 고개를 끄덕였다. "내일 저녁에 돌아오겠습니다."

나는 그에게 가도 좋다는 뜻으로 고개를 까닥했고 그는 가버렸다.

테일러가 마지막으로 내 식사를 챙겼던 때가 언제더라? 내 몰골이 생각보다 더 엉망인 것이 분명했다. 나는 부루퉁하게 접착제를 집었다.

나는 글라이더를 손바닥 위에 놓았다. 성취감을 느끼면서 완성품을 보고 감탄했다. 의식을 찌르는 그날 비행의 기억. 아나스타샤를 깨우기가 정말 힘들었지. 그 생각을 하자 웃음이 절로 났다. 일단 일어났을 때는 까다로웠지만, 그녀는 사람의 무장을 해제하고, 아름다웠고, 재미있었다.

맙소사, 정말 재미있었어. 비행 중 보였던 소녀다운 흥분, 환성, 그 후의 키스.

좀 더 주려고 했던 나의 첫 번째 시도였다. 그렇게 짧은 시간 안에 그렇게 많이 행복한 기억을 모으다니 정말 특별했다.

고통이 한 번 더 수면 위로 떠올랐다. 괴롭히고 아프게 하며 내가 잃어버린 것을 떠올리게 했다.

글라이더에 집중해, 그레이.

이제 트랜스퍼 종이를 제자리에 붙여야 했다. 성가시기 짝이 없는 것들이었다.

마침내 마지막까지 다 붙이고 건조 단계에 이르렀다. 내 글라이더엔 자체 연방국 등록번호까지 있었다. 노벰버, 나인, 파이브, 투, 에코, 찰리(N952EC).

에코 찰리.

고개를 들어보니 빛이 시들고 있었다. 늦은 시각이었다. 첫 번째로 든 생각은 이걸 아나에게 보여주어야 한다는 것이었다.

아나는 없는데.

나는 이를 악물고 뻣뻣한 어깨를 폈다. 천천히 일어서다가 종일 아무것도 먹고 마시지 않았다는 것을 깨달았다. 머리가 쿵쿵 울렸다.

기분이 엿 같았다.

혹시 아나가 전화하지 않았을까 싶어 전화를 확인했으나 안드레아에게 온 문자뿐이었다.

상공회의소 갈라 취소.

좋은 하루 보내시길.

A.

안드레아의 문자를 읽고 있을 때, 전화가 울렸다. 심장 박동이 즉시 치솟았으나 엘레나라는 것을 알자 뚝 떨어졌다.

"여보세요."

나는 굳이 실망감을 숨기려 하지도 않았다.

"크리스천. 무슨 인사가 그래? 뭣 때문에 고민일까?"

그녀는 꾸짖었지만 목소리는 유머로 가득했다.

나는 창밖을 내다보았다. 시애틀에 땅거미가 깔리고 있었다. 아나가 무엇을 하고 있을까 잠깐 궁금했다. 무슨 일이 있었는지 엘레나에게 말하고 싶진 않았다. 그 말을 큰 소리로 말하면 현실이 될 것만 같았다.

"크리스천? 무슨 일이야? 말해봐."

엘레나의 목소리가 무뚝뚝하고 화난 어투로 바뀌었다.

"그 여자가 나를 떠났어요."

나는 음울하게 웅얼거렸다.

"아." 엘레나는 놀란 듯했다. "내가 갈까?"

"아뇨."

그녀는 심호흡을 했다.

"이런 삶은 아무나 할 수 없는 거야."

"알아요."

"이런, 크리스천. 목소리가 엉망이네. 저녁 먹으러 나갈래?"

"아뇨."

"내가 갈게."

"아뇨, 엘레나. 나 지금 누굴 만날 상태가 아니에요. 피곤하고 혼자 있고 싶어요. 주중에 제가 전화하죠."

"크리스천……. 이게 최선의 결과야."

"알아요. 잘 있어요."

나는 전화를 끊었다. 그녀와 이야기하고 싶지 않았다. 서배너까지 날아가라고 격려했던 사람이 엘레나 아닌가. 어쩌면 이런 날이 올 줄 알았을지도 모른다. 나는 전화를 보고 얼굴을 찡그린 후 책상 위에 던져버리고 뭔가 먹고 마실 걸 찾으러 갔다.

냉장고 안에 든 내용물을 훑어보았다.

아무것도 끌리지 않았다.

찬장에서 프레즐 한 봉지를 찾았다. 나는 그걸 뜯어 하나씩 먹으며 창문으로 갔다. 바깥에는 밤이 내리고 있었다. 쏟아지는 비 사이로 빛이 반짝이고 깜박였다. 세계는 움직이고 있다.

잊어버리고 나가, 그레이.

앞으로 나가.

    침실 창문을 올려다보았다. 잠이 오지 않았다. 침대에 묻어 있는 아나의 향기가 나를 괴롭혔다. 나는 그녀의 베개를 얼굴에 대고 그녀의 향기를 들이마셨다. 그것은 고문, 그것은 천국. 순간 나는 질식사를 생각했다.

    정신 차려, 그레이.

    머릿속에서 아침의 사건을 다시 돌려보았다. 달리 전개될 수 있었을까? 보통 나는 이런 짓은 하지 않았다. 에너지 낭비일 뿐이었으니까. 하지만 오늘은 어디서부터 잘못되었는지 단서를 찾고 있었다. 내가 어떻게 풀어나갔든, 우리는 이런 막다른 길에 다다랐으리라는 것을 뼛속 깊이 알고 있었다. 오늘 아침이었든, 일주일 후든, 한 달 후든, 1년 후든. 지금 일어난 편이 차라리 낫다. 아나스타샤에게 더 고통을 주기 전에.

    그녀의 작은 흰 침대에 웅크리고 누워 그녀를 생각했다. 새 아파트에 있는 그녀를 그려볼 수가 없었다. 그 집에 가본 적이 없었으니까. 하지만 한때 그녀와 같이 잤던 밴쿠버의 그 방에 있는 그녀를 상상할 수는 있었다. 나는 고개를 저었다. 몇 년 만에 가장 푹 잠들 수 있었던 밤이었다. 라디오 알람이 새벽 2시를 가리켰다. 두 시간 동안이나 부글거리는 마음으로 누워만 있었던 셈이었다. 나는 심호흡하여 그녀의 향기를 들이마시고 눈을 감았다.

엄마는 나를 볼 수 없다. 나는 엄마 앞에 서 있다. 엄마는 날 볼 수 없다. 엄마는 눈 뜬 채로 자고 있다. 아니면 아프다.

덜거덕 소리가 들린다. 그 남자의 열쇠. 그 남자가 돌아왔다.

나는 뛰어가서 숨는다. 부엌 탁자 아래서 몸을 작게 만든다. 내 자동차가 같이 있다.

빵. 문이 쾅 열려서 나는 펄쩍 뛸 뻔했다.

손가락 사이로 엄마가 보인다. 엄마는 고개를 돌려서 그 남자를 본다. 그런 다음에는 소파에서 잠들었다. 그 사람은 반짝이는 쇳덩어리가 달린 커다란 장화를 신고 엄마 위에 서서 소리친다. 엄마를 허리띠로 때린다. 일어나! 일어나! 이 정신 나간 년! 정신 나간 년이라고! 엄마는 소리를 낸다. 흐느끼는 소리다.

그만해. 엄마를 그만 때려. 엄마를 그만 때리라고.

나는 그 남자에게 뛰어가 때린다. 그 남자를 때리고 그 남자를 때린다.

하지만 그 남자는 웃으면서 내 얼굴을 갈긴다.

안 돼! 엄마가 소리친다.

넌 정신 나간 년이야.

엄마는 자기를 작게 만든다. 나처럼 작다. 그런 후에 조용해진다. 넌 정신 나간 년이야. 넌 정신 나간 년이야. 넌 정신 나간 년이야.

나는 탁자 아래에 있다. 손가락으로 귀를 막고 눈을 감는다. 소리가 멈춘다. 그 남자가 돌아서서 부엌으로 쿵쿵 들어오자 장화가 보인다. 그 남자는 허리띠를 가지고 자기 다리를 찰싹 친다. 그 남자는 나를 찾으려고 한다. 허리를 굽히고 씩 웃는다. 그 남자에게는 고약

한 냄새가 난다. 담배와 술과 나쁜 냄새. 여기 있었군, 꼬마 새끼.

소름 끼치는 울음에 잠에서 깼다. 땀에 흠뻑 젖었고 심장이 쿵쿵 뛰었다. 나는 침대에서 벌떡 일어나 앉았다.
망할.
소름 끼치는 소리는 내게서 나는 것이었다.
나는 마음을 가다듬으려 숨을 깊이 들이쉬고 몸 냄새와 싸구려 버번, 역한 카멜 담배 냄새의 기억을 없애버리려고 했다.
'당신은 엉망진창으로 망가진 개자식이야.'
아나의 말이 머릿속에서 울렸다.
그 남자의 말처럼.
망할.
난 그 약쟁이 매춘부를 도울 수 없었다.
노력했다. 맙소사, 노력했다고.
'거기 있었군, 꼬마 새끼.'
하지만 아나는 도울 수 있었다.
그녀를 보냈어.
그녀를 보내야만 했지.
그녀는 이런 쓰레기 따위는 하나도 필요 없으니까.
시계를 보았다. 3시 30분이었다. 부엌으로 들어가서 큰 컵으로 물 한 잔을 마신 후 피아노로 향했다.

다시 경련을 일으키며 깨어났을 때는 날이 밝아오고 있었다. 이른 아침 햇볕이 방을 채웠다. 아나의 꿈을 꾸고 있었다. 내게 키스하는 아나, 내 입속 그녀의 혀, 그녀의 머리카락 속 나의 손가락, 나를 누르는 그녀의 탐스러운 육체, 머리 위로 묶인 손.

그녀는 어디 있을까?

달콤한 한순간, 잊고 있었던 어제 일어났던 일들이 갑자기 홍수처럼 모두 되돌아왔다.

그녀가 떠났다.

망할.

내 욕망의 증거가 매트리스를 눌렀다. 그러나 떠날 때 상처와 굴욕으로 흐려졌던 빛나는 눈의 기억이 곧 그 문제를 해결했다.

거지 같은 기분을 느끼면서 침대에 똑바로 누워 팔을 뒤통수에 대고 천장만 바라보았다. 오늘 하루가 내 앞에 펼쳐져 있었지만 몇 년 만에 처음으로 나는 무엇을 해야 할지 알 수 없었다. 시간을 다시 확인했다. 5시 58분.

제길, 차라리 달리기를 하러 가는 게 낫겠군.

프로코피예프의 〈몬테규가와 캐퓰렛가의 만남〉이 귀에서 울려 퍼지는 가운데, 고요한 아침의 포스 애비뉴를 쿵쿵 디디며 달렸다. 온몸이 아팠다. 허파는 터질 것 같았고, 머리는 쿵쿵 울렸다. 커다란 구멍, 상실의 둔탁한 아픔이 마음속을 갉아먹고 있었다. 아무리 노력해도 이 고통으로부터 도망갈 수 없었다. 음악을 바꾸려고 잠깐 걸음을 멈추고 소중한 공기를 허파 속으로 빨아들였다. 뭔가…… 격렬한 것을 원했다. 블랙 아이드 피스의 〈펌프 잇〉. 그래. 속도를 올렸다.

나도 모르게 바인 스트리트를 달려 내려가고 있었다. 미친 짓인 건 알았지만, 그녀를 볼지 모른다는 희망을 품었다. 그녀가 사는 거리에 가까이 갈수록 심장이 더욱 세게 질주했고 걱정이 커졌다. 그렇게 그녀가 간절히 보고 싶진 않았다. 그저 잘 있는지만 확인하고 싶었다. 아니, 그건 사실이 아니었다. 그녀가 보고 싶었다. 마침내 그녀가 사는 거리에 도착해서 아파트 건물 앞을 지나쳤다.

사방이 조용했다. 올즈모빌 한 대가 덜커덩덜커덩 지나갔고 개를 산책시키는 사람 두 명이 나와 있을 뿐이었다. 하지만 아파트 안에서는 아무런 기척도 들리지 않았다. 거리를 건너 반대편 보도에서 멈췄다가 숨을 고르려 어떤 아파트의 문간으로 허리를 굽히고 들어섰다.

한 방의 커튼은 내려져 있었고, 다른 방의 커튼은 걷어놓았다. 어쩌면 그게 아나의 방일지도 몰랐다. 아마 아직도 자고 있을지도. 거기 있다면 말이지만. 악몽 같은 시나리오가 마음속에서 형체를 갖췄다. 그녀가 어젯밤 외출했다가 술에 취해서 다른 남자를 만났다면…….

안 돼.

신물이 목구멍으로 올랐다. 다른 남자의 손이 그녀의 몸에 닿는다는 생각만 해도, 어떤 얼간이 녀석이 그녀의 따뜻한 미소를 햇볕처럼 쐬며 그녀를 웃긴다는 생각만 해도, 그녀를 절정에 이르게 한다는 생각만 해도. 그녀의 아파트 현관을 밀고 들어가 혼자 있는지 확인하고픈 충동을 억누르기 위해서 내 모든 자제력이 필요했다.

네가 자초한 일이야, 그레이.

그녀를 잊어. 그녀는 네게 어울리는 사람이 아니야.

나는 시호크스 모자를 얼굴까지 눌러쓰고 웨스턴 애비뉴를 달려 나갔다.

내 질투는 원초적이고 성나 있었다. 그것이 마음속 뻥 뚫린 구멍을 채웠다. 그 감정이 싫었다. 내가 정말로 자세히 보고 싶지 않은 영혼 깊은 곳 무엇인가를 휘저었다. 나는 더 빨리 달리며 기억으로부터 도망갔다. 고통으로부터, 아나스타샤 스틸로부터.

　시애틀에 땅거미가 깔렸다. 나는 일어서서 몸을 뻗었다. 종일 서재 책상에 붙어 있었고 꽤 성과를 올렸다. 로스도 그간 열심히 일했다. 그녀는 에스아이피에 대한 사업 계획서 초본과 가계약서를 준비해서 보냈다.

　적어도 계속 아나를 지켜볼 순 있겠지.

　그 생각은 고통스러운 만큼이나 똑같이 끌리기도 했다.

　특허 신청서 두 건과 계약서 몇 통, 새로운 디자인 상세도를 읽고 의견을 달았다. 세세한 업무에 빠져 있는 동안에는 그녀를 생각하지 않았다. 작은 글라이더는 여전히 내 책상 위에 놓여 나를 도발하고, 그녀 말대로 더 행복한 시간을 떠올리게 했다. 그녀가 내 서재 문간에 서 있던 모습을 그려보았다. 내 티셔츠를 입고, 긴 다리와 푸른 눈만 보이던 그녀. 나를 유혹하기 바로 직전의 모습.

　또 한 번의 처음이었지.

　그녀가 그리웠다.

　거기서, 나는 인정했다. 헛된 희망으로 전화기를 확인해보니 엘리엇이 보낸 문자가 있었다.

　맥주 마실래, 거물 나리?

나는 대답했다.

　아니, 바빠.

엘리엇의 답장이 재깍 도착했다.

　그럼, 꺼져.

　그래, 꺼져버리고 싶군.

　아나에게는 아무 연락도 없었다. 부재중 전화도. 이메일도. 뱃속의 귀찮은 고통이 점점 강렬해졌다. 그녀는 전화를 하지 않을 것이다. 헤어지고 싶어 했으니까. 내게서 멀어지고 싶어 했으니까. 그리고 그녀를 비난할 순 없었다.

　그게 최선의 결과야.

　분위기 좀 바꿔볼까 싶어 부엌으로 갔다.

　존스 부인이 돌아온 모양이었다. 부엌은 깨끗이 청소되어 있었고, 가스레인지 위에는 냄비가 끓고 있었다. 냄새가 좋았다……. 하지만 난 배고프지 않았다. 무엇을 요리하고 있나 살피는 동안 존스 부인이 들어왔다.

　"안녕하세요, 사장님."

　"존스 부인."

　그녀는 잠깐 멈칫했다. 무언가에 놀란 듯했다. 나한테 놀랐나? 젠장, 내 꼴이 그렇게 엉망인가?

　"치킨 샤세르(버섯과 화이트와인, 토마토를 넣어 만든 소스를 끼얹은 닭고기 요리—옮긴이) 어떠세요?"

　그녀는 반신반의하는 목소리로 물었다.

　"물론 좋죠."

　나는 낮은 목소리로 대답했다.

　"두 사람 몫을 만들까요?"

　그녀가 물었다.

내가 그녀를 응시하자, 그녀는 당황한 표정을 지었다.

"한 사람 몫만."

"10분 후에?"

부인의 목소리가 떨리고 있었다.

"좋아요."

내 목소리는 얼음장 같았다.

나는 돌아서서 나가려 했다.

"그레이 씨?"

그녀가 나를 불러 세웠다.

"뭐죠, 존스 부인?"

"아무것도 아니에요. 방해해서 죄송해요."

그녀는 가스레인지로 몸을 돌려 닭고기 요리를 저었고, 나는 다시 샤워하러 나갔다.

맙소사, 심지어 내 직원들조차 이 망할 덴마크 왕국에 뭔가 썩어가고 있다는 사실을 알아챘군(《햄릿》의 첫 대사를 응용한 말-옮긴이).

2011년 6월 6일 월요일

침대에 들기가 무서웠다. 자정이 넘었고 피곤했지만 피아노 앞에 앉아 바흐의 마르첼로 곡을 반복해서 연주했다. 내 어깨에 기대던 그녀의 머리가 떠오르자, 달콤한 향기가 풍기는 것만 같았다.

망할, 자기가 노력하겠다고 말해놓고!

나는 연주를 그만두고 양손으로 머리를 부여잡았다. 팔꿈치가 건반을 쿵 내리누르며 불협화음을 냈고, 나는 그 위로 몸을 숙였다. 그녀는 노력한다고 해놓고, 첫 번째 장애물에서 넘어지고 말았다.

그런 후에는 도망쳤다.

왜 그렇게 세게 때렸을까?

내 마음 깊은 곳에서는 대답을 알고 있었다. 그녀가 그렇게 해달라고 부탁했기 때문에. 그리고 나는 너무 경솔하고 이기적이었기 때문에 유혹을 거부할 수 없었다. 그녀의 도전에 매혹되어 내가 원하는 곳으로 우리를 이끌고 갈 기회를 잡았다. 그리고 그녀가 안전신호를 말하지 않았기에, 나는 그녀가 견딜 수 있는 이상으로 상처 입혔다. 절대 그렇게 하지 않겠다고 약속해놓고도.

나는 얼마나 쓰레기 같은 바보였나.

그런 후에 어떻게 나를 신뢰할 수 있겠나? 그녀가 떠난 것도 당연했다.

어쨌든 왜 그녀는 나와 함께 있고자 했을까?

술을 마실까 생각해보았다. 열다섯 살 때 이후로는 술에 취한 적이 없었다. 뭐, 한 번은. 스물한 살 때. 나는 자제력을 잃는 것을 혐오했다. 알코올이 한 사람에게 어떤 영향을 끼칠 수 있는지 알고 있었다. 몸을 부르르 떨며 마음을 꺾어 그런 기억을 차단하고 오늘은 이만 자기로 결심했다.

침대에 누워서 꿈을 꾸지 않기를 기도했다. 그러나 꿈을 꾼다면, 그녀의 꿈을 꾸길 바랐다.

엄마는 오늘 예쁘다. 엄마는 자리에 앉았고 나한테 머리를 빗겨 달라고 했다. 엄마는 거울 속에 비친 나를 보고 특별한 미소를 짓는다. 나를 위한 엄마의 특별한 미소. 시끄러운 소리가 난다. 쿵 하는 소리. 그 남자가 돌아왔다. 안 돼! 망할, 어디 있었냐, 쌍년? 여기 너 어려울 때 도와줄 친구 데려왔어. 돈이 있는 친구를. 엄마는 일어서서 내 손을 잡고 벽장 속으로 밀어 넣는다. 나는 엄마의 신발 위에 앉아 조용히 있으려고 한다. 귀를 막고 눈을 꽉 감고. 옷에서는 엄마 냄새가 난다. 그 냄새가 좋다. 여기 있는 게 좋다. 그 남자에게서 떨어져 있는 게. 남자가 소리친다. 망할 꼬마 새끼는 어디 있어? 남자는 내 머리카락을 잡고 벽장에서 끌어낸다. 꼬마 새끼야, 파티를 망치고 싶은 건 아니겠지. 남자는 엄마의 얼굴을 세게 친다. 내 친구한테 잘해, 그래야 약을 얻을 테니까, 쌍년. 엄마는 나를 보더니 눈물을 흘린다. 울지 마, 엄마. 다른 남자가 방 안으로 들어온다. 머리카락이 더러운 덩치 큰 남자. 덩치 큰 남자는 엄마를 보고 웃는다. 나는 다른 방으로 끌려간다. 남자는 나를 바닥에 패대기치고 나는 무릎을 다친다. 이제, 널 어떻게 할 줄 아냐, 이 쓰레기 새끼야? 남자에게서는 역겨운 냄새가 난다. 남자에게서는 맥주 냄새가 나고 그는 담배 한 대를 피운다.

잠에서 깼다. 지옥의 개에게 쫓겨 마흔 개의 블록을 달리기라도 한 것처럼 가슴이 두방망이질했다. 악몽을 의식의 뒤편으로 밀어버리며 침대에서 벌떡 뛰쳐나와 서둘러 부엌으로 가서 물 한 잔을 마셨다.

플린을 만날 필요가 있었다. 악몽은 이전보다 더 심해졌다. 아나가 내 옆에서 잘 때는 악몽을 꾸지 않았었다.

제길.

서브와 함께 잘 생각은 한 번도 해본 적이 없었다. 그러고 싶은 기분이 든 적도 없었다. 그들이 밤에 나를 만질까 걱정했던가? 모르겠다. 남과 함께 잔다는 것이 참 편안할 수도 있다는 것을 어떤 술 취한 순진한 처녀가 가르쳐주었었다.

이전에도 내 서브들이 자는 것을 본 적이 있었지만, 그것은 늘 어떤 성적 배출을 위해 그들을 깨우기 위한 전주곡일 뿐이었다.

아나가 히스먼에서 자고 있을 때 몇 시간이나 바라보던 것이 기억났다. 보면 볼수록 그녀는 더 아름다워졌다. 부드러운 빛 속에서 빛을 발하는 흠 없는 피부. 하얀 베개 위에 펼쳐져 있던 검은 머리카락. 잘 때 퍼덕이던 속눈썹. 입술이 살짝 벌어져 그녀가 입술을 핥을 때면 그녀의 치아와 혀를 볼 수 있었다. 가장 흥분되는 경험이었다. 그녀를 그저 바라보기만 해도. 그리하여 그녀 옆에서 고른 숨소리를 들으며 그녀의 가슴이 숨 쉴 때마다 오르락내리락하는 것을 보며 잠이 들었을 때는 마침내 푹 잘 수 있었다. 정말로 푹.

서재로 가서 글라이더를 집었다. 그 모습만 봐도 정다운 미소가 떠오르며 마음이 안정되었다. 그것을 만들었다는 게 자랑스러운 동시에 내가 하려고 하는 일치고는 우스꽝스럽기도 했다. 그녀의 마지막 선물이었으니까. 첫 번째 선물은…… 뭐였더라?

물론 그녀 자신이었지.

그녀는 내 욕구를 위해서 자신을 희생했다. 내 탐욕을 위해. 내 정욕을 위해. 내 자아를 위해……. 내 망가진 망할 자아를 위해.

제길, 이 고통은 끝이 나기나 할까?

약간 바보 같은 기분으로 나는 글라이더를 들고 침대로 갔다.

"아침으로는 뭘 드시고 싶으세요?"

"그냥 커피나 줘요, 존스 부인."

그녀는 주저했다.

"사장님은 어제 저녁도 안 드셨잖아요."

"그래서?"

"뭐라도 넘기시는 게 좋지 않을까 싶어서요."

"존스 부인, 커피나 줘요, 제발."

나는 부인의 말을 막았다. 그녀가 상관할 일이 아니었다. 부인은 입술을 꽉 다물었지만 고개를 끄덕이고 가기아 커피머신으로 몸을 돌렸다. 나는 사무실에 가져갈 서류를 모으러 서재로 들어갔다가 에어캡이 든 안전봉투를 찾았다.

차에서 로스에게 전화했다.

"에스아이피 건은 무척 잘 처리했던걸. 하지만 사업 계획서는 좀 수정해야 할 것 같아. 제안을 하자."

"크리스천, 너무 성급해요."

"빨리 움직이고 싶어. 제시 가격에 대한 내 생각을 이메일로 보내놨어. 7시 30분까지는 사무실에 도착할 거야. 만나서 얘기하지."

"마음을 굳혔으면요."

"굳혔어."

"좋아요. 안드레아에게 전화해서 일정 잡으라고 할게요. 디트로이트와 서배너 수치 비교 보고서 받았어요."

"하한선은?"

"디트로이트."

"알겠어."

젠장…… 서배너가 아니군.

"나중에 얘기해."

나는 전화를 끊었다.

아우디 뒷좌석에 뚱하게 앉아 있을 때 테일러가 차들 사이로 속도를 냈다. 아나스타샤가 오늘 아침에 어떻게 출근했을지 궁금했다. 어쩌면 어제 차를 샀을지도 모르지만, 왠지 그건 아닐 것 같았다. 그녀가 나처럼 비참한 기분일지 궁금했다……. 그러지 않길 바랐다. 어쩌면 그녀는 내가 그저 한때 우스운 불장난일 뿐임을 깨달았을지도 몰랐다.

그녀는 나를 사랑할 수 없어.

그리고 확실히 지금은 나를 사랑할 수 없겠지. 내가 그런 짓을 한 후에는 절대로. 나를 사랑한다고 말한 사람은 없었다. 물론 아버지, 어머니를 빼고. 그러나 그것도 부모님의 의무감으로 하는 말이었다. 무조건적인 부모의 사랑에 대해 플린이 거슬리는 말을 했던 것이 머릿속에 울렸다. 심지어 입양된 아이들도 그런 사랑을 받는다고 했었지. 하지만 나는 확신할 수 없었다. 나는 그들에게 실망만 안겨주었으니까.

"사장님?"

"미안해, 뭐지?"

테일러가 느닷없이 나를 불렀다. 그는 차 문을 열고 걱정 어린 표정으로 나를 기다리고 있었다.

"도착했습니다."

젠장……. 얼마나 오래 이러고 있었던 거지?

"고마워. 오늘 저녁 몇 시에 와야 하는지 확인하고 알려주도록 하지."

집중해, 그레이.

내가 엘리베이터에서 내리자 안드레아와 올리비아 둘 다 고개를 들었다. 올리비아는 속눈썹을 깜박이며 머리카락을 귀 뒤로 넘겼다. 맙소사, 이 멍청한 여자한테는 이제 질렸어. 인사부에 말해서 다른 부서로 이동시켜야겠군.

"커피 줘, 올리비아. 크루아상 하나하고."

그녀는 벌떡 일어나 내 지시를 따랐다.

"안드레아. 웰치, 바니, 그다음엔 플린, 다음으로는 클로드를 전화 연결해줘. 아무도 방해하지 못하게 해. 우리 어머니라고 해도……. 다만…… 다만 아나스타샤 스틸이 전화하는 경우 빼고는. 알겠어?"

"네, 사장님. 지금 오늘 일정 확인하시겠습니까?"

"아니. 먼저 커피랑 뭐 좀 먹고."

나는 달팽이 걸음으로 엘리베이터 쪽에서 어정거리는 올리비아를 향해 얼굴을 찡그렸다.

"네, 사장님."

안드레아는 사무실 문을 여는 내 뒤에 대고 대답했다.

서류가방에서 내 가장 소중한 물건이 든 안전봉투를 꺼냈다. 글라이더. 그걸 책상 위에 놓자 마음이 스틸 양을 향해 떠돌았다.

오늘 아침에 새 직장에 출근했겠지. 새 사람을 만나고…….
새 남자를 만나고. 의기소침한 생각이었다. 나를 잊겠지.

아니, 그녀는 나를 잊지 않을 거야. 여자들은 언제나 첫 섹스 상대를 기억한다 하지 않는가? 나는 오직 그 한 가지만으로도 그녀의 기억 속에 한 자리를 차지하겠지. 하지만 나는 그저 추억이 되고 싶진 않았다. 그녀의 마음속에 머물고 싶었다. 그녀의 마음속에 머물러야 했다. 어떻게 하면 좋지?

문에서 노크 소리가 들리더니 안드레아가 나타났다.

"커피와 크루아상 준비했습니다."

"들어와."

안드레아는 내 책상으로 총총 걸어오다 책상 위에 놓인 글라이더에 눈길을 주었지만, 현명하게도 입을 다물었다. 그녀는 아침식사를 내 책상 위에 놓았다.

블랙커피였다. 잘했어, 안드레아.

"고마워."

"웰치, 바니, 바스티유에게 메시지를 남겨두었습니다. 플린 박사님은 5분 후에 전화하신답니다."

"좋아. 이번 주에 있는 사교 약속은 다 취소해줘. 점심도 취소하고 저녁에도 아무 일정 잡지 마. 바니를 전화로 연결하고 내게 좋은 꽃집 전화번호 하나 알려줘."

그녀는 메모지에 열심히 받아 적었다.

"우리 회사가 주로 이용하는 곳은 '아케이디어스 로즈'라는 곳인데요. 제가 꽃을 주문해드릴까요?"

"아니, 번호만 알려줘. 내가 직접 하지. 그게 다야."

그녀는 고개를 끄덕이더니 될 수 있으면 빨리 사무실에서 나가야 한다는 듯 재깍 나가버렸다. 몇 분 후 전화가 울렸다. 바니였다.

"바니, 모형 글라이더를 세울 받침대 하나 만들어줬으면 좋겠는데."

회의 사이에 꽃집에 전화를 걸어 흰 장미 스물네 송이를 오늘 밤 아나의 집에 배달해달라고 주문했다. 그런 식이라면 직장에서 당황하지도 않고 불편할 일도 없겠지.

그리고 나를 잊을 수도 없을 테고.

"꽃과 함께 전갈을 적으시겠습니까?"

꽃집 직원이 물었다.

아나에게 보낼 메시지?

뭐라고 하지?

돌아와, 미안해. 다시는 때리지 않을게.

단어가 제멋대로 머릿속으로 끼어들어오는 바람에 얼굴을 찡그렸다.

"음…… 이렇게 적어줘요. '출근 첫날을 축하해. 무사히 보냈기를.'"

책상 위에 있는 글라이더를 힐끔 보았다.

"그리고 '글라이더는 고마워. 배려 많이 했다는 생각이 들더군. 지금은 위풍당당하게 내 책상 위에 한자리 차지하고 있지. 크리스천'이라고."

꽃집 직원이 도로 불러주었다.

제길, 내가 하고 싶은 말을 제대로 표현하진 못했지만.

"다 되셨나요, 그레이 씨?"

"네, 고마워요."

"아뇨, 저희가 감사하죠. 좋은 하루 보내세요."

나는 전화를 노려보았다. 좋은 하루는 개뿔.

"어이, 무슨 고민이라도 있어?"

클로드가 바닥에서 일어나며 이렇게 물었다. 지금 막 내가 그의 날씬하고 못된 엉덩이를 걷어차 때려눕힌 참이었다.

"오늘 오후엔 아주 불붙었는데, 그레이."

그는 먹이를 다시 재보는 커다란 고양이처럼 우아한 자세로 천천히 일어났다. 그레이 하우스의 지하 체육관에서 단둘이 시합하는 중이었다.

"열 받았으니까."

나는 식식댔다.

서로 빙글빙글 돌 때 그의 표정은 차분했다.

"정신이 딴 데 가 있을 때 링에 오르는 건 좋은 생각이 아닐 텐데."

클로드는 재미있다는 듯 말했지만 내게서 눈을 떼진 않았다.

"내 경우엔 도움이 되던데."

"왼쪽으로 좀 치우쳤어. 오른쪽을 보호해야지. 손 들어."

그는 한 팔을 날려 내 어깨를 쳤고, 나는 균형을 잃고 나가떨어질 뻔했다.

"집중하라고, 그레이. 회의실에서 무슨 일이 있었건, 여기선 다 잊어버려. 아니면 여자 문제인가. 엉덩이가 근사한 어떤 여자한테 꽉 잡혔나보군."

그는 코웃음을 치며 나를 약 올렸다. 효과가 있었다. 나는 그의 옆구리를 발로 차며 펀치를 한 번, 두 번 날렸다. 그는 드레드 머리를 휘날리며 비틀비틀 뒷걸음질 쳤다.

"네 뒤나 잘 닦아, 바스티유."

"와우. 급소가 어딘지 알아냈군."

클로드가 승리감에 젖어 떠들었다. 그는 갑자기 팔을 휘둘렀지만, 나는 그런 움직임을 기대하고 있었기에 막아내며 주먹을 올려치고 재빨리 킥을 날렸다. 그는 이번에는 펄쩍 물러섰다. 감명받은 듯했다.

"너의 잘난 세계에 어떤 난리가 일어났어도 실력은 늘었네, 그레이. 덤벼보라고."

아, 네 실력은 떨어지고 있고. 나는 그에게로 돌진했다.

집으로 가는 길은 한산했다.

"테일러, 다른 길로 돌아갈 수 있나?"

"어디로 갈까요?"

"스틸 양의 아파트 앞을 지나갈 수 있겠어?"

"네, 사장님."

나는 이런 고통에 익숙해졌다. 귀울림처럼 항상 앓고 있는 증상 같았다. 회의 시간에는 잠잠하고 그다지 방해가 되지 않았다. 오직 내가 홀로 생각에 빠져 있을 때면 내 안에서 불씨가 살아나 맹렬히 번져갔다. 이런 일이 언제까지 계속될까?

그녀의 아파트에 접근하자 심장 박동이 치솟았다.

그녀를 볼 수 있을지도 몰라.

그 가능성에 전율이 일고 마음이 불편해졌다. 그녀가 떠난 이후로는 오직 그 생각밖에 하지 않았다는 것을 깨달았다. 그녀의 빈자리는 나를 항상 따라다니는 동반자였다.

"천천히 운전해."

그녀의 아파트 근처에 다다르자 테일러에게 지시했다.

집에 불이 켜져 있었다.

집에 있군!

그녀가 혼자 있기를 바랐다. 나를 그리워하면서.

내 꽃은 받았을까?

혹시 그녀가 문자라도 보냈을까 싶어 전화를 확인하고 싶었지만, 그녀의 아파트에서 시선을 뗄 수가 없었다. 그녀의 모습을 놓치고 싶지 않았다. 잘 있을까? 나를 생각할까? 첫 출근 날을 어떻게 보냈는지 궁금했다.

"다시 갈까요?"

차가 천천히 지나쳐서 아파트가 시야에서 사라지자 테일러가 물었다.

"아니야."

나는 숨을 내쉬었다. 그동안 숨을 멈추고 있었다는 것도 모르고 있었다. 다시 에스칼라로 돌아가면서, 이메일과 문자를 훑었다. 그녀에게서 뭔가 왔을까 싶어서……. 그러나 아무것도 없었다. 엘레나에게서 온 문자가 하나 있었다.

괜찮아?

그건 무시했다.

아파트는 조용했다. 이전에는 정말로 눈치채지 못했었다. 아나스타샤의 부재로 그 고요함이 한층 강조됐다.

코냑을 한 모금 더 마시고, 내 도서실로 터덜터덜 들어갔다. 문학을 좋아하는 그녀에게 이 방을 보여주지 않았다니 모순적이었다. 이 방에는 우리의 추억이 없어서 위안을 찾을 줄 알았다. 꼼꼼하게 꽂아놓고 분류해놓은 책들을 살펴보다가 눈길이 당구대에 가닿았다. 그녀는 당구를 칠까? 그럴 것 같지 않았다.

그녀가 녹색 천 위에 대자로 뻗어 있는 이미지가 마음속에서 훅 떠올랐다. 여기에는 아무런 추억이 없었더라도, 내 마음은 사랑스러운 스틸 양의 선정적인 이미지를 선명하게 만들어낼 능력이 있고도 남았다. 기꺼이 그러려고 했다.

참을 수가 없었다.

나는 코냑을 한 모금 더 꿀꺽 들이켜고 방에서 나갔다.

2011년 6월 7일 화요일

　우리는 섹스하고 있다. 거칠게 섹스한다. 욕실 문에 기대어. 그녀는 내 거야. 나는 그녀 안에 나를 묻었다. 다시 또다시. 그녀 안에서 기쁨을 느낀다. 그녀의 감촉, 그녀의 냄새, 그녀의 맛. 나는 그녀의 머리카락을 움켜쥐고 꼼짝 못 하게 붙든다. 그녀의 엉덩이를 잡는다. 그녀의 두 다리가 내 허리를 감싼다. 그녀는 움직일 수 없다. 내게 잡혀 있다. 그녀의 두 손이 내 머리카락을 잡는다. 아, 그래. 나는 집에 있다. 그녀도 집에 있어. 여기가 내가 있고 싶은 곳이다. 그녀의 안……

　그녀는 내 것이다. 그녀가 절정을 느낄 때 근육이 조여온다. 나를 꽉 감싼다. 그녀의 머리가 뒤로 젖혀진다. 나를 위해 느껴봐! 그녀가 비명을 지르고 나도 뒤따른다……. 아, 그래. 나의 달콤하고, 달콤한 아나스타샤. 그녀는 만족해서 나른한 미소를 짓는다……. 아, 너무도 섹시한 그녀. 그녀가 일어서서 나를 바라본다. 장난스러운 미소가 입술에 어린다. 그런 후에 나를 밀어내고 아무 말 없이 뒷걸음질 친다. 나는 그녀를 잡고 우리는 오락실에 있다. 나는 그녀를 벤치 위로 내리누른다. 나는 띠를 든 손을 높이 쳐들어 그녀를 벌주려 하지만…… 그녀는 사라진다. 그녀는 문 옆에 있다. 충격받고 슬퍼하는 하얀 얼굴. 그녀는 말없이 멀어진다……. 문은 사라졌고, 그녀

417

는 멈추지 않는다. 그녀는 애원하듯 두 손을 내민다. 나랑 함께 가
요, 그녀가 속삭인다. 그러나 그녀는 점점 희미해지며 뒤로 물러나
고 내 눈앞에서 사라진다……. 없어진다……. 그녀는 떠난다. 안
돼! 나는 고함친다. 안 돼! 하지만 목소리가 나오지 않는다. 아무것
도 없다. 나는 벙어리다. 벙어리가 된다……. 또다시.

혼란한 마음으로 깨어났다.
젠장, 꿈이군. 또다시 생생한 꿈.
하지만 다르다.
제길! 온몸이 끈적끈적하고 엉망이 되었다. 오랫동안 잊고 있
었지만 익숙한 공포와 희열을 잠깐 느꼈다. 하지만 이제 엘레나
는 나를 소유하고 있지 않다.
맙소사, 자면서도 국가대표급으로 발산했군. 몇 살 때 하고
안 한 거더라. 열다섯? 열여섯?
나는 자기혐오를 느끼며 어둠 속에 누워 있었다. 티셔츠를 끌
어올리고 내 몸을 닦았다. 정액이 사방에 튀어 있었다. 상실의
아픔이 둔탁하게 밀려왔지만 어둠 속에서 히죽 웃었다. 관능적
꿈도 가치가 있군. 그 나머지는…… 망할. 나는 몸을 뒤집고 다
시 잠에 빠졌다.

그 남자는 가버렸다. 엄마는 소파에 앉아 있다. 엄마는 조용하다.
벽을 보면서 가끔 눈을 깜박인다. 나는 엄마 앞에 서 있지만, 엄마
는 나를 보지 않는다. 내가 손을 흔들자 엄마는 나를 보지만, 엄마는
나를 손 흔들어 쫓아버린다. 안 돼, 애벌레야. 지금은 안 돼. 그 사람
이 엄마를 아프게 했다. 나를 아프게 했다. 나를 너무나 화나게 했
다. 엄마랑 나만 있을 때가 제일 좋다. 그때는 엄마는 나의 것이 된

다. 내 엄마. 배가 아프다. 다시 배가 고프다. 부엌에 가서 쿠키를 찾아본다. 의자를 찬장 앞에 갖다 놓고 올라간다. 크래커 한 상자가 있다. 찬장에는 그것뿐이다. 나는 의자에 앉아 상자를 연다. 두 개가 남아 있다. 나는 그걸 먹는다. 맛있다. 그 남자 소리가 들린다. 그 사람이 돌아왔어. 나는 펄쩍 뛰어내려 침실로 가서 침대 안으로 들어간다. 나는 자는 척한다. 그 남자가 손가락으로 날 찔러본다. 여기 있어, 꼬마 새끼야. 네 망할 엄마랑 한판 질펀하게 하고 올 테니. 저녁 내내 네 못생긴 꼬라지를 보고 싶진 않아. 알겠냐? 그는 내 얼굴을 찰싹 치지만, 나는 대답하지 않는다. 아니면 불로 지져줄 줄 알아, 꼬마 녀석. 안 돼. 그건 싫어. 불은 싫어. 아프다. 알았냐, 병신 새끼? 그 사람은 나를 울리려고 한다. 하지만 그건 어렵다. 나는 소리를 낼 수 없으니까. 그 사람은 나를 주먹으로 때린다……

다시 퍼뜩 놀라 깨어난 나는 희미한 새벽빛 속에 숨을 헐떡이며 심장 박동이 느려지기만을 기다렸다. 입안에 감도는 시큼한 공포의 맛을 떨치려고 애썼다.

그녀가 너를 이 쓰레기에서 구했었어, 그레이.

그녀와 함께 있을 때는 이런 고통의 기억이 되살아나진 않았지. 어째서 그녀가 떠나게 놔둔 거야?

시계를 슬쩍 본다. 5시 15분. 달리기를 할 시간.

그녀가 사는 건물은 우울해 보였다. 이른 아침의 햇살이 닿지 않고 아직 그늘에 잠겨 있었다. 적당하군. 내 기분을 반영하고 있어. 그녀의 아파트 안은 어두웠지만, 내가 이전에 보았던 방의 커튼은 걷혀 있었다. 그게 그녀의 방일 것이었다.

그녀가 그 안에서 혼자 자고 있기를 간절히 바랐다. 나는 그녀가 하얀 철제 침대에 웅크리고 누운 모습을 그려보았다. 작은 공이 된 아나. 내 꿈을 꾸고 있을까? 내가 그녀에게 악몽을 꾸게 했을까? 나를 잊었을까?

이런 비참한 기분을 느낀 적은 없었다. 심지어 10대 시절에도.

내가 그레이가의 사람이 되기 전에는 어쩌면……. 기억이 빙글빙글 돌며 되살아났다. 아니, 안 돼. 깨어서도 이러면 안 돼. 이건 너무하다. 후드를 덮어쓰고 반대편 건물의 문간에 숨어서 돌벽에 기댔다. 끔찍한 생각이 마음을 스쳤다. 여기 계속 서 있어야 할지도 몰라. 일주일, 한 달…… 1년? 바라보고, 기다리면서. 한때 내 것이었던 여자의 모습이 얼핏 보일까 싶어. 고통스러웠다. 그녀는 언제나 나보고 스토커라며 비난했는데, 정말 그렇게 되어버렸다.

계속 이런 식으로는 살 수 없었다. 그녀를 봐야 했다. 그녀가 괜찮은지 알아야 했다. 마지막으로 보았던 그녀의 모습을 지워야 했다. 상처받고, 굴욕당하며, 패배한 채로…… 나를 떠나던 모습.

방법을 생각해내야 했다.

에스칼라로 돌아오자 존스 부인이 무표정하게 나를 바라보았다.

"이런 것 부탁한 적 없는데."

나는 존스 부인이 앞에 놓은 오믈렛을 보았다.

"그럼 버릴게요."

그녀는 접시로 손을 뻗으며 말했다. 존스 부인은 내가 음식을 낭비하는 것을 싫어하는 걸 알고 있었지만, 나의 매서운 눈초리에도 꿈쩍하지 않았다.

"일부러 그러는 거죠, 존스 부인."

오지랖 넓은 여자 같으니.

그녀는 승리에 젖은 미소를 살짝 지어 보였다. 나는 험악한 표정을 지었지만 그녀는 기죽지 않았다. 간밤에 꾼 악몽의 흔적이 아직도 어정거려, 나는 아침식사를 다 먹어치웠다.

아나에게 그냥 전화해서 인사라도 할까? 내 전화를 받아줄까? 책상 위의 글라이더에 시선이 머물렀다. 그녀는 깨끗한 이별을 원했다. 그 뜻을 존중해서 그녀를 가만히 놔두어야 했다. 하지만 그녀의 목소리가 듣고 싶었다. 잠시 전화를 했다 끊을까 생각도 했다. 그저 그녀의 목소리가 듣고 싶어서.

"크리스천? 크리스천? 괜찮아요?"

"미안, 로스. 뭐였지?"

"정신이 완전히 딴 데 가 있네요. 당신이 이러는 거 처음 봐요."

"난 괜찮아."

나는 퉁명스럽게 답했다.

젠장, 집중해, 그레이.

"무슨 말 하고 있었어?"

로스는 나를 미심쩍게 바라보았다.

"에스아이피는 우리 생각보다 재정난이 심각하다는 말을 하고 있었죠. 계속 듣고 싶어요?"

"그래." 내 목소리는 격렬했다. "계속해."

"그들 팀이 오늘 오후에 기본 합의서에 서명하러 올 거예요."

"좋아. 그럼, 에이먼 캐버너에게 보낸 제안은 어떻게 됐지?"

나는 생각에 잠긴 채로 목제 블라인드 사이로 테일러를 내려다보았다. 그는 플린 박사의 진료실 바깥에 주차하고 있었다. 늦은 오후였고 나는 여전히 아나를 생각하고 있었다.

　"크리스천, 저야 당신 돈을 그냥 받아먹고 당신은 창문만 내다보고 있어도 상관없지만, 풍경이나 감상하자고 여기 온 건 아닐 텐데요."

　플린이 말했다.

　몸을 돌려 그를 보자, 그는 예의 바르게 기대감 어린 태도로 나를 바라보고 있었다. 나는 한숨을 내쉬며 그의 쇼파로 갔다.

　"악몽을 다시 꾸고 있어요. 이전에는 상상도 못 할 정도로."

　플린은 한쪽 눈썹을 치켰다.

　"같은 악몽을?"

　"그래요."

　"뭐가 달라졌죠?"

　플린은 머리를 갸우뚱하며 답변을 기다렸다. 내가 아무 말 하지 않자, 그가 덧붙였다.

　"크리스천, 당신 얼굴이 아주 비참해 보여요. 무슨 일이 있었을 겁니다."

　엘레나와 이야기할 때 같은 기분이었다. 마음 한쪽으로는 그에게 말하고 싶지 않았다. 말을 하면 그게 현실이 되어버릴 테니까.

　"한 여자를 만났어요."

　"그리고?"

　"그 여자가 날 떠났죠."

　그는 놀란 표정이었다.

　"여자들은 이전에도 당신을 떠났잖아요. 뭐가 다릅니까?"

나는 그를 멍하니 보았다.

뭐가 다르지? 아나가 달랐으니까.

생각은 색색의 실이 얽힌 태피스트리가 되어 한데 흐려졌다. 그녀는 서브미시브가 아니었다. 우리는 계약서를 쓰지 않았다. 그녀는 성적으로 경험이 없었다. 그녀는 내가 섹스 이상을 함께 하고 싶었던 첫 번째 여자였다. 맙소사, 내가 그녀와 했던 온갖 첫 번째 경험들. 내가 옆에서 잔 첫 번째 여자, 첫 번째 처녀, 내 가족을 만난 첫 번째, 찰리 탱고를 타고 함께 날았던 첫 번째. 내가 활공에 데리고 간 첫 번째.

그래…… 달랐지.

플린이 내 생각을 방해했다.

"이건 단순한 질문이에요, 크리스천."

"그녀가 그리워요."

그의 얼굴에는 여전히 친절히 배려하는 기색이 떠올라 있었다. 하지만 그는 아무 티도 내지 않았다.

"이전에 관계했던 여자들 중 다시 그리워했던 사람이 없었습니까?"

"없었어요."

"그럼 그 여자는 뭔가 다른 점이 있었군요."

그가 운을 뗐다.

나는 어깨를 으쓱했지만, 그는 끈질겼다.

"그 여자와 계약에 따른 관계였습니까? 서브미시브였나요?"

"그녀가 그래 주기를 바랐죠. 하지만 그 일에 어울리는 여자가 아니었습니다."

플린은 얼굴을 찡그렸다.

"이해를 못 하겠군요."

"난 규칙 중 하나를 깼습니다. 내가 이 여자를 쫓아다닌 거죠. 그 여자가 관심 있을지도 모른다고 생각하고. 나중에 알고 보니 어울리는 여자가 아니었지만."

"무슨 일이 있었는지 말해봐요."

수문이 열리자 나는 지난 한 달간의 사건을 설명했다. 아나가 내 사무실로 넘어지며 들어왔을 때부터 토요일 아침 떠났을 때까지.

"알겠군요. 지난번에 만난 이후로 사연이 많았네요."

플린은 나를 관찰하며 턱을 문질렀다.

"여긴 여러 사안이 얽혀 있어요, 크리스천. 하지만 지금 당장은 그 여자가 당신을 사랑한다고 말했을 때 당신 기분이 어땠는지에 집중해봅시다."

나는 날카롭게 숨을 들이쉬었다. 뱃속이 공포로 조여왔다.

"겁을 먹었죠."

나는 속삭였다.

"물론 그랬겠죠." 그는 고개를 흔들었다. "당신은 자기가 생각하는 만큼 괴물이 아니에요. 애정을 받을 가치가 있고도 남습니다, 크리스천. 본인도 알잖아요. 내가 얼마나 자주 그렇게 말했습니까. 가치가 없다고 생각하는 건 오직 마음속의 생각일 뿐이에요."

나는 그의 진부한 말을 무시하고 평온한 눈길로 쳐다보았다.

"그럼 지금은 어떻습니까?"

그가 말했다.

잃어버렸어요. 잃은 느낌이죠.

"그녀가 그립습니다. 보고 싶어요."

나는 다시 한 번 고해실에 들어와 자기의 죄를 모두 고백하고 있었다. 내가 그녀에게 품었던 어둡고 어두운 욕망. 그녀가 무슨 중독이라도 되는 양.

"그럼 당신도 인지하고 있듯이 그 여자가 당신의 욕구를 충족시킬 수 없다는 사실에도 불구하고, 여전히 그립다는 거죠?"

"그래요. 그냥 인지 이상이죠, 존. 그녀는 내가 원하는 존재가 될 수 없어요. 나도 그녀가 원하는 존재가 될 수 없고요."

"확실해요?"

"그녀가 떠났잖아요."

"그거야 당신이 그 여자를 띠로 때렸기에 떠난 거고요. 당신의 취향을 공유하지 않는다고 해서, 그녀를 비난할 수 있습니까?"

"아니죠."

"그 여자가 원하는 식으로 관계를 시도할 생각은 해봤습니까?"

뭐라고? 나는 충격을 받아서 그를 빤히 보았다. 그는 이야기를 계속했다.

"그 여자와의 성적 관계가 만족스러웠나요?"

"네, 물론이죠."

나는 언짢아서 딱 잘라 말했다. 그는 내 어조를 무시했다.

"그 여자를 때리고도 만족스러웠습니까?"

"무척."

"다시 때리고 싶습니까?"

다시 때리고 싶냐고? 그녀가 떠나는 모습을 다시 보라고?

"아뇨."

"왜 그렇죠?"

"그건 그녀의 취향이 아니기 때문이죠. 난 그녀를 상처 입혔습니다. 정말로 아프게 했어요. 그녀는 할 수가…… 할 리가……." 나는 멈추었다. "그녀는 즐기지 않았습니다. 화를 냈죠. 정말로 무시무시하게 화를 냈어요."

그녀의 표정, 상처 입은 눈이 오랫동안 나를 따라다닐 것이었다. 그리고 나는 다시는 그런 표정을 짓게 하는 사람이 되고 싶지 않았다.

"놀랐습니까?"

나는 고개를 저었다.

"그녀는 격분했어요." 나는 속삭였다. "그렇게 화를 내는 걸 본 적이 없었습니다."

"그럴 때 어떤 기분이 들었나요?"

"무력했죠."

"그건 익숙한 감정이잖아요."

그가 말을 던졌다.

"익숙하다니요, 어떻게요?"

무슨 뜻이지?

"본인을 그렇게나 모릅니까? 당신의 과거를?"

그의 질문에 허를 찔리고 말았다.

망할, 이걸 몇 번씩이나 되풀이하는 거야.

"아니, 모르겠는데요. 이건 다릅니다. 링컨 부인과의 관계는 완전히 달랐어요."

"링컨 부인 이야기를 하는 게 아닙니다."

"무슨 말을 하는 거죠?"

내 목소리가 무척이나 작아서 핀을 떨어뜨리는 소리도 들릴 것 같았다. 플린이 무슨 말을 하려는 건지 불현듯 감이 왔다.

"알잖습니까."

나는 스스로 방어할 수 없는 아이가 느끼는 불능과 분노의 늪에 잠겨서 공기를 삼켰다. 분노. 깊은 곳에서 타오르던 분노⋯⋯. 그리고 공포. 어둠이 내 안에서 성을 내며 소용돌이쳤다.

"그건 같지 않습니다."

나는 성질을 억누르려고 이를 악물며 식식댔다.

"그래요, 같진 않죠."

플린도 동의했다.

하지만 그녀가 분노하던 이미지가 달갑지 않게 마음속으로 끼어들어왔다.

'이게 당신이 정말로 원하는 거예요? 나를, 이렇게?'

화가 수그러들었다.

"당신이 여기서 뭘 하려는지 알아요, 박사. 하지만 그 비교는 부당합니다. 그녀가 내게 보여달라고 부탁한 거예요. 그녀는 결정할 수 있는 성인입니다, 젠장. 안전신호를 말할 수도 있었어요. 멈추라고 할 수도 있었죠. 그런데 그렇게 안 한 겁니다."

"알아요, 알아."

그는 한 손을 들었다.

"내가 너무 냉정하게 요점을 묘사했군요, 크리스천. 화가 났죠. 화가 나는 것도 당연합니다. 그 모든 얘기를 지금 당장 재탕하지는 않겠습니다. 당신은 분명히 고통받고 있어요. 그리고 이 상담의 목적은 당신이 자기 자신을 좀 더 받아들이고 편안해질 수 있는 지점까지 이르게 하는 겁니다."

그는 말을 멈췄다.

"그 여자는⋯⋯."

"아나스타샤입니다."

나는 뚱하게 말했다.

"아나스타샤. 아나스타샤는 분명 당신에게 심오한 효과를 미쳤어요. 아나스타샤가 떠나면서 버려지는 걸 두려워하는 문제와 심리적 외상을 자극했죠. 분명히 당신이 인정하는 것보다 이 여자는 당신에게 더 큰 의미가 있었을 겁니다."

나는 날카롭게 숨을 들이쉬었다. 어째서 이렇게 고통스럽지? 그녀가 좀 더, 훨씬 더 많은 것을 의미하기 때문에?

"당신은 가고자 하는 곳에 집중할 필요가 있습니다." 플린은 말을 이었다. "제가 듣기에는 그 여자와 함께 있고 싶어 하는 것 같군요. 그립다면서요. 함께 있고 싶습니까?"

아나와?

"그래요."

나는 속삭였다.

"그러면 그 목적에 집중해야 합니다. 그러면 지난 몇 번의 상담 시간 동안 제가 지겹게 지껄였던 문제들로 돌아가요. 바로 에스에프비티(SFBT), 해결 집중 기반 치료죠. 그 여자가 자기 말대로 당신과 사랑에 빠졌다면, 그쪽도 고통받고 있을 겁니다. 그러니까 제 질문을 반복해보죠. 이 여자와 좀 더 통상적인 관계를 생각해본 적 있습니까?"

"아니, 없습니다."

"왜 없죠?"

"제가 할 수 있을 거라는 생각이 들지 않았으니까요."

"뭐, 그녀가 당신의 서브미시브가 될 준비가 되어 있지 않다면, 당신도 도미넌트의 역할을 할 수 없겠죠."

나는 그를 쏘아보았다. 그건 역할이 아니었다. 나의 존재 자체였다. 그때 불현듯 아나스타샤에게 보냈던 이전 메일이 떠올랐다.

나의 말. 돔-서브 관계에서 실제로 모든 힘을 가지고 있는 건 서브라는 건 알아차리지 못한 것 같군. 그게 바로 너야. 다시 한 번 반복하지. 모든 힘을 가지고 있는 건 네 쪽이야. 내가 아니라.

그녀가 이것을 원하지 않는다면……. 나도 할 수 없었다.
희망이 가슴속에서 일었다.
할 수 있을까?
내가 아나스타샤와 바닐라 관계를 가질 수 있을까?
머리가 쭈뼛했다.
망할. 가능할지도.
내가 할 수 있다면, 그녀는 나를 다시 원할까?
"크리스천, 이제까지 당신은 문제는 있어도 유달리 유능한 사람임을 보여주었습니다. 당신은 희귀한 사람이에요. 일단 목표에 집중하면 앞으로 돌진해서 성취하죠. 보통 자신의 모든 기대를 능가하는 수준이었죠. 오늘 말을 들어보니, 당신은 아나스타샤를 당신이 원하는 곳으로 데려가는 데 집중했지만, 그녀의 무경험이나 감정은 고려하지 않았죠. 제가 보기에는 목표를 달성하는 데만 너무 집중해서 둘이 함께 가야 할 여행을 놓친 겁니다."

지난 한 달이 내 앞에 번쩍 떠올랐다. 그녀가 내 사무실을 방문했던 일, 클레이튼에서 보여주었던 당혹감, 재치 있고 통렬한 이메일, 똑똑한 입……. 키득키득 웃는 소리……. 외유내강, 반항, 용기……. 그 1분 1초를 즐겼다는 생각이 떠올랐다. 화내고, 사람의 주의를 흩트리고, 유머를 던지고, 관능적이고 육욕적이었던 그녀와 함께했던 모든 시간. 그래, 그랬다. 우리는 특별한 여행을 함께했다. 우리 둘이서. 뭐, 나는 확실히 그랬다.

생각이 더 어두운 쪽으로 방향을 틀었다.

그녀는 내 박탈감의 깊이, 내 영혼의 어둠, 그 아래의 괴물을 봤다. 어쩌면 그녀를 가만히 놔두어야 할 수도 있었다.

나는 그녀에게 걸맞은 사람이 아니야. 그녀가 나를 사랑할 리 없어.

하지만 그 말을 생각할 때도, 나는 그녀에게서 떨어져 나갈 힘이 없었다…… . 그녀가 나를 받아주기만 한다면.

플린이 내 주의를 다시 끌었다.

"크리스천, 생각해봐요. 이제 시간이 다 됐습니다. 며칠 후에 다시 만나면 당신이 언급한 다른 문제들도 얘기해보죠. 재닛을 시켜 안드레아에게 전화로 약속을 잡게 하죠."

그가 일어서자, 나는 이제 떠날 시간이라는 것을 알았다.

"생각할 거리를 많이 주었군요."

나는 그에게 말했다.

"그렇게 안 하면 내 일을 안 하는 걸 테니까요. 며칠 있다가 만납시다, 크리스천. 할 얘기가 훨씬 더 많으니까."

그가 나와 악수하며 안심하라는 미소를 보냈고, 나는 희망의 꽃봉오리를 품고 진료소를 나섰다.

발코니에 서서 시애틀의 야경을 바라보았다. 여기 위에서 나는 모든 것과 동떨어져 살고 있었다. 그녀는 뭐라고 했더라?

내 상아탑.

보통 나는 이곳이 평화롭다 여겼다. 하지만 최근에 내 마음의 평화는 어떤 푸른 눈의 여자 때문에 산산이 깨어졌다.

'그 여자가 원하는 식으로 관계를 시도할 생각은 해봤습니까?'

430

플린의 말이 나를 자극하며 여러 가능성을 던졌다.

내가 그녀를 도로 찾을 수 있을까? 그 생각을 하니 겁이 덜컥 났다.

코냑을 한 모금 마셨다. 어째서 그녀가 나를 되찾길 바란단 말인가? 내가 그녀가 원하는 사람이 될 수 있을까? 나는 희망을 놓을 수 없었다. 방법을 찾아야 했다.

그녀가 필요했다.

뭔가 섬찟한 게 느껴졌다. 어떤 움직임, 시야 끄트머리에 감지된 그림자. 나는 얼굴을 찡그렸다. 뭐지……? 그림자를 향해 고개를 돌렸지만 아무것도 없었다. 이제 헛것도 보이는군.

코냑을 꿀꺽 삼키고 거실로 돌아갔다.

2011년 6월 8일 수요일

엄마! 엄마! 엄마는 바닥에 잠들어 있다. 오랫동안 잠들어 있었다. 나는 엄마를 흔들어 깨운다. 깨어나지 않는다. 엄마를 부른다. 엄마는 깨어나지 않는다. 그 남자가 여기 없는데도 엄마는 여전히 깨어나지 않는다.

목이 마르다. 부엌으로 가서 의자를 싱크대까지 끌어와서 물을 마신다. 물이 스웨터에 튄다. 내 스웨터는 더럽다. 엄마는 아직도 잠들어 있다. 엄마, 일어나! 엄마는 가만히 누워 있다. 엄마는 차갑다. 나는 이불을 가져온다. 나는 엄마를 덮어주고 끈적끈적한 녹색 양탄자 위 엄마 옆에 눕는다.

배가 아프다. 배가 고프지만 여전히 엄마는 잠들어 있다. 장난감 차가 두 개 있다. 하나는 빨강. 하나는 노랑. 녹색 차는 없어졌다. 차들은 경주하다 엄마가 자고 있는 데까지 굴러간다. 엄마는 아픈가 봐. 먹을 걸 찾아본다. 냉장고 안에 완두콩이 있다. 차갑다. 나는 콩을 천천히 먹는다. 그래서 배가 아프다. 나는 엄마 옆에 누워서 잔다. 콩은 다 없어졌다. 냉장고에 뭐가 있다. 이상한 냄새가 난다. 핥아봤더니 혀가 달라붙는다. 나는 천천히 먹는다. 맛이 없다. 나는 물을 마신다. 차를 가지고 놀다가 엄마 옆에서 잔다. 엄마는 너무 차갑고 깨어나지 않는다. 문이 빠지직 소리를 내며 열린다. 나는 엄마를

이불로 덮는다. 망할. 망할 여기서 뭔 일 생긴 거야. 아, 저 미친 쌍
년. 젠장. 망할. 비켜, 꼬마 새끼야. 그는 나를 발로 차고 나는 바닥
에 머리를 찧는다. 머리가 아프다. 그는 누구를 부르더니 가버린다.
그는 문을 잠근다. 나는 엄마 옆에 누워 있다. 머리가 아프다. 아줌
마 경찰관이 있다. 아니, 아니, 안 돼요. 날 만지지 마요. 날 만지지
마, 날 만지지 마. 나는 엄마 옆에 있다. 아니, 나에게서 떨어져요.
아줌마 경찰관은 내 이불을 들고 나를 잡는다. 나는 비명을 지른다.
엄마. 엄마. 말이 사라졌다. 나는 말을 할 수가 없다. 엄마는 내가 하
는 말을 들을 수 없다. 나는 말이 없다.

거세게 숨을 쉬며 잠에서 깨어 공기를 꿀꺽 들이켜면서 주변
을 확인했다. 아, 다행이군. 나는 내 침대에 있었다. 천천히 공
포가 물러났다. 난 스물일곱 살이지. 네 살이 아냐. 이 쓰레기를
멈춰야만 해.
　이전에는 악몽을 통제할 수 있었다. 적어도 2주에 한 번 정도.
하지만 이렇지는 않았다. 밤마다 꾸진 않았다.
　그녀가 떠난 후에는.
　나는 몸을 뒤집고 반듯이 등을 대고 누워 천장을 쳐다보았다.
그녀가 옆에서 잘 땐 푹 잤다. 내 삶엔, 내 침대엔 그녀가 필요
했다. 그녀는 내 밤과 같은 삶에 낮을 가져다주었다. 나는 그녀
를 되찾을 것이다.
　어떻게?
　'그 여자가 원하는 식으로 관계를 시도할 생각은 해봤습니
까?'
　그녀는 심장과 꽃을 원했다. 내가 줄 수 있을까? 나는 얼굴을
찡그리며 내 인생에서 낭만적인 순간을 회상하려고 했다. 아무

것도 없었다……. 아나와 함께한 시간 말고는. '좀 더'의 시간. 글라이딩, 아이홉. 찰리 탱고를 함께 탔던 것.

어쩌면 할 수 있을지도. 나는 머릿속으로 주문을 외우며 다시 잠으로 빠져들었다. 그녀는 내 것이야, 내 것이야……. 그녀의 냄새를 맡고, 부드러운 피부를 느끼고, 입술을 맛보고, 그녀의 신음을 들었다. 진이 빠져서 나는 관능적인, 아나가 가득한 꿈속으로 떨어졌다.

퍼뜩 잠에서 깼다. 머리가 쭈뼛했고, 순간 나를 건드린 건 내부의 갈등이 아니라 뭔가 외부적인 것이란 생각이 들었다. 나는 일어나 앉으며 머리를 문지르고 천천히 방을 훑었다.

육욕적인 꿈을 꿨지만 몸은 멀쩡했다. 엘레나가 기뻐하겠군. 어제 문자를 했지만, 엘레나는 지금 내가 제일 말하고 싶지 않은 사람이었다. 내가 지금 하고 싶은 건 딱 하나뿐이었다. 일어나서 운동복을 입었다.

아나를 확인하러 가기로 했다.

그녀가 사는 거리는 조용했고 이따금 배달 트럭이 덜커덩 굴러가는 소리나 홀로 개를 산책시키는 사람이 틀린 음정으로 불어대는 휘파람 소리만 들릴 뿐이었다. 그녀의 아파트는 어둠 속에 잠겨 있었고, 그녀의 방 창문은 닫혀 있었다. 나는 내 스토커 은둔처에서 말없이 경비를 서며 창문을 올려다보며 생각했다. 나는 계획을 세워야 했다. 그녀를 되찾아올 계획.

새벽빛이 그녀 창문을 밝히자, 나는 아이팟을 크게 틀고 귓가에 울려 퍼지는 모비의 노래를 들으며 에스칼라로 도로 뛰어갔다.

"크루아상 하나 먹을게요, 존스 부인."

그녀는 깜짝 놀라 몸이 굳어졌고 나는 한쪽 눈썹을 치켰다.

"살구잼이랑 드릴까요?"

그녀는 평소 상태로 돌아와 물었다.

"주세요."

"두 개 데워드릴게요. 커피 여기 있습니다."

"고마워요, 존스 부인."

그녀는 미소를 지었다. 내가 크루아상을 먹었다는 이유만으로? 그걸로 존스 부인이 행복해한다면 좀 더 자주, 더 많이 먹을 걸 그랬나.

아우디 뒷좌석에서 앉아 계획을 짰다. 그녀를 되찾기 위한 작전의 첫걸음으로 아나 스틸에게 개인적으로 더 가까이 접근해야 했다. 안드레아에게 전화를 했지만, 7시 15분에는 아직 출근을 하지 않았을 것이므로 음성 메시지를 남겼다.

"안드레아, 출근하는 대로 앞으로 며칠 동안 내 일정을 훑어보고 싶은데."

내 공격 작전의 1단계는 스케줄 중에 아나를 위한 시간을 만들어놓는 것이었다. 이번 주에 뭘 하기로 했더라? 현재로는 전혀 알 수가 없었다. 보통 나는 스케줄을 칼같이 확인하는 편이지만, 요새는 완전히 뒤죽박죽이었다. 이제는 집중해야 할 임무가 있었다. 할 수 있어, 그레이.

하지만 마음 깊은 곳에서는 내 확신에 용기를 얻고 싶었다. 근심이 뱃속에서 스르르 풀려나갔다. 아나를 설득해서 돌아오게 할 수 있을까? 그녀가 내 말을 들을까? 그러길 바랐다. 이건 성공해야 했다. 나는 그녀가 그리웠다.

"사장님, 이번 주 사교 행사는 다 취소했습니다. 내일 행사 하나만 빼고요. 그게 뭔지는 모르겠네요. 사장님 달력에는 포틀랜드라고 적혀 있던데요."

그래! 그 망할 사진사!

나는 안드레아를 보고 환히 웃었다. 그녀가 놀라 눈썹을 치켰다.

"고마워, 안드레아. 지금은 그거면 돼. 샘을 들여보내."

"알겠습니다, 사장님. 커피 더 드시겠습니까?"

"부탁할게."

"우유도요?"

"그래, 라테로. 고마워."

그녀는 예의 바르게 미소를 띠고 나갔다.

그거였어! 그 사진사! 이제…… 무얼 하지?

아침에는 줄줄이 회의였고 직원들은 내가 폭발하기를 기다리며 조마조마하게 쳐다보고 있었다. 좋아. 지난 며칠 동안 내가 그렇게 행동하긴 했지. 하지만 오늘은 정신이 더 맑고 차분하게 집중하고 있다고. 뭐든 처리할 수 있어.

이젠 점심시간이었다. 클로드와의 운동 시간도 잘 흘러갔다. 옥에 티는 아직도 레일라에 대한 소식이 없다는 것이었다. 아는 것이라고는 남편과 헤어졌고 그녀는 마음대로 돌아다닐 수 있다는 것뿐이었다. 그녀가 잠수를 끝내고 나타나면 웰치가 찾아내겠지.

몹시 허기졌다. 올리비아가 접시 하나를 내 책상 위에 놓았다.

"샌드위치입니다, 그레이 씨."

"치킨 마요네즈인가?"

"아……."

나는 그녀를 응시했다. 그녀는 알아듣지 못하고 있었다.

올리비아는 어설프게 사과했다.

"치킨 마요네즈 샌드위치로 가져오라 했을 텐데, 올리비아. 그건 별로 어렵지도 않잖아."

"죄송합니다, 사장님."

"괜찮아. 가."

그녀는 안심한 듯했으나 총총걸음으로 방을 나갔다.

나는 안드레아에게 인터폰을 했다.

"네?"

"들어와."

안드레아가 차분하고 유능한 모습으로 문간에 나타났다.

"저 여자 잘라버려."

안드레아는 허리를 곧게 폈다.

"사장님, 올리비아는 블랜디노 의원의 딸입니다."

"저 여자가 영국 여왕 뭐시기라도 상관없어. 내 사무실에서 쫓아내."

"네, 사장님."

안드레아는 얼굴을 붉혔다.

"자네 일을 도울 보조를 하나 구하지."

나는 좀 더 상냥한 톤으로 말했다. 안드레아와 척지고 싶진 않았다.

"네, 사장님."

"고마워, 그게 다야."

안드레아가 미소를 지어서, 마음이 풀린 것으로 이해했다. 안드레아는 좋은 비서였다. 심술궂게 굴어서 그녀가 그만두길 바라진 않았다. 그녀는 마요네즈 없는 치킨 샌드위치만 놔두고 나갔다. 내 작전 계획과.

포틀랜드라.

에스아이피에서 근무하는 직원들의 메일 주소록을 알고 있었다. 아나스타샤는 글로 할 때 더 적극적으로 답변할 것이라 생각했다. 언제나 그랬으니까. 어떻게 시작한담?

~~친애하는 아나~~

아니야.

~~친애하는 아나스타샤~~

아니야.

~~친애하는 스틸 양~~

젠장!

30분 후, 나는 아직도 텅 빈 컴퓨터 화면을 쳐다보고 있었다. 뭐라고 말하지?

돌아와…… 제발?

~~용서해줘.~~

~~그리워.~~

~~내 식대로 해보자.~~

두 손에 머리를 묻었다. 왜 이렇게 어려운 거지?

간단하게 해, 그레이. 헛소리는 다 잘라버리고.

심호흡을 하고 이메일을 썼다. 그래, 이거면 될 거야. 안드레아가 인터폰을 했다.

"베일리 씨가 뵙자는데요."

"잠깐 기다리라고 해줘."

나는 전화를 끊고 잠깐 시간을 들였다. 쿵쿵대는 심장으로 보내기를 눌렀다.

보낸 사람: 크리스천 그레이
제목: 내일
날짜: 2011년 6월 8일 14:05
받는 사람: 아나스타샤 스틸

친애하는 아나스타샤,

일하는 데 방해해서 미안해. 직장 생활은 순조롭길 바라. 내 꽃 받았어?

생각해보니 내일은 네 친구의 전시회 개막일이더군. 게다가 아직 차를 살 시간도 없었을 것 같으니 가는 데 오래 걸리겠지. 내가 데려다줄 수 있으면 좋겠는데. 물론 네가 원한다면.

의향 말해줘.

크리스천 그레이

CEO, 그레이 엔터프라이즈 홀딩스, Inc.

나는 받은 편지함을 지켜봤다.

지켜봤다.

지켜봤다……. 매 초가 기어갈 때마다 걱정이 커져만 갔다.

일어나서 사무실 안을 왔다 갔다 했다. 하지만 그러다가 컴퓨터에서 멀어지고 말았다. 책상으로 돌아와 다시 이메일을 확인했다.

아무것도 없었다.

정신을 딴 데로 돌리기 위해 손가락으로 글라이더의 날개를 따라 쓸었다.

맙소사, 그레이. 정신 차려.

어서, 아나. 나한테 답장해줘. 그녀는 언제나 즉시 답장하는 편이었다. 나는 시계를 확인했다…… 14시 09분.

4분이나 흘렀는데!

여전히 아무런 메일도 없었다.

일어나면서 나는 다시 한 번 사무실을 돌아다니면서 3초에 한 번씩 시계를 확인했다. 아니, 그렇게 느껴졌다.

2시 20분이 되자 절망에 빠졌다. 답장하지 않으려는 모양이군. 정말로 나를 싫어하는 거야……. 그렇다 해도 누가 그녀를 비난할 수 있겠어?

그때 이메일이 도착하는 핑 소리를 들었다. 심장이 목까지 튀어 올랐다.

제길! 로스가 보낸 메일이었다. 자기 사무실에 돌아왔다는 내용이었다.

그리고 곧이어 내 받은 편지함에 그것이 있었다. 마법의 한 줄.

'보낸 사람: 아나스타샤 스틸.'

보낸 사람: 아나스타샤 스틸
제목: 내일
날짜: 2011년 6월 8일 14:25
받는 사람: 크리스천 그레이

안녕, 크리스천.
꽃 보내줘서 고마워요. 참 예뻐요.
그래요, 태워주면 고마울 것 같아요.
고마워요.

아나스타샤 스틸
편집자 잭 하이드의 비서, SIP

안도감이 넘쳐흘렀다. 나는 눈을 감고 그 감정을 음미했다!
됐어!
나는 그녀의 이메일을 꼼꼼히 읽으며 단서를 찾았으나 여느
때처럼 그녀의 말 이면에 무슨 생각이 숨어 있는지를 알 길이
없었다. 어조는 충분히 친근했으나, 그뿐이었다. 그저 친근하
다.
카르페 디엠, 그레이.

보낸 사람: 크리스천 그레이
제목: 내일
날짜: 2011년 6월 8일 14:27
받는 사람: 아나스타샤 스틸

친애하는 아나스타샤,

몇 시에 데리러 가면 되지?

크리스천 그레이

CEO, 그레이 엔터프라이즈 홀딩스, Inc.

이번에는 그렇게 오래 기다릴 필요가 없었다.

보낸 사람: 아나스타샤 스틸

제목: 내일

날짜: 2011년 6월 8일 14:32

받는 사람: 크리스천 그레이

전시회는 7시 30분에 시작한대요. 몇 시에 올래요?

아나스타샤 스틸

편집자 잭 하이드의 비서, SIP

찰리 탱고를 타고 갈 수 있겠군.

보낸 사람: 크리스천 그레이

제목: 내일

날짜: 2011년 6월 8일 14:34

받는 사람: 아나스타샤 스틸

친애하는 아나스타샤,

포틀랜드까지는 거리가 있으니까. 5시 45분에 데리러 갈게.
내일 만날 일이 기다려지는군.

크리스천 그레이
CEO, 그레이 엔터프라이즈 홀딩스, Inc.

보낸 사람: 아나스타샤 스틸
제목: 내일
날짜: 2011년 6월 8일 14:38
받는 사람: 크리스천 그레이

그때 봐요.

아나스타샤 스틸
편집자 잭 하이드의 비서, SIP

그녀를 되찾겠다는 내 작전은 착착 진행 중이었다. 나는 들떴
다. 희망의 꽃봉오리가 이제 벚꽃으로 만개했다.
안드레아에게 인터폰을 했다.
"베일리 씨가 사무실로 되돌아가셨습니다."
"알아, 내게 이메일 했어. 한 시간 후 테일러 대기하라고 해."
"네, 사장님."
나는 전화를 끊었다. 아나스타샤는 잭 하이드라는 남자 밑에
서 일하는군. 그자에 대해 좀 더 알고 싶었다. 로스에게 전화했
다.

"크리스천."

열 받은 목소리였다. 무서운데.

"우리 에스아이피의 직원 명단에 접근할 수 있어?"

"아직은 아니에요. 하지만 구해보죠."

"부탁해. 될 수 있으면 오늘. 잭 하이드에 대한 모든 정보가 필요해. 그리고 그 밑에 일하는 사람들도 모두."

"이유 물어봐도 돼요?"

"안 돼."

로스는 한참 아무 말 없었다.

"크리스천, 최근에 무슨 생각을 하는지 모르겠어요."

"로스, 그냥 해. 알겠어?"

그녀는 한숨지었다.

"알았어요. 그럼 이제 대만 조선소 제안 건에 대해 회의할 수 있어요?"

"그래. 중요한 전화 한 통 하느라 그랬어. 생각보다 오래 걸렸군."

"금방 올라갈게요."

로스가 나갈 때, 나는 사무실까지 따라갔다.

"다음 금요일 워싱턴 주립 대학."

나는 안드레아에게 말했고, 그녀는 수첩에 받아 적었다.

"그럼 회사 탈탈이 타고 갈 수 있는 건가?"

로스는 열정적으로 거품을 물었다.

"헬리콥터야."

나는 고쳐주었다.

"뭐가 됐든, 크리스천."

그녀는 엘리베이터를 타며 눈을 흘겼고 나는 미소를 지었다.

안드레아는 로스가 떠나는 모습을 보더니 기대감 어린 표정으로 나를 보았다.

"스테판에게 전화해. 내가 내일 저녁 찰리 탱고로 포틀랜드까지 갈 거라고. 보잉 필드로 도로 갖다놓을 때 스테판이 필요할 거야."

나는 안드레아에게 말했다.

"네, 사장님."

올리비아의 흔적이 없었다.

"그 여잔 갔나?"

"올리비아요?"

안드레아가 물었다.

나는 고개를 끄덕였다.

"네."

안드레아는 안도한 표정이었다.

"어디로?"

"재정 담당 부서요."

"잘 생각했어. 그러면 블랜디노 의원을 내게서 떼어낼 수 있겠지."

내 칭찬에 안드레아는 기뻐하는 표정이었다.

"여기 도와줄 사람은 구하고 있지?"

나는 물었다.

"네. 내일 아침 세 명을 면접하기로 했습니다."

"잘했어. 테일러는 왔나?"

"네, 사장님."

"오늘 나머지 회의는 취소해. 나는 외출한다."

"외출하신다고요?"

안드레아는 놀라 소리를 높였다.

"그래." 나는 씩 웃었다. "외출해."

"어디로 가십니까, 사장님?"

내가 SUV의 뒷좌석에서 기지개를 켤 때, 테일러가 물었다.

"맥 스토어로."

"북동 방향 포티피프스 스트리트에 있는 것 말입니까?"

"그래."

아나에게 아이패드를 사줄 생각이었다. 좌석에 기대면서, 눈을 감고 어떤 앱과 노래를 다운로드해서 넣어줄까 생각했다. 〈톡식〉을 고를 수 있겠지. 그 생각을 하니 웃음이 나왔다. 아니, 그녀가 좋아할 것 같지는 않았다. 미친 듯 화를 내겠지. 오랜만에 그녀가 화낸다는 생각을 하는 것만으로도 웃음이 나왔다. 조지아에서처럼 화낸다면. 토요일처럼 화내는 게 아니라. 나는 앉은 자리에서 꼼지락거렸다. 굳이 그 생각을 다시 떠올리고 싶지 않았다. 아이패드에 깔아줄 곡의 목록으로 생각을 돌리면서 며칠 만에 처음으로 기분이 붕 떴다. 전화가 울리자, 심장 박동이 치솟았다.

희망을 가져도 될까?

어이, 얼간이. 맥주 할래?

제길. 형이 보낸 문자였다.

아니, 바빠.

446

언제나 바쁘대지.

내일 바베이도스 간다.

너는 알까 모르겠지만 쉬러.

갔다 와서 보자.

그때 맥주 하자고!!!

나중에 봐. 렐리엇. 안전 여행.

　음악으로 가득 차서 기분 전환이 되는 저녁이었다. 아나스타
샤를 위한 목록을 만들면서 내 아이튠스를 훑는 그리운 여행.
그녀가 부엌에서 춤추던 모습이 떠올랐다. 그때 무슨 곡을 듣고
있었는지 알았더라면 좋았을걸. 그녀는 무척 우스꽝스럽고 정
말 사랑스러웠지. 처음으로 그녀를 가진 다음이었다.
　아니. 처음으로 내가 그녀와 사랑을 나눈 후라고 해야 하나?
　어떤 용어도 정확히 들어맞지 않았다.
　그녀를 부모님에게 소개했던 밤, 그녀가 간절히 애원했던 기
억이 떠올랐다. "당신과 사랑을 나누고 싶어요." 이 단순한 말
에 얼마나 충격을 받았는지. 그리고 그녀가 원한 건 나를 만지
는 것뿐이었다. 그 생각에 몸이 부르르 떨렸다. 그건 내겐 고정
한계라는 것을 이해시켜야만 했다. 남의 손이 닿는 것은 참을
수 없었다.
　나는 고개를 저었다. 너는 너무 앞서간다니까, 그레이. 먼저
이 거래부터 성사시켜야 했다. 나는 아이패드에 새긴 글자를 확
인했다.

　아나스타샤, 너를 위한 거야.

네가 무슨 말을 듣고 싶어 하는지 알아.

여기 들어 있는 음악들이 나 대신 말해줄 거야.

크리스천

이 정도면 되겠지. 그녀는 심장과 꽃을 바라니까. 어쩌면 이게 근접할 것이다. 하지만 전혀 알 수가 없었기에 나는 고개를 흔들었다. 이만큼은 내가 그녀에게 하고 싶은 말이야. 그녀가 들어준다면. 듣지 않는다면, 이 노래가 나 대신 말해주겠지. 그 말이 전해질 기회를 그녀가 허락해주기만 바랄 뿐이었다.

하지만 그녀가 내 제의를 좋아하지 않는다면, 나와 함께 있고 싶어 하지 않는다면…… 난 어떻게 해야 하지? 난 그저 포틀랜드까지 가는 편리한 교통수단에 불과할 수도 있었다. 몹시도 필요한 잠을 청하러 침실로 향하면서 그 생각을 하니 침울해졌다.

내가 감히 희망을 품어도 될까?

젠장. 품어도 되지.

2011년 6월 9일 목요일

의사가 손을 들었다. 널 아프게 하지 않는단다. 네 배를 확인해야 해서 그래. 자. 의사 아줌마는 나한테 차갑고 둥근 이상한 물건을 주더니 갖고 놀게 해준다. 이걸 네가 배에 대봐. 그럼 내가 네게 손을 대지 않고서도 네 배에서 나는 소리를 내가 들을 수 있단다. 의사 아줌마는 착하다⋯⋯. 의사 아줌마가 엄마다.

새엄마는 예쁘다. 천사 같다. 의사 천사. 새엄마가 내 머리카락을 쓰다듬는다. 엄마가 머리카락을 쓰다듬어주는 게 좋다. 엄마는 내가 아이스크림과 케이크를 먹어도 좋다고 한다. 내가 빵과 사과를 신발에 숨겨놨다가 들켰는데도 소리 지르지 않는다. 침대 아래 숨겼을 때도. 베개 밑에 숨겼을 때도. 아가. 먹을 건 부엌에 있단다. 배가 고프면 엄마나 아빠를 부르면 돼. 손가락으로 가리키렴. 할 수 있겠지? 다른 남자애도 있다. 렐리엇. 그 애는 못됐다. 그래서 주먹으로 때려줬다. 하지만 새엄마는 싸우는 걸 좋아하지 않는다. 피아노가 있다. 그 소리가 좋다. 피아노 앞에 서서 하얀색과 검은색을 눌러봤다. 검은색에서 나는 소리는 이상하다. 케이티 누나가 나와 함께 피아노 앞에 앉는다. 누나는 검은색과 하얀색에서 나는 음을 가르쳐준다. 누나 머리카락은 길고 갈색이라서 내가 아는 사람을 닮았다. 누나에게서는 꽃과 사과 파이 냄새가 난다. 냄새가 좋다. 피아노 소리도 예쁘게 낸다. 누나는 내게 친절하다. 누나는 웃고 나는 피아노를 친다. 그녀가 웃으면 나는 행복하다. 그녀는 웃고 그녀는 아나가 된다. 아름다운 아나가 내 옆에 앉아 있고, 나는 푸가와 전주곡, 아다지오와 소나타를 연주한다. 그녀는 머리를 내 어깨에 기대며 한숨짓는다. 그리고 미소 짓는다. 당신이 연주하는 소리를 듣는게 좋아요, 크리스천. 사랑해요, 크리스천.

아나. 나와 함께 있어. 넌 내 거니까. 나도 널 사랑해.

나는 퍼뜩 놀라 깨어났다.
오늘 그녀를 되찾는다.

2012년 발표된 《그레이의 50가지 그림자》를 포함한 '50가지 그림자' 3부작은 여러 면에서 출판 시장에 획기적인 기점이 되는 사건이었다. 전 세계 2억5천만 부가 넘게 팔리며 에로티카의 역사를 새로 썼고, 그 이후로 비슷한 작품들이 쏟아져 나올 수 있는 새로운 시장을 활성화했다. 언더그라운드에서만 언급되던 BDSM(속박, 훈육, 사도-마조히즘)의 관행을 각종 미디어에서 다룬 계기가 되었으며, 성 관련 산업의 구도를 바꾸었다.

비판이 없지는 않았으나 독서와 읽을거리에 대한 범주도 바꾸어놓았다. '50가지 그림자' 3부작의 유행은 종이책의 운명이 위기에 처한 이 시대에서도 독자들은 여전히 쉬지 않고 페이지를 넘길 수 있는 책을 원하며, 이는 진지한 문학 외에도 독자를 끌어들일 수 있는 다른 종류의 책이 존재한다는 사실을 증명했다. 또한 독립 출판으로 시작한 작품들이 메이저 시장에 진입해서 성공할 수 있는 선례를 세웠다. 이러한 일들은 비평가와 독자의 괴리를 또 한 번 여실히 보여준 예이기도 했다. 《그레이의 50가지 그림자》는 소설이라기보다 그 자체로 하나의 사회 현상이었다. 무명작가였던 E L 제임스 또한 이제는 누구나 그 이름을 아는 유명인이 되었다. 2012년에는 《타임》지 선정, '세계에

서 가장 영향력 있는 인물 100'에 이름을 올리기도 했고, 원작
자로서 영화 제작에 참여하기도 했다. 그리고 크리스천 그레이
는 어떤 의미로든 소설 역사상 잊지 못할 남자 주인공으로 남았
다.

이런 상황에서 《그레이의 50가지 그림자》의 다른 이야기에
대한 요구는 지극히 예상 가능한 것이었다. 로맨스 역사상 가장
가학적이면서도, 한편으로는 자신을 완전히 바꿀 정도로 헌신
적이라는 역설을 간직한 이 남자 주인공에 대한 이야기를 더 읽
고 싶어 하는 팬들은 전 세계에 퍼져 있었다. 2015년에 《그레이
의 50가지 그림자》 영화 첫 편이 개봉되면서 약간 수그러들던
작품에 대한 관심이 다시 불붙은 것도 또 하나의 동기가 되었
다. '50가지 그림자' 3부작은 철저히 대중의 요구에 초점을 맞
춘 작품이고, 수요가 있는 한 속편, 혹은 연결된 다른 이야기를
내놓기 위한 분위기가 무르익은 셈이었다.
비밀리에 작업한 원고가 유출되는 등 여러 우여곡절도 있었
지만, 2015년 6월 18일, 크리스천 그레이의 생일에 맞추어 《그
레이의 50가지 그림자》와 《50가지 그림자, 심연》 1, 2부가 리
덕스된 《그레이》가 발표된다. 리덕스(Redux)란 이미 존재하는
작품을 다른 관점에서, 혹은 생략된 부분을 복원해서 새로 쓰
는 문학 형식을 일컫는다. '50가지 그림자' 3부작이 여성 주인
공인 아나스타샤 스틸의 관점에서 기술되어 있었다면 《그레이》
는 《그레이의 50가지 그림자》에서 일어나는 사건과 《50가지 그
림자, 심연》 첫 부분까지의 사건을 크리스천 그레이의 관점에서
묘사한다. 소설 시리즈가 성공적일수록 팬덤은 커지기 마련이
고, 필연적으로 2차 창작물도 활발히 발표된다. 보통 대중소설

에서 다른 인물에게 초점을 맞추어 다시 쓰는 리덕스는 무척 흔한 파생 장르이다. 이런 글쓰기의 장점은 팬들에게 사랑받는 인물을 좀 더 부각할 수 있고, 사건을 다른 관점에서 명확하게 보여준다는 것이다.

E L 제임스가 시퀄이나 프리퀄이 아니라 리덕스라는 방식을 채택한 이유에는 전례를 찾기 어려울 정도로 독특한 인물이었던 크리스천 그레이의 속마음을 보고자 했던 독자들의 바람이 컸다. 소설 맨 첫 장의 헌사에서 E L 제임스는 이 책은 "부탁하고 또 부탁했던 독자들을 위한 것"이라는 뜻을 명확히 밝힌다. 《그레이》의 출간을 알리면서 E L 제임스는 이렇게 말한다.

"크리스천은 복잡한 인물이고 독자들은 늘 그의 욕망과 동기, 복잡한 과거사에 매혹되었죠. 또한 연애해본 사람이라면 누구나 알겠지만, 모든 이야기에는 양면이 있기 마련입니다. 내가 가장 행복한 장소—글쓰기로 돌아가 크리스천과 아나와 함께 그들의 우주에 함께 있을 수 있었던 건 커다란 즐거움이었어요."

《그레이》는 어디까지나 독자를 위해 봉사하는 작품이다. 이 소설을 읽으면 《그레이의 50가지 그림자》에서 일어난 사건의 이면을 알 수 있고, 크리스천이 아나에게 갖는 감정의 실체를 파악할 수 있다. 이에 독자들 또한 열광적인 반응을 보여, 출간 나흘 만에 1백만 부가 팔렸고 두 달이 지난 현재까지도 여전히 베스트셀러 순위에 올라 있다.

《그레이》에서 묘사되고 있는 크리스천 그레이는 전작만큼 강력하고 지배적이면서도, 한편으로는 아직도 어린 시절의 악몽에 시달리고 있다. 상당히 비뚤어진 그의 모습 뒤에는 상처받은 어린아이의 모습이 있다. 이런 식의 묘사는 위험한 면이 없지 않지만, 크리스천이라는 인물과 관계의 속성을 이해하는 열쇠가 된다. 유능한 사업가이고 굶주린 자들에게 관대한 크리스천이, 감정이 통하는 관계를 맺을 수 없었던 장애를 극복하고 진정한 사랑으로 치유된다는 이야기는 여전히 독자들의 판타지를 충족시킨다.

그 시작부터, 《그레이의 50가지 그림자》의 이야기로서 매력은 양면성에 있었다. 사회에서 용인될 수 있는 범위에 아슬아슬하게 걸친 행동들은 일탈이라는 환상과 긴장을 주지만, 소설 내에서 모든 관계는 철저히 합의에 기인하고 최대한의 안전장치를 갖추었다. 겉으로는 부드러운 듯해도 속으로는 위압적인 관계에 고통받고 있던 여성들에게 《그레이》가 주는 역설은 여전히 유혹적이다. 이 양면성은 그레이의 시점으로 기술된 이 책에서 한층 더 강조되었고, 독자들은 익숙한 듯 새로운 경험을 다시 즐길 수 있었다.

소설 외적으로 보면, 《그레이》가 어떤 평가를 받든 당분간 리덕스 작품으로는 상업적으로 가장 성공한 소설로 기록될 것으로 예상한다. 이 또한 '50가지 그림자' 시리즈가 이어가는 의미이다. 무명작가가 세계적인 명성을 얻은 성공담은 일반적으로 적용할 수 있는 방식은 아니지만, 독립 출판과 전자책 시장의 확대, 2차 창작적인 요소를 지닌 작품이 독자성을 얻으며 받아들여지는 과정을 통해서, 앞으로 대중소설들이 어떤 방식으로 창작되고 판매될지에 대한 실마리도 준다.

《그레이》는 '50가지 그림자' 3부작을 읽은 독자들에게는 일종의 선물로, 읽지 않은 독자들에게는 남성 관점의 에로티카로 받아들여질 수 있는 소설이다. 영화를 본 독자에게도 다른 해석을 더한다는 의미가 있을 것이다. 독자들이 이 작품을 통해서 익숙한 흥미에 더해 새로운 즐거움을 얻는 경험을 할 수 있기를 바랄 따름이다.

옮긴이 박은서

전문 번역가. 자율학습시간에 할리퀸 소설을 교과서에 몰래 끼워 넣어 읽으면서 영어와 로맨
스를 함께 공부했다. 무엇이든 편견 없이 읽어낼 수 있는 다방면적 독서 취향을 기르고자 노
력 중. 스마트폰과 온라인 대형 서점으로 종이책이 설 자리를 잃어가는 시대에도 사람들에게
읽히는 소설을 우리말로 소개하고 옮기고 싶은 희망이 있다. '50가지 그림자' 3부작을 모두
번역했다.

그레이

2

2015년 9월 4일 초판 1쇄 발행
2015년 9월 15일 초판 4쇄 발행

지은이 | E L 제임스
옮긴이 | 박은서
발행인 | 이원주

책임편집 | 박윤희
책임마케팅 | 임슬기

발행처 (주)시공사
출판등록 1989년 5월 10일(제3-248호)

주소 | 서울특별시 서초구 사임당로82(우편번호 137-879)
전화 | 편집(02)2046-2852 · 영업(02)2046-2800
팩스 | 편집(02)585-1755 · 영업(02)585-0835
홈페이지 www.sigongsa.com

ISBN 978-89-527-7454-5(04840)
      978-89-527-6643-4(set)